La malédiction du tigre

Colleen Houck

La malédiction du tigre

Traduit de l'anglais (États-Unis)
par Cécile Moran

POCKET JEUNESSE
PKJ·

Titre original :
Tiger's Curse
First published by Splinter, an imprint
of Sterling Children's Books

Loi nº 49-956 du 16 juillet 1949 sur les publications
destinées à la jeunesse : avril 2014.

ISBN : 978-2-266-23221-0

Aux deux Linda de ma vie.
L'une m'a donné la motivation d'écrire,
l'autre m'en a donné le temps.
Vous êtes des sœurs pour moi.

Le Tigre de William Blake[1]

Tigre ! Tigre ! feu et flamme
Dans les forêts de la nuit,
Quelle main ou quel œil immortel
Put façonner ta formidable symétrie ?

Dans quels abîmes, quels cieux lointains
Brûla le feu de tes prunelles ?
Quelle aile osa y aspirer ?
Quelle main osa saisir ce feu ?

Quelle épaule, quel savoir-faire
Tordirent les fibres de ton cœur ?
Et quand ce cœur se mit à battre,
Quelle terrible main ? Quels terribles pieds ?

Quel fut le marteau ? Quelle la chaîne ?
Dans quel brasier fut ton cerveau ?
Sur quelle enclume ? Et quelle terrible étreinte
Osa enclore ses mortelles terreurs ?

Quand les étoiles jetèrent leurs lances
Et baignèrent le ciel de leurs larmes,
A-t-il souri à la vue de son œuvre ?
Celui qui fit l'Agneau, est-ce lui qui te fit ?

Tigre ! Tigre ! feu et flamme
Dans les forêts de la nuit,
Quelle main, quel œil immortel
Osèrent façonner ta formidable symétrie ?

1. Traduction de Pierre Leyris, *Anthologie bilingue de la poésie anglaise*, 2005.

Prologue

La malédiction

Le prisonnier, les mains liées devant lui, était épuisé et sale. Malgré sa défaite, il arborait le port de tête altier digne de son sang royal. Son ravisseur, Lokesh, le toisait du haut de son trône doré somptueusement sculpté, les yeux plissés en une expression de mépris triomphant. De hautes colonnes blanches se dressaient telles des sentinelles sur tout le pourtour de la pièce. Les fines tentures frémissaient à peine dans l'air chaud et immobile de la jungle. Seul le cliquetis des bagues de Lokesh contre les accoudoirs dorés troublait le silence.

Le captif était le prince aîné du royaume indien de Mujulâïn – plus précisément : le « Prince et Grand Protecteur de l'Empire Mujulâïn » –, bien que lui-même se considérât simplement comme le fils de son père.

Comment Lokesh, le rajah du Bhrinam, un petit royaume voisin, avait-il réussi à l'enlever ? Encore sous le choc de sa capture, le prince était tombé des nues en découvrant sa fiancée, Yesubaï, la fille du rajah, et son propre frère, Kishan, assis de part et d'autre du trône. Il les dévisageait tour à tour d'un regard brûlant que seul Lokesh soutenait sans ciller. Il sentait le contact frais de son amulette en pierre sur son torse tandis que la colère montait en lui.

Il prit la parole, luttant pour ne pas laisser transparaître dans sa voix la douleur de la trahison.

— Pourquoi, vous qui allez bientôt devenir mon père, me traitez-vous avec un tel... manque d'égards ?

Lokesh sourit, affectant une attitude nonchalante.

— Mon cher prince, je désire quelque chose que vous possédez.

— Rien de ce que vous pouvez désirer ne saurait justifier votre conduite. Nos royaumes ne doivent-ils pas s'unir bientôt ? Tout ce que je possède est à votre disposition. Vous n'avez qu'à le demander. Pourquoi agir de la sorte ?

Les yeux brillants, Lokesh se frotta le menton.

— Il y a eu un changement de plan. Apparemment, votre frère souhaite prendre ma fille pour épouse. Il m'a promis certaines compensations en échange.

Yesubaï, la tête baissée et les joues en feu, resta figée dans une pose soumise. Leur mariage arrangé était censé inaugurer une ère de paix entre les deux pays. Le prince, chargé de diriger des opérations militaires à l'autre bout de l'empire, s'était absenté quatre mois. Entre-temps, il avait laissé le royaume sous la protection de son frère. « Il faut croire que Kishan n'a pas veillé que sur le royaume », pensa-t-il.

Il s'avança courageusement.

— Vous nous avez tous trompés, Lokesh ! Vous êtes semblable au cobra qui attend son heure, lové au fond de son panier, prêt à frapper. (Son regard engloba son frère et sa fiancée.) Vous ne le voyez donc pas ? Vos manœuvres ont libéré le serpent et il nous a mordus. Son poison court maintenant dans nos veines.

Lokesh lâcha un rire dédaigneux.

— Si vous me remettez votre fragment de l'Amulette de Damon, je me laisserai peut-être convaincre de vous accorder la vie sauve.

— La vie sauve ? Je croyais que vous vouliez seulement marchander la main de ma fiancée.

— Hélas, elle n'est plus votre fiancée. Sans doute n'ai-je pas été assez clair. Votre frère aura Yesubaï.

Le prince serra les dents.

— Si vous me tuez, les armées de mon père vous anéantiront.

— Oh, il n'oserait pas s'en prendre à la nouvelle famille de Kishan ! Nous apaiserons votre cher père en lui expliquant que vous avez péri dans un malheureux accident. Bien entendu, ajouta le rajah en caressant sa courte barbe en pointe, même si je vous laisse la vie, je dirigerai les deux royaumes. Si vous me défiez, je me verrai obligé de m'emparer de votre pendentif par la force.

Kishan se pencha vers Lokesh.

— Nous avions conclu un accord, protesta-t-il. Vous ne deviez pas faire de mal à mon frère ! Prenez l'amulette et restons-en là.

À la vitesse du serpent qui se jette sur sa proie, Lokesh saisit le poignet de Kishan.

— Vous devriez savoir maintenant que je prends ce que je veux. Mais peut-être enviez-vous la place de votre frère ? Si vous tenez à le rejoindre, cela peut s'arranger.

Kishan remua sur son siège.

— Non ? continua Lokesh. Très bien. Je déclare notre précédent accord nul et non avenu. Voici les nouvelles conditions de notre pacte : votre frère sera tué s'il ne se conforme pas à mes souhaits ; quant à vous, vous n'épouserez ma fille qu'à condition de me céder également votre fragment de l'amulette. Ce petit arrangement informel peut facilement être révoqué et je pourrais offrir la main de Yesubaï à un autre – un homme de *mon* choix. Un vieux sultan, par exemple. Cela tempérerait sa fougue. Si vous voulez rester auprès de Yesubaï, vous apprendrez la soumission.

Avant de le libérer, Lokesh serra le poignet de Kishan jusqu'à le faire craquer. Impassible, ce dernier plia les doigts, fit lentement jouer ses articulations, puis se cala au fond de son siège en portant la main à l'amulette dissimulée sous sa tunique. Il chercha le regard de son frère. Tous deux échangèrent un message tacite.

Ils régleraient leurs comptes plus tard. En attendant, les agissements de Lokesh signifiaient la guerre ; or, la sécurité du royaume était une priorité pour l'un comme pour l'autre.

La convoitise défigurait Lokesh. Elle gonflait son cou, faisait battre ses tempes et embrasait ses yeux noirs de reptile. Il scruta le visage du prisonnier, le sonda, essayant de découvrir un signe de faiblesse. Enfin, fou de rage, n'y tenant plus, il se leva d'un bond.

— Qu'il en soit ainsi !

Il tira des plis de sa robe un poignard brillant à la garde incrustée de pierreries. D'un geste sec, il remonta la manche de son captif. Lorsque les liens qui entravaient ses poignets se resserrèrent, le prince gémit de douleur. Lokesh lui entailla le bras. Un flot de sang jaillit de la plaie profonde, colora le tranchant de la lame et se répandit sur le sol carrelé.

Alors Lokesh arracha un pendentif en bois accroché à son cou et le plaça sous la pointe du poignard. Au contact du sang, le symbole gravé sur la face du pendentif se mit à rougeoyer avant de projeter une gerbe de lumière blanche éblouissante.

Des doigts lumineux s'emparèrent du prisonnier et lui palpèrent le torse. Ils lui transpercèrent la poitrine, lui brûlèrent les entrailles et se répandirent dans tout son corps. En proie à la fièvre, il s'effondra en hurlant.

Les bras tendus, il tenta de s'arc-bouter sur les carreaux blancs et froids. Mais la souffrance était trop forte. Réduit à l'impuissance, il vit Kishan et Yesubaï attaquer son ennemi. Le rajah les repoussa avec violence. Yesubaï tomba et, dans sa chute, son crâne heurta les marches du trône. Le prince sentit la présence toute proche de son frère, accablé par le chagrin tandis que la vie s'échappait du corps inerte de sa fiancée. Puis sa vision s'obscurcit et il sombra dans l'inconscience.

1

Kelsey

Je vacillais au bord d'un précipice. Plus exactement, je faisais le pied de grue dans une agence d'intérim de l'Oregon, mais c'était l'impression que j'avais. L'enfance, le lycée, l'illusion que la vie était un long fleuve tranquille… tout cela était déjà derrière moi. J'entrevoyais un futur indistinct où se mêlaient tout l'éventail des jobs d'été qui me permettraient de payer les frais d'inscription à la fac et la perspective probable de mener une existence solitaire.

La queue a avancé d'un centimètre. Après une attente interminable, mon tour est enfin arrivé. Je me suis approchée du bureau d'une employée fatiguée, et morte d'ennui à en juger par son expression. Elle m'a fait signe de m'asseoir pendant qu'elle parlait au téléphone. Ensuite elle a raccroché, elle a pris les formulaires que je lui tendais et elle a commencé à lire son questionnaire machinalement.

— Votre nom, s'il vous plaît.

— Kelsey. Kelsey Hayes.

— Âge ?

— Dix-sept ans. Bientôt dix-huit.

Elle a tamponné les documents.

— Vous avez le bac ?

— Oui, tout juste. Je voudrais m'inscrire à l'université de Chemeketa à la rentrée.

— Noms des parents ?

— Madison et Joshua Hayes, mais mes tuteurs sont Sarah et Michael Neilson.

— Tuteurs ?

« C'est reparti », ai-je pensé. Il fallait toujours expliquer la même chose. J'avais cru qu'avec le temps ça deviendrait plus facile. Malheureusement non.

— Oui. Mes parents sont… décédés. Ils sont morts dans un accident de voiture quand j'étais en troisième.

Elle s'est penchée et a griffonné sur une feuille pendant un long moment. J'ai grimacé en me demandant ce qu'elle pouvait bien écrire.

— Mademoiselle Hayes, est-ce que vous aimez les animaux ?

— Oui. Euh… je suis capable de les nourrir…

« Quelle empotée ! Je ne suis pas près d'être embauchée… » Je me suis éclairci la voix.

— Oui, j'adore les animaux.

Sans écouter ma réponse, la femme m'a donné un flyer sur lequel on lisait :

URGENT

Recherchons assistant/e pour tenir guichets de vente, s'occuper des animaux et nettoyer après les représentations.

Contrat de deux semaines

Conditions particulières : le tigre et les chiens ayant besoin de soins 24H/24, le logement et les repas sont fournis.

L'annonce avait été déposée par un petit cirque familial installé sur le champ de foire. Je me rappelais avoir pris à l'épicerie un bon de réduction pour leur spectacle. J'avais envisagé d'y emmener Rebecca, six ans, et Samuel, quatre ans, les enfants de ma famille d'accueil, afin que Sarah et Mike puissent souffler un peu. Et puis j'avais perdu le bon et ça m'était sorti de la tête.

— Alors, vous prenez le job ? m'a demandé la conseillère qui s'impatientait.

— Un tigre ? Hmm... Intéressant ! Ils ont des éléphants aussi ? Parce que s'il faut ramasser leurs crottes, je passe mon tour. Il y a des limites.

La remarque ne lui a même pas arraché l'esquisse d'un sourire. Comme je n'avais pas d'autre choix, j'ai accepté. Elle m'a noté l'adresse en m'ordonnant d'y être à six heures le lendemain matin. J'ai froncé le nez.

— Ils ont besoin de moi dès six heures du matin ?

Elle m'a jeté un regard las, avant de crier aux gens qui trépignaient derrière moi :

— Au suivant !

« Dans quoi je me suis embarquée ? » me suis-je dit en montant dans la voiture hybride de Sarah. J'ai soupiré. « Ça aurait pu être pire. Je pourrais servir des burgers. Les cirques, c'est fun. J'espère juste qu'il n'y aura pas d'éléphants. »

Globalement, c'était supportable d'habiter chez Sarah et Mike. Ils m'accordaient plus de liberté que la plupart des parents et ils me respectaient (autant que des adultes peuvent respecter une ado de dix-sept ans). Je m'occupais de leurs enfants et ne leur causais aucun souci. Ça ne valait pas ma vie d'avant mais on formait quand même une sorte de famille.

J'ai rentré la voiture au garage et je suis allée dans la cuisine où j'ai trouvé Sarah en pleins préparatifs, un saladier dans une main, une cuiller en bois dans l'autre. J'ai lâché mon sac sur une chaise et je me suis servi un verre d'eau.

— Tu refais des cookies végétariens, à ce que je vois.

— Sammy doit apporter des gâteaux chez ses copains, m'a-t-elle expliqué en plantant la cuiller dans la pâte épaisse comme si elle maniait un pic à glace.

J'ai fait semblant de tousser pour étouffer un ricanement. Elle a plissé les yeux d'un air suspicieux.

— Kelsey, ce n'est pas parce que ta mère était la meilleure pâtissière du monde que je ne peux pas cuisiner un gâteau mangeable.

Pendant qu'elle se léchait un doigt pour goûter sa mixture, j'ai changé de sujet :

— J'ai décroché un petit boulot. Je vais faire le ménage et nourrir les animaux dans le cirque qui s'est installé sur le champ de foire.

— Bravo ! Je suis sûre que ce sera une super expérience, s'est-elle écriée avec gaieté. Quel genre d'animaux ?

— Euh, surtout des chiens. Je crois qu'il y a un tigre aussi. Mais c'est sans risque, cela dit. Ils doivent avoir des employés formés pour s'occuper de lui. En tout cas, il faut que je me lève très tôt et je dormirai là-bas pendant deux semaines.

— Hmmmm. (Sarah a marqué une pause et a réfléchi.) Si tu as besoin de nous, tu nous passes un coup de fil et on accourt. Ça t'ennuierait de sortir le chou-fleur du four ?

J'ai posé le plat puant au centre de la table pendant qu'elle enfournait ses plaques de cookies et appelait ses enfants pour le dîner. Mike est entré, il a posé sa mallette et l'a embrassée sur la joue.

— C'est quoi, cette… odeur ? s'est-il enquis, la mine soupçonneuse.

— Gratin de chou-fleur, l'ai-je informé.

— Et j'ai fait des cookies pour Sammy et ses copains, a déclaré fièrement Sarah. Je te mettrai le plus beau de côté.

Mike m'a jeté un regard entendu. Sarah l'a surpris et lui a donné un coup de torchon sur la cuisse.

— Puisque c'est comme ça, vous serez tous les deux de corvée de nettoyage ce soir.

— Oh, chérie, ne te fâche pas!

J'ai estimé qu'il était temps pour moi de quitter la cuisine.

Mike a bien joué le coup parce qu'il a fini par coucher les enfants pendant que je faisais la vaisselle toute seule. J'ai filé au lit juste après. La nuit s'annonçait terriblement courte.

Je suis montée à l'étage en silence. Ma chambre était petite et douillette. Elle contenait un lit à une place, une coiffeuse, un bureau avec ordinateur, un placard rempli de vêtements, mes livres, un panier avec des rubans de toutes les couleurs pour les cheveux et la vieille couverture en patchwork fabriquée par ma grand-mère sans laquelle je ne me couchais jamais.

J'ai enfilé mon pyjama et secoué la tête pour défaire ma tresse. Pendant que je me brossais les cheveux, l'image de maman en train de me peigner m'est brusquement revenue à l'esprit.

Je me suis glissée entre les draps et j'ai réglé l'alarme de mon réveil pour… *Ouille!* 4 h 30 ! Qu'est-ce que je pourrais bien faire avec un tigre si tôt dans la journée? Déjà que c'était le cirque dans ma vie, ce job n'allait pas arranger les choses…

J'ai jeté un œil aux deux photos que je gardais sur ma table de chevet. Sur l'une d'elles, on nous voyait tous les trois, papa, maman et moi, à une fête du Nouvel An. Je venais d'avoir douze ans. Je souriais, malgré la rangée de bagues argentées et luisantes qui me défigurait. J'étais bien contente d'avoir des dents droites désormais, mais à l'époque je haïssais cet appareil.

J'ai frotté le verre avec mon pouce, par-dessus mon visage pâle. Moi qui avais toujours rêvé d'être svelte, blonde aux yeux bleus, avec la peau bronzée, j'avais hérité des prunelles marron de mon père et des formes généreuses de ma mère.

L'autre cliché montrait mes parents lors de leur mariage. Ils paraissaient jeunes, heureux et ils se dévoraient des yeux en souriant. J'espérais vivre ça un jour. Je voulais que quelqu'un me regarde de la même manière.

Je me suis assoupie en songeant aux cookies de maman.

Cette nuit-là, j'ai rêvé qu'on me pourchassait dans la jungle. À l'instant où je me retournais pour découvrir qui était à mes trousses, j'apercevais un gros tigre. Surprise, je me mettais à rire, avant de repartir à toutes jambes. J'entendais derrière moi le bruit sourd des coussinets qui martelaient le sol au rythme de mon cœur.

2

Le cirque

Mon réveil m'a tirée d'un profond sommeil. Le temps s'annonçait chaud ce jour-là. Le soleil n'avait toujours pas franchi la crête des montagnes mais déjà le ciel s'illuminait à l'est, chargé de nuages couleur rose barbe à papa. Une odeur agréable flottait dans l'air – un mélange de sapin et d'herbe humide. Il avait sûrement bruiné pendant la nuit.

Je me suis levée d'un bond, j'ai ouvert à fond le robinet d'eau chaude dans la douche et j'ai laissé le jet brûlant me pilonner le dos et réveiller mes muscles endormis.

Qu'est-ce qu'on portait pour travailler dans un cirque? Comme je n'avais pas d'indication à ce sujet, j'ai décidé d'enfiler une chemise à manches courtes et un jean résistant. Ensuite j'ai glissé mes pieds dans des tennis, j'ai essuyé mes cheveux et, en un tour de main, je les ai noués en tresse africaine. Pour finir, j'ai appliqué du gloss sur mes lèvres et *voilà*[1] ! J'ai estimé que j'étais suffisamment pomponnée pour aller au cirque.

C'était l'heure de faire mon sac. En deux semaines, je n'allais pas avoir besoin de grand-chose, et j'aurais toujours la possibilité de faire un saut à la maison. J'ai sélectionné trois

1. En français dans le texte. (*N.d.T.*)

tenues, attrapé quelques chaussettes roulées en boule et fourré le tout dans mon sac à dos. J'ai ajouté une poignée de stylos et de crayons, deux ou trois livres, mon journal, une trousse de toilette, mon portefeuille et mes photos de famille. J'ai plié ma couverture, je l'ai tassée par-dessus et je me suis escrimée sur la fermeture Éclair jusqu'à ce que le sac ferme.

Au rez-de-chaussée, je suis tombée sur Sarah et Mike. Ils étaient déjà debout et prenaient leur petit déjeuner. Ils se levaient hyper tôt tous les jours pour aller courir. C'était carrément dingue : à 5 h 30, ils avaient déjà fini !

— Bonjour, tout le monde, ai-je marmonné.

— Bonjour, toute seule, a répondu Mike. Alors, prête à commencer ton nouveau job ?

— Ouais. Je vais tenir une billetterie et traîner avec un tigre. Cool, non ?

Il a ricané.

— Pas mal. En tout cas, c'est toujours plus intéressant que les travaux publics. Tu veux que je te dépose ? C'est sur ma route.

Je lui ai souri.

— Oui. Merci, Mike, ce serait sympa.

Après avoir promis à Sarah que je l'appellerais régulièrement, j'ai attrapé une barre de céréales et je me suis forcée à avaler un verre de leur lait de soja en me retenant de vomir.

Dans la rue, devant le champ de foire, un immense panneau bleu annonçait les festivités à venir :

LE COMTÉ DE POLK EST HEUREUX D'ACCUEILLIR
LE CIRQUE MAURIZIO
AVEC SES ACROBATES RENOMMÉS
ET LE CÉLÈBRE DHIREN !

« C'est parti ! » Je me suis dirigée vers le bâtiment principal. Le complexe central ressemblait à un bunker. La peinture s'écaillait par endroits et les carreaux étaient sales. Un drapeau américain flottait au bout de sa hampe métallique. On l'entendait claquer au vent tandis que sa chaîne tintait doucement.

Un chemin de terre reliait plusieurs édifices à un petit parking et longeait le pourtour du champ de foire. Deux longues remorques stationnaient devant des tentes blanches. Des posters grand format étaient placardés partout. Certains montraient des acrobates ; d'autres, des jongleurs. Mais pas d'éléphant. J'ai poussé un ouf de soulagement.

En apercevant une affiche à moitié déchirée, je me suis avancée pour la lisser contre le poteau. On y voyait un tigre blanc. « Salut, toi ! J'espère que tu es seul… et bien nourri. Je ne tiens pas à finir dans ton estomac. »

Je suis entrée dans le bâtiment, transformé pour l'occasion en piste de cirque. Des sièges de gradins d'un rouge délavé étaient empilés contre les murs.

Deux personnes bavardaient dans un coin. Une troisième inspectait des cartons en écrivant sur un bloc-notes. Pensant que cet homme imposant pouvait être le responsable, j'ai foncé droit sur lui et je me suis présentée.

— Bonjour, je suis Kelsey, l'intérimaire.

Il m'a étudiée de haut en bas en mâchonnant quelque chose, puis il a craché sur le revêtement de sol noir.

— Ressors en passant par les portes de derrière et tourne à gauche. Tu trouveras une caravane noir et argenté.

— Merci !

J'ai réussi à sourire malgré le dégoût que m'inspirait son glaviot. Puis je suis allée toquer à la caravane.

— Une minute ! a crié une voix d'homme.

La porte s'est ouverte à la volée et j'ai sursauté. Un colosse en peignoir se dressait devant moi. À côté de lui, je paraissais minuscule avec mon mètre soixante-dix. Il avait une bonne bedaine et des frisettes noires. Au-dessus de sa barbichette carrée, une fine moustache gominée se terminait en pointe de chaque côté.

— Voyons, né sois pas intimidée, m'a-t-il dit avec un fort accent italien.

J'ai baissé les yeux en rougissant.

— Je ne suis pas intimidée. Excusez-moi si je vous ai réveillé…

Il s'est esclaffé.

— Ma j'adorrrrre les sourprises ! C'est grâce aux sourprises qué jé reste beau et jeune !

J'ai gloussé – avant de me rappeler qu'il s'agissait sûrement de mon nouveau patron. Il avait des pattes-d'oie au coin de ses yeux bleus malicieux. Son teint hâlé mettait en valeur un sourire éclatant.

D'une voix théâtrale et retentissante, il m'a demandé :

— Et qui es-tou, jeune demoiselle ?

— Je m'appelle Kelsey. On m'a engagée pour deux semaines.

Il a pris ma main dans sa grosse patte d'ours et l'a secouée avec tant d'énergie que mes dents se sont entrechoquées.

— Ah, *fantastico* ! Quelle bonne nouvelle ! Bienvénou au Cirque Maurizio ! Nous sommes un peu… à court de personnel. Il nous faut de l'*assistenza* pendant notre séjour dans votre *magnifica città*, eh ? *Splendido !* Mettons-nous au travail *immediatamente*.

Il a hélé une jolie blondinette de quatorze ans environ qui passait par là.

— Cathleen, condouis cette *giovane donna* à Matt et disloui que je *desidero*… que je souhaite qu'il travaille avec elle. Il est chargé de la former aujourd'hui. (Il s'est tourné vers moi.) Ravi dé t'avoir rencontrée, Kelsey. J'espère qué tou apprécieras de travailler ici, dans notre *piccolo circo* !

— Merci, j'ai été ravie de vous rencontrer aussi.

Un dernier clin d'œil, et il a disparu dans sa caravane.

J'ai contourné le bâtiment sur les talons de Cathleen.

— Bienvenue sous notre grand chapiteau… enfin, façon de parler ! a-t-elle plaisanté. Viens, suis-moi. Tu pourras dormir dans ma tente si tu veux : il nous reste deux lits de camp libres. Tu verras, c'est sympa, même si on croule sous les costumes. Je la partage avec ma mère et ma tante. On voyage avec le cirque. Elles sont toutes les deux acrobates.

Elle m'a montré un lit vacant. J'ai fourré mon sac à dos dessous et j'ai regardé autour de moi. Cathleen ne m'avait pas menti à propos des costumes. Il y en avait absolument partout, accrochés à des cintres sur des portants surchargés. Dentelle, paillettes, plumes et Lycra avaient envahi tout l'espace. Il y avait aussi une table surmontée d'un miroir encadré par une rangée d'ampoules, sur laquelle j'ai aperçu pêle-mêle maquillage, brosses, épingles à cheveux et bigoudis.

On s'est vite lancées à la recherche de Matt. Lorsqu'on l'a trouvé, il essayait – sans succès – de monter une petite guérite. Il devait avoir quatorze ou quinze ans. Il avait des cheveux châtains et courts, des yeux marron et un sourire insouciant. On s'est précipitées pour l'aider.

— Salut, Matt, a dit Cathleen en rougissant légèrement. Euh, je te présente Kelsey. Elle est ici pour deux semaines. Elle travaillera avec toi.

— Pas de problème, a-t-il répondu. À plus, Cath.

— À plus !

Elle est repartie en virevoltant gaiement.

— Alors, Kelsey, tu es ma nouvelle acolyte, hein ? Tu vas adorer ! Je suis chargé de la billetterie et du stand de souvenirs. Je ramasse aussi les déchets et je m'occupe des animaux.

En fait, je suis un peu le garçon à tout faire ici. Mon père est dresseur.

— Dresseur ? Cool ! Ramasseur de déchets, ça doit être plus rare, comme vocation…

On a passé les heures suivantes à traîner des cartons, approvisionner les stands et préparer l'arrivée du public. « Ouille, je manque d'entraînement. » Mes biceps protestaient et se rebellaient contre l'effort.

Chaque fois que maman s'embarquait dans un projet titanesque, comme planter un jardin d'agrément, papa disait : « Travailler dur permet de garder les pieds sur terre. » Il possédait une patience infinie et, quand je me plaignais de la fatigue, il répondait en souriant : « Kells, quand tu aimes quelqu'un, tu apprends à recevoir et à donner. Tu verras. Un jour, tu comprendras. »

Eh bien, ce jour-là n'était pas encore venu.

Une fois les stands en ordre, Matt m'a envoyée chercher un costume. Cathleen m'a tendu une tenue dorée et couverte de paillettes – un accoutrement qu'en temps normal je n'aurais même pas touché en rêve.

— Ce job a intérêt à en valoir la peine, ai-je grommelé en passant ma tête dans le décolleté brillant.

Revêtue de mon habit de lumière, je suis retournée à la guérite. Matt avait déjà posé le panneau avec les prix. Il m'attendait avec des instructions, la caisse et un carnet de billets. Il m'avait aussi apporté un sandwich.

— Avale-le en vitesse parce que deux cars de gamins de colo vont arriver d'une minute à l'autre.

En effet, une nuée de petits êtres bruyants et impatients m'est tombée dessus avant que j'aie pu le terminer. J'ai eu l'impression de me faire piétiner par un troupeau de mini-buffles. Mon sourire poli devait ressembler à une grimace de terreur.

Quand les adultes se sont approchés, je leur ai demandé avec espoir :

— Vous payez pour le groupe ?

Un des accompagnateurs m'a répondu :

— Oh, non. On a décidé de laisser chaque enfant acheter son billet.

— Formidable, ai-je marmonné.

Cathleen est venue me prêter main-forte. Lorsque la musique du spectacle a retenti, elle m'a quittée. Je suis restée assise là une vingtaine de minutes, au cas où il y aurait des retardataires. Puis j'ai fermé la caisse et je suis allée assister à la représentation avec Matt.

L'homme que j'avais dérangé dans sa caravane présentait les numéros.

— Comment il s'appelle ? ai-je murmuré.

— Agostino Maurizio. C'est le propriétaire du cirque. Les acrobates sont tous des membres de sa famille.

M. Maurizio a appelé les clowns, les acrobates et les jongleurs. Le spectacle m'a plu, mais je n'ai pas pu en profiter longtemps. Matt m'a filé un petit coup de coude en me montrant le stand de souvenirs : l'entracte allait commencer et l'heure était venue de vendre des ballons.

On en a gonflé des dizaines à l'hélium. Il y en avait de toutes les couleurs. Les enfants étaient hystériques ! Ils couraient d'un stand à l'autre en comptant leur argent de poche, décidés à dépenser jusqu'au moindre penny.

Les ballons rouges avaient beaucoup de succès. Matt encaissait pendant que je gonflais. Par manque d'expérience, j'en ai fait éclater quelques-uns. Des petits sursautaient. Alors j'essayais de couvrir le bruit en criant : « Youp là ! » Au bout de quelques secondes, ils hurlaient tous « Youp là ! » en chœur avec moi.

La musique a repris et les enfants sont repartis en courant vers leurs sièges en tenant leurs souvenirs bien serré contre leurs poitrines. Ceux qui avaient acheté des épées phosphorescentes les agitaient avec jubilation en se menaçant les uns les autres.

Après l'entracte, le père de Matt est entré en piste pour son numéro de dressage de chiens. Ensuite les clowns sont revenus jouer quelques farces au public. L'un d'eux a vidé un seau de confettis sur les enfants.

« Super ! Merci bien. Je suppose que c'est moi qui balaie après… »

Lorsqu'une musique de safari exotique, bourrée d'effets dramatiques, est sortie des enceintes, les lumières du chapiteau se sont éteintes brusquement, comme des bougies soufflées par une rafale soudaine. Un projecteur a braqué son faisceau lumineux au centre de la piste.

— Et maintenant… lé clou dé notre *programma* ! a crié M. Maurizio. Il vient dé l'ounivers impitoyable et sauvage dé la *giungla*, la jungle dé l'Inde. C'est oun chasseur férrrrroce, oun *cacciatore bianco*, qui guette sa proie et attend tapi dans l'ombre lé bon moment pourrrrr… attaquer ! *Movimento !*

Pendant qu'il parlait, des hommes avaient installé une grande cage arrondie en forme de bol retourné, reliée à un tunnel en grillage. Ils l'ont solidement fixée à des cercles en métal insérés dans des blocs de ciment.

M. Maurizio a rugi dans le micro et les enfants ont sursauté sur leurs sièges. Son cinéma me faisait beaucoup rire. Il était doué pour raconter des histoires.

— Cé tigre est lé plous dangereux prédateur au monde ! Observez bien notre dresseur qui risque sa vie pour vous, mesdames et messieurs. Voici… Dhiren !

Il a tourné la tête dans un grand mouvement théâtral puis il a quitté la piste en courant tandis que le projecteur balayait de son rayon les murs de toile au fond du chapiteau.

Deux employés du cirque ont amené une superbe cage à l'ancienne, montée sur roues. Elle avait un toit blanc incurvé avec des moulures dorées, de grosses roues noir et blanc et, aux quatre coins, des colonnes sculptées entièrement dorées. Aux extrémités, des barreaux en métal noir se recourbaient pour former une arche.

Le père de Matt s'est introduit dans la grande cage, où il a posé trois tabourets. Il arborait un costume spectaculaire, doré lui aussi, et brandissait un fouet court.

— Lâchez le fauve ! a-t-il ordonné.

Les portes se sont ouvertes. J'ai retenu mon souffle tandis qu'un tigre blanc émergeait de la roulotte, descendait une passerelle et pénétrait dans le tunnel. Un instant plus tard, il était sous la cloche avec le père de Matt. Le fouet a claqué et il a sauté sur un tabouret. Au deuxième coup de fouet, il s'est dressé sur ses pattes arrière en battant l'air avec ses pattes avant. Un tonnerre d'applaudissements s'est élevé de la foule.

Il a ensuite bondi de tabouret en tabouret pendant un moment. Le père de Matt ne cessait de les écarter de plus en plus. Au dernier saut, j'ai arrêté de respirer. Je me demandais si le fauve allait atteindre son but. Mais le dresseur l'a encouragé. Il s'est ramassé sur ses pattes, bien fléchi, a estimé prudemment la distance et s'est élancé.

Il est resté suspendu dans les airs pendant plusieurs secondes, les membres en extension complète. C'était une superbe bête. Sitôt que ses pattes avant ont touché le tabouret, il a replié son corps et posé délicatement ses pattes arrière. Il a dessiné un cercle serré sur lui-même puis il s'est assis face à son dresseur. La grâce et l'aisance de cet énorme animal m'ont émerveillée. J'ai applaudi longtemps.

Il a rugi sur commande, s'est de nouveau cabré et, au signal du père de Matt, il est descendu de son tabouret et s'est mis à courir en rond dans la cage. Le dresseur ne le quittait pas des yeux. Après quelques tours de piste, ce dernier a pris le cerceau qu'un garçon lui tendait à travers les barreaux. Le tigre a sauté à l'intérieur, dans un sens puis dans l'autre, encore et encore.

Pour clore le numéro, le dresseur avait prévu de plonger la tête dans la gueule du tigre. J'ai senti Matt se raidir à côté de moi. Dans un silence religieux, le tigre a ouvert grand les mâchoires, dévoilant une rangée de dents impressionnantes. Je me suis tendue malgré moi, vaguement inquiète. Le tigre clignait des yeux mais il se tenait immobile. Le père de Matt s'est avancé doucement. Il a mis sa tête tout entière à la merci d'un coup de crocs, avant de la ressortir lentement. Quand il s'est redressé, le public l'a ovationné. Il a salué les spectateurs au milieu des hourras.

Le tigre, tranquillement assis sur un tabouret, captivait mon attention. Il s'est léché les babines et a plissé le museau comme s'il sentait une odeur bizarre. Il me faisait penser à un gros chat gêné par une boule de poils et prêt à régurgiter. Sur un ultime claquement de fouet, il a quitté son siège et s'est empressé de retourner dans sa cage. Le père de Matt a disparu au pas de course derrière le rideau de toile.

— Le grand Dhiren ! a hurlé M. Maurizio. *Mille grazie !* Merci beaucoup d'être venus assister au spectacle du Cirque Maurizio !

En voyant la roulotte passer devant moi, j'ai eu soudain envie de caresser la tête du félin pour le réconforter. J'ignorais comment c'était possible, mais j'avais l'impression de percevoir ses émotions. Il paraissait tellement mélancolique.

C'est alors qu'une douce brise m'a enveloppée. Elle portait le parfum du santal et des fleurs de jasmin qui s'ouvrent à la tombée du jour. Elle a complètement noyé les relents de pop-corn et de barbe à papa. Mon pouls s'est emballé. J'avais la chair de poule. Lorsque l'exquise odeur s'est dissipée aussi brusquement qu'elle était apparue, j'ai éprouvé une sensation de vide inexplicable au creux du ventre.

Les lumières se sont rallumées et les enfants se sont rués dehors en désordre. L'esprit brumeux, je me suis levée et j'ai fixé la fente du rideau par où le tigre était sorti, ne laissant derrière lui qu'un discret soupçon de santal et un sentiment troublant dans mon cœur.

« Hmm... Je dois avoir un problème d'hypersensibilité. »

Le spectacle était terminé et j'étais officiellement devenue folle.

3

Le tigre

La meute bruyante des enfants s'est dispersée hors du complexe. Sur le parking, un moteur a démarré en sifflant et en pétaradant. Matt s'est levé.

— C'est maintenant que le vrai travail commence, m'a-t-il dit en s'étirant. Tu es prête ?

J'ai gémi. Rien que d'en parler, j'avais déjà les muscles douloureux.

— Pas de problème, envoie.

Il a nettoyé les détritus sur les sièges, pendant que je passais derrière lui pour les pousser contre le mur. Une fois cette première corvée terminée, il m'a tendu un balai.

— Il faut balayer la salle, ranger toutes les affaires dans des cartons et les remiser. Vas-y. Je rends la caisse à M. Maurizio et je te rejoins.

— Ça marche.

Je me suis déplacée lentement en poussant le balai devant moi. Je faisais des allers et retours, tel un nageur en train d'enchaîner des longueurs, en repensant aux numéros. Celui des chiens était mon préféré, mais le tigre avait quelque chose de fascinant. Mon esprit revenait sans cesse au gros chat.

« Je me demande à quoi il ressemble de près. Et pourquoi est-ce qu'il sent le santal ? » Je ne connaissais rien à ces animaux, à part ce que j'avais appris tard le soir en regardant des documentaires à la télé.

J'avais presque fini de nettoyer le sol quand Matt est revenu. Il m'a aidée à enlever la montagne de saletés. Ensuite il nous a fallu une bonne heure pour remplir les cartons et les traîner dans la zone de stockage.

Une fois le ménage terminé, Matt m'a autorisée à prendre une heure de repos avant le dîner avec la troupe. Je me suis dépêchée de regagner la tente.

Je me suis changée et, recroquevillée sur mon lit de camp, j'ai sorti mon journal. Tout en mordillant le bout de mon stylo, j'ai réfléchi aux personnes intéressantes que je venais de rencontrer. J'avais déjà pu constater que les membres du cirque formaient une grande famille solidaire. J'ai écrit quelques lignes sur le tigre. Il m'intriguait vraiment. « Peut-être que je devrais travailler avec des animaux et les étudier à la fac, me suis-je dit, avant de me rappeler mon aversion pour la biologie. Non, je ne m'en sortirais jamais dans cette matière. »

L'heure du dîner approchait. Les effluves appétissants en provenance du bâtiment principal me faisaient saliver.

« C'est autre chose que les cookies végétariens de Sarah… »

À l'intérieur, Matt installait des chaises autour de huit longues tables pliantes. L'une d'elles était dressée avec un buffet italien. Ça avait l'air succulent. J'ai proposé de lui donner un coup de main, mais il a refusé.

— Tu as bossé dur aujourd'hui, Kelsey. Repose-toi, je m'en occupe.

Cathleen m'a appelée.

— Assieds-toi à côté de moi. M. Maurizio fait une annonce tous les soirs. Après on a le droit de manger.

On s'était à peine assises que M. Maurizio faisait une entrée fracassante.

— Fabouleuse représentation, tout lé monde ! Saluons l'*eccellente* travail dé notre nouvelle vendeuse, eh ? C'est oun soir dé fête ! *Mangiate, mia famiglia !* Remplissez vos assiettes.

J'ai pouffé. « Oh, celui-là ! Il ne quitte jamais son rôle ! »

— Et maintenant, à table ! s'est exclamée Cathleen.

Nous avons fait la queue au buffet. J'ai garni mon assiette en carton de salade italienne. J'ai rajouté une grande louche de cannelloni ricotta-épinards nappés de sauce tomate, des blancs de poulet au parmesan et, comme il ne restait plus assez de place, j'ai enfourné un gressin chaud dans ma bouche, attrapé une bouteille d'eau et je suis retournée m'asseoir en zieutant au passage le gros gâteau au chocolat qui nous attendait pour le dessert. Au bout du compte, je n'ai même pas réussi à terminer le plat de résistance.

Après m'être retirée dans un coin calme de la salle le temps de téléphoner à Sarah et Mike, je suis allée trouver Matt qui mettait les restes au frigo.

— Je n'ai pas vu ton père à table. Il a sauté le repas ?

— Je lui ai apporté une assiette. Il était occupé avec le tigre.

— Il l'a depuis combien de temps ? ai-je demandé, curieuse d'en savoir plus.

— Depuis cinq ans, environ. M. Maurizio l'a acquis auprès d'un autre cirque, qui l'avait lui-même acheté à un cirque. On ne connaît pas très bien son histoire. Papa dit qu'il n'exécute que des tours classiques et qu'il refuse d'en apprendre de nouveaux. En revanche, il ne lui a jamais créé le moindre problème. C'est une bête très calme, presque docile… pour un tigre, bien sûr.

— Selon ma fiche de poste, je suis censée m'occuper de Dhiren. En quoi va consister mon travail ? Je vais vraiment devoir le nourrir ?

— Ne t'inquiète pas. Ce n'est pas difficile : il faut juste éviter ses grandes dents, a plaisanté Matt. En réalité, tu devras seulement transporter son repas d'un bâtiment à l'autre. Mon père te donnera toutes les infos dont tu as besoin demain.

Il n'était pas tard, mais, vu l'heure à laquelle je devais me lever, je n'avais pas intérêt à lambiner. Après une douche et un brossage de dents rapides, j'ai enfilé mon pyjama en flanelle bien chaud, mes chaussons et j'ai vite regagné ma tente. Blottie sous ma couverture, j'ai lu à peine un chapitre avant de sombrer dans un profond sommeil.

Le lendemain matin, après le petit déjeuner, je me suis précipitée au chenil. Le père de Matt était déjà là, en train de jouer avec les chiens. Son fils lui ressemblait beaucoup. Ils avaient les mêmes yeux noisette et les mêmes cheveux châtains.

— Bonjour. Tu es Kelsey, n'est-ce pas ? Si j'ai bien compris, tu seras mon assistante aujourd'hui.

— Oui, monsieur.

Il m'a serré chaleureusement la main.

— Appelle-moi Andrew, ou monsieur Davis, si tu préfères. Pour commencer, promenons ces petites bêtes.

— Ça, c'est dans mes cordes.

Il a éclaté de rire.

— On verra comment tu t'en sors !

Il m'a donné cinq laisses à clipser sur les colliers des chiens – un curieux assortiment comprenant un beagle, un lévrier anglais, un bouledogue, un dogue allemand et un petit caniche noir. Ils sautaient partout, emmêlaient leurs laisses… et me ficelaient les jambes. M. Davis a dû me délivrer.

C'était une belle matinée. Les bois sentaient bon. Les animaux, ravis, bondissaient gaiement et me tiraient dans toutes les directions sauf celle où je voulais aller. Ils soulevaient des nuages de poussière et de feuilles mortes en grattant la terre et reniflaient consciencieusement chaque centimètre carré de terrain.

Tout en démêlant pour la énième fois une laisse enroulée autour d'un tronc d'arbre, j'ai interrogé M. Davis.

— Cela vous ennuie si je vous pose quelques questions à propos de votre tigre ?

— Pas du tout. Vas-y.

— Matt m'a dit que vous connaissiez mal son histoire. Où l'avez-vous acheté ?

M. Davis a frotté son menton mal rasé.

— M. Maurizio a déniché Dhiren dans un petit cirque. Il souhaitait pimenter un peu notre spectacle. Il pensait que dresser un fauve ne serait pas très compliqué pour une personne habituée à travailler avec des animaux. Nous étions très naïfs. En général, les félins réclament un entraînement intensif. M. Maurizio a insisté pour que j'essaie et, heureusement pour moi, je suis tombé sur un tigre très accommodant. Je n'étais pas du tout préparé à dresser un animal de cette taille. J'ai voyagé un moment avec l'ancien propriétaire. Son dresseur m'a appris à m'occuper de Dhiren et à l'apprivoiser. Au départ, il voulait me vendre une femelle de Sibérie très agressive mais j'ai vite compris qu'elle n'était pas pour nous. J'ai négocié le blanc à la place. Il semblait plus doux et mieux disposé à accepter mon autorité. En vérité, j'ai l'impression que, la plupart du temps, il s'ennuie ferme pendant les répétitions.

Sa réponse m'a laissée songeuse. Après un court silence, j'ai repris le fil de mes questions :

— Les tigres blancs viennent d'Inde ? Je croyais qu'ils étaient originaires de Sibérie.

M. Davis a souri.

— Beaucoup de gens croient qu'ils sont russes et que leur fourrure blanche leur sert à se camoufler dans la neige. En réalité, les tigres de Sibérie sont plus gros et orangés. Le nôtre est un tigre du Bengale. Tu veux lui donner son repas aujourd'hui ? Les cages ont des loquets de sûreté et je serai là pour tout superviser.

J'ai soupiré de plaisir en repensant à l'agréable parfum de jasmin qui m'avait enivrée à la fin du spectacle. Mais ma rêverie s'est brutalement interrompue lorsqu'un chien s'est mis à courir en rond autour de moi. Évidemment, je me suis empêtrée dans sa laisse.

— Oui, j'aimerais beaucoup, merci !

Nous avons rentré les chiens au chenil et les avons nourris.

— Tu sais, les tigres pourraient complètement disparaître d'ici une dizaine d'années, m'a dit M. Davis pendant qu'il remplissait l'abreuvoir. L'Inde a déjà fait voter plusieurs lois pour protéger l'espèce. Les braconniers et les villageois sont les principaux responsables. Les tigres évitent les humains en temps normal mais ils sont à l'origine de nombreuses morts chaque année et, parfois, la population se fait justice elle-même.

Il m'a invitée à le suivre en direction de la grange. Le soleil se déversait par deux fenêtres percées en hauteur. Il réchauffait la pièce et éclairait les grains de poussière en suspension dans l'air. J'ai été surprise par la luminosité de ce bâtiment. D'épaisses poutres soutenaient un plafond voûté et des box s'alignaient le long des murs, vides à l'exception d'immenses piles de bottes de paille.

M. Davis a pris un pichet de boisson vitaminée.

— Kelsey, je te présente Dhiren. Viens, je veux te montrer quelque chose.

Nous nous sommes approchés de la magnifique cage

blanc et doré. Le tigre, qui somnolait à notre arrivée, a levé la tête et m'a examinée avec curiosité.

Ses yeux… Ils étaient ensorcelants. Ils me transperçaient, comme s'ils voulaient sonder jusqu'au tréfonds de mon âme.

Une vague de solitude m'a submergée. Je me suis efforcée de la contenir derrière les digues que j'avais bâties pour ne pas me laisser envahir. La gorge nouée, j'ai baissé la tête.

M. Davis a tiré sur un levier. Un panneau a glissé, créant une séparation entre le bout de la cage et la porte. L'écuelle de Dhiren était placée dans ce compartiment. M. Davis l'a remplie d'eau, en ajoutant l'équivalent de quatre cuillers à café de boisson vitaminée, puis il a refermé la porte. Une fois celle-ci verrouillée, il a poussé le levier afin de lever le panneau mobile.

— Je reste ici pour avancer un peu ma paperasse, a-t-il annoncé. Je voudrais que tu t'occupes du petit déjeuner de Dhiren. Va dans le grand bâtiment. Derrière les cartons, tu trouveras un frigo. Prends ce chariot rouge et rapporte une ration de viande. Avant, tu dois sortir un autre paquet du congélateur et le mettre à décongeler au frigo. Pour nourrir le tigre, tu procèdes exactement comme je viens de te montrer. Assure-toi d'avoir bien baissé le panneau de sécurité. Tu vas y arriver ?

— Pas de problème ! ai-je lancé en saisissant la poignée du chariot.

L'aller et retour ne m'a pris que quelques minutes. « J'espère que ce panneau est solide », ai-je pensé en actionnant la manette. J'ai déposé la viande crue dans un grand récipient, que j'ai glissé prudemment dans la cage tout en gardant un œil méfiant sur le tigre. Celui-ci est resté tranquillement assis à m'observer.

— Au fait, monsieur Davis, c'est un mâle ou une femelle ?

Un grondement sourd s'est échappé de la cage.

— Ben… pourquoi tu grognes, toi ?

Le père de Matt a éclaté de rire.

— Ah, je crois que tu l'as vexé. Il est très susceptible, tu sais. Pour répondre à ta question, c'est un mâle.

— Hmm.

La séance d'entraînement succédait au petit déjeuner. M. Davis m'a proposé d'y assister. Nous avons bloqué les portes de la grange à l'aide d'un madrier pour empêcher le fauve de se sauver, et j'ai grimpé à l'étage par une échelle. En cas d'accident, M. Davis m'avait ordonné de sortir par la fenêtre et d'aller chercher M. Maurizio.

Il a ouvert la cage et appelé Dhiren. Celui-ci l'a considéré d'un air las avant de reposer sa tête sur ses pattes.

— Allez ! Viens ! a insisté le dresseur.

Le tigre a écarté ses énormes mâchoires pleines de dents. Son bâillement géant m'a fait frémir. Il s'est levé mollement et a étiré ses quatre pattes une par une. Je me suis retenue de rire : ce terrible prédateur ressemblait tellement à un chat domestique tiré de sa sieste ! Il a descendu la rampe de sa cage en trottinant.

Pendant plusieurs minutes, il s'est exercé à sauter sur des tabourets, puis à l'intérieur d'un cerceau. Il a exécuté ces diverses prouesses avec aisance. Ses mouvements ne trahissaient aucun effort. Depuis l'étage, je voyais ses muscles puissants saillir sous sa fourrure rayée blanc et noir.

Andrew Davis était un bon dresseur. Pourtant, à deux reprises, le tigre aurait pu prendre l'avantage sur lui. La première fois, il avait le visage de M. Davis à portée de ses griffes et il aurait pu lui donner un coup de patte. Plus tard, alors qu'il venait de se faire marcher sur la queue, il s'est contenté de gronder plaintivement en s'écartant. Son comportement m'intriguait autant qu'il me fascinait. Je me demandais quelles sensations ça me procurerait de toucher ce bel animal.

M. Davis transpirait dans la grange mal aérée. Lorsqu'il a reconduit le tigre vers sa cage, il lui a offert un morceau de viande séchée en guise de récompense.

— Kelsey, tu ferais bien d'aller au bâtiment principal pour aider Matt à tout préparer avant le spectacle. On nous envoie un groupe de seniors aujourd'hui.

— Ça ne vous ennuie pas si je viens ici avec mon journal de temps en temps? lui ai-je demandé en descendant l'échelle. J'aimerais dessiner le tigre.

— Pas de souci. Tant que tu ne t'approches pas trop.

Je me suis dépêchée de regagner la sortie.

— Merci de m'avoir permis de vous regarder. C'était vraiment génial! ai-je crié.

J'ai rejoint Matt au pas de course pile au moment où le premier car se garait sur le parking. Tout s'est déroulé à l'opposé de la veille. D'abord, la responsable du groupe a acheté tous les tickets d'un coup. Puis les clients sont allés s'installer gentiment en traînant les pieds. À peine avaient-ils trouvé leurs sièges que certains se sont endormis. « Comment peuvent-ils roupiller avec un tel vacarme ? »

Je ne risquais pas d'être débordée à l'entracte: la moitié des spectateurs ronflait encore, tandis que l'autre faisait la queue aux toilettes.

Après le spectacle, Matt et moi avons nettoyé la salle rapidement, ce qui m'a laissé quelques heures de liberté. J'ai filé jusqu'à mon lit de camp, j'ai pris mon journal, un stylo et un crayon, ma couverture, et je suis retournée à la grange.

Le tigre se reposait tranquillement. J'ai repéré deux bottes de paille qui formaient comme un fauteuil. C'était parfait. Ma couverture étendue sur mes jambes pour me tenir chaud, j'ai ouvert mon journal. Après avoir écrit deux paragraphes, j'ai attaqué le portrait.

J'avais suivi quelques cours de dessin au lycée et je me débrouillais bien pour reproduire des modèles. J'ai observé mon sujet. Il me fixait droit dans les yeux – pas comme s'il voulait me manger, non ; plutôt comme s'il essayait de me dire quelque chose. J'ai souri.

— Salut, monsieur Dhiren. C'est moi que tu regardes comme ça ?

J'ai commencé mon ébauche. Il avait des yeux ronds, assez écartés et bleu vif, de longs cils noirs et un nez rose. Sa fourrure d'un blanc crémeux était marquée de rayures noires qui partaient de son front ou de ses joues et se prolongeaient jusqu'à sa queue. Il me dévisageait, ses petites oreilles rondes tournées vers moi et sa grosse tête posée sur ses pattes, tandis que sa queue se balançait mollement.

J'ai passé beaucoup de temps à essayer de saisir le motif de son pelage. Selon M. Davis, il n'existait pas deux tigres avec des rayures identiques. Celles-ci étaient aussi distinctives que les empreintes digitales chez les humains.

J'ai parlé au fauve tout en le croquant.

— Alors, Dhiren… Je crois que je vais te surnommer Ren. J'espère que ça ne te dérange pas. Comment s'est passée ta journée ? Tu as apprécié ton petit déjeuner ? Tu sais que tu as un très beau visage – exception faite des grandes dents, bien sûr.

Après une pause au cours de laquelle on n'entendait plus que la pointe de mon crayon sur le papier et la respiration profonde du gros animal, je lui ai demandé :

— Ça ne te déplaît pas trop d'être un tigre de cirque ? Ce n'est pas une vie très excitante de rester enfermé dans cette cage à longueur de temps. À ta place, je m'ennuierais.

Je me suis mordu la lèvre en ombrant les rayures de ses joues.

— Tu aimes la poésie ? J'apporterai mon recueil et je t'en lirai un jour. Je crois que j'ai un poème sur les chats que tu pourrais trouver intéressant.

J'ai levé les yeux de mon dessin et j'ai constaté avec surprise qu'il avait bougé. Il était assis, la tête penchée, et me scrutait avec insistance. « Quand un carnassier vous dévore des yeux, ce n'est sûrement pas bon signe », ai-je pensé, pas très rassurée.

À cet instant, le père de Matt est entré dans le bâtiment. Le tigre s'est aussitôt laissé tomber sur le flanc.

— Salut, petite. Comment ça va ?

— Hmm, bien. Dites, j'avais une question. Il ne se sent pas trop seul, votre tigre ? Vous n'avez pas essayé de… vous savez… lui trouver une copine ?

M. Davis a éclaté de rire.

— Non, les copines, très peu pour lui ! Il aime la solitude. L'autre cirque a tenté de le faire s'accoupler, mais il a refusé. Il a cessé de s'alimenter, alors ils ont renoncé. J'imagine qu'il préfère le célibat.

— Oh… Bon, je vais voir si Matt a besoin de moi pour le dîner.

J'ai refermé mon journal et rassemblé mes affaires.

Tandis que je m'éloignais de la grange d'un pas nonchalant, je ne cessais de songer au tigre. « Le pauvre. Tout seul, sans tigresse ni bébés. Coincé en captivité, sans gibier à chasser. » J'éprouvais sincèrement de la peine pour lui.

Après le dîner, j'ai promené les chiens avec le père de Matt et je me suis hâtée de me mettre au lit. Les mains croisées sous la nuque, je fixais le plafond de la tente en pensant à Dhiren. Je me suis tournée et retournée pendant vingt bonnes minutes et, comme je ne parvenais pas à m'endormir, j'ai décidé de rendre une dernière visite à la grange.

Je n'ai allumé que l'ampoule la plus proche de la cage et je me suis assise sur ma botte de paille avec ma couverture.

D'humeur sentimentale, j'avais apporté un exemplaire de *Roméo et Juliette*.

— Salut, Ren. Tu veux que je te fasse la lecture un moment ? Il n'y a pas de tigre dans cette histoire mais tu n'as qu'à t'identifier à Roméo. Imagine qu'il grimpe à un arbre au lieu de monter à un balcon, OK ? Attends un peu que je crée une ambiance romantique.

J'ai éteint la lumière et j'ai estimé que les rayons de la pleine lune éclairaient suffisamment.

La queue du tigre battait le plancher de la cage. Je me suis mise de profil en me faisant une sorte d'oreiller avec la paille, et j'ai entamé mon récit. Je ne discernais que la silhouette de Dhiren et ses yeux qui luisaient dans la pénombre. La fatigue m'a gagnée peu à peu. J'ai soupiré.

— Ah, des hommes comme Roméo, on n'en fait plus de nos jours. Peut-être qu'ils n'ont jamais existé, d'ailleurs. Je ne parle pas pour toi, bien sûr. Je suis certaine que tu es un incorrigible romantique.

J'ai fermé les yeux pour les reposer un peu et je ne les ai rouverts que le lendemain matin.

Depuis ce soir-là, j'ai passé tout mon temps libre dans la grange avec Ren. Il semblait apprécier ma présence et il dressait toujours les oreilles quand je lui lisais des textes. Je harcelais constamment M. Davis avec mes questions, si bien qu'il a fini par m'éviter. Du moins, c'était mon impression. Il ne se plaignait pas de mon travail, en revanche.

Tous les jours, je me levais tôt pour m'occuper de la ménagerie et, l'après-midi, je m'asseyais près de la cage de Ren et j'écrivais dans mon journal. Le soir, je venais avec ma couverture et un bouquin. Tantôt je déclamais un poème, tantôt je me contentais de lui parler.

Au bout d'une semaine environ, alors que Matt et moi assistions au spectacle comme à notre habitude, j'ai noté que Ren se comportait différemment pendant son numéro. Il balayait le public des yeux comme s'il cherchait quelque chose ou quelqu'un.

Lorsqu'il m'a aperçue, il s'est figé, telle une statue. Je ne pouvais pas arracher mon regard au sien. J'ai entendu le fouet claquer plusieurs fois mais le tigre restait immobile.

— C'est bizarre, a dit Matt.

— Qu'est-ce qui se passe ? Il y a un problème ? Pourquoi il nous fixe ?

Il a haussé les épaules.

— Je ne sais pas. C'est la première fois que ça arrive.

Ren a fini par nous tourner le dos pour reprendre son numéro. Je suis allée le voir après le ménage. Il marchait de long en large dans sa cage. À mon approche, il s'est assis et s'est mis à son aise. Je me suis avancée jusqu'à la cage.

— Salut, Ren. Qu'est-ce que tu as aujourd'hui ? Je suis inquiète. J'espère que tu ne couves pas un truc.

Il se reposait calmement, le menton sur les pattes. Seuls ses yeux bougeaient, ils ne perdaient aucun de mes mouvements. Cet animal m'attirait d'une façon inexplicable. Je me sentais sur le point de céder à une pulsion aussi puissante que dangereuse. Nous étions tous les deux seuls au monde. J'ignorais pourquoi, mais je voulais – j'avais besoin de le toucher.

Je n'avais plus du tout peur. J'étais convaincue qu'il ne me ferait aucun mal. Alors, au mépris de toutes les consignes de sécurité, j'ai tendu lentement la main à travers les barreaux. Mon cœur s'est mis à battre très vite. Je tremblais un peu. Ren, lui, ne remuait pas d'un cil.

J'ai effleuré sa patte du bout des doigts. Sa fourrure était très douce. Il a poussé un profond soupir. Encouragée, je l'ai caressé plus franchement. Puis j'ai suivi le tracé d'une rayure. Soudain, avant que j'aie pu réagir, il a tourné la tête et m'a léchée.

J'ai vite retiré mon bras.

— Ren ! Tu m'as fait peur ! J'ai cru que tu allais me dévorer les doigts !

J'ai retenté l'expérience avec hésitation et, de nouveau, sa langue rose m'a chatouillée. Je l'ai laissé faire un moment et je suis allée me laver les mains à l'évier.

— Merci de ne pas m'avoir mangée toute crue.

Ren a soufflé fort en guise de réponse, comme s'il éternuait.

— Que voudrais-tu écouter aujourd'hui ? Pourquoi pas ce poème sur le chat que je t'avais promis ?

Je me suis assise sur ma botte de paille, j'ai ouvert mon recueil et j'ai cherché la bonne page.

— Ah, voilà.

Je suis le chat
de
Leila Usher

On m'adorait en Égypte,
Je suis le Chat.
Parce que je ne me plie pas à son désir,
L'homme me dit mystérieux.
Quand je joue avec une souris,
Il me dit cruel.
Pourtant il enferme des animaux
Dans des parcs et des zoos pour les contempler à loisir.
Il croit que l'animal est né pour son plaisir,
Pour être son esclave.
Moi, je ne tue que par nécessité,

Lui tue pour le plaisir, le pouvoir et l'or,
Et il prétend à la supériorité !
Pourquoi l'aimerais-je ?
Moi, le Chat, dont les ancêtres
Foulaient fièrement le sol de la jungle,
Libres jusqu'au dernier du joug des humains ?
Ah, sait-il
Que la même main immortelle
Qui lui a insufflé la vie, m'a insufflé la vie ?
Mais moi seul suis libre.
Je suis LE CHAT.

J'ai fermé le livre et j'ai regardé Dhiren, songeuse. Je l'imaginais, fier et noble, courant à travers la jungle derrière une proie. Sa situation me faisait vraiment pitié. « Ce n'est pas une vie d'enchaîner des numéros dans un cirque, même avec un bon dresseur. Un tigre n'est pas un chien ou un chat qu'on peut domestiquer. Il devrait vivre libre dans la nature. »

Je me suis levée et je suis retournée le voir. J'ai recommencé à le caresser – avec précaution, au début. Aussitôt sa langue a jailli pour me lécher les doigts. Je n'ai pas pu m'empêcher de rire. Lentement, ma main est remontée de sa patte à sa joue. Puis, enhardie, je l'ai gratté derrière l'oreille. Une vibration profonde a résonné dans sa gorge. Il ronronnait !

— Tu aimes ça, hein ?

J'ai retiré doucement mon bras et je l'ai observé en réfléchissant à ce qui venait de se passer. Son visage reflétait une expression de mélancolie quasi humaine. « Si les tigres ont une âme, et je crois que c'est le cas, alors la sienne est triste et solitaire. »

— Je voudrais que tu sois libre, ai-je murmuré, le regard perdu dans ses grands yeux bleus.

4

L'inconnu

Deux jours plus tard, alors que je rendais visite à Ren, je suis tombée sur un homme grand et distingué, vêtu d'un costume noir qui devait coûter une fortune. Il était debout près de la cage et parlait doucement. Il avait une épaisse chevelure blanche coupée court, une barbe et une moustache impeccablement taillées, et un long nez aquilin. Ses yeux sombres, presque noirs, ressortaient sur son teint olivâtre. Sa présence dans une grange avait de quoi surprendre.

— Bonjour. Je peux vous aider ? ai-je demandé.

Il a fait volte-face et m'a souri chaleureusement.

— Bonjour ! Tu dois être Miss Kelsey ? Je m'appelle Anik Kadam et je suis ravi de faire ta connaissance.

Il s'est incliné, les mains jointes à hauteur de la poitrine.

« Moi qui croyais que les gentlemen n'existaient plus. »

— Oui, c'est moi. Je peux faire quelque chose pour vous ?

— Peut-être bien, en effet. Je souhaite m'entretenir avec le propriétaire du cirque au sujet de ce magnifique animal.

Perplexe, j'ai répondu :

— M. Maurizio se trouve derrière le grand bâtiment, dans la caravane noire. Je vous accompagne ?

— Inutile de te donner cette peine. Merci. Je vais le voir de ce pas.

Il a quitté la grange en refermant la porte sans bruit.

Après avoir vérifié que Ren allait bien, j'ai marmonné :

— Curieux… Je me demande ce qu'il veut. Il a peut-être une passion pour les tigres.

J'ai hésité un instant avant de passer la main à travers les barreaux. Étonnée de ma propre audace, j'ai caressé un peu la patte de Ren, puis j'ai commencé à préparer son petit déjeuner.

— Ce n'est pas tous les jours qu'on peut admirer un aussi beau tigre, tu sais. Il veut sans doute complimenter le cirque sur ta performance, c'est tout.

Comme j'avais faim moi aussi, je suis partie me chercher quelque chose à manger. Il régnait une agitation inhabituelle dans le grand bâtiment. Des gens bavardaient par petits groupes aux quatre coins de la salle. J'ai pris un muffin aux pépites de chocolat, une bouteille de lait froid et, la bouche pleine, j'ai lancé à Matt :

— Kechki che pache ?

— J'en sais rien. M. Maurizio et mon père sont en pleine réunion avec un inconnu. Ça a l'air sérieux. On nous a demandé d'interrompre nos activités et d'attendre ici. On se pose tous des questions.

— Hmm.

Je me suis assise et j'ai dégusté mon muffin en écoutant les spéculations farfelues de la troupe.

Nous n'avons pas eu à patienter longtemps. Quelques minutes plus tard, M. Maurizio, M. Davis et M. Kadam nous ont rejoints. M. Maurizio affichait un sourire radieux.

— Asseyez-vous, asseyez-vous, mes amis ! Cé monsieur a fait dé moi lé plous heureux des hommes. Il propose d'acquérir notre cher tigre, Dhiren.

L'assistance a retenu son souffle. Plusieurs personnes gigotaient sur leurs sièges et chuchotaient à l'oreille de leurs voisins.

— Allons, allons, *fate silenzio*. Chut, laissez-moi terminer ! Il souhaite ramener Dhiren en Inde, dans lé parc national de Ranthambore, la grande réserve dé tigres. En échange, M. Kadam offre assez d'argent pour faire vivre notre troupe pendant deux ans ! M. Davis est *d'accordo* avec moi. Il pense loui aussi qué lé tigré séra sourement plous heureux là-bas.

Le dresseur a hoché la tête d'un air solennel.

— Voilà cé qui est convénou : nous continouons les représentations comme prévou cette semaine et, ensouite, le tigre partira avec M. Kadam… par avion, tandis qué nous reprendrons la route vers notre prochaine étape. Dhiren reste donc avec nous jusqu'au *grandioso finale* de samedi !

Sur ces mots, M. Maurizio a donné une grande claque sur l'épaule de M. Kadam. Puis les deux hommes ont disparu.

Aussitôt, les artistes du cirque ont repris leurs bavardages. Ils couraient d'un groupe à l'autre, comme des enfants excités à l'heure du goûter. Ils picoraient des informations, glanaient des ragots à droite à gauche et se tapaient dans le dos en échangeant des félicitations chaleureuses, heureux de se savoir à l'abri du besoin pour les deux années à venir.

Tout le monde était ravi sauf moi. Je suis restée scotchée sur ma chaise, bouche bée, en tenant mon muffin d'une main molle. J'ai fini par me ressaisir et j'ai interrogé Matt.

— Qu'est-ce que ça change pour ton père ?

Il a haussé les épaules.

— Papa a encore les chiens et il a toujours voulu monter un numéro avec des chevaux miniatures. Peut-être qu'il arrivera à convaincre M. Maurizio d'en acheter deux avec une partie de l'argent de M. Kadam.

« Et moi dans tout ça ? » me suis-je demandé. Je me sentais… déboussolée. J'avais presque oublié que ce job n'était que temporaire. Ren allait terriblement me manquer. D'un autre côté, j'étais contente pour lui. Je n'aurais jamais dû laisser mes émotions prendre le pas sur le travail.

Je me suis activée pendant le reste de la matinée pour éviter de ressasser.

Après le déjeuner, je me suis dépêchée d'aller chercher ma couverture, mon journal et un livre dans ma tente, et j'ai filé à la grange. Je me suis assise illico sur ma botte de foin, les jambes étendues devant moi.

— Salut, Ren. Alors, sacrée nouvelle, hein ? Tu rentres en Inde ! Je te souhaite sincèrement d'y être heureux. Peut-être que tu rencontreras une jolie femelle, qui sait ?

J'ai entendu un « rroumpf » dans la cage. Pendant un instant, j'ai pensé : « Oh, j'espère que tu sais encore chasser. Enfin, j'imagine que dans une réserve on gardera un œil sur toi. Personne ne te laissera dépérir. »

La porte a grincé au fond du bâtiment : M. Kadam venait d'entrer. Je me suis redressée à toute vitesse, un peu gênée d'avoir été surprise en train de parler à un tigre.

— Excuse-moi de t'interrompre, a-t-il dit.

Après nous avoir longuement observés tour à tour, le tigre et moi, il a ajouté :

— Tu sembles avoir de... l'affection pour Dhiren, n'est-ce pas ?

J'ai répondu avec sincérité :

— Oui, j'aime passer du temps avec lui. Alors vous parcourez le monde pour sauver des tigres ? C'est classe, comme travail.

Il a souri.

— Oh, ce n'est pas mon métier. En réalité, je gère une grande fortune. Mon employeur est passionné par les tigres et c'est en son nom que j'ai soumis une offre à M. Maurizio.

Il a pris un petit tabouret et s'est assis face à moi. Il mouvait son grand corps avec une aisance et une souplesse que je n'aurais jamais soupçonnées chez un homme de son âge.

— Êtes-vous originaire d'Inde vous-même ? lui ai-je demandé.

— Oui, j'y suis né et j'y ai grandi il y a fort longtemps. Les principaux avoirs fonciers de la fortune que j'administre se trouvent là-bas.

J'ai tiré un brin de paille et je l'ai entortillé autour de mon doigt.

— Pourquoi ce monsieur très riche s'intéresse-t-il tant à Ren ?

Son regard s'est illuminé. Il a jeté un bref coup d'œil au tigre.

— As-tu déjà entendu parler du grand prince Dhiren ?

J'ai secoué la tête.

— Non.

— Le nom du tigre signifie dans ma langue « Celui qui est fort ». Un prince célèbre portait le même nom autrefois ; son histoire est tout à fait captivante.

J'ai souri.

— Vous n'avez pas répondu à ma question ! Mais j'aime les histoires. Vous pourriez me la raconter ?

— Je crois, oui.

Il a pris un air absent, les yeux perdus dans le vague, et sa voix s'est faite moins saccadée, plus mélodieuse.

— Jadis vivait en Inde un roi puissant qui avait deux fils. L'aîné se prénommait Dhiren. Les deux frères reçurent la meilleure éducation qui soit et une formation militaire poussée. Leur mère leur apprit à aimer leur pays et tous ses habitants. Elle les emmenait souvent jouer avec des enfants pauvres car elle tenait à ce qu'ils aient conscience des besoins de leur peuple. Ces contacts leur enseignèrent l'humilité et leur permirent de mesurer la chance qu'ils avaient. Leur père, quant à lui, leur apprit à gouverner le royaume.

En grandissant, Dhiren devint un chef militaire courageux et intrépide.

« Son frère était lui aussi brave, fort et intelligent. Il aimait Dhiren, mais, parfois, le dard de la jalousie le frappait au cœur. Même s'il excellait dans tous les domaines requis, il savait que Dhiren était et resterait l'héritier du trône. Il éprouvait les sentiments qu'un cadet éprouve naturellement pour un aîné favorisé par le destin.

« Dhiren éblouissait ses futurs sujets par sa perspicacité, son intelligence et sa personnalité. Il savait allier le charme à la modestie, un mélange rare qui en faisait un remarquable politicien. Grand guerrier et poète renommé, c'était un homme de paradoxes. Le peuple, qui aimait la famille royale, s'attendait à de longues années de paix et de félicité sous son règne.

J'ai hoché la tête, fascinée par le récit.

— Qu'est-il arrivé aux deux princes ? ai-je demandé. Ils se sont battus pour le trône ?

— Le roi Rajaram arrangea un mariage entre son fils Dhiren et la princesse d'un pays voisin. Après des siècles de tranquillité, des conflits éclataient de plus en plus fréquemment sur la frontière entre les deux royaumes. Cette alliance ne déplaisait pas à Dhiren, d'abord parce que Yesubaï était très belle, mais aussi parce qu'il était assez raisonnable pour comprendre que leur union pouvait suffire à rétablir la paix dans leurs terres. Ils furent officiellement fiancés pendant que Dhiren inspectait ses troupes loin de la capitale. Lors de son absence, Yesubaï fit la connaissance de son frère au palais et bientôt les deux jeunes gens tombèrent amoureux.

Le tigre a soufflé bruyamment par le nez et tapé plusieurs fois sa queue contre le plancher de sa cage.

— Chuuut, Ren. Laisse le monsieur raconter.

Il a reposé sagement le menton sur ses pattes.

— Dhiren fut trahi par son frère, a repris M. Kadam. Afin d'obtenir la main de celle qu'il aimait, il conclut un accord avec un triste sire, un homme démoniaque qui captura Dhiren. Fait prisonnier, le prince fut traîné dans les rues de la ville de son ennemi par un chameau tandis que les gens lui jetaient des pierres, des bâtons et de la boue. On le tortura, on lui rasa la tête et on lui arracha les yeux, puis son corps fut mis en pièces et jeté dans le fleuve.

J'ai retenu mon souffle.

— C'est horrible !

J'avais des milliers de questions à l'esprit mais je ne voulais pas interrompre le récit. M. Kadam a continué d'un ton grave :

— Quand son peuple apprit ce qui s'était passé, une immense tristesse se répandit dans tout le royaume. Certains disent que les sujets de Dhiren se rendirent sur les bords du fleuve pour réunir ses membres éparpillés et leur donner une sépulture. D'autres prétendent que son corps ne fut jamais retrouvé.

« Le roi et sa femme, accablés par le désespoir, ne tardèrent pas à suivre leur fils bien-aimé dans la mort. Le frère de Dhiren, étouffé par la honte, s'enfuit. Yesubaï se suicida. L'Empire Mujulâïn sombra dans les ténèbres et le chaos. La disparition de la famille royale laissait le royaume sans autorité, alors les militaires s'emparèrent provisoirement du pouvoir. Après cinquante années de guerres et de carnages, l'homme qui avait assassiné Dhiren accéda enfin au trône qu'il convoitait.

Un silence assourdissant régnait dans la grange. Quand Ren a fouetté l'air de sa queue, je suis brusquement sortie de ma rêverie.

— Ouah… Il l'aimait vraiment ?

— De qui parles-tu ?

— De Dhiren. Il aimait Yesubaï ?

Il a cligné des yeux.

— Je… l'ignore. Nombre de mariages étaient arrangés à l'époque et l'amour entrait rarement en considération.

— Que c'est triste ! C'est une belle histoire, un peu sanglante mais captivante. Shakespeare aurait écrit une pièce formidable s'il avait connu ce conte. Alors Ren a été baptisé ainsi en hommage à ce prince indien ?

M. Kadam a haussé un sourcil en souriant.

— Il semblerait.

J'ai regardé mon tigre.

— Tu as entendu, Ren ? Tu es un héros !

Ren a dressé les oreilles et cligné des yeux.

— Merci d'avoir partagé cette histoire avec moi. Je sens qu'elle va inspirer quelques lignes de mon journal. Mais… ça n'explique toujours pas pourquoi votre employeur s'intéresse aux tigres.

M. Kadam s'est éclairci la voix en m'étudiant de biais. Il essayait de gagner du temps. Il a repris la parole en cherchant ses mots, ce qui m'a étonnée venant de quelqu'un d'aussi éloquent.

— Mon employeur a un lien spécial avec ce tigre blanc. Tu vois, il se reproche son emprisonnement… enfin, sa capture, disons. Il s'est laissé piéger dans une situation qui a conduit à l'enfermement de Dhiren et, par la suite, à sa vente. Depuis quelques années maintenant, il suit son périple et il est enfin en mesure de réparer son erreur.

— Ah… Très intéressant. C'est gentil de sa part de continuer à se préoccuper du bien-être de Ren. S'il vous plaît, remerciez-le de ce qu'il fait.

Il a incliné la tête en signe d'assentiment, puis il s'est un peu assombri.

— Kelsey, a-t-il poursuivi d'un ton hésitant, j'espère que

tu ne trouveras pas ma demande déplacée… J'ai besoin de quelqu'un pour accompagner le tigre jusqu'en Inde. Je ne pourrai pas m'occuper de ses soins quotidiens, ni même accomplir tout le trajet avec lui. J'ai déjà posé la question à M. Davis, mais il est lié par ses obligations envers le cirque. (Il était à présent penché en avant et parlait avec les mains.) J'aimerais te proposer ce travail. Cela te dirait-il ?

J'ai fixé ses doigts pendant un moment. Je me disais qu'un homme tel que lui aurait dû les avoir longs, manucurés et fuselés, mais ils étaient épais et calleux comme ceux d'un homme accoutumé aux tâches manuelles. Il a insisté :

— Le tigre est déjà habitué à toi et je peux t'offrir un bon salaire. M. Davis a soufflé ton nom en précisant que ton contrat arrivait à son terme. Si tu acceptes, mon employeur te sera très reconnaissant. Le voyage devrait prendre une semaine environ, mais j'ai pour instructions de te rémunérer à hauteur d'une saison complète. Nous avons conscience que cela t'éloignera de ta famille, tu seras donc indemnisée en conséquence.

— En quoi consiste le travail exactement ? Je n'ai pas besoin d'un passeport et d'un tas d'autres papiers ?

— Je me charge des formalités. Nous irons tous les trois par avion à Mumbai – ce que vous appelez Bombay. À notre arrivée, je resterai en ville tandis que tu prendras la route avec le tigre jusqu'à la réserve. J'engagerai des chauffeurs et des manutentionnaires pour te seconder. Ta priorité sera de bien t'occuper de Ren, de le nourrir et de veiller à son confort.

— Et après ?

— Il y a entre dix et douze heures de route. Tu resteras quelques jours dans la réserve pour t'assurer que Dhiren s'adapte bien à son nouvel environnement et à sa liberté retrouvée. J'achèterai un billet retour à partir de Jaïpur.

Tu pourras prendre le bus touristique qui va de la réserve à l'aéroport, et attraper la correspondance à Mumbai. Ainsi ton voyage retour sera plus court. À moins que tu préfères visiter l'Inde avant de rentrer chez toi. Sache que, quoi qu'il en soit, je subviendrai à tes besoins pendant toute la durée de ton séjour.

J'ai cligné des yeux.

— C'est… c'est une offre très généreuse, ai-je bredouillé.

Je me suis mordu la lèvre et j'ai commencé à faire les cent pas en réfléchissant à voix haute :

— L'Inde est très loin. Je ne suis jamais sortie des États-Unis, alors c'est à la fois excitant et un peu effrayant. Je suis obligée de vous donner une réponse maintenant ?

— Non, mais plus tôt tu accepteras, plus tôt je pourrai entreprendre les démarches nécessaires.

— D'accord. Laissez-moi appeler ma famille d'accueil et discuter avec M. Davis pour voir ce qu'ils en pensent. Ensuite, je vous communiquerai ma réponse.

M. Kadam a hoché la tête. Il a ajouté que M. Maurizio savait où le joindre et qu'il resterait au cirque tout l'après-midi pour finaliser des papiers.

J'ai attrapé mes affaires et je suis retournée au grand bâtiment. « L'Inde ? Et si je ne parvenais à communiquer avec personne là-bas ? S'il arrivait quelque chose à Ren pendant qu'il est sous ma responsabilité ? »

Les « si » se bousculaient dans mon esprit. Pourtant une partie de moi envisageait sérieusement de sauter sur la proposition de M. Kadam. L'idée de passer plus de temps avec Ren me tentait beaucoup ; en plus, j'avais toujours souhaité voyager. Ce job revenait un peu à être payée pour prendre des vacances. Que demander de plus ? Et puis M. Kadam m'inspirait confiance avec ses airs de papy gâteau.

J'ai décidé de consulter immédiatement M. Davis. Je l'ai trouvé en train d'apprendre un nouveau tour aux chiens. Il m'a confirmé que M. Kadam l'avait sollicité en premier et qu'il avait failli accepter.

— Je crois que ce serait une formidable expérience pour toi. Tu es géniale avec les animaux, surtout avec Ren. Si tu penses en faire ton métier plus tard, alors n'hésite pas. Ce job ferait son petit effet sur ton CV.

Après l'avoir remercié, j'ai téléphoné à Sarah et Mike. Ils tenaient à rencontrer M. Kadam et à l'interroger sur les mesures de sécurité mises en place. Ils ont suggéré d'improviser une petite fête au cirque pour célébrer mon anniversaire et bavarder avec M. Kadam par la même occasion.

J'ai longuement pesé le pour et le contre. En réalité, mon enthousiasme ne cessait de croître. J'étais excitée comme une puce. « J'aimerais tellement aller en Inde et voir comment Ren s'adapte à la réserve. C'est une occasion qui ne se représentera jamais. »

Lorsque je suis repassée par la grange, M. Kadam était encore là, près de la cage. Je l'ai entendu parler à voix basse.

« Tiens ! J'ai l'impression que je ne suis pas la seule à apprécier la conversation des tigres. »

Je me suis arrêtée sur le seuil.

— Monsieur Kadam ? Mes tuteurs souhaitent vous rencontrer. Vous êtes invité à mon anniversaire ce soir. Ils apportent des gâteaux et des glaces après la représentation. Vous pouvez vous joindre à nous ?

Un sourire ravi a éclairé son visage.

— Merveilleux ! Ce sera avec grand plaisir.

— Ne vous emballez pas : ils sont capables d'apporter de la glace au lait de soja et des cupcakes sans sucre ni gluten…

Sarah, Mike et les enfants sont arrivés tôt pour assister au spectacle. La performance de Ren les a soufflés. Ensuite ils ont fait la connaissance de toute l'équipe. Ils étaient enchantés. M. Kadam s'est montré affable et charmant. Il leur a affirmé qu'il ne pourrait pas remplir sa mission sans mon aide.

— Je vous promets que nous serons en contact permanent et que Kelsey pourra vous appeler aussi souvent qu'elle le désirera, a-t-il dit.

M. Davis en a rajouté une couche :

— Kelsey est plus que capable de s'acquitter de ce travail. Ce n'est pas très différent de ce qu'elle a fait ici depuis qu'elle est ici. Elle aura la chance de vivre une expérience unique. J'avoue que j'aimerais beaucoup pouvoir y aller à sa place.

Contre toute attente, Sarah avait apporté des gâteaux normaux et acheté ma marque de glace préférée. Ce n'était sûrement pas une fête d'anniversaire typique, mais, entourée de ma famille d'accueil et de mes nouveaux amis du cirque et avec mon pot de glace chocolat-caramel entre les mains, j'étais comblée.

Après les festivités, Sarah et Mike m'ont prise à part. Ils ont exigé que je leur donne régulièrement de mes nouvelles. Ils voyaient bien que j'étais déterminée à partir et eux aussi se sentaient à l'aise avec M. Kadam. Aux anges, je les ai serrés dans mes bras avant d'aller répandre la bonne nouvelle.

M. Kadam a affiché un sourire rayonnant.

— J'ai besoin de quelques jours pour régler la question du transport, Kelsey. Il me faut une copie de ton certificat de naissance. Je partirai demain matin et je reviendrai dès que j'aurai les papiers nécessaires.

Plus tard, alors qu'il s'apprêtait à nous quitter, M. Kadam s'est avancé pour me serrer la main. Il l'a gardée dans la sienne pendant une bonne minute.

— Merci beaucoup pour ton aide. Tu as apaisé mes craintes et rendu l'espoir à un vieil homme désenchanté qui n'a connu que des désillusions ces dernières années.

Il a tapoté le dessus de ma main, puis est sorti d'un pas alerte.

Une fois l'excitation de la journée retombée, j'ai rendu visite à Ren.

— Tiens. Je t'ai mis un cupcake de côté. Ça ne figure sans doute pas dans ton régime, mais il n'y a pas de raison que tu ne fasses pas un peu la fête, toi aussi !

Il a pris délicatement le gâteau dans ma paume, l'a gobé d'un coup et s'est mis à lécher le glaçage sur mes doigts. J'ai pouffé avant d'aller me laver les mains.

— Je me demande à quoi M. Kadam faisait allusion. Désenchanté ? Apaiser ses craintes ? Il exagère un peu, tu ne trouves pas ?

De retour auprès de Ren, j'ai bâillé en le grattant distraitement derrière l'oreille, et j'ai souri lorsqu'il a appuyé sa joue contre ma paume comme un gros chat affectueux.

— Bonne nuit… Toi et moi, on va faire un super voyage.

Étouffant un autre bâillement, je me suis assurée qu'il avait assez d'eau, puis j'ai éteint la lumière et je suis allée me coucher.

Le lendemain matin, je me suis levée à l'aube pour le voir. J'ai ouvert la porte de la grange et j'ai constaté… que la cage était vide.

— Ren ? Où es-tu ?

Je me suis retournée en entendant un bruit derrière moi : il était tranquillement étendu sur une botte de paille !

— Ren ! Comment tu as pu sortir ? M. Davis va me tuer ! Je suis pourtant sûre d'avoir verrouillé la porte de ta cage hier soir !

Le tigre s'est levé, il s'est secoué pour faire tomber la paille de sa fourrure, puis il s'est approché de moi nonchalamment. Soudain, j'ai pris conscience que j'étais seule avec un tigre en liberté. Je n'en menais pas large, mais il était trop tard pour fuir. M. Davis m'avait appris à ne jamais détourner les yeux d'un félin, alors j'ai levé le menton, posé les mains sur mes hanches et je lui ai ordonné d'un ton sévère de rentrer dans sa cage. Le plus drôle, c'est qu'il a semblé comprendre. Il a frotté son flanc contre ma jambe, et il a obéi ! Lentement, sans un bruit, il a regagné sa rampe. Il a balancé sa queue en me regardant puis, en deux grands bonds, il est retourné derrière ses barreaux.

Je me suis précipitée pour refermer la porte et j'ai poussé un ouf de soulagement. Je lui ai préparé sa ration de nourriture pour la journée et suis partie à la recherche de M. Davis pour lui raconter ce qui s'était passé.

Il a plutôt bien réagi, compte tenu du fait qu'un tigre avait vadrouillé à sa guise dans le cirque. Il s'est dit impressionné que j'aie agi avec tant de calme et d'à-propos. Je lui ai promis de redoubler de vigilance à l'avenir – même si je restais persuadée de ne pas avoir oublié de tirer le verrou.

Je n'ai pas vu passer la semaine. M. Kadam n'est réapparu qu'au soir du grand *finale*. Il a demandé à me parler après le dîner.

L'ambiance était très festive ce soir-là. Quand je l'ai vu entrer, j'ai rassemblé papier et crayon, j'ai pris deux coupes de glace et je suis allée m'asseoir face à lui.

Il a étalé plusieurs formulaires sur la table pour me les faire signer.

— Nous allons transporter le tigre par camion jusqu'à l'aéroport de Portland, m'a-t-il expliqué. Puis, nous embarquerons dans un avion-cargo qui nous emmènera à Mumbai via New York. À notre arrivée, je laisserai Ren entre tes mains expertes et je prendrai quelques jours pour régler certaines affaires en ville. Un camion nous attendra à l'aéroport. Nous donnerons ensemble nos instructions aux manutentionnaires. Un chauffeur vous conduira à la réserve. Tout est prévu pour que tu puisses y rester quelques jours. Ensuite tu pourras rentrer à ta convenance. Je te procurerai de l'argent pour le voyage. Tu auras largement de quoi parer à toute urgence.

Je prenais des notes en vitesse.

— M. Davis t'aidera à préparer Ren et à l'installer dans le camion. Je dormirai ici ce soir, tu peux donc emprunter ma voiture et rentrer chez toi faire tes valises. Veille seulement à être de retour ici tôt demain matin. As-tu des questions ?

— Ben… oui, environ un million, mais la plupart peuvent attendre. Je ferais mieux de partir maintenant.

Il m'a souri avec chaleur en glissant ses clés de voiture dans ma paume.

— Encore merci, Kelsey. Je suis impatient de faire ce voyage avec toi. À demain matin !

Après lui avoir souhaité bonne nuit, j'ai récupéré mes effets personnels et je suis passée dire au revoir à Matt, Cathleen, M. Davis et M. Maurizio. Même si je n'avais pas vécu longtemps au cirque, je m'étais prise d'affection pour eux.

Je ne pouvais pas me tromper : il n'y avait qu'une voiture sur le parking – une sublime décapotable gris métallisé. J'ai regardé le porte-clés. Il indiquait « Cabriolet Bentley GTC ».

« La vache ! Cette voiture doit coûter une fortune ! M. Kadam me confie ce bijou ? »

Je me suis approchée timidement de la portière du conducteur et j'ai appuyé sur le bouton pour la déverrouiller. Les phares ont clignoté. Je me suis glissée sur le siège en cuir souple et doux en laissant courir un doigt sur les coutures apparentes. Le tableau de bord était ultramoderne, avec de superbes instruments de contrôle et des affichages argentés... La voiture la plus luxueuse que j'avais jamais vue.

J'ai mis le contact et sursauté quand le moteur a rugi. Même une personne comme moi, c'est-à-dire nulle en mécanique, pouvait affirmer d'emblée que cette voiture était un bolide. J'ai soupiré de plaisir quand j'ai compris que les options incluaient les sièges de massage chauffants. Malheureusement, il ne m'a fallu que quelques minutes pour arriver à la maison.

Mike a insisté pour garer la Bentley dans le garage à la place de sa vieille berline, et a passé plusieurs heures à s'extasier sur la décapotable pendant que je réfléchissais à ce que je devais emporter. J'ai lancé une lessive, rempli une grosse valise, puis j'ai consacré le temps qui me restait à ma famille d'accueil. Rebecca et Sammy voulaient tout savoir de mes deux semaines au cirque. On a bavardé un moment des trucs passionnants que je pourrais faire en Inde.

C'était vraiment une famille sympathique. Ils se souciaient sincèrement de moi. Leur dire au revoir a été pénible, même si notre séparation n'était que temporaire. J'avais beau être adulte, l'idée de voyager si loin sans eux me rendait nerveuse. J'ai embrassé les deux petits. Mike m'a serré la main sobrement et m'a donné une longue accolade. Ensuite je me suis tournée vers Sarah qui m'a écrasée contre sa poitrine. On avait toutes les deux la larme à l'œil. Elle m'a rappelé qu'en cas de besoin il suffirait d'un coup de fil pour qu'ils volent à mon secours.

J'ai dormi comme un bébé cette nuit-là, en rêvant d'un beau prince indien avec un tigre de compagnie.

5

L'avion

Je me suis réveillée gonflée à bloc, pleine d'enthousiasme. Après une douche et un petit déjeuner rapides, j'ai attrapé ma valise, serré Sarah dans mes bras une dernière fois – personne d'autre n'était debout –, et j'ai foncé dans le garage. La Bentley était aussi confortable que dans mon souvenir.

Je me suis garée à côté d'un camion sur le parking du champ de foire. Il avait un pare-brise épais, d'énormes roues et de minuscules portières qu'on atteignait en grimpant sur un marchepied. Derrière la cabine était accroché un plateau avec une cage en acier recouverte de toile grise.

M. Davis se trouvait déjà à côté de la passerelle de chargement. Ren portait un gros collier autour du cou, relié à une longue chaîne que Matt et son père tenaient ensemble d'une main ferme. Il semblait calme et imperturbable malgré le chaos qui l'entourait. Il m'a observée tout en attendant patiemment que les hommes terminent leurs préparatifs. Enfin, sur un ordre de son dresseur, il a sagement sauté à l'intérieur de la caisse.

M. Kadam a pris mon sac de voyage en bandoulière.

— Kelsey, souhaites-tu voyager dans le camion ou dans la décapotable ?

Je n'ai pas hésité longtemps.

— Je viens avec vous.

Il a souri d'un air entendu. Une fois le coffre chargé, l'heure étant venue de partir, j'ai agité la main vers M. Davis et Matt, puis je suis montée et j'ai attaché ma ceinture. J'ai à peine eu le temps de dire ouf que nous roulions déjà sur l'autoroute.

Comme le vent rendait la conversation compliquée, j'ai appuyé la tête contre le cuir satiné du siège et j'ai regardé le paysage défiler. M. Kadam conduisait lentement. Des curieux ralentissaient pour suivre notre convoi des yeux.

L'aéroport était situé à une trentaine de kilomètres. Le camion a emprunté la sortie, puis il s'est arrêté dans une rue transversale qui longeait de grands hangars où étaient stationnés plusieurs avions de fret. Des bagagistes remplissaient leurs soutes. M. Kadam s'est frayé un chemin au milieu des employés et du matériel jusqu'à un avion privé. Le fuselage portait les mots *Flying Tiger Airlines* accompagnés de l'image d'un tigre en plein élan.

— Alors, comme ça, on va voyager avec la Compagnie du Tigre Volant ? ai-je dit.

M. Kadam a affiché un franc sourire.

— C'est une longue histoire, Kelsey. Je te la conterai à bord.

Des gars baraqués ont soulevé la caisse de Ren grâce à un transpalette électrique et ont transféré le tigre avec précaution à l'intérieur de la grande cage sur mesure qui lui était destinée.

Satisfaits de voir Ren en sécurité, nous avons emprunté l'escalier escamotable et sommes montés à bord.

L'intérieur somptueux de la cabine m'a coupé le souffle. Dans des tons noir, blanc et chrome, elle était conçue dans un style épuré. Les fauteuils en cuir noir semblaient incroyablement douillets – rien à voir avec les sièges des vols commerciaux ! On pouvait même les incliner complètement.

Une hôtesse indienne très jolie, avec de longs cheveux noirs, m'a souhaité la bienvenue.

— Je m'appelle Nilima. Je vous en prie, mademoiselle, prenez place.

Elle avait le même accent que M. Kadam.

Elle m'a souri en ajustant un oreiller derrière ma tête. Ensuite elle m'a apporté une couverture et une pile de magazines. M. Kadam s'est installé en face de moi.

Je n'avais pris l'avion qu'une ou deux fois dans ma vie, à l'occasion de vacances en famille. Je me rappelais m'être sentie assez détendue pendant le vol. En revanche, le décollage et l'atterrissage me stressaient un peu. Je détestais le bruit des réacteurs, ce grondement sinistre qu'ils poussaient en se réveillant, et la sensation de m'enfoncer dans le dossier quand l'avion quittait la terre ferme me donnait la nausée.

Mais cet avion, c'était la classe. L'employeur de M. Kadam devait être richissime. J'ai essayé de deviner de qui il pouvait s'agir. « Peut-être un acteur de Bollywood ? Non, impossible. M. Kadam travaille pour lui depuis longtemps. Ce doit être un vieillard maintenant. »

Pendant que je cogitais sur l'identité du mystérieux patron de M. Kadam, l'avion a pris de la vitesse et décollé. Je ne m'en suis même pas aperçue. Le fleuve Columbia est devenu de plus en plus petit à travers le hublot, puis il a fini par disparaître derrière les nuages.

Après une heure et demie de vol, j'ai abandonné ma lecture et observé M. Kadam. Je ne voulais pas le déranger, mais j'avais des tonnes de questions à lui poser.

Je me suis raclé la gorge. Il a réagi au quart de tour et m'a souri par-dessus son magazine. J'ai saisi la perche qu'il me tendait.

— Monsieur Kadam, vous voulez bien me parler de Flying Tiger Airlines ?

Il a refermé sa revue et l'a posée sur la table.

— Hmm... Par où commencer ? Flying Tiger Airlines était autrefois une des plus grandes compagnies de fret transatlantique au monde. Dans les années 1940 et 1950, elle opérait sur presque tous les continents.

— D'où vient son nom ?

Il a remué légèrement sur son siège.

— Eh bien, comme tu l'auras compris, mon employeur a un faible pour les tigres. Par ailleurs, certains de ses premiers pilotes avaient appartenu à l'escadrille des Tigres volants pendant la Seconde Guerre mondiale. Leurs appareils étaient peints d'une mâchoire de requin-tigre pour déstabiliser l'ennemi au combat. À la fin des années 1980, il a décidé de vendre la compagnie. Mais il a gardé cet avion pour son usage personnel.

— Comment s'appelle-t-il, votre patron ? Je vais le rencontrer ?

Son regard pétillant s'est posé un instant sur la cage au fond de la cabine, avant de revenir sur moi.

— Très certainement. Je suis sûr qu'il est impatient de discuter avec toi. As-tu d'autres questions ? a-t-il ajouté d'un ton encourageant.

— Vous êtes son vice-président, en quelque sorte ?

Le gentleman indien a esquissé un sourire.

— Disons qu'il a toute confiance en moi pour m'occuper de ses affaires.

J'ai changé de position, ôté mes chaussures d'un coup de pied, croisé les jambes, et je lui ai demandé :

— Quel genre de marchandises transportiez-vous ?

— De toutes sortes. Cela dit, nous avons décroché de fameux contrats : la célèbre orque d'Aquatic World, ainsi que le flambeau de la statue de la Liberté, par exemple. En général, cependant, notre fret se composait de produits plus banals : conserves, étoffes, colis – un peu de tout, en fait.

— Comment on s'y prend pour faire rentrer une orque dans un avion ?

— Une nageoire à la fois, Miss Kelsey. Une nageoire à la fois, a-t-il répondu, pince-sans-rire.

— C'est vous qui dirigiez la compagnie ?

— Oui, j'ai consacré beaucoup de temps à développer Flying Tiger Airlines. L'aviation est une de mes passions. Mais tu ne veux pas plutôt que je te raconte quelques mythes de mon pays natal, des légendes peuplées de tigres ?

J'ai hoché la tête avec enthousiasme. Assise sur une fesse, les jambes repliées sur le côté, j'ai tiré ma couverture jusqu'au menton et je me suis calée sur l'oreiller.

M. Kadam a changé d'intonation. Son accent indien s'est fait plus prononcé, son articulation plus paresseuse, sa voix plus mélodique et cadencée.

— Le tigre est considéré comme le protecteur de la jungle. Selon plusieurs mythes indiens, il est doté de grands pouvoirs. Tantôt il combat les dragons géants, tantôt il vient au secours des humbles villageois en tirant des nuages de pluie avec sa queue afin de mettre un terme à la sécheresse.

— La mythologie m'intéresse beaucoup. Est-ce qu'en Inde les gens croient toujours à ces mythes ?

— Oui, surtout dans les zones rurales. Mais pas seulement. Même des personnes qui se targuent d'être modernes y croient dur comme fer. Sais-tu que certains prétendent que le ronronnement d'un tigre chasse les cauchemars ?

— M. Davis dit que les tigres ne peuvent pas ronronner, mais juste grogner et rugir. Pourtant j'aurais juré entendre Ren ronronner parfois.

— Ah, tu as raison. C'est ce qu'affirme la science moderne. Plusieurs grands félins produisent une sorte de vibration qui n'est pas tout à fait identique à celle du chat. Néanmoins, dans plusieurs mythes indiens, les tigres ronronnent. On raconte aussi que leurs organes ont des vertus curatives uniques. C'est d'ailleurs une des raisons pour lesquelles ils sont régulièrement chassés et tués avant d'être vendus en morceaux.

Il s'est incliné en arrière, le dos bien calé dans son fauteuil.

— Les musulmans croient qu'Allah enverra un tigre sur Terre pour défendre et protéger ceux qui ont foi en lui, mais que c'est aussi un tigre qui punira ceux qu'il considère comme des traîtres… Tu vois, la fascination de mon employeur pour ces animaux a déteint sur moi ! Je les ai étudiés de près, en m'intéressant à leur présence dans la mythologie et les textes sacrés.

Il s'est tu un moment, perdu dans ses pensées. Il s'est gratté le cou d'un air absent et j'ai noté qu'il portait un petit pendentif en forme de pointe de flèche au bout d'une chaîne. Puis il est sorti brusquement de sa rêverie et s'est empressé de baisser la main.

— Le tigre symbolise aussi la puissance et l'immortalité. On dit qu'il peut vaincre le mal de diverses façons. On le surnomme « celui qui donne la vie », la « sentinelle », le « gardien » ou le « défenseur ».

— Est-ce qu'il existe un mythe avec un tigre et une damoiselle en détresse, par hasard ?

Il a réfléchi.

— Hmm, oui. Une de mes histoires préférées parle justement d'un tigre blanc ailé qui sauve sa princesse bien-aimée d'un destin cruel en l'emportant sur son dos. Tous deux renoncent à leurs formes terrestres et se changent en une étoile filante. Ils rejoignent la Voie lactée, d'où ils veillent sur les habitants de la Terre pour l'éternité.

J'ai étendu les jambes en bâillant. Ma tête était lourde.

— C'est une très belle histoire. Elle me plaît beaucoup.

Sa voix douce m'avait bercée. Malgré mes efforts pour rester éveillée, je piquais du nez.

— Pour les habitants du Nagaland, a-t-il poursuivi, les tigres et les hommes ont un lien de parenté étroit. Voici ce que dit une de leurs légendes: «La Terre était la mère du tigre et de l'homme. Jadis, les deux frères étaient heureux, ils s'aimaient et vivaient en harmonie. Jusqu'au jour où ils tombèrent amoureux de la même femme. Alors une dispute éclata. Frère Tigre et Frère Homme s'affrontèrent si sauvagement que notre mère la Terre ne put tolérer plus longtemps leur querelle et dut se résoudre à les renvoyer. Bannis de leur foyer, ils décidèrent de se séparer. Frère Tigre partit dans le Sud chasser dans la jungle; Frère Homme partit cultiver des champs dans la vallée du Nord. Dès que l'un d'eux empiétait sur le territoire de l'autre, le conflit reprenait. Bien des siècles plus tard, cette image reste vraie. Tant que les descendants de Frère Homme ne s'aventurent pas trop loin dans la jungle, Frère Tigre les laisse en paix. Il n'en demeure pas moins que cet animal est notre cousin. Il paraît que celui qui fixe le regard d'un tigre assez longtemps trouve en lui le reflet d'une âme sœur.

Mes paupières se fermaient malgré moi. Je voulais continuer à interroger M. Kadam, mais mes lèvres refusaient d'obéir. Il me dévisageait d'un air songeur.

— Le tigre blanc n'est pas un tigre comme les autres. Il est irrésistiblement attiré par une femme douée d'une profonde détermination, capable de discerner le bien du mal et de renverser de nombreux obstacles. Celle qui est appelée à marcher avec lui…

Je me suis endormie.

À mon réveil, le fauteuil en face du mien était vide. Je me suis assise en regardant autour de moi : pas de M. Kadam. Je suis partie en quête des toilettes.

Derrière une porte coulissante, j'ai découvert une salle d'eau étonnamment grande. Les lampes encastrées dans les murs l'éclairaient d'une douce lumière. Son intérieur convenait plus à mes goûts que le style austère de la cabine.

Je me suis dirigée droit sur la douche et j'ai poussé la vitre pour jeter un œil à l'intérieur. Le carrelage rouille et crème dessinait de jolis motifs. Il y avait, fixés au mur, des flacons à pompe remplis de shampooing, d'après-shampooing et de gel douche. Un tapis épais couleur crème recouvrait le magnifique sol carrelé.

Dans le coin opposé, deux étagères verticales encastrées contenaient des serviettes moelleuses, d'une blancheur éclatante, retenues par une barre cuivrée. Un peignoir doux comme du cachemire était accroché dans un autre compartiment spacieux. Juste au-dessous, une niche plus petite abritait une paire de chaussons assortis.

Je n'avais plus envie d'en sortir, mais il a bien fallu que je finisse par retourner de l'autre côté. M. Kadam était de retour et Nilima nous a apporté un déjeuner très appétissant. Elle avait disposé une table entre nos fauteuils et l'avait dressée pour deux.

Elle a soulevé les cloches qui maintenaient nos plats au chaud et un délicieux fumet de poisson m'a chatouillé les narines.

— Aujourd'hui, a-t-elle annoncé, flétan en croûte de noisettes accompagné de ses asperges au beurre, écrasé de pommes de terre à l'ail et tarte au citron. Que souhaitez-vous boire ?

— De l'eau avec un peu de citron, ai-je répondu.

— La même chose pour moi, a dit M. Kadam.

Il m'a longuement interrogée sur ma région. Sa soif de connaissance semblait inextinguible. Ses questions portaient aussi bien sur le sport et la politique, dont je ne savais strictement rien, que sur la flore et la faune, sujet que je maîtrisais en revanche très bien.

Nous avons discuté du lycée, de mon expérience au cirque et de la ville de mon enfance ; il m'écoutait avec attention et j'avais plaisir à bavarder avec lui. L'idée m'a traversé l'esprit qu'il aurait fait un grand-père formidable. Je n'avais pas eu la chance de connaître les miens.

À la fin du repas, Nilima est revenue débarrasser. Je l'ai observée tandis qu'elle repliait la table. Elle a appuyé sur un petit bouton et le plateau rectangulaire sans pied s'est incliné comme par magie avant de glisser à l'intérieur d'un panneau dissimulé dans la cloison. Nilima a relâché le bouton et nous a invités à attacher nos ceintures car nous approchions de New York.

Après un atterrissage sans le moindre à-coup, tandis que nous refaisions le plein, j'ai rendu visite à Ren.

Je me suis d'abord assurée qu'il avait assez à manger et à boire, puis je me suis assise par terre près de sa cage. Il s'est approché tranquillement et s'est laissé tomber juste à côté de moi, le dos contre les barreaux. Sa fourrure rayée dépassait et me chatouillait les jambes. Son attitude m'a fait rire. Il réclamait clairement un câlin ! Je me suis penchée pour lui caresser le dos et je lui ai rapporté quelques-uns des mythes que M. Kadam m'avait racontés. Sa queue n'arrêtait pas d'aller et venir entre les barreaux.

Je n'ai pas vu le temps passer. J'avais le sentiment que nous venions à peine d'atterrir et, déjà, M. Kadam bouclait sa ceinture pour un nouveau décollage. J'ai tapoté le dos de Ren et je suis retournée m'asseoir.

M. Kadam m'a prévenue que le vol durerait environ seize heures et que nous allions perdre une journée sur le calendrier. Après que nous avons atteint l'altitude de croisière, il m'a proposé de regarder un film. Nilima m'a tendu la liste des vidéos disponibles et j'ai choisi la plus longue : *Autant en emporte le vent.*

Elle a appuyé sur un bouton près du bar. Un grand écran blanc a coulissé en silence. J'ai incliné mon fauteuil et déplié le repose-pieds. J'étais fin prête pour tuer le temps en compagnie de Scarlett et de Rhett.

En entendant la célèbre réplique finale : « Demain est un autre jour », je me suis levée et je me suis étirée. J'ai regardé par le hublot. Il faisait noir dehors.

Nilima a rangé l'écran et remis la table en place.

— Merci beaucoup pour les bons petits plats et le service, lui ai-je dit, sincèrement reconnaissante.

— Oui, merci, Nilima, a renchéri M. Kadam avec un clin d'œil complice.

Elle a légèrement incliné la tête avant de s'éclipser.

Pendant le repas, M. Kadam et moi avons discuté de son pays. Il m'a expliqué toutes sortes de choses intéressantes et décrit des endroits fascinants. Je me suis demandé si j'aurais l'occasion de les visiter. Il m'a parlé d'anciens chefs de guerre, de forteresses imposantes, d'envahisseurs asiatiques et d'horribles batailles. Il savait si bien planter le décor que j'avais l'impression d'y être.

Nilima nous a servi du poulet farci Marsala aux courgettes grillées, accompagné de salade. « Enfin un repas diététique ! » me suis-je dit. Et puis elle a apporté des fondants au chocolat pour le dessert.

— Pourquoi faut-il que tous les trucs qui font grossir soient si délicieux ? ai-je soupiré.

M. Kadam a ri.

— Tu culpabiliserais moins si on en partageait un ?

— Absolument ! me suis-je écriée.

J'ai coupé mon gâteau en deux et je lui en ai donné une part. C'était succulent. Tandis que je léchais le coulis au chocolat sur ma cuiller, j'ai pensé : « Aujourd'hui, la vie est belle. Je crois que je pourrais m'habituer à ce genre d'existence. »

Pendant les deux heures suivantes, nous avons parlé de nos livres préférés. M. Kadam aimait aussi les grands classiques et nous avons pris plaisir à évoquer quelques personnages exceptionnels : Hamlet, le capitaine Achab, le Dr Frankenstein, Robinson Crusoé, Jean Valjean, Iago, Hester Prynne et M. Darcy[1]. Il a ajouté à cette liste deux personnages indiens passionnants, Arjuna et Shacoutalâ, ainsi que Gengi, un héros de la littérature japonaise.

Je me suis levée en étouffant un bâillement et je suis retournée voir Ren. J'ai passé la main entre les barreaux pour lui caresser la tête et le gratter derrière l'oreille. M. Kadam m'observait.

— Kelsey, tu n'as pas peur de ce tigre ? Tu ne crains pas qu'il ne te fasse du mal ?

— Non. C'est difficile à expliquer, mais je me sens en sécurité avec lui. Je le considère comme un ami.

M. Kadam était plus intrigué qu'inquiet. Il a échangé quelques mots à voix basse avec Nilima, qui s'est approchée de moi et m'a demandé :

— Souhaitez-vous dormir, mademoiselle ?

---

1. Ces personnages sont issus, dans l'ordre, des œuvres suivantes : *Hamlet* de William Shakespeare, *Moby Dick* de Herman Melville, *Frankenstein* de Mary Shelley, *Robinson Crusoé* de Daniel Defoe, *Les Misérables* de Victor Hugo, *Othello* de William Shakespeare, *La Lettre écarlate* de Nathaniel Hawthorne et *Orgueil et préjugés* de Jane Austen. (*N.d.T.*)

J'ai hoché la tête. Alors elle m'a montré où mon sac était rangé. Je suis allée dans la salle de bains et, quand je suis revenue quelques instants plus tard, la cabine était transformée. Nilima n'avait pas ménagé ses efforts. Un rideau divisait l'espace en deux parties. Un canapé convertible était devenu un lit douillet garni de draps en satin et d'oreillers moelleux. Une lampe encastrée, apparue comme par enchantement dans la cloison à côté du lit, créait une ambiance tamisée. Nilima m'a chuchoté que M. Kadam était de l'autre côté du rideau si j'avais besoin de quoi que ce soit.

Trop fatiguée pour lire, j'ai éteint la lumière et je me suis laissé bercer par le ronron des réacteurs.

Une appétissante odeur de bacon m'a tirée du sommeil. En jetant un coup d'œil derrière le rideau, j'ai aperçu M. Kadam en train de lire le journal, un verre de jus de pomme posé devant lui. Il a levé le nez. J'ai remarqué que ses cheveux étaient humides et qu'il était déjà habillé.

— Tu devrais faire ta toilette, Kelsey. Nous allons bientôt arriver.

J'ai pris une douche rapide et enfilé le peignoir en cachemire avec un soupir d'aise, tout en réfléchissant à ma tenue. J'ai opté pour un chemisier rouge et un jean. Je me suis fait une queue-de-cheval puis je me suis dépêchée de rejoindre M. Kadam et je me suis calée confortablement dans mon fauteuil en cuir pendant que Nilima me servait une assiette remplie de bacon, d'œufs et de pain grillé.

J'ai mangé les œufs, grignoté un toast et bu un peu de jus d'orange, mais j'ai mis le bacon de côté pour Ren. Je me suis approchée de la cage avec ma friandise tandis que Nilima rangeait le lit et débarrassait le petit déjeuner. J'ai tendu un morceau à travers les barreaux. Le tigre s'est avancé, a mordu dedans très délicatement pour me le faire lâcher, puis il l'a avalé d'un coup.

J'ai éclaté de rire.

— Ren, prends le temps de déguster! Des gourmandises comme ça, on n'en a pas tous les jours.

Je lui ai donné les trois autres tranches une par une. Il les a toutes gobées avant de passer sa langue entre les barreaux pour me lécher les doigts – ce qui m'a fait pouffer, évidemment.

Je me suis lavé les mains en vitesse et j'ai rassemblé mes affaires. Je n'avais pas sitôt casé mon sac dans le compartiment prévu à cet effet que M. Kadam pointait un doigt vers le hublot en déclarant:

— Miss Kelsey, bienvenue en Inde.

6

Mumbai

Nous avons survolé l'océan, puis la ville. Je ne m'attendais pas à trouver une métropole aussi moderne. J'ai été surprise de découvrir des centaines d'immeubles blancs et uniformes alignés sous mes yeux. Notre avion a tracé un cercle autour du grand aéroport en forme de demi-lune avant de se poser sur la piste. Ren était debout, l'air impatient. J'ai eu une montée d'adrénaline lorsque l'appareil a ralenti pour s'arrêter en bout de piste.

— Prête à débarquer, Kelsey ? m'a demandé M. Kadam.

J'ai jeté mon sac sur mon épaule et descendu l'escalier d'un pas guilleret. L'air était chaud, humide et lourd, mais c'était supportable. J'ai inspiré profondément.

— Nous sommes en pleine saison de la mousson, m'a expliqué M. Kadam. Il ne fait presque jamais froid, mais il pleut en juillet et en août et on a des cyclones de temps en temps.

Je lui ai tendu mon sac et pour surveiller l'équipe chargée de déplacer Ren. Cette fois, l'opération s'est déroulée de façon assez différente. Deux hommes ont attaché de longues chaînes à son collier pendant qu'un autre fixait une rampe à l'arrière d'un camion. Ils ont réussi sans difficulté à le faire descendre de l'avion mais c'est après que cela s'est corsé. Un des employés a tiré trop fort sur une chaîne, et le tigre a réagi à la vitesse de l'éclair. Il a poussé un rugissement de colère en lançant sa patte en direction du coupable. Ignorant le danger, je me suis approchée de l'homme pour lui prendre la chaîne des mains. Je lui ai fait signe de reculer. À vrai dire, il a paru soulagé. J'ai rassuré Ren par quelques paroles apaisantes, je lui ai tapoté le dos et je l'ai encouragé à marcher avec moi jusqu'au camion.

Il m'a suivie, docile comme un agneau, en traînant ses lourdes chaînes au sol. Il s'est arrêté une seconde en bas de la rampe pour se frotter contre ma jambe, puis il a sauté dans le camion, a fait volte-face et m'a léché le bras.

Je lui ai caressé l'épaule tendrement en murmurant pendant que je détachais les anneaux de son collier. Les manutentionnaires étaient cloués sur place, la mine stupéfaite. Ren les a toisés en soufflant fort par le nez pour exprimer son mécontentement. Sans les quitter des yeux, il a frotté sa tête sur mon bras tandis que je lui versais de l'eau, l'air de dire : « Pas touche à ma maîtresse ! » Les gars ont commencé à échanger des exclamations en hindi.

M. Kadam s'est adressé à eux calmement. Lui ne paraissait ni affolé ni interloqué. J'ignore ce qu'il leur a dit. Toujours est-il qu'ils ont repris leurs allées et venues en maintenant une distance prudente entre eux et la cage.

M. Kadam m'a présentée au chauffeur – un garçon sympathique mais très jeune, encore plus jeune que moi –, puis il m'a montré un grand sac à dos noir plein de compartiments qu'il avait acheté pour moi. Il a ouvert quelques poches pour dévoiler leur contenu : une quantité considérable de devises indiennes, des documents de voyage pour Ren et moi… Il y avait même une boussole et un briquet. La poche principale était bourrée de barres énergétiques, de cartes et de bouteilles d'eau.

— Euh… Monsieur Kadam, je peux savoir pourquoi vous avez mis tous ces trucs-là ?

Il a souri en haussant les épaules. Il a refermé le sac et l'a posé sur le siège du passager.

— On ne sait jamais ce qui peut arriver. Il vaut mieux être bien préparé. Il y a également un dictionnaire anglais-hindi. J'ai donné des instructions au chauffeur ; il parle mal l'anglais. À présent, je dois te laisser, Kelsey.

Je me suis soudain sentie terriblement vulnérable. J'ai essayé de me détendre mais la peur de l'inconnu me rongeait le ventre. J'ai demandé d'un ton suppliant :

— Vous êtes sûr que vous ne pouvez pas venir avec nous ?

— Hélas, non, m'a-t-il répondu gentiment. Ne te tracasse pas, Kelsey. Tu es capable de t'occuper du tigre et j'ai organisé toutes les étapes de ton séjour avec le plus grand soin. Tu ne risques absolument rien.

J'ai esquissé un sourire timide. Il m'a pris la main et l'a gardée longtemps enveloppée dans les siennes.

— Fais-moi confiance, Kelsey. Tout ira bien.

Il m'a lancé un clin d'œil, puis il s'est éloigné.

Je me suis tournée vers Ren.

— Eh bien, il n'y a plus que toi et moi, mon petit.

Le chauffeur s'impatientait.

J'étais à peine montée qu'il a appuyé à fond sur le champignon. Pas une fois au cours du trajet il n'a relevé le pied de la pédale. Il est sorti en trombe de l'aéroport et, moins de deux minutes plus tard, il zigzaguait au milieu du trafic à une vitesse terrifiante. Je me cramponnais tant bien que mal à la portière et au tableau de bord. Mais il n'était pas le seul à rouler comme un fou. Tout le monde semblait penser que traverser une ville bondée de piétons à 130 kilomètres à l'heure était normal. J'ai vu des gens passer au ras de ma vitre.

Les voiturettes devaient être des taxis car il y en avait des centaines. Quant aux motos, vélos et piétons, impossible de les compter. Des animaux tiraient des charrettes chargées de passagers et de marchandises.

À un moment, une voiture a foncé sur nous et on a évité la collision de justesse. Le chauffeur riait et se moquait de moi chaque fois que je retenais un cri de frayeur.

Peu à peu, j'ai fini par me décontracter suffisamment pour m'intéresser au paysage. J'ai remarqué plein d'étals de marché bigarrés, couverts d'articles très variés. Des marchands vendaient des marionnettes à fils, des bijoux, des tapis, des souvenirs, des épices, des noix, et des tas de fruits et de légumes différents dans des cahutes ou sur des chariots.

Tous les passants semblaient avoir quelque chose à vendre. Les panneaux d'affichage faisaient de la réclame pour les jeux de tarot, les chiromanciennes, les boutiques où on pouvait obtenir des tatouages exotiques, des piercings ou des maquillages au henné. La ville entière était une carte postale animée, colorée et grouillante d'activité.

Après de longues minutes de chassés-croisés étourdissants, nous avons enfin atteint une grande route. J'ai pu desserrer un peu les mains : le trafic était beaucoup moins dense.

Trois heures plus tard, on s'est arrêtés à Ramkola, une bourgade située en lisière de la jungle. Elle était constituée grosso modo d'un marché, d'une station-service et de cinq maisons. Là j'ai pu lire sur une pancarte :

SANCTUAIRE
DE LA FAUNE SAUVAGE DE YAWAL
PAKSIZAALAA YAWAL
4 KM

Le chauffeur est descendu pour faire le plein. Il m'a montré une petite épicerie de l'autre côté de la rue.

— Manger. Bonne nourriture.

J'ai attrapé mon sac à dos et je suis allée voir comment se portait Ren. Il était tranquillement allongé. À mon approche, il a ouvert les yeux en bâillant mais il n'a pas bougé.

Je me suis dirigée vers la boutique. La peinture était tout écaillée et la porte a grincé quand je suis entrée. Une clochette a annoncé ma présence. Aussitôt, une Indienne vêtue d'un sari traditionnel a émergé d'une pièce sombre.

— *Namasté*, m'a-t-elle dit en souriant. Tu veux manger quelque chose ?

— Oh ! Oui, j'aimerais déjeuner.

— Assieds-toi là. Je te prépare ça.

À bien y réfléchir, c'était peut-être l'heure du dîner. Le soleil était bas dans le ciel. Elle m'a indiqué une petite table avec deux chaises près de la fenêtre, puis elle a disparu.

En plus du rayon épicerie, le magasin vendait des souvenirs de la réserve d'animaux sauvages voisine et des objets pratiques tels que des allumettes et des outils. Une musique discrète sortait d'un haut-parleur. J'ai reconnu le son d'un sitar et les tintements d'une clochette mais je n'ai pas pu identifier les autres instruments. Curieuse, j'ai jeté un coup d'œil par la porte de la cuisine. Des casseroles s'entrechoquaient. J'ai eu l'impression que le bâtiment était plus grand qu'il n'en avait l'air et que la famille qui tenait la boutique vivait dans une maison attenante à l'arrière.

Quelques instants plus tard, la dame est revenue, tenant quatre bols en équilibre. Une fillette la suivait avec d'autres récipients. Ils dégageaient un parfum épicé.

— Bon appétit !

Elle s'est retirée tandis que la petite entreprenait de mettre de l'ordre dans les rayons. Elles ne m'avaient pas apporté de couverts, alors j'ai mangé avec les doigts en prenant garde d'utiliser la main droite, comme me l'avait recommandé M. Kadam dans l'avion.

Il y avait du riz basmati, une galette de *nan* et du poulet tandoori. Mais j'étais incapable de mettre un mot sur le contenu des trois autres coupelles. J'ai attiré l'attention de la demoiselle et je lui ai demandé :

— Tu parles anglais ?

Elle a hoché la tête.

— Petit peu anglais, a-t-elle répondu en rapprochant son pouce et son index pour illustrer son propos.

J'ai désigné un triangle de pâte farci aux légumes.

— Comment on appelle ça ?

— *Samosa*.

— Et ces deux-là ?

— *Rasmalai* et *baigan bharta*.

Les *rasmalai* étaient des boules de fromage de chèvre trempées dans une sauce crémeuse et sucrée, et le *baigan bharta* de l'aubergine cuite avec des petits pois, des oignons et des tomates. J'ai trouvé le repas aussi délicieux que copieux. Pour finir, j'ai eu droit à une sorte de milkshake à base de mangues, de yaourt et de lait de chèvre.

Tout en sirotant ma boisson, j'ai observé la rue. Deux hommes discutaient avec animation à côté du camion, devant la station-service. Ils avaient l'air de se disputer. Le premier était un beau jeune homme habillé en blanc. Le second, qui se tenait dos au magasin, paraissait plus vieux. Il ressemblait un peu à M. Kadam. En fait, plus je l'étudiais, plus j'étais convaincue que c'était lui. Pourtant, il n'y avait aucune raison qu'il se trouve ici. L'homme trépignait de colère.

J'ai tenté de saisir quelques mots au vol par la fenêtre ouverte. Le vieil homme répétait souvent *nahi mahodaya*, et le jeune répondait *avashyak* – ou quelque chose comme ça. J'ai consulté mon dictionnaire. Apparemment *nahi mahodaya* signifiait : « hors de question », ou « non, monsieur ». J'ai eu plus de mal à trouver *avashyak* à cause de l'orthographe mais j'ai fini par tomber sur la traduction suivante : « nécessaire ou essentiel ; qui doit être ou doit arriver ».

Soudain, le jeune homme en blanc a levé les yeux et m'a surprise en train de les épier. Il a immédiatement mis un terme à la conversation et s'est dissimulé derrière le camion. Ma curiosité a été plus forte que ma gêne. Je me suis faufilée entre les rayons, je suis sortie et j'ai traversé la route poussiéreuse. Personne. À l'arrière, Ren, bien réveillé à présent, me regardait depuis sa cage. En revanche, les deux hommes et le chauffeur avaient disparu. J'ai jeté un coup d'œil dans la cabine. Vide.

L'esprit confus, je suis retournée dans la boutique payer mon repas. La fillette avait déjà débarrassé la table. J'ai pris quelques billets dans le sac à dos.

— Combien je vous dois ?

— Cent roupies.

M. Kadam m'avait conseillé de diviser les sommes par quarante pour obtenir un montant approximatif en dollars. J'ai fait un rapide calcul mental : l'addition s'élevait à deux dollars cinquante. J'ai souri en pensant à mon père qui m'aidait toujours à réviser mes opérations quand j'étais petite.

Après avoir remercié la serveuse, j'ai pris mon sac et je suis sortie.

Le camion était parti.

7

La jungle

« Comment ce camion a-t-il pu s'envoler ? »

J'ai couru jusqu'à la station-service et j'ai regardé des deux côtés de la route. Rien. Même pas un nuage de poussière.

« Le chauffeur m'a oubliée ou quoi ? Ou alors, il a eu besoin d'aller chercher quelque chose et il va revenir. À moins que quelqu'un ait volé le camion et que le chauffeur soit toujours dans les parages ? » Aucune de ces pistes ne constituait un scénario plausible, je le savais.

En contournant la station-service, j'ai trouvé mon sac noir qui traînait dans la poussière. J'ai couru pour le ramasser. À première vue, il ne manquait rien.

Entendant un bruit derrière moi, j'ai fait volte-face : Ren était assis sur le bas-côté. Sa queue se balançait mollement et il m'observait avec l'air d'un chiot abandonné.

— Oh non ! ai-je marmonné. Génial. « Tu ne risques absolument rien »... Ha, elle est bien bonne ! Le chauffeur a dû voler le camion après s'être débarrassé de toi. Qu'est-ce que je vais faire maintenant ?

Fatiguée et effrayée, j'ai cru entendre ma mère me dire : « La clé du bonheur, c'est d'essayer de faire au mieux avec ce qu'on a. »

J'ai inspiré profondément et me suis concentrée sur les points positifs. J'avais encore mes vêtements, mes papiers et un sac plein d'argent. Dans la colonne des points négatifs, mon chauffeur m'avait plantée dans la nature avec un tigre en liberté. Soit ! J'ai décidé que la priorité était de veiller à ce que Ren ne mette personne en danger. Je suis retournée à la boutique et j'ai acheté de la viande séchée et une longue corde jaune fluo.

Maintenant, il me fallait obtenir sa coopération. Le tigre s'éloignait déjà vers la jungle. Je lui ai couru après.

Évidemment, le plus sage eût été de téléphoner à M. Kadam, qui m'aurait aussitôt envoyé des professionnels pour attraper Ren. Mais je n'avais pas toute ma tête à ce moment-là.

— Ren, reviens ! Il faut qu'on aille chercher de l'aide ! Nous ne sommes pas encore dans ta réserve. Allez, viens, je te donnerai une récompense !

J'avais beau agiter la viande séchée, il continuait d'avancer. Ralentie par mes deux sacs, je perdais du terrain.

Tout à coup, il a accéléré. Après un quart d'heure de poursuite, le visage ruisselant de sueur, les habits me collant à la peau, je traînais les pieds comme deux boulets.

J'ai recommencé à l'implorer :

— Ren, s'il te plaît, reviens ! On doit retourner au village. Il va bientôt faire nuit.

Il a fait la sourde oreille et s'est mis à zigzaguer entre les arbres, s'arrêtant à l'occasion pour me regarder. Dès que je croyais enfin le rattraper, il parcourait plusieurs mètres d'un saut. J'avais l'impression qu'il s'amusait. Exténuée, j'ai décidé de faire une pause. J'étais loin de Ramkola à présent et la lumière baissait. J'étais totalement perdue.

Ren a fini par ralentir. Il s'est retourné et, la mine coupable, il est revenu vers moi en trottinant. Je lui ai jeté un regard noir.

— Ben voyons ! C'est au moment où je m'arrête que tu fais demi-tour. Tu es content de toi ?

J'ai attaché la corde à son collier, puis j'ai examiné toutes les directions pour essayer de me repérer. Sans succès. On était au cœur de la jungle, après avoir tourné et bifurqué un nombre incalculable de fois. J'étais au bord du désespoir. C'était le crépuscule et les derniers rayons du soleil avaient disparu derrière les arbres. J'ai senti comme un doigt glacé descendre le long de ma colonne vertébrale et envoyer des frissons dans mes membres. J'avais la chair de poule.

J'ai entortillé nerveusement la corde autour de mes mains.

— Merci beaucoup ! ai-je râlé. Je suis où, hein ? Qu'est-ce que je suis supposée faire ? Me voilà dans la jungle, à la tombée de la nuit, avec un tigre au bout d'une corde !

Il s'est assis tranquillement à côté de moi.

J'avais la sensation que la forêt se refermait sur moi. Les moindres bruits s'amplifiaient, jusqu'au fracas dans mon esprit terrifié. J'imaginais des créatures en train de me traquer, de m'épier avec leurs yeux vitreux et hostiles, prêtes à bondir sur moi. Les nuages menaçants de la mousson déferlaient et envahissaient le ciel. Un vent cinglant s'est levé. Des rafales secouaient les branches des arbres et tourbillonnaient autour de mon corps tétanisé.

Au bout d'un moment, Ren s'est levé et s'est remis en route en me tirant doucement. Je n'ai pas cherché à résister. Je suis partie d'un rire hystérique… Un tigre me guidait dans la jungle ! Mais le contraire n'aurait pas eu plus de sens. De toute façon, j'étais fichue. Le flair de Ren valait sûrement mieux que le mien. Il semblait remonter un sentier invisible. J'ai perdu la notion du temps.

Il faisait très sombre désormais. J'étais morte de peur et de soif. Je me suis rappelé que M. Kadam avait mis de l'eau dans le sac. J'ai ouvert la poche et j'ai cherché une bouteille à tâtons. Mes doigts ont rencontré un objet froid et métallique. Une lampe de poche ! J'ai éprouvé un vague réconfort lorsque son faisceau lumineux a troué l'obscurité.

De nuit, la jungle était encore plus menaçante que dans la journée. Ma misérable lumière n'éclairait pas grand-chose. Un maigre clair de lune pénétrait çà et là dans la futaie et jetait des reflets argentés sur la fourrure de Ren.

Ces taches de lumière qui scintillaient dans le pelage du tigre me guidaient. Dès qu'un nuage voilait la lune, Ren disparaissait complètement. J'ai braqué ma lampe sur lui et je me suis aperçue qu'il se frayait un passage à travers des broussailles couvertes d'épines. Il écartait les arbustes avec ses flancs sans se soucier des griffures.

Il a fini par m'entraîner vers un bosquet de bambous qui poussait près d'un immense teck. Le museau levé, il a humé l'air, puis il s'est étendu dans un carré d'herbe. Je me suis empressée d'ôter mon sac à dos.

— Super ! ai-je marmonné. Je suppose que c'est là qu'on va passer la nuit. Un vrai palace !

J'ai détaché la corde de son collier – au point où on en était, à quoi bon l'empêcher de s'évader ? Puis je me suis accroupie et j'ai ouvert mon sac. J'ai sorti un tee-shirt à manches longues, que j'ai noué autour de ma taille, deux bouteilles d'eau et trois barres énergétiques. J'en ai déballé deux pour les donner à Ren.

Il a saisi la première avec précaution et l'a avalée.

— Ça ne doit pas être très indiqué pour les tigres. Il te faudrait quelque chose avec plus de protéines, sauf que le seul aliment riche en protéines ici, c'est moi. Alors n'y songe même pas !

Il a tourné la tête dans ma direction, comme s'il réfléchissait sérieusement à la question, puis il a dévoré la deuxième barre. Pendant que je grignotais lentement la mienne, j'ai dézippé une autre poche dans laquelle j'ai trouvé le briquet. J'ai décidé de faire un feu. En balayant les environs avec ma lampe de poche, j'ai été surprise de découvrir une bonne quantité de petit bois.

Mes souvenirs de scout étaient encore frais. À la troisième tentative, le feu a pris en crépitant.

Contente de moi, j'ai mis deux grosses branches de côté pour l'alimenter plus tard et j'ai rassemblé mes affaires près des flammes. J'ai improvisé une écuelle avec un grand bout d'écorce incurvé, un sac en plastique déniché dans le sac à dos pour garnir le fond et des petits bouts de bois enfoncés aux extrémités pour la stabiliser. J'ai vidé une bouteille dedans et je l'ai posée devant Ren. Il a tout bu. Voyant qu'il continuait à lécher le sac, j'ai versé l'eau de la deuxième bouteille, qu'il a lapée goulûment.

Alors que je retournais près du feu, un hurlement sinistre m'a glacée d'effroi. Ren s'est relevé d'un bond et il est parti comme une flèche, s'évanouissant dans l'obscurité. J'ai entendu un grognement sourd, puis un grondement féroce. J'ai scruté la pénombre, inquiète, mais le tigre est revenu quelques secondes plus tard sans une égratignure. Il s'est frotté contre le teck. Il a fait de même avec un autre arbre, puis un troisième, et ainsi de suite jusqu'à ce qu'il ait imprégné de son odeur tous les arbres qui nous entouraient.

J'ai enfilé mon tee-shirt et je me suis fait un oreiller du sac contenant mes vêtements. J'ai sorti ma couverture fétiche pour l'étendre sur mes jambes. J'avais désespérément besoin de chaleur et de réconfort. Ensuite, je me suis couchée sur le côté, le plus confortablement possible, j'ai calé une main sous ma joue et j'ai fixé le feu.

De grosses larmes roulaient sur mon visage. La jungle retentissait de bruits angoissants – des cliquètements, des sifflements, des craquements… J'imaginais d'ignobles bestioles rampantes en train de s'introduire dans mes cheveux et dans mes chaussettes. Frissonnante, je me suis emmitouflée dans ma couverture jusqu'aux oreilles.

C'était beaucoup mieux, mais ma couverture ne me protégeait pas des prédateurs qui, à coup sûr, étaient en train de s'avancer dans mon dos à pas de loup. À l'instant où j'allais me retourner, Ren s'est allongé tout contre moi et s'est mis à ronronner.

Pleine de reconnaissance pour mon gentil tigre, j'ai essuyé mes larmes et je me suis concentrée sur ses ronrons, qui se sont bientôt transformés en respiration régulière et profonde. Pelotonnée contre lui, j'ai constaté avec surprise que je pouvais m'endormir dans la jungle, en fin de compte.

Un rayon de soleil chatouillait mes paupières closes. Je les ai ouvertes lentement. Lorsque j'ai étiré mes bras au-dessus de ma tête, j'ai grimacé de douleur. C'est alors que je me suis rappelé où je me trouvais. Le sol dur me raclait le dos et un poids m'écrasait la jambe. En baissant le menton, j'ai aperçu Ren, les yeux fermés. Il dormait avec la tête et une patte posées sur moi.

— Ren, ai-je murmuré, réveille-toi. Je ne sens plus ma jambe.

Il n'a pas remué d'un cil.

Je me suis assise et je l'ai poussé légèrement.

— Allez, Ren, bouge !

Il a grogné doucement.

— Ren ! Je ne rigole pas ! Ouste !

À force, j'ai fini par le tirer du sommeil. Il a cligné des yeux, sa gueule pleine de dents s'est ouverte dans un énorme bâillement plutôt effrayant, puis il a roulé sur le côté.

Je me suis levée et j'ai secoué ma couverture avant de la ranger dans le sac. J'ai piétiné les cendres du feu pour m'assurer qu'il était bien éteint.

— Pour info, je *déteste* camper, me suis-je plainte à voix haute. Il n'y a même pas de toilettes. Satisfaire un besoin pressant en pleine jungle n'a rien d'une partie de plaisir pour une fille, je t'assure. Vous, les tigres, et les mâles en général, vous ne pouvez pas comprendre.

J'ai ramassé les bouteilles vides et les emballages pour les mettre dans le sac à dos. J'ai hésité un moment avant de fourrer la corde jaune avec. Le tigre m'observait, immobile.

— OK, je suis prête. Tu m'emmènes où, aujourd'hui ?

Il m'a tourné le dos et s'est éloigné de sa démarche majestueuse. Il s'est faufilé entre les arbres et les broussailles, sautant par-dessus les rochers et les petits ruisseaux. Il ne semblait pas pressé. Il marquait même de brèves pauses, comme s'il était conscient que j'en avais besoin. Maintenant que le soleil tapait fort, l'atmosphère devenait chaude et humide. J'ai ôté mon tee-shirt et je l'ai noué de nouveau autour de ma taille.

La végétation était luxuriante, exhalant des odeurs poivrées très différentes de celles des forêts de l'Oregon. J'ai admiré les branches gracieuses et fines des grands arbres à feuilles caduques. Leur teinte vert olive était très différente du vert profond des résineux auxquels j'étais habituée. L'écorce, gris foncé et rugueuse au toucher, se craquelait en formant de fines pelures.

Des écureuils volants bondissaient de cime en cime et nous faisions souvent sursauter des cervidés qui broutaient paisiblement. En sentant un tigre approcher, ils s'enfuyaient sur leurs pattes souples. Je guettais Ren du coin de l'œil, mais il les ignorait systématiquement. Un arbre en particulier m'intriguait. Assez commun et moins haut que les autres, il possédait lui aussi une écorce fine comme du papier, mais aux endroits où elle se fendait, une résine épaisse coulait. À un moment donné, je me suis appuyée sur un de ces troncs pour ôter un caillou de ma chaussure et j'ai passé l'heure suivante à batailler pour enlever la substance gluante de mes doigts.

Je venais juste de réussir à m'en débarrasser quand nous nous sommes enfoncés dans des broussailles drues, mêlées d'herbes hautes et de tiges de bambou. Une nuée d'oiseaux multicolores s'est égaillée sur notre passage. J'étais si stupéfaite que j'ai heurté un autre arbre à sève en reculant et je m'en suis mis plein sur le haut du bras.

Ren s'est désaltéré à un ruisseau. J'en ai profité pour ingurgiter toute une bouteille d'eau. J'appréciais d'avoir un sac plus léger sur les épaules mais je m'inquiétais de savoir où je dénicherais de l'eau potable une fois ma réserve épuisée. Je pourrais toujours boire aux rivières comme Ren quand je n'aurais plus le choix. Néanmoins mon corps le supporterait sans doute moins bien que le sien.

Assise sur un rocher, j'ai mangé la moitié d'une barre de céréales. J'en ai donné une et demie à Ren. Si je pouvais survivre en absorbant aussi peu de calories, lui, non – j'en étais certaine. Tôt ou tard, il lui faudrait chasser.

En ouvrant un compartiment du sac, je suis tombée sur la boussole. Je l'ai fourrée dans la poche de mon jean. Il restait quelques bouteilles, un kit de premiers secours, un répulsif anti-insectes en spray, une bougie et un canif. Mais pas de portable, et mon téléphone personnel avait disparu.

« Étrange… On croirait que M. Kadam avait deviné que je me retrouverais seule dans la jungle. » J'ai repensé à la mystérieuse scène qui s'était déroulée à la station d'essence, juste avant la disparition du camion.

— Est-ce qu'il *voulait* que je me perde ici ? me suis-je interrogée à voix haute.

Ren s'est assis à côté de moi. J'ai plongé mon regard dans ses yeux bleus.

— Non. Ça n'a aucun sens. Il ne m'aurait pas fait venir jusqu'en Inde par avion pour me lâcher dans la nature. Il ne pouvait pas savoir que tu allais m'emmener ici, ni que je te suivrais. Et puis, il n'est pas du genre à tromper les gens de toute façon.

Ren a baissé la tête, comme s'il se sentait coupable.

— Je suppose que M. Kadam est juste très prévoyant.

Après un court répit, Ren m'a signifié qu'il était temps de repartir. Je me suis remise debout péniblement, sans cesser de me plaindre. J'ai sorti le spray pour m'asperger les jambes et les bras et j'en ai fait gicler quelques gouttes sur lui pour faire bonne mesure. J'ai éclaté de rire en le voyant plisser le nez. Un gros éternuement l'a secoué de la tête à la queue.

— Alors, Ren, on va où ? Tu as l'air d'avoir une destination précise en tête. Personnellement, je ne serais pas contre le fait de retourner vers la civilisation. Si tu pouvais nous dégoter un village, je t'en serais très reconnaissante.

Nous avons marché pendant des heures, jusqu'au début de l'après-midi. En consultant ma boussole, j'ai constaté que nous allions vers l'est. J'étais en train d'essayer d'évaluer le nombre de kilomètres que nous avions parcourus quand une petite clairière est apparue derrière des buissons. À mon grand soulagement, j'ai aperçu une hutte en plein milieu. Le toit incliné et les murs étaient composés de grandes tiges attachées ensemble par des fibres végétales entrelacées selon des motifs compliqués. Des herbes sèches et de l'argile comblaient les interstices.

Un muret de pierres sèches d'environ soixante centimètres de haut, tapissé d'une mousse verte et épaisse, en faisait le tour. Des pierres plates couvertes de symboles et d'inscriptions ornaient la façade. La porte était si minuscule qu'une personne de taille moyenne devait se pencher pour entrer.

Du linge séchait sur un fil et claquait au vent. Un petit jardin florissant complétait le décor.

Au moment où j'enjambais le muret, Ren l'a franchi d'un bond en passant au ras de mon bras.

— Ren ! Tu m'as flanqué une trouille bleue ! Tu pourrais prévenir.

Prête à frapper à la petite porte, je me suis ravisée. J'ai regardé Ren.

— Il faut que je m'occupe de toi d'abord.

J'ai pris la corde dans mon sac et j'ai traversé le terrain. Il m'a suivie d'un pas hésitant. Dès qu'il a été à portée de ma main, j'ai passé la corde dans son collier et j'ai attaché l'autre bout à un arbre. Il n'avait pas l'air content.

— Je suis désolée, Ren, mais je ne peux pas te laisser en liberté. Cela effraierait les gens qui habitent ici. Je te promets de revenir dès que possible.

Alors que je marchais en direction de la maison, une voix masculine s'est élevée derrière moi. Je me suis figée sur place en l'entendant dire d'un ton posé :

— Était-ce vraiment nécessaire de m'attacher ?

Je me suis retournée au ralenti. Un beau jeune homme se tenait debout, juste là. Il devait avoir une vingtaine d'années. Il mesurait une tête de plus que moi. Son corps, svelte mais robuste, était revêtu d'habits amples en coton blanc. Sa tunique déboutonnée révélait un torse lisse et doré. Son pantalon léger était retourné aux chevilles. Il avait le front dégagé et ses cheveux noirs et brillants bouclaient légèrement sur sa nuque.

Ce sont surtout ses yeux qui m'ont frappée. Ils avaient la même couleur cobalt que ceux de mon tigre.

Il m'a tendu la main.

— Bonjour, Kelsey. C'est moi, Ren.

8

Une explication

Il s'est avancé prudemment, les paumes tournées vers moi, en répétant :

— Kelsey, c'est moi, Ren.

Il n'avait rien de menaçant, mais j'ai bêtement tendu le bras pour lui interdire de s'approcher.

— Quoi ? Que dites-vous ?

La main posée sur le cœur, il a articulé lentement :

— Kelsey, ne t'enfuis pas. C'est moi, Ren. Le tigre.

Il m'a montré le collier et la corde jaune entortillée autour de ses doigts. Je me suis penchée pour regarder derrière lui : le félin blanc n'était plus là. J'ai reculé de quelques pas. Il s'est aussitôt immobilisé. Lorsque le muret a heurté l'arrière de mes jambes, je me suis arrêtée en clignant des yeux. Je ne comprenais pas.

— Où est Ren ? Je ne pige pas. Qu'est-ce que vous lui avez fait ?

— Je *suis* Ren.

— Non. C'est impossible, ai-je répondu en secouant la tête.

Comme il s'approchait de nouveau, j'ai voulu reculer et j'ai failli basculer par-dessus le muret. Il m'a rattrapée en un clin d'œil.

— Tu n'as rien ? m'a-t-il demandé poliment.

— Non, ça va.

Il me tenait le poignet. J'ai fixé sa main en essayant d'imaginer une patte de tigre à la place.

— Kelsey ? Crois-moi, je t'en prie.

— Non ! ai-je murmuré. Ce n'est pas possible.

— S'il te plaît, viens avec moi dans la maison. Son propriétaire est absent pour l'instant : tu pourras t'asseoir et te reposer, et je t'expliquerai tout.

Trop sonnée pour discuter, je me suis laissé entraîner vers la hutte. L'inconnu me serrait les doigts comme s'il craignait que je ne reparte en courant dans la jungle. Je n'avais pas l'habitude de suivre n'importe qui, mais, étrangement, je me sentais en confiance avec lui. En fait, il m'inspirait le même sentiment de sécurité que mon tigre.

La maisonnette se composait d'une pièce unique, avec un lit dans un coin, une minuscule fenêtre et une table avec deux chaises à l'autre bout. Il y avait également une baignoire derrière un rideau. La cuisine se réduisait au strict minimum : un évier avec une pompe à eau, un plan de travail étroit et quelques étagères chargées de conserves et d'épices. Des chapelets d'herbes et de plantes séchées pendaient au plafond, emplissant la pièce d'un doux parfum.

Le jeune homme m'a invitée à m'asseoir sur le lit. Adossé à un mur, il a patiemment attendu que je m'installe.

Il m'a fallu quelques instants pour me remettre du choc. Puis j'ai fait le point. OK. Ce garçon et Ren ne faisaient qu'un. On s'est dévisagés et j'ai lu dans ses yeux qu'il disait la vérité.

Ma peur refluait, cédant la place à la colère. Après tout ce qu'on avait vécu ensemble, c'est maintenant qu'il choisissait de me dévoiler son secret ? Il m'avait attirée dans la jungle, laissée croire que j'étais perdue dans un pays inconnu, au sein d'un environnement hostile…

Je le considérais comme un ami et j'avais confiance en lui. Pourquoi ne m'avait-il pas accordé la sienne ? Il avait eu plein d'occasions de dévoiler sa vraie nature, et il ne les avait pas saisies.

Je l'ai étudié d'un air soupçonneux.

— Alors tu es quoi, au juste ? ai-je demandé sur un ton irrité. Un homme transformé en tigre, ou un tigre transformé en homme ? À moins que tu ne sois comme les loups-garous ? Si tu me mords, je vais me changer en tigresse ?

Perplexe, il m'a dévisagée sans répondre. Il y avait dans ses yeux bleus la même intensité que dans le regard du tigre.

Il s'est assis sur une chaise et il s'est balancé.

— Kelsey, je vais répondre à toutes tes questions. Tout ce que je te demande, c'est d'être patiente avec moi et de me laisser le temps de t'expliquer.

— D'accord. Vas-y.

Je n'en revenais pas. Rien en lui n'évoquait le tigre. Il avait des lèvres pleines, une mâchoire carrée, un nez long et fin. Il ne ressemblait à aucun homme de ma connaissance. Il y avait chez lui quelque chose de… raffiné. Même pieds nus avec des vêtements quelconques, il respirait l'assurance, la force, la noblesse. Homme ou tigre, il dégageait un égal magnétisme.

De là à me fier à lui aveuglément, il ne fallait pas pousser. Je n'ai jamais été très douée pour masquer mes émotions. Mais il ne s'est pas offusqué. Au contraire, il semblait amusé, comme s'il lisait dans mes pensées.

J'ai fini par briser le silence.

— Alors, *Ren* ? Je t'écoute.

Il a pincé l'arête de son nez entre son pouce et son index, puis il a passé la main dans ses cheveux noirs et soyeux, me faisant perdre le fil…

— Ah, Kelsey… Par où commencer ? J'ai tant de choses à te raconter.

Il parlait d'une voix douce, avec une pointe d'accent à peine perceptible.

Décidément, il me troublait. Me tordant les mains, j'ai fixé le bout de mes pieds, lesquels jouaient des claquettes sur le sol de bambou.

— Est-ce si difficile de te tenir tranquille et d'écouter ? a-t-il demandé avec un sourire narquois.

— Non. C'est juste que tu me rends nerveuse.

— Ma présence ne te rendait pas nerveuse, avant.

— La situation n'est plus la même !

— Kelsey, détends-toi.

— D'accord, ai-je dit en coinçant mes mains sous mes cuisses. C'est mieux comme ça ?

Il a éclaté de rire.

— J'ai appris la patience par la force des choses, moi. Un tigre doit rester allongé sans bouger pendant de longues heures…

Il a étiré ses épaules musclées, puis il s'est mis à jouer avec la ficelle d'un tablier suspendu à un crochet.

— Je dois me dépêcher. Je ne dispose de ma forme humaine que quelques minutes par jour – vingt-quatre, pour être précis.

J'ai inspiré à fond.

— OK. S'il te plaît, continue.

— Te rappelles-tu l'histoire du prince Dhiren que M. Kadam t'a racontée au cirque ?

— Attends… Es-tu en train de dire que… ?

— Cette histoire est bien réelle. J'étais le prince de l'Empire Mujulâïn. Mon frère Kishan et ma fiancée m'ont trahi. En revanche, la fin de l'histoire est fausse. Je n'ai pas été tué, comme beaucoup de gens l'ont cru. Mon frère et moi avons été maudits et changés en tigres. M. Kadam garde loyalement notre secret depuis des siècles. S'il te plaît, ne lui en veux pas de t'avoir conduite ici. C'est ma faute. J'ai… j'ai besoin de toi, Kelsey.

Ma bouche s'est asséchée. J'étais penchée en avant, en équilibre précaire sur le rebord du lit. Je me suis éclairci la voix et je me suis redressée en prenant un air détaché.

— Comment ça ?

— M. Kadam et moi pensons que toi seule peux briser la malédiction. D'une certaine manière, tu m'as déjà libéré de ma captivité.

— Je ne t'ai pas libéré. C'est M. Kadam qui a acheté ta liberté.

— Non. Ce n'est pas ce que je veux dire. Quand j'ai été capturé, j'ai perdu le pouvoir de reprendre ma forme humaine… et je ne l'ai retrouvé que lorsque tu es apparue dans ma vie. Tu es spéciale, Kelsey.

Je le regardais enrouler et dérouler la ficelle du tablier autour de son doigt. Son visage était serein, mais il y avait dans ses yeux un voile de tristesse. Le soleil brillait à travers l'ouverture, et le rideau soulevé par la brise faisait danser des ombres sur ses traits.

— D-d'accord, ai-je bredouillé. Que dois-je faire ?

— Nous ne sommes pas dans cette hutte par hasard. L'homme qui vit ici est un chaman, un moine, et il saura t'expliquer mieux que moi ton rôle dans cette histoire. Il refusait d'en révéler davantage tant que nous ne t'aurions pas amenée à lui. Même moi, j'ignore pourquoi tu es l'élue. Le chaman insiste aussi pour nous parler en privé. C'est pourquoi M. Kadam ne nous a pas accompagnés. (Il s'est penché en avant.) Acceptes-tu de rester ici avec moi jusqu'à son retour et d'écouter ce qu'il a à dire ? Si tu décides ensuite de repartir et de rentrer chez toi, M. Kadam fera le nécessaire.

— Dhiren…

— Appelle-moi Ren.

J'ai senti mes joues s'embraser.

— D'accord, Ren… Tout ça me dépasse. Je ne sais pas quoi dire.

Des émotions contrastées ont assombri son beau visage.

— Écoute, je vais rencontrer ton moine. Mais là, je crève de chaud, j'ai faim, je suis couverte de sueur, j'en ai plein les bottes, je rêve de prendre un bain et, franchement, je ne suis pas sûre de pouvoir te faire confiance. Et puis je ne crois pas que je pourrais supporter de dormir une nuit de plus dans la jungle.

Il a soupiré de soulagement et a esquissé un sourire.

— Merci, a-t-il dit. Je suis désolé que cette partie du voyage ait été inconfortable pour toi. Nous n'étions pas d'accord, M. Kadam et moi, sur la façon de procéder. Il ne voulait pas t'attirer dans la jungle à ton insu. Il pensait que nous devions seulement te dévoiler la vérité. Mais j'avais peur que tu ne viennes pas. Je me suis dit que si tu passais un peu plus de temps avec moi d'abord, tu apprendrais à me faire confiance et qu'ensuite je pourrais sans risque me montrer sous mon vrai jour. C'était à ce sujet que nous nous disputions quand tu nous as vus à côté du camion.

— Je vois… M. Kadam avait raison. Tu aurais dû me dire la vérité. On aurait pu éviter la randonnée dans la jungle !

Il a soupiré.

— Non. Nous étions obligés de traverser la forêt à pied. On ne peut pas s'enfoncer si loin dans le parc protégé avec un véhicule.

J'ai croisé les bras en marmonnant :

— N'empêche, tu aurais pu me parler avant.

— Tu sais, dormir à la belle étoile a ses bons côtés. On peut contempler le ciel, sentir le souffle frais de la brise après la chaleur de la journée. L'herbe a un parfum délicieux... tout comme tes cheveux, a-t-il ajouté en me regardant droit dans les yeux.

J'ai rougi en grommelant :

— Eh bien, tant mieux s'il y en a au moins un de nous deux qui a apprécié.

— En effet, a-t-il affirmé avec un sourire satisfait.

Je l'ai subitement imaginé sous sa forme humaine, blotti contre moi dans la forêt... « Oui, bon, revenons à nos moutons. »

— Ren, tu détournes la conversation. Tu m'as manipulée et ça me déplaît. M. Kadam aurait dû me raconter toute l'histoire de A à Z au cirque.

Il a secoué la tête.

— Tu ne nous aurais pas crus.

— Peut-être, ai-je admis à contrecœur. Si tu t'étais changé en homme là-bas, je ne vous aurais sans doute pas suivis.

— Pourquoi es-tu venue ?

— J'avais envie de passer plus de temps avec toi. Enfin... avec le tigre, quoi. Il m'aurait manqué. Tu... tu m'aurais manqué.

Il a arboré un sourire en coin.

— Tu m'aurais manqué aussi.

J'ai baissé les yeux. Se méprenant sur mes sentiments, il s'est exclamé :

— Kelsey, je suis tellement désolé de t'avoir menti ! S'il y avait eu un autre moyen...

La manière dont il penchait la tête m'a rappelé le tigre. Soudain, mon agacement et ma gêne se sont envolés. Mon instinct me disait de le croire et de l'aider.

— Quand vas-tu te rechanger en tigre ? lui ai-je demandé d'une voix douce.

— Bientôt.

— Ça fait mal ?

— Moins qu'autrefois.

— Est-ce que tu me comprends sous ta forme animale ? Je peux continuer à te parler ?

— Oui.

J'ai pris une grande inspiration.

— OK. Je reste avec toi jusqu'au retour du chaman. Mais j'ai encore un tas de questions à te poser.

— J'essaierai d'y répondre de mon mieux. Malheureusement, tu vas devoir attendre jusqu'à demain. Nous pouvons dormir ici cette nuit. Le chaman devrait rentrer ce soir.

— Ren ?

— Oui ?

— La jungle me fait peur. Toute cette… histoire me fait peur.

Il a lâché la ficelle du tablier et m'a considérée avec gravité.

— Je sais.

— Ren ?

— Oui ?

— Ne t'en va pas, d'accord ?

Un sourire tendre a illuminé ses yeux.

— *Asambhava*. Aucun risque.

Brusquement, il s'est rembruni. Il a serré les poings et crispé la mâchoire. J'ai vu un frisson parcourir son corps et sa chaise s'est renversée tandis qu'il tombait à genoux. Paralysée de stupeur, je l'ai vu redevenir le tigre que je connaissais si bien.

9

Un ami

Assise sur le lit, je me demandais si je n'avais pas tout imaginé. « Peut-être que la jungle provoque des hallucinations. Si ça se trouve, je nage en plein délire. »

Ren s'est étiré par terre, la tête posée sur les pattes. Quand il a levé ses magnifiques yeux bleus vers moi, j'ai su que je n'avais pas rêvé.

Il m'avait dit que le chaman ne serait pas de retour avant le soir. J'avais donc plusieurs heures de liberté devant moi. Le lit me semblait accueillant et une sieste ne m'aurait pas fait de mal, mais je devais me laver de toute urgence. Je suis allée jeter un œil à la cuve. Il fallait la remplir avec un seau.

Je me suis lancée dans l'entreprise laborieuse qui consistait à pomper de l'eau dans la cuisine, pour la reverser ensuite dans la baignoire – et ce de multiples fois.

Ren est sorti. Je me suis déshabillée en vitesse et je suis entrée dans l'eau tiède. Après m'être shampooiné les cheveux, je suis restée allongée un moment à cogiter. « Dans quel pétrin je me suis fourrée ! Pourquoi est-ce que M. Kadam ne m'a rien dit ? Qu'est-ce qu'ils attendent de moi ? Combien de temps je vais rester coincée dans la jungle ? »

Les questions se bousculaient dans ma tête, je n'arrivais même plus à penser. J'ai renoncé à chercher un sens à toute cette histoire et je suis sortie de l'eau. Une fois séchée et rhabillée, j'ai ouvert la porte à Ren qui était couché sur le seuil.

Il est revenu sans se presser pendant que je m'asseyais en tailleur sur le lit pour démêler mes cheveux.

— J'aurai une petite explication avec M. Kadam quand je le reverrai. Et tu n'es pas tiré d'affaire non plus, je te signale.

Je me suis étendue, les bras croisés derrière la nuque, et j'ai fixé le plafond de bambou. Ren a posé sa tête sur le lit, juste à côté de la mienne. Son expression penaude m'a fait rire. Je lui ai tapoté le front.

— C'est bon, Ren, je ne suis pas en colère. J'aurais juste aimé que vous me fassiez un peu plus confiance tous les deux.

Il m'a léché la main et s'est couché.

La fatigue m'a terrassée. Lorsque j'ai rouvert les paupières, il faisait noir dans la hutte. Une lanterne brillait faiblement dans la cuisine. Un vieil homme était assis à la table.

Je me suis redressée et j'ai frotté mes yeux ensommeillés, surprise d'avoir dormi aussi longtemps. Le chaman était occupé à effeuiller des plantes étalées devant lui. Il m'a fait signe de m'approcher.

— Bonjour. Tu as dormi longtemps. Jeune fille fatiguée. Très, très fatiguée.

Je me suis avancée. Ren m'a suivie. Il a fait le dos rond, s'est étiré une patte à la fois, puis il s'est assis à mes pieds.

— Tu as faim ? a demandé le chaman.

Il s'est levé. Un ragoût de légumes mijotait sur le fourneau à bois. Il a rempli un bol, pris un morceau de *nan* chaud et posé le tout sur la table devant moi. Puis il a hoché la tête d'un air satisfait avant de retourner à sa tâche.

Après m'être nourrie de barres énergétiques pendant deux jours, j'en salivais.

— Comment tu t'appelles ?

— Kelsey, ai-je marmonné, la bouche pleine.

— Kell-ssie. Tu as un joli nom.

— Merci pour le repas.

Il a grogné en agitant la main, l'air de dire : « Inutile de me remercier, n'en parlons plus. »

— Et vous, comment vous appelez-vous ?

— Phet.

Phet était un petit homme à la peau brune toute ridée, avec une couronne de cheveux gris et rêches autour du crâne. Il était vêtu d'une tunique vert-de-gris, grossièrement tissée, et chaussé de sandales. Ses jambes étaient nues. Un sarong, jeté un peu n'importe comment sur ses épaules, enveloppait ses bras maigres.

— Phet, je suis désolée de débarquer chez vous comme ça. C'est Ren qui m'a amenée ici.

— Oui, je sais pourquoi tu es venue. Anik m'a tout expliqué. C'est pourquoi je suis allé au lac Suki aujourd'hui.

Je me suis resservie tandis qu'il me donnait un verre d'eau.

— Vous voulez parler de M. Kadam ? Il vous a prévenu de notre arrivée ?

— Oui, oui.

Le chaman a repoussé les plantes pour faire de la place sur la table. Il y a posé une cage qui renfermait un joli petit oiseau rouge.

— Il y a beaucoup d'oiseaux au lac Suki, mais celui-ci est extraordinaire !

Il s'est penché en faisant claquer sa langue et en agitant son doigt près des barreaux. Il s'est mis à fredonner et à parler gaiement dans sa langue natale.

— J'ai attendu toute la journée pour le capturer. Il chante très bien. C'est l'oisillon de Durgâ.

— Qui est Durgâ ?

— Ah ! Durgâ est une ma-gni-fique déesse, et moi, je suis son humble serviteur.

Il m'a adressé un grand sourire édenté. Ses yeux ont presque disparu.

Il a recommencé à effeuiller ses plantes. Il pinçait les tiges entre deux doigts d'une main et, avec le pouce et l'index de l'autre, il tirait vers le bas afin d'arracher toutes les feuilles. Il m'a tendu une branche de romarin. J'ai ôté les minuscules feuilles vertes et odorantes et je les ai empilées sur la table. Nous avons travaillé ainsi pendant un moment dans une ambiance complice.

Apparemment, il vivait de sa cueillette. Il m'a montré les différentes plantes qu'il avait ramassées en détaillant leurs noms et leurs usages. Après, il a décrit une à une les plantes séchées qui pendaient au plafond. Certains noms m'étaient familiers, mais, pour la plupart, je n'en avais jamais entendu parler.

Debout sur un petit tabouret, il en a descendu certaines et les a remplacées par des fraîches. Ensuite il a sorti un mortier et un pilon. Après m'avoir montré comment émietter et écraser les herbes, il m'a mise au boulot.

Il a ouvert un pot qui contenait des gouttes de résine dorées et dures. Je me suis exclamée :

— Je me rappelle cette odeur ! C'est ce liquide visqueux qui coule des arbres dans la jungle ?

— Très bien, Kell-ssie. Son nom est oliban. Il coule sur l'arbre boswellia. Mais peut-être que tu l'appelles encens.

— De l'encens ?

Il m'en a tendu un petit morceau.

— Tiens, goûte.

— Ça se mange ?

— Prends, Kell-ssie, essaie.

Il a déposé une pastille sur sa langue et je l'ai imité.

Cela avait un goût épicé, sucré et chaud, et une texture

caoutchouteuse. Phet, ravi, mâchonnait comme il pouvait avec les quelques dents qu'il lui restait.

— C'est bon, hein ? Maintenant inspire longuement.

Je me suis exécutée.

— Tu vois ? C'est bon pour l'estomac, et pour la respiration, ne t'inquiète pas. (Il m'a tendu le petit pot d'encens.) Prends.

Je l'ai remercié et, après avoir rangé le pot dans mon sac, je suis retournée manier le pilon.

— Kell-ssie, tu viens de loin, non ?

— Oh oui, très loin.

Je lui ai raconté les circonstances de ma rencontre avec Ren dans l'Oregon, le voyage en avion avec M. Kadam, la disparition du camion, notre périple à travers la jungle et, pour finir, notre arrivée dans sa maison.

Phet hochait la tête en écoutant avec attention.

— Et ton tigre n'est pas toujours tigre. Je me trompe ?

J'ai jeté un coup d'œil oblique à Ren.

— Non, vous avez raison.

— Tu veux aider le tigre ?

— Oui. Même si je suis un peu fâchée qu'il m'ait menti. Je veux qu'il soit libre, ai-je ajouté en rentrant la tête dans les épaules.

À cet instant, le petit oiseau rouge a entonné un chant ravissant. Phet a fermé les paupières et l'a écouté d'un air extatique. Il l'a accompagné en fredonnant tout bas. Quand l'oiseau s'est tu, il a rouvert les yeux et m'a regardée avec un sourire radieux.

— Kell-ssie ! Tu es très spéciale ! Grâce à toi, j'ai entendu la chanson de Durgâ !

Il s'est levé gaiement et a débarrassé la table.

— Tu dois te reposer maintenant. Demain sera un jour important. Je dois prier pendant les heures noires, et toi, tu as besoin de sommeil. Demain tu embarques pour une grande traversée. Très dure. Aux premiers rayons du soleil, je t'assisterai en compagnie du tigre. Le secret de Durgâ sera dévoilé.

Il a jeté des feuilles dans une tasse et a versé de l'eau fumante dessus. Une minute plus tard, il m'a ordonné de boire. Le goût, plaisant, m'évoquait un mélange de thé à la menthe et de clou de girofle.

Phet nous a chassés en direction du lit, Ren et moi. Après avoir raccourci la mèche de la lampe, il a passé un sac de cuir sur son épaule, il m'a souri et il est parti en fermant sans bruit la porte derrière lui.

Je me suis étendue sur le lit, persuadée que je n'arriverais pas à m'endormir. Quelques instants plus tard, j'ai sombré dans un sommeil sans rêves.

Tôt le lendemain matin, Phet m'a réveillée en tapant fort dans ses mains.

— Bonjour, Kell-ssie ; bonjour, terrible Ren. J'ai prié cette nuit. En conséquence, Durgâ a fait un miracle. Vous devez vous réveiller ! Vite !

— D'accord, Phet, je me dépêche.

J'ai tiré le rideau et je me suis habillée.

Dans la cuisine, Phet préparait des œufs. Il en avait déjà rempli une grande écuelle pour Ren. Je me suis lavé les mains et je me suis mise à table.

Mon assiette contenait une salade composée de légumes verts de son jardin, et une omelette appétissante. Il s'est assis.

— Kell-ssie, j'ai reçu un bienfait. Durgâ accepte de vous aider. Dans le passé, il y a longtemps, Anik Kadam est venu chercher un remède. Personne ne pouvait aider Ren. Mais Durgâ aime les tigres. Anik m'a demandé : que faire ? Cette nuit-là, Phet a rêvé de deux tigres, l'un aussi pâle que la lune, l'autre noir comme la nuit. Durgâ a parlé doucement à son oreille. Elle a murmuré : « Seule la fille spéciale peut briser le sortilège. » La fille est l'élue de Durgâ. Elle va lutter pour le tigre. J'ai dit à Anik : « Cherche la fille spéciale de la déesse. Elle est seule, avec des cheveux châtains, des yeux foncés. Elle est dévouée et ses paroles sont puissantes comme le chant de la déesse. Elle aidera le tigre à redevenir libre. Découvre l'élue de Durgâ et amène-la-moi. »

Il a posé ses mains noueuses sur la table et s'est penché vers moi.

— Kell-ssie, je perçois en toi la faveur de Durgâ. Tu es une guerrière forte et belle, comme la déesse.

— Moi ? Une guerrière forte et belle ? Vous plaisantez.

Ren a poussé un grondement sourd et profond, alors que Phet faisait claquer sa langue.

— Non. L'oisillon de Durgâ chante pour toi. Tu es l'élue !

— D'accord, Phet, je vais essayer. Que dois-je faire ?

— Durgâ t'aidera dans les grottes de Kanheri. Sers-toi de la clé pour ouvrir la pièce.

— Quelle clé ?

— La clé est le sceau de l'Empire Mujulâïn. Le tigre sait. Trouve l'endroit sous la terre. Le sceau est la clé. Durgâ te guidera vers la réponse.

Je me suis mise à trembler. Cela faisait trop de choses à digérer d'un coup.

Phet me regardait curieusement. Il a posé sa main chaude et parcheminée sur la mienne. Son geste m'a aussitôt calmée.

— Kell-ssie, aie confiance en toi. Tu es forte. Le tigre te protégera.

Ren, assis près de moi, m'étudiait d'un air inquiet.

— Je sais qu'il veillera sur moi. Je veux vraiment l'aider à briser la malédiction. Je suis juste un peu… impressionnée.

Il a posé une patte sur mon genou. J'ai ravalé ma peur.

— Alors, Phet… où devons-nous aller ?

— Le tigre sait où aller. Suis le tigre. D'abord, cherche le sceau. Vous devez hâter votre départ. Mais avant, Kell-ssie, je vais te conférer la marque de la déesse.

Phet a ramassé un petit assortiment de feuilles fraîches. Il les a agitées en l'air au-dessus de ma tête et le long de mes bras en psalmodiant doucement. Ensuite il en a pris une et m'en a effleuré les yeux, le nez, la bouche et le front, avant de répéter le rituel sur Ren.

Il est allé chercher un petit pot rempli d'un liquide marron où il a plongé une fine brindille. Il a pris ma main droite dans la sienne et s'est mis à tracer des motifs géométriques. Le liquide avait une odeur âcre et les spirales dessinées par Phet me rappelaient les publicités pour les tatouages au henné que j'avais vues en ville.

Quand il a eu fini, j'ai tourné et retourné mon poignet en admirant son œuvre. Elle recouvrait tout le dos de ma main droite, ainsi que ma paume et la pulpe de mes doigts.

— À quoi ça sert ? ai-je demandé.

— C'est un symbole puissant. La marque reste plusieurs jours.

Phet a jeté les feuilles et la brindille dans le vieux fourneau en fonte et il est resté un moment devant pour inhaler la fumée. Ensuite, il a fait volte-face et s'est incliné.

— Kell-ssie, tu dois partir.

Ren s'est dirigé vers la porte. J'ai retourné sa révérence à Phet et je lui ai donné une brève accolade.

— Merci pour tout. Je vous suis très reconnaissante de votre hospitalité et de votre gentillesse.

Il m'a souri avec chaleur. J'ai attrapé mes deux sacs, je me suis baissée pour franchir la porte et j'ai suivi Ren dehors tandis que Phet agitait la main en signe d'au revoir.

10

Un abri sûr

— Retour à la case jungle, hein, Ren ?

Il n'a pas réagi. Il a continué à avancer lentement. Je le suivais péniblement en pensant à toutes les questions que je lui poserais quand il apparaîtrait de nouveau sous sa forme humaine.

Après avoir marché pendant deux heures, nous sommes arrivés à un petit lac. J'ai supposé que c'était le lac Suki dont Phet avait parlé. Canards, oies, martins-pêcheurs, grues et bécasseaux en quête de nourriture dessinaient des pointillés sur l'eau et sur les berges sablonneuses. Des volatiles plus grands – des aigles, peut-être, ou des faucons – volaient en cercle dans le ciel.

Notre arrivée a provoqué un bref instant de panique parmi une bande de hérons. Ils se sont envolés en pagaille, avant de se reposer de l'autre côté du lac. Partout de petits oiseaux fendaient l'air. J'entrevoyais des éclairs verts, jaunes, gris, bleus, noirs... Certains avaient la poitrine rouge, mais je n'ai aperçu aucun oisillon de Durgâ.

Des grenouilles se prélassaient sur des feuilles de nénuphar, à l'ombre des arbres. Certaines nous regardaient avec leurs yeux jaunes globuleux avant de plonger. D'autres nageaient ou sautaient au milieu de fleurs aquatiques au bord du lac.

— Tu crois qu'il y a des alligators ou des crocodiles dans

ce lac? me suis-je inquiétée. Il me semble que l'alligator n'existe que sur le continent américain… à moins que ce ne soit le crocodile?

Ren s'est rapproché de moi. Je me suis demandé ce que cela signifiait. Soit il voulait me tenir compagnie, soit il y avait vraiment des reptiles dangereux dans le coin.

La brise était brûlante, le ciel parfaitement dégagé, et la jungle semblait accablée de chaleur. Je transpirais à grosses gouttes. Dès qu'il le pouvait, Ren empruntait des sentiers ombragés. Sous les arbres, la température était un peu plus supportable mais je souffrais quand même. Il devait avoir pitié de moi car il a longé les rives du lac à une allure lente et régulière. J'avais des ampoules aux talons. J'ai sorti de la crème solaire du sac et je m'en suis tartiné le visage et les bras. D'après ma boussole, nous allions vers le nord.

Tandis que Ren buvait à un ruisseau, je me suis rendu compte que Phet nous avait emballé un déjeuner: une boule de riz gluant fourrée à la viande et aux légumes enveloppée dans une grande feuille verte. C'était un peu trop relevé à mon goût, mais le riz aidait à apaiser le feu des épices. J'ai trouvé deux autres galettes de riz dans le sac et je les ai jetées à Ren, qui n'a pas pu résister à l'envie de les attraper au vol pour frimer. Il n'en a fait qu'une bouchée.

Après quatre heures de randonnée, nous avons quitté la jungle et pris une petite route. J'étais heureuse de marcher enfin sur une chaussée goudronnée… jusqu'à ce que je m'aperçoive qu'elle me brûlait les semelles. J'aurais juré sentir le caoutchouc fondre sous mes pieds.

Ren a levé le museau, flairé l'air, puis il a tourné à droite. Au bout de huit cents mètres environ, nous avons aperçu une Jeep vert métallisé flambant neuve, avec vitres teintées et hard top noir. Il s'est assis à côté.

Hors d'haleine, j'ai bu une grande gorgée d'eau. Ren me fixait, le regard sans expression.

— Quoi ? Qu'est-ce qu'il y a ? C'est la voiture ? Tu veux que je monte dedans ? D'accord, j'espère juste que le propriétaire ne va pas se fâcher.

J'ai ouvert la portière : une note de M. Kadam m'attendait sur le siège du conducteur.

Aku

Kelsey,

Pardonne-moi, s'il te plaît. Je voulais te dire la vérité.

Voici une carte avec des indications pour trouver la maison de Ren. Je vous retrouverai là-bas.

La clé est dans la boîte à gants. N'oublie pas de rouler du côté gauche de la route.

Tu en as pour une heure et demie de trajet à peu près. J'espère que tu vas bien.

Ton ami,
Anik Kadam

J'ai pris la carte et je l'ai étalée sur le siège du passager. J'ai jeté les sacs à l'arrière en prenant soin de me garder une bouteille d'eau pour la route. Ren a sauté sur la banquette et moi derrière le volant. J'ai ouvert la boîte à gants. Comme promis, elle renfermait un trousseau de clés. La plus grosse était celle de la Jeep. J'ai démarré le moteur et souri avec soulagement en entendant le déclic de la climatisation.

Lorsque je me suis engagée sur la route déserte, la petite voix du GPS a pépié :

— Dans cinquante kilomètres, tournez à gauche.

J'ai baissé les yeux sur mes mains. Malgré la sueur, et bien que je n'aie pas arrêté de m'essuyer le front, le dessin de Phet n'avait pas bougé. J'ai allumé la radio, trouvé une station qui diffusait de la musique sympa et j'ai écouté les chansons pendant que Ren faisait la sieste.

Les indications de M. Kadam étaient faciles à suivre. Par chance, il avait choisi un itinéraire peu emprunté.

Une heure après notre départ, le GPS m'a dirigée sur un chemin de terre qui s'enfonçait dans la jungle. Il n'y avait plus aucun panneau. J'ai eu l'impression d'atterrir au milieu de nulle part. Toutefois, le chemin était bien entretenu.

Le soleil se couchait quand nous avons débouché sur une allée pavée et tout illuminée qui faisait le tour d'une grande fontaine ornée de fleurs. Derrière elle se dressait la plus belle maison que j'avais jamais vue. Le genre de manoir que se font construire les milliardaires sous les tropiques ou sur les rivages de la Grèce. J'imaginais très bien cette magnifique demeure au sommet d'une île surplombant la Méditerranée.

J'ai garé la Jeep et je suis descendue contempler ce somptueux décor.

— Ren, ta maison est fabuleuse !

Un sac sur le dos, l'autre à la main, j'ai remonté lentement l'allée pavée en admirant le garage prévu pour quatre voitures. De belles plantes tropicales bordaient la maison, transformant le terrain en un paradis luxuriant. J'ai reconnu un frangipanier, des oiseaux de paradis, des bambous, de grands palmiers royaux, des fougères épaisses et des bananiers, mais il y en avait plein d'autres. Les lumières extérieures éclairaient une piscine ronde et un jacuzzi sur le côté de la maison.

La façade était peinte en blanc et crème. Une véranda avec balustrade en fer forgé, soutenue par des colonnes, ceignait le premier étage. Des balcons ouvragés agrémentaient le deuxième et dernier étage. Le rez-de-chaussée avait une baie vitrée panoramique.

L'entrée, tout en marbre et en teck, était spectaculaire. J'ai tourné la poignée de la porte : elle était ouverte. Si l'extérieur de la propriété reflétait les couleurs chaudes et éclatantes de l'Inde, l'intérieur, luxueux et raffiné, était décoré dans des tons plus froids de violet, vert et bleu canard.

Le vestibule se distinguait par son plafond voûté, son sol en marbre délicat et un escalier tournant majestueux garni d'une rampe en fer forgé ouvragée. Un énorme lustre en cristal couronnait le tout. D'immenses fenêtres offraient une vue panoramique sur la jungle environnante.

Des fauteuils en cuir marron foncé, des ottomanes et des divans confortables étaient savamment disposés sur de splendides tapis. J'ai aperçu un globe terrestre dans un coin. Trois des murs étaient tapissés de rayonnages chargés de livres. Une échelle coulissante permettait de monter jusqu'aux étagères supérieures. Une cheminée en pierre sculptée occupait le dernier mur. Un vase doré contenait un bouquet de plumes de paon. Un bureau massif complétait le mobilier. C'était la plus belle bibliothèque du monde.

— Kelsey ? C'est toi ? a crié M. Kadam.

J'étais déterminée à lui reprocher le sale tour qu'il m'avait joué, mais ma rancune s'est envolée quand j'ai entendu sa voix.

Je l'ai rejoint dans une vaste cuisine étincelante de propreté.

— Miss Kelsey ! s'est-il exclamé en se précipitant vers moi. Je suis si heureux que tu sois saine et sauve. J'espère que tu n'es pas trop en colère contre moi. Je te prie de nous excuser, Ren et moi. Nous n'avons jamais eu l'intention de te blesser. Viens. J'ai préparé le dîner.

— Monsieur Kadam, une chose me tracasse. Avez-vous vraiment demandé à M. Davis de vous accompagner pour s'occuper de Ren ? Qu'est-ce que vous auriez fait s'il avait accepté… ou si j'avais refusé ?

— Je lui ai offert le poste pour sauver les apparences, tout en suggérant subtilement à M. Maurizio qu'il était dans son intérêt de persuader M. Davis de refuser. Et en ce qui te concerne, si tu avais décliné notre offre, je suppose que nous t'aurions fait une autre proposition.

— Et si je m'étais entêtée dans mon refus ? Vous m'auriez kidnappée ?

M. Kadam a ri.

— Non. Dans ce cas, j'aurais changé de tactique et je t'aurais dit la vérité. En espérant que tu me croirais.

— Je préfère ça.

M. Kadam a voulu que je lui raconte tout ce qui m'était arrivé depuis notre séparation. Je lui ai parlé de la disparition du camion et j'ai appris à cette occasion qu'il avait payé le chauffeur pour me laisser en plan. Ensuite on a discuté de la jungle et de Phet.

Il m'a posé de nombreuses questions sur mes conversations avec le chaman et s'est montré particulièrement intéressé par mon dessin au henné. Il a tourné ma main en examinant de près les symboles sur chaque côté.

— Alors tu es l'élue de Durgâ, a-t-il conclu.

Il s'est adossé au dossier de sa chaise en souriant.

— Comment avez-vous su que j'étais la bonne personne ? Que c'était moi qui pourrais briser le maléfice ?

— Nous n'en étions pas complètement certains jusqu'à ta rencontre avec Phet. Quand Ren était en captivité, il ne pouvait pas changer de forme. Tu es parvenue, à ton insu, à prononcer les paroles qui l'ont libéré et lui ont permis de reprendre son apparence humaine quelques instants par jour. C'est ainsi qu'il a pu me contacter. Depuis lors nous espérions que tu étais celle que nous cherchions.

— Monsieur Kadam, qui est Durgâ ?

Il est allé chercher une statuette en or et il l'a posée avec précaution sur la table. C'était une déesse indienne à huit bras, magnifiquement travaillée. Elle tirait à l'arc… et elle chevauchait un tigre.

— S'il vous plaît, parlez-moi d'elle.

— Dans la langue des hindous, son nom signifie « l'Invincible ». C'est une grande guerrière et elle a enfanté de nombreux dieux et déesses. Elle a plusieurs armes à sa disposition et, lors des combats, elle chevauche un magnifique tigre appelé Damon. On la dit très belle, avec de longs cheveux bouclés et un teint éclatant, encore plus lumineux quand elle se bat. On la représente souvent habillée de robes azurées, la couleur de la mer, et parée de bijoux en or, de pierres précieuses et de perles noires.

J'ai retourné la statue.

— Quelles sont ses armes ?

— Cela dépend. En fonction des représentations, elle a un nombre de bras et d'armes légèrement différent. Cette statue-ci a un trident, un arc et des flèches, une épée et un *gadâ*, une sorte de massue. Elle porte également une *shanka*, ou conque marine, un disque appelé *chakra*, un serpent et une armure avec un bouclier. J'ai vu d'autres dessins de Durgâ avec une corde, une cloche et une fleur de lotus. Elle peut aussi contrôler la foudre et le tonnerre.

J'ai soulevé la statue et je l'ai examinée sous tous les angles. Ses huit bras étaient effrayants. Elle n'avait pas l'air commode…

— La déesse Durgâ est née du fleuve pour secourir l'humanité en cas de besoin, a continué M. Kadam. Elle a combattu un démon mi-humain, mi-buffle, Mahîshâsura. Il terrorisait la terre et les cieux mais personne ne parvenait à le tuer. Alors Durgâ a pris la forme d'une déesse guerrière pour le vaincre. On l'appelle aussi « la Belle Dame ».

J'ai reposé la statuette sur la table.

— Monsieur Kadam, ai-je dit d'un ton hésitant, je ne voudrais pas paraître irrespectueuse... et j'espère sincèrement ne pas vous offenser : je ne crois pas à ces histoires. Je les trouve passionnantes, mais trop bizarres pour être réelles. J'ai l'impression d'être dans un conte indien dans *La Quatrième Dimension*.

Il a souri.

— Ne t'inquiète pas, Kelsey. Je ne suis pas vexé. Au cours de mes voyages et de mes recherches, alors que j'essayais d'aider Ren à briser le sortilège, il m'a fallu m'ouvrir à de nouvelles notions, à des croyances que, moi non plus, je n'avais jamais prises au sérieux avant. Ton cœur te dira ce qui est réel et ce qui ne l'est pas. Mais ton voyage a dû t'épuiser. Je vais te montrer ta chambre.

Il m'a accompagnée à l'étage jusqu'à une pièce spacieuse aux moulures dorées. Un bouquet de roses et de gardénias blancs embaumait les lieux. Un lit à baldaquin couvert de coussins de couleur prune était placé contre un mur. D'épais tapis blancs jonchaient le sol. Des portes vitrées biseautées s'ouvraient sur une immense véranda avec vue sur la piscine et la fontaine.

— C'est très joli ! Merci, monsieur Kadam.

Il a hoché la tête et m'a quittée en refermant doucement la porte.

Je me suis empressée de retirer mes chaussures et mes chaussettes pour sentir le tapis moelleux sous mes pieds nus. Dans la salle de bains, il y avait une baignoire à remous très profonde en marbre blanc et une immense douche.

On pouvait se changer dans une cabine attenante équipée de bancs matelassés blancs, d'une armoire et d'une commode.

Des vêtements neufs encore sous cellophane étaient accrochés à une tringle. Les tiroirs aussi étaient pleins d'habits. Une section entière était destinée aux chaussures.

Après une douche merveilleusement relaxante, je me suis fait une tresse, puis j'ai déballé et rangé ma maigre garde-robe.

Une fois en pyjama, je me suis glissée sous les draps. Je venais à peine de sortir mon recueil de poésie quand j'ai entendu frapper un coup léger à la porte ouverte de la véranda. J'ai levé les yeux et mon cœur s'est emballé.

Ren, version prince indien, me regardait en fronçant les sourcils. Je l'ai rejoint dehors.

— Pourquoi ne portes-tu pas les vêtements que je t'ai achetés ?

— Euh… Je n'avais pas… Mais pourquoi as-tu… ? Oh, merci ! Et merci de m'avoir logée dans cette chambre magnifique.

Une mèche de cheveux a glissé sur ma joue. Il l'a remise derrière mon oreille en souriant.

— Aimes-tu tes fleurs ?

J'ai réussi à grand-peine à articuler un petit oui. Il a hoché la tête, satisfait, et m'a invitée à m'asseoir. Il m'a prise par le bras pour m'escorter vers les chaises et je me suis laissé faire en retenant mon souffle. Après s'être assuré que j'étais à mon aise, il s'est installé face à moi. Comme j'étais incapable d'assembler la moindre phrase logique, il s'est lancé le premier.

— Kelsey, si tu as des questions à me poser, je t'écoute.

Ses yeux bleus, si vifs qu'ils scintillaient dans l'obscurité, m'hypnotisaient. Je me suis extirpée de ma rêverie et j'ai marmonné la première chose qui me venait à l'esprit :

— Tu ne ressembles pas aux hommes d'ici. Tes… tes yeux sont… différents et…

Je bredouillais lamentablement. Ren n'a pas semblé le remarquer.

— Mon père était d'origine indienne, mais ma mère était une princesse asiatique. Et j'ai plus de trois cents ans, ce qui pourrait expliquer en partie ma différence, j'imagine.

— Alors tu es né en…

— En 1657.

« Trois cents ans, ça fait une sacrée différence d'âge… »

— Dans ce cas, pourquoi tu as l'air aussi jeune ?

— Je l'ignore. J'avais vingt et un ans quand j'ai été frappé par la malédiction. Je n'ai pas pris une ride.

Un million de questions ont surgi en même temps dans ma tête.

— Et M. Kadam ? Quel âge a-t-il ?

— Il est un peu plus vieux que moi. Autrefois il était mon homme d'armes et un conseiller militaire influent auprès de mon père. Lorsqu'on m'a jeté un sort, je suis allé le trouver. Il a agi vite. Il a caché mes parents, mis notre fortune à l'abri et il est resté mon protecteur depuis.

— Comment peut-il être encore en vie ?

Ren a hésité.

— L'Amulette de Damon le préserve du vieillissement. Il ne l'enlève jamais.

J'avais entraperçu le pendentif de M. Kadam dans l'avion.

— Damon ? N'est-ce pas le nom du tigre de Durgâ ?

— Si. J'ignore s'il existe un lien entre les deux, je ne connais pas les origines de l'amulette. Tout ce que je sais, c'est qu'elle a été brisée il y a très longtemps. Certains affirment qu'il y a quatre fragments, correspondant aux quatre éléments, aux quatre vents ou peut-être aux quatre points cardinaux. D'autres prétendent qu'il y en a cinq, voire plus. Mes parents en possédaient chacun un. Mon père m'a donné le sien, et ma mère a confié le sien à Kishan. L'homme qui a prononcé la malédiction contre moi voulait s'en emparer. Voilà pourquoi il a trahi mon frère. Personne ne sait quel genre de pouvoir l'amulette pourrait conférer si tous les morceaux étaient réunis. Mais ce monstre était prêt à tout pour le découvrir.

« M. Kadam est un ami fidèle. Il a consenti de grands sacrifices pour aider ma famille au fil des années. Je lui serai à jamais redevable. J'ignore comment j'aurais survécu sans lui. (Ren a détourné les yeux.) Il a pris soin de mes parents jusqu'à leur mort et a veillé sur eux quand je ne le pouvais pas.

J'ai posé ma main sur la sienne. Machinalement, il a commencé à caresser mes doigts avec son pouce, perdu dans ses pensées.

En temps normal, ce geste familier m'aurait mise mal à l'aise. Là, curieusement, il me réconfortait. Je me suis demandé s'il éprouvait la même chose. D'une certaine manière, Ren avait dû se sentir très seul, lui aussi. Trois cents ans sans pouvoir communiquer avec les autres hommes…

D'un air indolent, Ren a baisé le bout de mes doigts.

— Allons, Kelsey. Tu dois dormir et mes vingt-quatre minutes sont presque écoulées.

Il s'est levé sans lâcher ma main, de sorte que je me suis retrouvée debout tout contre lui. J'ai arrêté de respirer. J'avais des frissons partout. Il m'a accompagnée jusqu'à ma porte, m'a souhaité bonne nuit en s'inclinant, puis il est parti.

Le lendemain matin, j'ai examiné ma nouvelle garde-robe, surprise de trouver surtout des jeans et des chemises.

J'ai ouvert au hasard un emballage en cellophane. Il contenait un superbe ensemble en soie bleue – une jupe et un corsage – orné de minuscules perles argentées en forme de larmes. Il était si beau que je n'ai pas pu résister à l'envie de l'essayer.

J'ai enfilé la jupe et elle est tombée sans un faux pli sur mes hanches. Elle descendait jusqu'au sol, dans un drapé tourbillonnant, alourdie par les centaines de perles cousues sur l'ourlet. Le corsage, dont les manches me couvraient à peine les épaules, était légèrement moulant et s'arrêtait au-dessus du nombril. On voyait cinq bons centimètres de mon ventre. Je me suis regardée dans le miroir en tournant sur moi-même. J'avais l'impression d'être une princesse.

Un foulard bleu satiné complétait la tenue. Je l'ai jeté sur mes épaules sans trop savoir comment le mettre.

J'ai descendu l'escalier pieds nus pour aller prendre mon petit déjeuner. M. Kadam était déjà dans la cuisine. Il fredonnait en lisant un journal.

Il a coulé un petit coup d'œil dans ma direction et il a posé son journal avec un grand sourire.

— Kelsey ! Tu es ravissante !

— Merci, ai-je répondu en rougissant. C'est vous qui avez choisi cet ensemble ? Il est superbe !

— Oui. Ça s'appelle un *sharara.* Je l'ai acheté à Mumbai à la demande de Ren. Il voulait quelque chose de « spécial », « beau » et « bleu ». J'aimerais pouvoir dire que j'ai choisi seul, mais, en réalité, Nilima m'a aidé.

— Nilima ? L'hôtesse de l'air ? Est-elle votre… ? Enfin, je veux dire, êtes-vous… ? ai-je bafouillé, embarrassée.

Il a éclaté de rire.

— Nilima et moi sommes en effet très proches, mais ce n'est pas le genre de relation auquel tu penses. Nilima est mon arrière-arrière-arrière-arrière-petite-fille.

J'en suis restée baba.

— Votre quoi ?

— Ma petite-fille, avec plusieurs « arrière » devant.

— Ren m'a dit que vous étiez un peu plus vieux que lui, mais pas que vous aviez une famille.

Il a marqué une pause pour boire une gorgée de jus de fruits.

— J'ai été marié, il y a très longtemps. Mon épouse et moi avons eu des enfants, qui ont eu des enfants à leur tour, et ainsi de suite. De tous mes descendants, seule Nilima connaît mon secret. Pour les autres, je ne suis qu'un oncle éloigné, un homme d'affaires toujours par monts et par vaux.

— Et votre femme ?

Il a perdu son sourire.

— La vie n'a pas été tendre avec nous. Je l'aimais de tout mon cœur. Au fil du temps, elle a vieilli, et moi, non. L'amulette m'affectait profondément. Elle connaissait la situation et affirmait que cela ne la dérangeait pas.

Il a frotté son pendentif d'un air songeur à travers sa chemise. Percevant ma curiosité, il a sorti une fine chaînette en argent et m'a montré la pierre verte taillée en pointe. À son sommet on distinguait le contour à demi effacé d'une tête de tigre. Des glyphes étaient gravés sur le pourtour. M. Kadam m'a dit qu'il était incapable de les déchiffrer.

— Un jour, ma chère épouse est tombée malade. Comprenant qu'elle allait mourir, j'ai retiré mon collier et je l'ai suppliée de le porter. Elle a refusé et m'a fait jurer de ne plus jamais l'ôter jusqu'à ce que mon devoir soit accompli.

J'ai senti une larme perler au coin de mon œil.

— Vous ne pouviez pas la convaincre de porter chacun l'amulette à tour de rôle ?

Il a secoué tristement la tête.

— Non. Elle tenait à suivre le cours naturel des choses. Nos enfants étaient mariés, heureux, et elle sentait que l'heure était venue pour elle de passer à une autre vie. Cela la réconfortait de savoir que je restais là pour veiller sur notre famille. Je l'ai accompagnée jusqu'à la fin, et j'ai fait de même avec nombre de nos enfants et de nos petits-enfants.

Au fil des années, c'est devenu de plus en plus pénible pour moi de les voir souffrir et mourir les uns après les autres. Par ailleurs, pour la sécurité de Ren, il était préférable qu'un minimum de personnes soit au courant de notre secret. Alors je les ai quittés. Je rends visite à mes descendants de temps en temps pour voir comment ils se portent mais… cela me coûte.

— Vous ne vous êtes jamais remarié ?

— Non. Parfois, j'offre un emploi à un de mes descendants, comme Nilima. Ils sont merveilleux avec moi. Et puis, jusqu'à sa capture, Ren a été un excellent compagnon. Mais je ne cherche pas l'amour. Je ne crois pas que mon cœur supporterait de nouveaux adieux.

— Oh, monsieur Kadam, je suis tellement désolée. Ren avait raison, vous avez fait beaucoup de sacrifices pour lui.

Il m'a souri.

— Ne sois pas triste, Kelsey. Nous n'avons que des raisons de nous réjouir depuis que tu es apparue dans nos vies. Je suis très heureux que tu sois parmi nous.

Il m'a tapoté la main et m'a adressé un clin d'œil. Puis il a débarrassé la vaisselle du petit déjeuner. Je me levais pour l'aider quand Ren est entré d'un pas paresseux dans la pièce. Il a bâillé à s'en décrocher la mâchoire. Un peu troublée par sa présence, j'ai caressé sa tête duveteuse.

— Bonjour, Ren ! lui ai-je dit d'un ton gai. (J'ai fait une petite pirouette pour lui montrer ma tenue.) Et merci beaucoup ! C'est joli, hein ? Nilima a très bien choisi.

Il s'est assis, m'a regardée tourner comme une toupie, puis il est reparti aussi sec.

— Ben… qu'est-ce qui lui prend ?

M. Kadam s'est retourné en essuyant ses mains sur un torchon.

— Hmm ?

— Ren vient de s'en aller.

— Qui sait ce qui peut se passer dans la tête d'un tigre ? Peut-être a-t-il faim. Excuse-moi une minute, Kelsey.

Il m'a souri et a suivi Ren.

Plus tard ce matin-là, nous nous sommes installés tous les deux dans la magnifique bibliothèque bleu canard. La collection de livres de M. Kadam était soigneusement rangée sur des étagères en acajou. J'ai choisi un volume sur l'Inde plein de vieilles cartes.

— Monsieur Kadam, vous pouvez me montrer où se trouvent les grottes de Kanheri ? Selon Phet, c'est là que nous devons nous rendre pour parler à Durgâ et chercher une solution au problème de Ren.

Il a ouvert le livre et pointé l'index sur une carte de Mumbai.

— Les grottes se situent dans la partie nord de la ville, plus précisément dans le parc national Borivali, qu'on appelle aujourd'hui le parc Gandhi. Il s'agit de cavités creusées dans des parois de roches basaltiques. Celles-ci sont couvertes d'écritures anciennes. Bien que j'y sois déjà allé plusieurs fois, je n'ai jamais trouvé de tunnel. Les archéologues les étudient depuis des années, mais personne n'y a encore découvert de prophétie écrite par Durgâ.

— Et le sceau dont m'a parlé Phet ? Qu'est-ce que c'est ?

— C'est une pierre un peu particulière. Je l'ai sous ma garde depuis des siècles. Elle est en sécurité dans le coffre-fort d'une banque avec d'autres biens dont Ren a hérité. Justement, je dois aller la récupérer. Il ne faut pas que je tarde. Je te l'apporterai ce soir. Et si tu appelais tes parents pour les rassurer ? Dis-leur que tu vas passer l'été en Inde et que je t'ai engagée comme stagiaire dans mon entreprise, si tu veux.

J'ai hoché la tête. Il avait raison. Sarah et Mike devaient se demander si je n'avais pas été dévorée par un tigre à l'heure qu'il était.

— Je vais également acheter quelques affaires dont tu pourrais avoir besoin au cours de ton voyage. En attendant, fais comme chez toi et repose-toi. Tu trouveras de quoi te nourrir dans le frigo.

En retournant à l'étage, j'ai constaté que mon téléphone avait mystérieusement réapparu. Il était posé sur la commode de ma chambre. Je me suis assise dans un fauteuil doré bien rembourré et j'ai appelé chez moi. Nous avons eu une longue conversation sur l'Inde – la circulation, la nourriture, les habitants. Quand ils m'ont interrogée sur la réserve, je me suis dérobée en répondant que Ren était entre de bonnes mains. J'ai suivi le conseil de M. Kadam et je leur ai dit que je travaillerais pour lui jusqu'à la fin de l'été.

Après avoir raccroché, j'ai cherché la buanderie et j'ai lavé mes vêtements, ainsi que la couverture de ma grand-mère. Ensuite, n'ayant rien d'autre à faire, j'ai exploré le reste de la maison. Une salle de sport occupait tout le sous-sol. Elle était garnie de tapis matelassés noirs. La pièce était creusée à flanc de colline, si bien qu'elle était éclairée par la lumière du jour. Le mur du fond était lambrissé et nu ; le mur opposé, constitué de grandes baies vitrées allant du sol au plafond, s'ouvrait sur un porche avec vue sur la jungle.

Il y avait un bloc avec plusieurs boutons près de la porte. Lorsque j'ai appuyé sur celui du haut, un lambris a coulissé, révélant une panoplie d'armes anciennes : haches, lances et couteaux. J'ai réappuyé sur le bouton et le panneau s'est refermé. J'ai essayé le second. Celui-ci dévoilait un compartiment avec des épées. Je me suis approchée pour les regarder de près. Il y en avait de toutes sortes. Cela allait de la fine rapière jusqu'au glaive, en passant par un sabre de samouraï.

De retour au rez-de-chaussée, j'ai trouvé un home cinema high-tech avec un media system dernier cri et des fauteuils en cuir inclinables. On accédait par la cuisine à une immense salle à manger, avec sol en marbre, moulures au plafond et lustre scintillant. Un piano à queue noir trônait au milieu d'un salon de musique attenant à la bibliothèque.

J'ai continué ma visite jusqu'à la dernière chambre de l'étage. La décoration était très sobre en comparaison des autres. Le mobilier était en acajou sombre sans ornements ni fioritures, les murs unis, et les tiroirs vides.

« Serait-ce ici que dort Ren ? »

Repérant un bureau dans un coin, je me suis approchée et j'ai vu un beau papier ivoire et un encrier avec un stylo à plume à l'ancienne. Il y avait sur le plateau une note rédigée à la main avec soin :

Kelsey Durgaa Vallabh
Bhumi-ke-niche gupha
Rajakiya Mujulaain Mohar
Sandesha Durgaa

Un ruban vert qui ressemblait à s'y méprendre à un des miens était posé à côté de l'encrier. J'ai jeté un coup d'œil dans le placard – il était vide.

J'ai passé le reste de l'après-midi à étudier la culture, la religion et la mythologie indiennes dans la bibliothèque. J'ai attendu que mon estomac gargouille pour aller dîner, en espérant trouver de la compagnie. M. Kadam n'était toujours pas rentré et Ren demeurait introuvable.

Après le dîner, je suis montée au premier et je suis enfin tombée sur Ren. Comme la veille, il est apparu sous sa forme humaine, debout sous la véranda. Il contemplait le soleil couchant. Je me suis avancée timidement.

— Bonsoir, Ren.

Il s'est tourné et m'a examinée de la tête aux pieds, sans se cacher, très lentement. Plus il me regardait, plus il souriait... et plus je rougissais.

Il s'est incliné en soupirant.

— *Sundari*. Tu es encore plus belle que ce coucher de soleil. Avec tes cheveux et ta peau dorés par les derniers rayons, tu es si éblouissante que c'en est presque insoutenable...

J'ai tenté de changer de sujet.

— Qu'est-ce que ça signifie, *sundari* ?

— Cela veut dire « très belle ».

Mon embarras l'a fait rire. Il m'a pris la main et m'a conduite vers les sièges du patio. Pile à cet instant, le soleil a disparu derrière les arbres, laissant dans le ciel une fugace lueur orangée.

Cette fois, il s'est installé à côté de moi sur une balancelle, ma main toujours dans la sienne.

— J'ai visité ta maison aujourd'hui, dont ta chambre, ai-je avoué. J'espère que ça ne te dérange pas.

— Non, pas du tout. Tu as dû la trouver beaucoup moins intéressante que les autres pièces.

— En fait, je m'interrogeais sur la note qui est sur ton bureau. C'est toi qui l'as écrite ?

— Une note ? Ah oui. J'ai seulement griffonné quelques mots pour m'aider à me souvenir des paroles de Phet. Elle dit : « Chercher la prophétie de Durgâ, les grottes de Kanheri, Kelsey est l'élue de Durgâ... » Ce genre de choses.

— Ah. J'ai aussi... aperçu un ruban. Il est à moi ?

— Oui. Tu peux le reprendre, si tu veux.

— Pourquoi l'as-tu gardé ?

Il a haussé les épaules, gêné.

— Je voulais conserver un objet qui m'évoque celle qui m'avait sauvé la vie.

— Comme les mouchoirs que les gentes damoiselles offraient aux preux chevaliers en gage d'amitié ?

Il a souri d'un air malicieux.

— Exactement.

J'ai plaisanté :

— Dommage que tu n'aies pas attendu que Cathleen soit un peu plus vieille. Elle sera très jolie.

Il a froncé les sourcils.

— La Cathleen du cirque ? C'est toi l'élue, Kelsey. Et si j'avais eu mon mot à dire, mon choix se serait porté sur toi de toute façon.

— Pourquoi ?

— Pour plusieurs raisons. Je t'aime bien. Tu es intéressante, intelligente. J'aime le son de ta voix. J'ai toujours eu le sentiment que tu étais capable de voir au-delà de mon apparence de tigre. Chaque fois que tu me parlais au cirque, c'était comme si tu disais exactement ce que j'avais besoin d'entendre. Tu apprécies la poésie, comme moi, *et* tu es très jolie.

Moi, jolie ? Il n'était pas sérieux. J'étais si banale. J'avais le teint pâle et des yeux foncés, presque noirs. Mon sourire était ce que j'avais de mieux.

Mais j'étais flattée par ses compliments.

— D'accord, Prince Charmant, tu peux garder ton ruban. Tu sais… En fait… je porte ces rubans en souvenir de ma mère, ai-je ajouté d'une voix étouffée.

— Alors il me sera d'autant plus précieux.

Nous sommes restés muets un moment, puis Ren a repris la parole.

— Kelsey, nous partirons demain pour les grottes. Le site est très fréquenté par les touristes dans la journée, ce qui signifie que nous devrons attendre le soir pour nous mettre en quête de la prophétie de Durgâ. Nous allons passer par la jungle et il nous faudra marcher à pied pendant un bon bout de temps, alors je te conseille de prendre les chaussures de randonnée que nous t'avons achetées. Elles sont dans la boîte neuve à l'intérieur de ton armoire.

— Super. Rien de tel que d'étrenner des chaussures par quarante degrés dans la jungle.

Ren a étiré ses longues jambes et croisé ses pieds nus.

— M. Kadam va nous préparer un sac. Il faudra que tu conduises jusqu'à Mumbai. Je suis désolé. Je sais que la circulation te met mal à l'aise.

— C'est un euphémisme, ai-je marmonné. Les conducteurs sont tous cinglés ici.

— On empruntera des routes de campagne aussi longtemps que possible. Et puis nous n'avons pas besoin d'entrer dans Mumbai comme l'autre jour. Tu assures, au volant. Ça devrait bien se passer.

— Ha ! facile à dire pour toi. Tu vas roupiller à l'arrière pendant tout le trajet.

Ren a délicatement tourné mon visage vers le sien.

— *Rajkumari*, je tiens à te remercier. Merci de rester pour m'aider. Tu ne sais pas ce que cela signifie pour moi.

— De rien, ai-je marmonné. Et *rajkumari* veut dire… ?

Il a arboré un grand sourire avant de détourner habilement la conversation.

— Veux-tu en savoir plus sur le Sceau ?

— Hmm, d'accord. Qu'est-ce que c'est ?

— C'est une pierre rectangulaire gravée, qui mesure environ trois doigts d'épaisseur. Le roi la portait toujours en public. Elle symbolisait les devoirs de la famille royale. Quatre mots sont inscrits dessus, un sur chaque côté : *Viveka*, *Jagarana*, *Vira* et *Anukampa*, ce qui signifie à peu près « sagesse »,

« vigilance », « courage » et « compassion ». Il faudra que tu la prennes quand nous irons dans les grottes. Phet a dit qu'elle servirait de clé pour ouvrir un passage. M. Kadam la posera sur ta commode avant notre départ.

Je me suis accoudée à la balustrade et j'ai admiré les étoiles qui se levaient.

— Je n'arrive pas à imaginer ce qu'a pu être ta vie. Elle est si différente de la mienne.

— Tu as raison, Kelsey.

— Appelle-moi Kells.

Il s'est approché de moi en souriant.

— J'ai beaucoup à apprendre de toi, Kells. Mais peut-être puis-je t'enseigner deux ou trois petites choses aussi. Par exemple, ce foulard… Je peux ?

Il a ôté le tissu qui enveloppait mes épaules.

— On peut porter un *dupatta* de plusieurs manières. On peut le jeter sur les épaules, comme tu l'as fait, ou on peut le draper en partie sur le bras – c'est le style le plus en vogue de nos jours. Voilà… comme ceci.

Il tournait autour de moi en ajustant l'étole. Je n'ai pas pu m'empêcher de rire.

— Et comment tu es au courant des styles en vogue de nos jours ?

— Je sais beaucoup de choses, figure-toi. (Il a retiré le *dupatta* et l'a plié d'une autre façon.) Tu peux aussi couvrir tes cheveux avec, ce qui est plus approprié quand tu rencontres des aînés car c'est considéré comme une marque de respect.

J'ai fait une profonde révérence.

— Je suis votre humble servante, Votre Seigneurie !

Il a éclaté de rire, puis il m'a montré d'autres façons d'arranger le foulard, chacune plus drôle que la précédente. Il était si… séduisant… ! charmant… ! charismatique… !

captivant ! J'aurais pu discuter et plaisanter avec lui pendant des heures.

Soudain, j'ai vu un frisson parcourir son bras. Il a aussitôt repris son sérieux.

— Mais je préfère encore comme tu le portais plus tôt, un peu lâche sur les épaules. Avec tes cheveux dans ton dos, c'est du plus bel effet.

Il a passé le tissu vaporeux derrière mes épaules et m'a doucement attirée contre lui. Il a entortillé une de mes boucles autour de son index.

— Tant de choses ont changé en l'espace de quelques jours… Mon existence est complètement bouleversée. Et je ne m'en plains pas !

Il a libéré ma boucle en laissant glisser son doigt le long de ma joue, puis il m'a poussée gentiment vers ma chambre.

— Bonne nuit, Kelsey. Une longue journée nous attend demain.

11

Les grottes de Kanheri

Le lendemain matin, à mon réveil, j'ai trouvé le Sceau de l'Empire Mujulâïn sur ma commode. La magnifique pierre crème striée d'orange, vieille de plusieurs siècles, était suspendue à un ruban. Je l'ai prise pour l'examiner de plus près. Elle était lourde. J'ai aussitôt remarqué les mots gravés dont Ren m'avait parlé. Une fleur de lotus s'épanouissait sur la face inférieure. Les détails du dessin témoignaient de l'habileté des artisans qui l'avaient exécuté. Elle était très jolie.

« S'il était aussi fidèle aux devoirs symbolisés par cette pierre que le prétend Ren, son père devait être un bon roi. »

Pendant une minute, j'ai essayé de me représenter une version plus âgée de Ren. Je l'imaginais très bien en dirigeant. Il y avait quelque chose en lui qui inspirait confiance et incitait à le suivre. J'ai souri. « N'importe quelle femme irait avec lui jusqu'au bout du monde. » M. Kadam servait son prince depuis plus de trois siècles. L'idée que Ren puisse susciter une telle loyauté me donnait le vertige.

En ouvrant le sac que M. Kadam avait laissé, j'ai trouvé des appareils photo, numérique et jetable, des allumettes, quelques outils légers et faciles à manier, des lampes de poche, un canif, des bâtons lumineux, du papier et un crayon fusain, de la nourriture, de l'eau et des cartes. Plusieurs objets étaient rangés dans des sacs de plastique étanches. J'ai testé le poids du sac et j'ai été surprise qu'il ne soit pas plus lourd.

Après avoir enfilé un jean et un tee-shirt, j'ai lacé mes chaussures de marche neuves et j'ai attrapé mes baskets.

M. Kadam coupait une mangue dans la cuisine.

— Bonjour, Kelsey. Je vois que tu as trouvé le Sceau, a-t-il dit en jetant un œil à la pierre suspendue à mon cou.

— Oui. Il est très beau, mais il pèse son poids.

J'ai déposé plusieurs tranches de mangue dans mon assiette et versé du chocolat chaud dans une tasse.

— Alors vous l'avez gardé pendant toutes ces années ?

— Eh oui. Il m'est très précieux. Il a été fabriqué en Chine. Le grand-père de Ren l'avait reçu en cadeau et c'était pour lui un immense honneur. Les sceaux aussi anciens sont rares. Celui-ci est en pierre de Shoushan qui, contrairement à la croyance populaire, n'est pas un type de jade. D'après la légende, il s'agissait d'œufs de phénix qu'on trouvait dans les nids au sommet des montagnes. Les hommes qui risquaient leur vie pour s'en emparer se couvraient de gloire. Seules les familles les plus riches possédaient des objets sculptés dans cette pierre. Et j'ai une bonne nouvelle pour toi : on dit qu'ils portent bonheur à ceux qui les portent. Peut-être que ce sceau t'aidera au cours de ton voyage.

— Ren avait vraiment une famille extraordinaire.

— Oh oui.

Après le petit déjeuner, M. Kadam nous a accompagnés au garage. Il a pris mon sac, l'a posé sur le siège passager puis il m'a tenu la portière pendant que je sautais dans la Jeep. Ren s'est installé sur la banquette.

— Sois prudente, Kelsey. Ren veillera sur toi, mais de nombreux périls vous guettent. J'ai glissé dans le sac de quoi vous préserver des dangers les plus prévisibles, mais il y a forcément des choses auxquelles je n'ai pas pensé. Promettez-moi d'être vigilants.

— Promis. J'espère que nous serons rentrés très bientôt.

Je suis sortie du garage en marche arrière. M. Kadam avait programmé le GPS. Le trajet s'est déroulé sans incident. La circulation a été fluide pendant la première heure, puis elle est devenue de plus en plus dense à mesure qu'on approchait de Mumbai. Heureusement, je commençais à m'habituer à rouler du « mauvais » côté de la route. Après environ quatre heures, je me suis arrêtée au bout d'un chemin de terre qui longeait le parc.

— On y est. D'après la carte, il va nous falloir deux heures et demie pour rejoindre les grottes de Kanheri à pied à partir d'ici. (J'ai consulté ma montre.) Ce qui nous laisse à peu près deux heures à tuer puisqu'on doit attendre la tombée de la nuit.

Ren est descendu d'un bond et m'a suivie dans le parc jusqu'à un endroit ombragé. Il s'est couché dans l'herbe et je me suis assise à côté de lui. Je me suis adossée à son flanc et, petit à petit, j'ai glissé et son dos a fini par me servir d'oreiller.

Je me suis mise à parler, les yeux perdus dans les cimes des arbres. Je lui ai raconté mon enfance avec mes parents, les visites chez ma grand-mère et nos vacances en famille.

— Avant ma naissance maman était infirmière dans un service de gériatrie, ensuite elle a démissionné de son travail pour m'élever. C'était la reine des cookies aux deux chocolats et au beurre de cacahuète. Du coup, petite, j'étais assez potelée.

« Papa et maman adoraient lire et on avait une assez jolie bibliothèque. Encore maintenant, dès que je prends un livre, j'ai l'impression de sentir mes parents près de moi.

« On a fait presque tout le tour de l'État. On a visité des champs de pommiers, des mines désaffectées et des villages bavarois où on sert des crêpes allemandes au petit déjeuner. On a vu l'océan et la montagne. Je crois que tu tomberais sous le charme de l'Oregon. Je n'ai pas voyagé partout dans le monde comme toi, mais je ne peux pas imaginer d'endroit plus beau que celui-là.

Ensuite j'ai embrayé sur l'école et mon rêve d'aller dans une université prestigieuse, bien que je n'aie pas les moyens de payer l'inscription. J'ai même évoqué l'accident de mes parents, la solitude que j'avais ressentie alors et ce que ça faisait de vivre avec une famille d'accueil.

La queue de Ren fouettait l'air ; je savais qu'il m'écoutait. J'étais pourtant persuadée qu'il allait s'endormir, lassé de mes bavardages. J'ai fini par me taire, un peu somnolente moi-même, et j'ai fait la sieste jusqu'à ce que Ren me réveille en remuant.

Je me suis étirée.

— C'est déjà l'heure d'y aller ? D'accord, je te suis.

Nous avons crapahuté dans le parc pendant deux heures. L'atmosphère y était beaucoup moins étouffante que dans la réserve de Yawal. Les arbres étaient moins denses. Un tapis de belles fleurs violettes recouvrait la colline. Mais j'ai remarqué qu'elles se flétrissaient vite avec la chaleur. Elles disparaîtraient sans doute après la mousson.

Des tecks et des bambous poussaient dans la forêt, ainsi que plein d'autres d'arbres que je ne connaissais pas. Des animaux ont détalé devant nous. J'ai aperçu des lapins, des cerfs et des porcs-épics. En levant les yeux, j'ai repéré des centaines d'oiseaux de toutes les couleurs dans les branches.

Tandis qu'on traversait un bosquet particulièrement touffu, j'ai entendu des grognements alarmés et j'ai vu des macaques rhésus qui se balançaient aussi haut qu'ils le pouvaient. Ils étaient inoffensifs et familiers. Mais à mesure que nous nous enfoncions dans le parc, des créatures plus effrayantes ont surgi. J'ai frôlé un python géant qui nous observait de ses petits yeux noirs, pendu à une branche. D'énormes varans aux langues fourchues nous ont coupé la route en sifflant. De gros insectes bourdonnaient paresseusement et rebondissaient comme des ivrognes sur les obstacles qui se dressaient devant eux.

C'était un joli spectacle mais je n'étais pas mécontente d'avoir un tigre sous la main. De temps en temps, Ren faisait un détour, ce qui suggérait qu'il évitait certains endroits ou, pensais-je en frémissant, certaines *bêtes*.

Enfin nous avons atteint la lisière de la jungle. La forêt s'est éclaircie et s'est ouverte sur une butte nue. Un escalier en pierre conduisait au sommet, jusqu'à l'entrée des grottes, mais nous étions encore trop loin pour les distinguer. Alors que je m'élançais vers les marches, Ren a bondi devant moi et m'a obligée à reculer.

— Tu veux attendre encore un peu ? D'accord.

On s'est assis sous des buissons et on a patienté pendant une heure. J'ai regardé les touristes émerger de la grotte et descendre lentement l'escalier en direction du parking. Je les entendais discuter pendant qu'ils remontaient dans leurs voitures.

Le soleil s'est couché et les derniers visiteurs ont disparu. Ren est sorti prudemment des fourrés et a reniflé l'air. Satisfait, il a avancé vers les marches taillées dans la roche.

L'ascension m'a coupé le souffle. Une fois au sommet, nous sommes entrés dans une suite de cavités qui m'a rappelé les rayons d'une ruche. Elles étaient toutes identiques, avec un bloc de pierre de la taille d'un petit lit positionné à gauche et des étagères creusées dans les murs du fond. Une pancarte indiquait que des moines bouddhistes y vivaient autrefois et qu'elles appartenaient à un village fondé au IIIe siècle.

Je m'interrogeais. « N'est-ce pas un peu bizarre de chercher une prophétie hindoue dans un site bouddhiste ? D'un autre côté, tout est bizarre dans cette aventure. »

Plus loin à l'intérieur, j'ai remarqué de longues galeries reliées par des arches qui rayonnaient autour d'un puits central ; elles semblaient remonter vers le sommet de la butte. Un nouveau panneau expliquait que ces tunnels servaient autrefois d'aqueducs.

Une fois dans la grotte principale, j'ai passé mes mains sur les parois. Des hiéroglyphes et d'anciennes inscriptions indiennes y étaient gravés.

Ren a continué vers le fond de la salle, en direction de l'entrée noire d'une grotte. Je l'ai suivi et j'ai fait un pas dans l'ouverture. Le sol était sableux. J'ai marqué un temps d'arrêt pour laisser mes yeux s'accoutumer à l'obscurité. Il s'agissait d'une grande pièce circulaire d'où partaient de nombreuses galeries.

J'ai sorti une lampe de poche.

— Qu'est-ce qu'on fait, maintenant ?

Ren a marché jusqu'à la première ouverture et il a disparu dans les ténèbres. Je me suis penchée pour le suivre. Il y avait là une petite grotte remplie d'étagères. Je me suis demandé si elle avait pu servir de bibliothèque. Je cherchais l'écriteau : « C'est par ici pour la prophétie de Durgâ ! », quand j'ai senti une main sur mon épaule. J'ai sursauté.

— Ren, ne refais jamais ça sans m'avertir !

— Désolé, Kells. Je crois qu'il faut trouver un symbole qui ressemble au Sceau. Tu regardes en haut et moi en bas.

Il a aussitôt repris sa forme de tigre. J'ai frémi. Je ne m'y habituerais jamais.

On n'a vu aucune inscription dans cette salle, alors on est passés à la suivante, puis à celle d'après. Dans la quatrième, on a scruté les parois avec plus de soin car elles étaient couvertes de glyphes. Nous y avons consacré au moins une heure – pour rien. Pas de chance dans la cinquième non plus.

La sixième était entièrement vide. La septième ouverture menait à une pièce plus petite, tout en longueur, avec deux étagères similaires à celles des autres alvéoles. C'est là, sous une étagère, que Ren a déniché le symbole. Je l'aurais probablement raté si j'avais été seule. Il a grogné doucement en collant son nez contre la roche.

— Quoi ?

Je me suis baissée. La gravure correspondait parfaitement au motif du Sceau.

— Bingo ! Croise les doigts… enfin, les griffes.

J'ai ôté le Sceau de mon cou et je l'ai appuyé contre le symbole jusqu'à ce qu'il se mette en place. Clic ! J'ai attendu, mais il ne s'est rien passé. Alors j'ai essayé de tourner le Sceau et, cette fois, j'ai entendu un vrombissement derrière la cloison. Après un tour complet, j'ai senti une résistance. Une pluie de poussière est tombée et les contours d'une porte sont apparus.

Un grondement profond a ébranlé le mur tandis qu'il s'ouvrait lentement. J'ai ôté le Sceau, je l'ai remis autour de mon cou et j'ai braqué mon faible rayon dans le trou. Je n'ai rien vu, à part d'autres murs. Ren m'a poussée gentiment sur le côté pour entrer le premier. Je suis restée aussi près de lui que possible – à tel point que j'ai failli lui marcher sur les pattes plusieurs fois.

J'ai repéré un flambeau accroché à une applique en métal. J'ai sorti les allumettes de mon sac et, à ma grande surprise, la torche s'est allumée aussitôt. Elle illuminait le passage bien mieux que le maigre faisceau de ma lampe.

Nous étions au sommet d'un escalier en colimaçon. J'ai jeté prudemment un coup d'œil en bas : un abîme sombre.

Puisqu'il n'y avait pas d'autre chemin, j'ai pris la torche et j'ai commencé à descendre les marches. Un cliquetis a résonné derrière nous et, dans un léger bruit de frottement, la porte s'est refermée.

— Génial, ai-je marmonné. Bon, on s'inquiétera plus tard de savoir comment on sort.

Ren m'a regardée et a frotté sa tête contre ma jambe. J'ai caressé son gros cou de tigre et nous avons continué notre chemin. Il s'est placé sur l'extérieur des marches afin que je puisse me tenir au mur. Normalement, je n'étais pas sujette au vertige mais : passage secret + escalier étroit + gouffre plongé dans le noir – rampe pour m'accrocher = grosse frayeur. J'étais soulagée qu'il prenne le côté le plus dangereux.

Nous avons progressé lentement. Le flambeau commençait à me peser. J'avais mal au bras. J'ai changé de main en prenant garde de ne pas faire goutter de cire chaude sur Ren. Quand nous sommes enfin arrivés au pied de l'escalier, une autre galerie s'est ouverte devant nous. Après quelques pas, nous sommes tombés sur une fourche.

— Oh, fantastique… un labyrinthe. Par où on va, maintenant ?

Ren a avancé d'un pas dans un couloir et a reniflé l'air. Puis il a fait pareil dans l'autre. Il a opté pour le premier. Je l'ai imité pour voir si je sentais la même chose que lui mais je n'ai détecté qu'une horrible odeur de soufre. Ces vapeurs âcres envahissaient la caverne et la puanteur s'intensifiait à chaque nouveau tournant.

Le flambeau jetait une lumière vacillante sur les murs, créant des ombres effrayantes qui dansaient un sinistre ballet. J'avais l'impression de m'enfoncer dans un tombeau. On rencontrait fréquemment des bifurcations. Ren devait sans cesse s'arrêter et humer chaque ouverture avant de choisir la bonne.

Alors qu'on venait de s'engager dans une de ces ramifications, un bruit de métal assourdissant a secoué le passage. Une grille en fer est tombée en fichant ses pointes acérées dans le sol juste derrière moi. J'ai hurlé de peur. Non seulement on était dans un labyrinthe obscur, mais, en plus, il était truffé de chausse-trapes !

Ren est revenu à mes côtés. J'ai enfoncé mes doigts dans sa fourrure et je me suis agrippée à lui pour me rassurer. Trois virages plus tard, j'ai entendu un bourdonnement en provenance d'un couloir, loin devant. Le son est monté en volume progressivement.

Ren s'est arrêté à un endroit où le tunnel formait un coude, les yeux braqués droit devant, les poils hérissés. J'ai levé mon flambeau pour voir d'où venait le problème.

La galerie bougeait. Des scarabées, gros comme des balles de base-ball, grimpaient paresseusement les uns sur les autres, obstruant complètement le passage. Ces aberrations de la nature semblaient limiter leurs mouvements au boyau devant nous. Mes poings se sont crispés dans le pelage de Ren et j'ai été prise de violents tremblements.

— Euh… Ren, tu es sûr qu'on doit passer par là ? L'autre couloir avait l'air mieux.

Il a fait un pas et, à contrecœur, je l'ai suivi. Les insectes avaient des carapaces noires et brillantes, six pattes poilues, des antennes frémissantes et, sur la face, deux mandibules pointues qui claquaient comme une paire de ciseaux acérés. Certains ont déployé leurs ailes épaisses pour voler jusqu'au mur opposé en vrombissant tandis que d'autres restaient suspendus au plafond.

J'ai regardé Ren et j'ai avalé ma salive : il paraissait déterminé à traverser. Il a levé les yeux vers moi.

— D'accord, Ren, je vais le faire. Mais ça va vraiment, *vraiment* me flanquer la trouille. J'ai l'intention de courir jusqu'au bout, il est hors de question que je m'arrête en cours de route pour t'attendre.

J'ai reculé de quelques pas, les doigts serrés sur le flambeau, et j'ai piqué un sprint. Les yeux plissés, les lèvres pincées, j'ai couru comme une dératée en retenant un hurlement au fond de ma gorge. J'ai failli perdre l'équilibre à plusieurs reprises et une image horrible m'a traversé l'esprit : j'atterrissais dans la masse grouillante, face contre terre. Je me suis concentrée sur mes points d'appui.

J'avais l'impression de galoper sur un rouleau géant de papier à bulles. À chaque pas, des scarabées explosaient, et des gerbes de liquide verdâtre partaient dans toutes les directions. Ce qui, bien sûr, perturbait les autres. Alors les bestioles s'envolaient et m'encerclaient en essaim. Elles se posaient sur mon jean, sur mon tee-shirt, dans mes cheveux. Je me servais de ma main libre pour les chasser de mon visage, mais elles n'hésitaient pas à me mordre.

Lorsque je suis enfin arrivée de l'autre côté, je me suis ébrouée comme un chien qui sort de l'eau pour me débarrasser des derniers intrus. J'ai été obligée d'enlever deux bestioles récalcitrantes, dont une qui faisait l'ascension de ma queue-de-cheval. Ensuite j'ai gratté mes semelles contre le mur et j'ai cherché Ren.

Il s'était élancé à son tour. D'un grand bond, il a atterri à côté de moi et s'est secoué avec force. Plusieurs insectes étaient encore accrochés à sa fourrure et j'ai dû les détacher avec la poignée de mon flambeau. L'un d'eux avait pincé son oreille si fort qu'elle saignait. Heureusement pour moi, j'avais réussi à traverser sans une égratignure.

— Mon pauvre Ren ! Il y a des bestioles écrabouillées partout sur tes pattes. Beurk ! Au moins, moi, j'ai des chaussures.

Il a agité ses pattes une à une, et je l'ai aidé à ôter les cadavres coincés entre ses coussinets. Encore toute frissonnante, j'ai repris mon chemin en doublant l'allure afin de mettre autant de distance que possible entre ces abominations et nous.

Une dizaine de virages plus loin, j'ai senti une pierre bouger sous mon pied. Je me suis figée sur place, persuadée qu'un piège allait me tomber dessus. Ça n'a pas manqué. Des deux côtés, les murs ont vibré et de petits panneaux métalliques ont coulissé pour libérer des piques en métal pointues. J'ai gémi. Et ce n'était pas tout! Un liquide gras et noir comme du pétrole s'échappait de tuyaux et se déversait sur le sol.

Ren s'est changé en homme.

— Il y a du poison au bout des piques, Kelsey. Je le sens. Reste bien au milieu. On a la place de passer mais surtout tiens-toi à l'écart des piques.

— Et si je glisse?

— Cramponne-toi à ma fourrure. Je vais planter mes griffes par terre et nous allons marcher lentement. Ne te précipite pas.

Il a repris sa forme de tigre. J'ai rééquilibré le poids de mon sac à dos et j'ai fermé le poing sur son collier de poils. Il a avancé avec précaution sur la flaque grasse, ses longues griffes sorties, en assurant sa prise à chaque pas. C'était long et fastidieux. Les pointes mortelles étant disposées à intervalles irréguliers, je n'avais pas le droit de relâcher mon attention. Tantôt il y en avait une près de mon mollet ou de mon ventre, tantôt elles surgissaient à hauteur de mon cou ou de ma tête. J'ai commencé à compter et je me suis arrêtée à cinquante. Je tremblais de tout mon corps à force de marcher avec tous les muscles contractés. Il suffisait d'une seconde de déconcentration, d'un faux pas, et c'était la fin. Heureusement que Ren prenait son temps.

Il n'y avait que deux petits centimètres d'espace libre de part et d'autre. Je posais le pied avec prudence. La sueur dégoulinait sur mon visage. À mi-chemin, j'ai poussé un cri. Le sol devait être particulièrement glissant à cet endroit-là parce que mon pied a dérapé et ma jambe s'est dérobée. Cette pique-là visait ma poitrine ; par chance, j'ai pivoté au dernier moment et elle a embroché mon sac à dos. Ren a attendu patiemment que je me ressaisisse.

Hors d'haleine, je me suis redressée. C'était un miracle que je n'aie pas fini empalée. Ren a émis un son plaintif. Je lui ai tapoté le dos.

— Je vais bien, ne t'inquiète pas.

On a continué encore plus lentement. Quand on a émergé à l'autre bout, chancelants mais sains et saufs, je me suis écroulée en frottant ma nuque raide.

— Finalement, les insectes, ce n'était pas si mal.

Ren m'a jeté un regard compatissant.

Après quelques brefs instants de repos, on est repartis à l'aventure. Nous avons pris une série de bifurcations sans rencontrer d'incident et je commençais juste à baisser la garde quand un nouveau bruit m'a alertée. Une arche s'est effondrée derrière nous. Devant, une porte s'est mise à descendre à toute vitesse. Nous nous sommes précipités… trop tard ! Peut-être Ren aurait-il pu la franchir, mais il a refusé de traverser sans moi.

Cette fois, le danger semblait venir du plafond. Un grondement inquiétant résonnait au-dessus de nos têtes. Brusquement, un panneau s'est ouvert et un torrent d'eau nous a jetés au sol, éteignant notre flambeau au passage. Le niveau montait à une rapidité terrifiante. Lorsque j'ai réussi à me remettre debout, j'avais déjà de l'eau jusqu'aux genoux. J'ai tiré sur la fermeture Éclair de mon sac et j'ai cherché à tâtons un bâton lumineux. J'ai trouvé un tube long que j'ai plié. Je l'ai secoué et le liquide à l'intérieur a répandu une lumière jaunâtre.

— Qu'est-ce qu'on fait ? Tu sais nager ? Tu auras la tête sous l'eau avant moi !

Ren s'est changé en homme.

— Les tigres savent nager. Et ils peuvent retenir leur souffle plus longtemps que les humains.

L'eau nous arrivait maintenant à la taille. Ren m'a vite entraînée vers la porte. Je n'avais plus pied quand nous l'avons atteinte. Il a plongé pour chercher une issue.

Quand il est remonté à la surface, il a crié :

— Il y a une autre marque identique à celle du Sceau sur la porte. Essaie d'insérer la pierre et de la tourner comme tout à l'heure !

J'ai hoché la tête et j'ai rempli mes poumons d'air. Puis j'ai plongé. J'ai cherché la marque en tâtonnant le long de la porte. J'ai fini par la trouver, mais je manquais d'oxygène. J'ai donné une grande impulsion avec les pieds pour remonter, gênée par le poids du sac à dos et du Sceau autour de mon cou. Ren a tendu la main pour attraper mon sac.

Nos crânes touchaient presque le plafond. On risquait de se noyer d'une minute à l'autre.

— Tu peux y arriver, Kelsey. Essaie encore.

J'ai inspiré à fond en arrachant le Sceau de mon cou. Ren a lâché mon sac et j'ai replongé, tout en bas, près de la base de la porte. J'ai appuyé le Sceau contre l'indentation et je l'ai tourné, dans un sens, et dans l'autre, mais il refusait de bouger.

Ren s'était de nouveau transformé en tigre. Ses pattes fendaient l'eau dans ma direction. Il était un peu effrayant avec sa fourrure plaquée sur le visage. On aurait dit un monstre marin rayé blanc et noir. Il semblait grimacer et on voyait ses crocs pointus qui dépassaient de ses babines. Je commençais de nouveau à manquer d'air, mais je savais que la pièce s'était remplie et que je n'avais plus le choix.

J'ai paniqué en envisageant le pire. « C'est ici que je vais mourir. Personne ne me retrouvera jamais. Je n'aurai pas de funérailles. Qu'est-ce qu'on ressent quand on se noie ? Ce doit être rapide. Mon cadavre flottera à côté du corps de tigre de Ren pour l'éternité. Est-ce que ces horribles insectes vont en profiter pour venir nous dévorer ? Je crois que ce serait encore pire que la mort. Ren va assister à mon agonie. Qu'éprouvera-t-il ? Du regret ? De la culpabilité ? Est-ce qu'il se jettera sur la porte ? »

J'ai lutté contre l'envie désespérée de nager vers la surface. Il n'y avait plus de surface. Désemparée et terrifiée, j'ai tapé du poing sur le Sceau et je l'ai senti bouger légèrement. J'ai frappé plus fort. La dalle a enfin commencé à se soulever et le Sceau s'est détaché. J'ai réussi à saisir le ruban entre deux doigts tandis que l'eau s'écoulait sous la porte en nous aspirant dans son sillage.

Elle s'est retirée par des orifices d'évacuation dans le couloir suivant. Couchée sur le sol boueux, je hoquetais, crachais et toussais, happant l'air à grandes goulées. En apercevant Ren, j'ai été prise d'un fou rire en même temps que d'une quinte de toux.

— Ren ! Ha ha ! Tu ressembles… hum hum… ha ha !… à un gros chat… hum hum… tombé dans une baignoire !

Visiblement vexé, il s'est ébroué à côté de moi en m'envoyant de l'eau et de la boue. Sa fourrure était hérissée d'épis mouillés.

J'ai remis le Sceau autour de mon cou et j'ai décidé de jeter un coup d'œil aux appareils photo. J'ai renversé le contenu du sac par terre. Tout est tombé en tas. En dehors de la nourriture, bien imbibée, le reste était en bon état. Grâce à la prévoyance de M. Kadam, les appareils paraissaient intacts.

— Bon, on n'a plus rien à manger ; sinon, tout va bien.

Je me suis relevée en pestant. Mes chaussures faisaient des bruits de succion énervants et mes vêtements trempés me collaient désagréablement à la peau.

— Le point positif, c'est que l'eau nous a débarrassés des insectes et du pétrole, ai-je marmonné.

Quand la lueur du bâton lumineux a baissé, j'ai sorti la lampe de poche du sac. Elle marchait encore. Nous avons croisé quelques intersections, tourné à gauche, à droite, et nous avons débouché dans un long couloir, plus profond que les précédents. À mi-parcours, Ren s'est arrêté. Il s'est cabré et m'a forcée à rebrousser chemin à toute vitesse.

— Génial ! Qu'est-ce que c'est, cette fois ? Des scorpions ?

Un grondement fracassant a ébranlé le tunnel. Le sol sableux sur lequel je me tenais une fraction de seconde plus tôt s'est affaissé. J'ai reculé à quatre pattes tandis que de gros blocs de pierre tombaient dans un précipice. Le tremblement a cessé subitement. J'ai rampé jusqu'au bord du trou pour regarder avec ma lampe. On ne voyait même pas le fond.

— Non mais, ça va pas ! Est-ce que j'ai l'air de ressembler à Indiana Jones ? Y en a marre ! (Je me suis tournée vers Ren.) Et je suppose que c'est dans cette direction-là qu'il faut aller, ai-je ajouté en indiquant le chemin qui se poursuivait au-delà du gouffre.

Ren a baissé la tête pour sonder l'abîme. Ensuite il a examiné les parois en marchant de long en large, puis le tunnel de l'autre côté du précipice. Plaquée au mur, j'ai sorti une bouteille d'eau du sac et j'ai avalé une grande gorgée, les paupières fermées.

J'ai senti une main chaude toucher la mienne.

— Tu vas bien ?

— Je ne suis pas blessée, si c'est le sens de ta question. De là à dire que je vais bien… Je crois que je suis en train de devenir folle.

Ren a froncé les sourcils.

— Il faut qu'on trouve un moyen de franchir le précipice.

— Je t'en prie, cherche.

Je suis retournée à ma bouteille pendant qu'il se métamorphosait. Il a trottiné dans la direction d'où nous venions, s'est retourné et a couru à pleine vitesse vers le trou.

— Ren, non ! ai-je hurlé.

Il a bondi et a atterri de l'autre côté avec légèreté, puis il a procédé de la même manière pour revenir près de moi. Il a repris sa forme humaine.

— Kells, j'ai une idée.

— Oh, j'aimerais bien l'entendre ! Mais ne t'imagine pas que je vais participer à ton plan génial.

— Tu me fais confiance ?

J'avais la nausée. Il me dévisageait de ses grands yeux bleus inquiets.

— Je te fais confiance. C'est juste que… Oh, OK, ai-je soupiré. Qu'est-ce que je dois faire ?

— Tu as vu que je sautais sans mal par-dessus le trou, hein ? Alors voilà : tu te mets au bord et tu m'attends. Je vais reculer pour prendre un maximum d'élan. Au moment où mes pattes quitteront le sol, accroche-toi à mon cou. Je me changerai en homme en l'air pour pouvoir t'attraper et nous retomberons tous les deux de l'autre côté.

J'ai lâché un rire grinçant.

— Tu plaisantes ?

— Il ne faut pas se tromper sur le timing. Tu devras sauter aussi, et dans la même direction que moi, parce que sinon je vais te heurter de plein fouet et on va se retrouver tous les deux au fond du gouffre.

— Et si on cherchait plutôt un autre passage ?

— Il n'y en a pas d'autres. C'est le bon chemin. Maintenant écarte-toi et regarde.

Il a bondi, dans un sens et dans l'autre, à plusieurs reprises. En observant le rythme de sa foulée, j'ai commencé à saisir ce que je devais faire. Il s'est arrêté bien trop tôt à mon goût et s'est planté devant moi.

— Je n'en reviens pas que tu m'aies convaincue de tenter une acrobatie pareille. Tu es sûr de toi ?

— Sûr et certain. Prête ?

— Non ! Laisse-moi une minute pour rédiger mon testament.

— Kells, ça va aller.

— Et comment ! Je veux juste enregistrer le décor, si tu permets, afin de me le rappeler dans les moindres détails pour mon journal. Au cas, très improbable, où je ne mourrais pas au cours du saut, bien sûr.

Ren a posé la main sur ma joue et m'a dit avec fermeté :

— Kelsey, fais-moi confiance. Je ne te laisserai pas tomber.

J'ai resserré les bretelles de mon sac et je me suis avancée jusqu'au bord. Ren s'est changé en tigre. Il a couru jusqu'à l'entrée du tunnel. Là, il s'est ramassé et s'est élancé de toutes ses forces. Je voyais cet énorme animal charger ; il me fonçait droit dessus et mon instinct me hurlait de fuir, de fuir le plus vite possible dans la direction opposée. J'allais peut-être mourir écrasée, en fin de compte.

J'ai failli fermer les yeux mais je me suis ressaisie à la dernière seconde. J'ai pris deux grandes impulsions et j'ai jeté mon corps dans le vide. Ren a exécuté son saut pile au même moment et j'ai enroulé les bras autour de son cou.

Je me suis agrippée désespérément à sa fourrure. J'avais la sensation de chuter. Mais deux bras puissants m'ont enserré la taille et attirée contre un torse musclé. On a tourné dans les airs de sorte que Ren s'est retrouvé dessous, puis on est retombés de l'autre côté du précipice dans un bruit mat. La violence du choc m'a coupé la respiration. On a rebondi et glissé un moment sur le dos de Ren avant de s'immobiliser.

Je crois que j'ai fait un collapsus pulmonaire. Je luttais pour reprendre mon souffle. J'ai examiné le dos de Ren. Sa tunique blanche était sale et déchirée, et sa peau écorchée saignait à plusieurs endroits. J'ai pris un tee-shirt mouillé dans le sac pour nettoyer ses égratignures tout en ôtant des petits cailloux incrustés sous la peau.

Ensuite je l'ai enlacé.

— Merci, Ren. Mais ne refais jamais… *jamais* une chose pareille !

— Si j'obtiens ce genre de résultats, je ne vais pas m'en priver.

— Pas question !

J'ai brandi ma lampe de poche. Ren s'est transformé en tigre et m'a précédée.

Nous avons emprunté encore quelques passages avant d'arriver devant une porte de pierre couverte de symboles gravés. Elle n'avait ni poignée, ni loquet. Du côté droit, à environ un tiers de la hauteur, apparaissait une empreinte de main avec des marques familières. J'ai regardé ma paume. C'était une image inversée.

— Ça correspond exactement au dessin de Phet !

J'ai appliqué ma paume sur la pierre froide et j'ai senti un picotement. J'ai retiré ma main et je l'ai examinée. Les symboles rougeoyaient, mais, bizarrement, ça ne me faisait pas mal du tout. Je l'ai approchée des marques et j'ai senti une vague de chaleur monter. Des étincelles crépitaient entre la porte et mes doigts. On aurait cru voir un orage en miniature. Et puis la pierre a bougé.

La porte s'est ouverte vers l'intérieur, comme tirée par des mains invisibles. Nous sommes entrés dans une immense grotte. Ses murs tapissés de lichens phosphorescents répandaient une faible lueur. Au centre se dressaient un grand monolithe rectangulaire et un petit pilier. En dépoussiérant ce dernier, j'ai découvert deux empreintes de main : une gauche et une droite. La deuxième était identique à celle de la porte, et l'autre portait le même dessin que le dos de ma main droite.

J'ai tenté de coller mes deux paumes en même temps sur le bloc de pierre. Il ne s'est rien passé. Alors j'ai appliqué le dos de ma main droite sur l'empreinte de gauche et, de nouveau, les symboles se sont mis à luire. Ensuite je l'ai retournée et je l'ai posée à plat contre l'empreinte de droite. Des décharges d'énergie grésillaient en dégageant une chaleur intense.

Un gargouillis a attiré mon attention vers le sommet du monolithe. Un liquide doré a coulé du haut de l'édifice sur les quatre faces à la fois, avant de tomber dans un bassin à sa base. Le contact avec la pierre a provoqué une réaction. La roche a sifflé et craché de la vapeur tandis que la solution moussait en se déversant lentement dans la vasque.

J'ai retenu mon souffle : des glyphes venaient d'apparaître sur les quatre côtés du monolithe.

— Je crois qu'on a réussi, Ren. C'est la prophétie de Durgâ ! Voilà ce qu'on cherchait !

J'ai sorti l'appareil numérique et j'ai pris des photos du monument. J'en ai pris d'autres avec le jetable pour faire bonne mesure. Ensuite j'ai attrapé le papier et le fusain et j'ai réalisé des empreintes par frottage des inscriptions. Il fallait tout consigner pour que M. Kadam puisse nous aider à comprendre ce que cela signifiait.

Je faisais le tour du monolithe en essayant de déchiffrer certains des symboles quand j'ai entendu Ren glapir. Je l'ai vu lever la patte et la reposer avec méfiance. Des filets d'acide doré s'écoulaient maintenant hors du bassin, rampaient sur le sol de pierre et comblaient les fissures. En baissant les yeux, j'ai constaté que mon lacet fumait à l'endroit où il baignait dans une petite flaque dorée.

Nous venions juste de sauter ensemble sur une partie du sol couverte de sable quand un nouveau grondement a secoué le labyrinthe souterrain. Des pierres se sont détachées du plafond et se sont brisées par terre en minuscules morceaux. Ren m'a poussée contre un mur. Je me suis baissée en me protégeant la tête. Dans un fracas assourdissant, le monolithe s'est scindé en deux et s'est effondré. L'acide doré détruisait lentement tout ce qu'il touchait. Il nous cernait. La porte était bloquée, nous étions enfermés et il semblait n'y avoir aucune autre issue.

Ren a reniflé l'air. Il s'est approché du mur et, dressé sur ses pattes arrière, il a gratté furieusement avec ses griffes. Je me suis avancée et j'ai constaté qu'il avait réussi à percer une petite ouverture. Des étoiles brillaient de l'autre côté ! Je l'ai aidé à creuser et à retirer les pierres jusqu'à ce que le trou soit assez grand pour qu'il puisse passer. Une fois Ren libéré, j'ai jeté mon sac à dos et je me suis faufilée à sa suite tant bien que mal. Après un dernier effort, je me suis laissée tomber à l'extérieur.

Au moment où je dévalais la pente, un énorme rocher a glissé et rebouché le trou. Les spasmes de la terre se sont espacés, puis arrêtés. Le silence est descendu sur la jungle tandis qu'une poussière très fine retombait en pluie légère sur nous.

12

La prophétie de Durgâ

Je me suis relevée lentement, j'ai épousseté mes bras et j'ai ramassé la lampe. Ren, affolé, m'a prise par les épaules pour m'examiner de la tête aux pieds.

— Kelsey, tu n'es pas blessée ?

— Non, je vais bien. Alors, on a fini ? Les grottes de Kanheri, c'était sympa, mais j'aimerais bien rentrer, maintenant.

— Oui, a-t-il acquiescé. Retournons à la voiture. Reste près de moi. Les animaux qui dormaient tout à l'heure sont réveillés et chassent à présent. Nous devons être prudents.

Il s'est glissé dans sa fourrure de tigre et s'est éloigné en direction des arbres.

Nous avions traversé la colline pour ressortir à huit cents mètres environ de l'entrée des grottes. Il a fallu faire le tour de la butte pour retrouver l'escalier de pierre où notre aventure avait démarré de longues heures auparavant.

Au bout d'une heure et demie de marche, les prédateurs étaient devenus le cadet de mes soucis. J'étais épuisée. J'avais du mal à garder les yeux ouverts et à mettre un pied devant l'autre.

Après avoir bâillé à m'en décrocher la mâchoire, j'ai demandé à Ren pour la centième fois :

— On arrive bientôt ?

Il a grogné tout bas en guise de réponse, puis il s'est arrêté et a scruté l'obscurité.

Les yeux toujours rivés sur la jungle, il est redevenu humain.

— On nous suit, a-t-il murmuré. Quand je dirai « Cours », tu fonces par là sans regarder en arrière… Cours !

Il a pointé un doigt sur ma gauche avant de s'enfoncer dans la jungle. J'ai entendu un rugissement impressionnant qui a fait trembler les arbres. Malgré la fatigue, j'ai pris mes jambes à mon cou. Je ne savais absolument pas où j'allais. Je m'efforçais seulement de tenir mon cap. Au bout d'un moment, essoufflée, je me suis arrêtée et j'ai tendu l'oreille.

Des fauves se battaient. Leurs grondements résonnaient dans toute la jungle. J'ai commencé à m'inquiéter pour Ren. Je me suis remise en route et j'ai tenté de reconnaître son cri. Tout à coup, un silence de mort a enveloppé la forêt.

« Est-ce qu'il a réussi à les chasser ? Est-ce qu'il est sain et sauf ? Je devrais retourner sur mes pas pour l'aider… »

J'ai fait demi-tour. Des chauves-souris voletaient au clair de lune. J'avais parcouru un peu moins de cinq cents mètres quand j'ai perçu un bruissement dans les buissons. Une paire d'yeux jaunes me fixait dans le noir.

— Ren ? C'est toi ?

Une silhouette a émergé des broussailles où elle s'était tapie pour m'observer.

Non, ce n'était pas Ren.

Une panthère noire me toisait, cherchant sans doute à évaluer mes capacités de résistance. Je ne bougeais plus, certaine qu'au moindre mouvement elle bondirait sur moi.

On s'est regardées en chiens de faïence pendant une bonne minute. Puis la panthère a fondu sur moi. Ses griffes acérées scintillaient sous les rayons de la lune. Clouée sur place, j'ai vu ses mâchoires ouvertes se rapprocher dangereusement de mon visage. J'ai hurlé en levant les bras au-dessus de ma tête, attendant la morsure fatale.

Il y a eu un rugissement, un souffle d'air et puis… plus rien. J'ai rouvert les yeux et j'ai tourné sur moi-même. « Où est-elle passée ? »

Un éclair blanc et noir a déboulé. C'était Ren ! Il avait attaqué la panthère. Celle-ci grondait, menaçante. Ren a lancé la patte en direction de son visage, ce qui a suffi à l'intimider. Elle ne tenait pas à se battre contre un animal qui faisait deux fois sa taille. Elle a déguerpi sans demander son reste.

Ren est venu vers moi en boitillant. Il avait des écorchures partout sur le dos et il était blessé à la patte droite. Il s'est changé en homme et est tombé à mes pieds, pantelant.

— Kelsey, es-tu blessée ?

Je me suis accroupie près de lui et j'ai passé mes bras autour de son cou, soulagée que nous ayons survécu tous les deux.

— Je vais bien. Merci de m'avoir secourue. Tu vas réussir à marcher ?

Il a acquiescé d'un hochement de tête et m'a souri avant de reprendre sa forme animale. Après s'être léché la patte, il s'est remis en route.

— Je te suis.

Une heure plus tard, nous étions de retour à la Jeep. Complètement lessivés, on a bu des litres d'eau, on a rabattu la banquette arrière et on s'est empressés de se coucher. J'ai sombré dans un profond sommeil, un bras étendu sur Ren.

Le soleil s'est levé très vite. Il faisait chaud dans la voiture. Je me suis réveillée trempée de sueur. J'étais crasseuse et pleine de courbatures. Ren aussi était épuisé et il somnolait encore, mais ses égratignures n'avaient pas l'air méchantes. En fait, étonnamment, elles semblaient presque guéries. J'avais la langue pâteuse et un terrible mal de crâne.

J'ai gémi en m'asseyant.

— Oh, je me sens mal. Je veux une douche et un bon lit moelleux. On rentre à la maison.

J'ai plongé la main dans mon sac à dos, vérifié que les appareils photo et les empreintes obtenues par frottage étaient bien là et je les ai mis en lieu sûr avant de me lancer à l'assaut de la circulation matinale.

À notre arrivée, M. Kadam s'est précipité hors de la maison et m'a mitraillée de questions. Je lui ai tendu le sac en marchant comme un zombie vers la porte et j'ai marmonné :

— Douche. Dodo.

À l'étage, j'ai ôté mes vêtements sales et j'ai foncé sous la douche. Je me suis presque endormie sous le jet d'eau tiède qui me massait le dos. J'ai trouvé, je ne sais comment, l'énergie de me laver les cheveux, de sortir et de me sécher. J'ai enfilé mon pyjama et je me suis écroulée sur mon lit.

Douze heures plus tard, je me suis réveillée à côté d'un plateau-repas sous cloche. Je mourais de faim. M. Kadam s'était surpassé. Il avait préparé une pile de crêpes, une assiette avec des bananes coupées en tranches, des fraises et des myrtilles. Du coulis de fraise, un bol de yaourt et une tasse de chocolat chaud accompagnaient le tout. Je me suis jetée sur mon casse-croûte de minuit. J'ai dévoré les crêpes – un délice ! – puis je suis sortie sur le balcon.

Pelotonnée sur un transat, ma couverture étalée sur moi, j'ai siroté mon chocolat. Et là, consternée, je me suis rendu compte que j'avais oublié de me démêler les cheveux en sortant de la douche. Je suis allée chercher ma brosse.

C'était une vraie torture. Je n'avais pas beaucoup progressé quand la porte de la véranda s'est ouverte.

Ren était toujours pieds nus, mais il avait enfilé un pantalon kaki et une chemise d'un bleu ciel assorti à ses yeux. Le résultat était subjuguant. Quant à moi, j'étais en pyjama avec un paquet d'algues sur la tête.

Il s'est assis en face de moi.

— Bonsoir, Kelsey. Tu as bien dormi ?

— Euh, oui, et toi ?

Il m'a gratifiée d'un de ses sourires éclatants.

— Tu as un problème ? m'a-t-il demandé en observant avec amusement mes tentatives inefficaces de démêlage.

— Non. Tout est sous contrôle.

Pour détourner son attention de mes cheveux, je lui ai dit :

— Comment vont ton dos et ton… euh… c'était un bras ou une jambe ?

Il a souri.

— Ils vont très bien. Merci de t'en inquiéter.

— Ren, pourquoi tu n'es pas habillé en blanc ? Ta tunique est déchirée ?

— Non, j'avais juste envie de changer. En fait, quand je passe de mon corps de tigre à mon apparence humaine, je réapparais dans mes habits blancs. Si je me changeais maintenant en tigre, puis en homme, tu me verrais avec mon habituelle tenue blanche.

— Elle serait toujours déchirée et pleine de sang ?

— Non. À chaque transformation, je la récupère propre et intacte.

— Ah. Tu as de la chance. Ce serait embêtant si tu te retrouvais tout nu chaque fois.

Je me suis mordu la langue. « Bravo, Kells. Zéro de conduite. »

— Oui, en effet, a-t-il acquiescé avec un sourire.

J'ai forcé sur la brosse en grimaçant.

— J'ai une autre question.

Ren s'est levé et m'a pris la brosse des mains.

— Que… qu'est-ce que tu fais ? ai-je bredouillé.

— Relax. Tu es trop à cran.

Il s'est placé derrière moi, a soulevé une mèche de cheveux et a commencé à la brosser délicatement. J'étais gênée au début mais ses mains chaudes et apaisantes se sont chargées de me décontracter. J'ai fermé les paupières et j'ai laissé aller ma tête en arrière.

Au bout d'une minute, il s'est penché à mon oreille et a murmuré :

— Que voulais-tu me demander ?

J'ai sursauté.

— Hmm… quoi ?

— Tu voulais me poser une question. C'était en rapport avec mes transformations ?

— Ah oui, je me rappelle maintenant. J'ai vu dans les grottes que tu pouvais te changer à volonté.

— Oui, à condition que je ne reste pas humain plus de vingt-quatre minutes cumulées par tranche de vingt-quatre heures. D'autres questions, *sundari* ?

— Oui… au sujet du labyrinthe. Tu suivais une piste, une odeur. Moi, je ne sentais qu'une puanteur de soufre. C'est ça qui t'a guidé ?

— Non, je suivais le parfum d'une fleur de lotus. C'est la fleur préférée de Durgâ, celle qui est dessinée sur le Sceau. J'ai pensé que c'était un indice.

Après en avoir terminé avec ma tignasse, il a entrepris de me masser doucement les épaules. Je me suis crispée de nouveau mais ça n'a pas duré. Au bout de quelques instants, je fondais carrément. J'ai dit d'une voix pâteuse :

— Un parfum de fleur de lotus ? Comment as-tu réussi à le distinguer au milieu de tous ces relents infects ?

Il a touché mon nez du bout de son index.

— Mon flair de tigre. Je sens plein de choses que les humains ne perçoivent pas. Allez, Kelsey, habille-toi. On a du boulot.

Une fois prête, je suis descendue dans la bibliothèque. J'ai trouvé M. Kadam penché au-dessus d'une grande table jonchée de volumes. Ren, en tigre, était perché sur une ottomane à côté de lui.

J'ai tiré un fauteuil et j'ai poussé une grande pile de bouquins pour voir sur quoi il travaillait. Il a frotté ses yeux rouges et fatigués.

— Vous êtes là-dessus depuis qu'on est rentrés, monsieur Kadam ?

— Oui. C'est fascinant ! J'ai déjà traduit les empreintes de la porte et j'étudie maintenant les photos que tu as prises du monolithe.

Il m'a tendu ses notes.

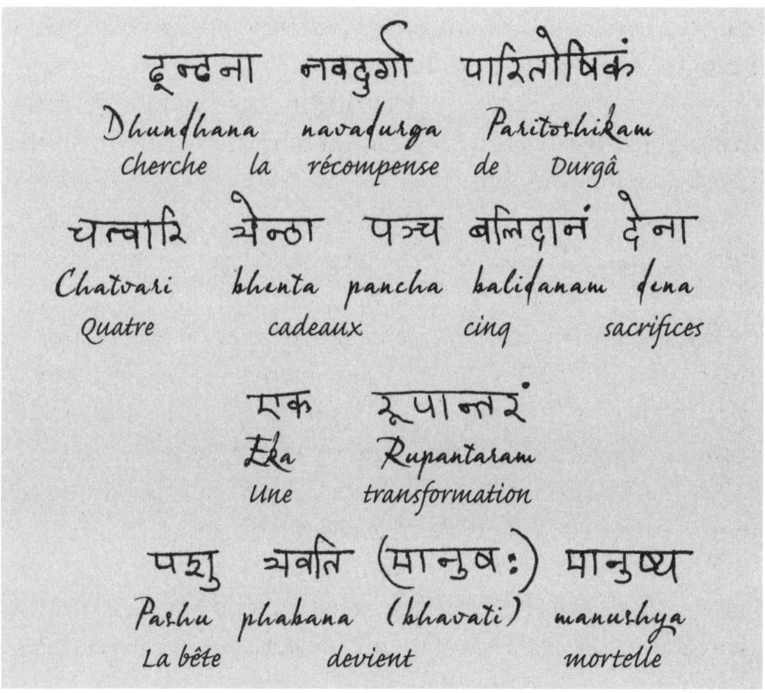

— Ouah, vous avez drôlement bien travaillé ! Félicitations ! À votre avis, ça signifie quoi, « quatre cadeaux » et « cinq sacrifices » ?

— Je n'en suis pas certain. Mais je pense que cela pourrait signifier que votre quête n'est pas terminée. D'autres tâches vous attendent sans doute, Ren et toi. Par exemple, j'ai fini de traduire une face du monolithe et le texte semble indiquer que vous devez vous rendre dans un autre endroit pour obtenir un objet que vous donnerez à Durgâ en guise de cadeau. Il vous faudra trouver quatre cadeaux en tout. Mon petit doigt me dit qu'il y a un indice pour chacun sur chacune des faces du monolithe. J'ai peur que cette aventure n'en soit qu'à son commencement.

— D'accord, alors que dit le premier côté ?

M. Kadam a fait glisser un bout de papier vers moi.

Cherche la protection de son temple
Et prends la bénédiction de Durgâ.
Voyage à l'ouest en quête de Kishkindha
Où règnent les singes.
Dans le royaume de Hanumân frappe le gadâ ;
Et trouve la branche sacrée.
Un ciel d'épines te menace ;
Une rivière de périls éblouissants
Dans un courant profond et saumâtre
Ensorcelle et piège les êtres aimés –
Des fantômes blafards te guettent
Et des gardiens t'attendent sur ton chemin.
Prends bien garde s'ils te poursuivent
Sans quoi tu partageras leur sort et tomberas en poussière.
Mais tu peux vaincre ces périls
Si des serpents trouvent le fruit interdit
Et assouvissent la faim de l'Inde…
Sinon c'est tout son peuple qui mourra.

— Monsieur Kadam, c'est quoi, le royaume d'Hanumân ?

— J'ai mené une recherche là-dessus. Hanumân est le dieu singe. Il règne sur Kishkindha, ou le Royaume des Singes. Il y a un grand débat sur la situation de Kishkindha, mais on pense actuellement que les ruines de Hampi sont très probablement sur, ou près de, l'ancien Kishkindha.

J'ai sorti un atlas de la pile sur la table. Après avoir repéré Hampi dans l'index, je me suis reportée à la bonne page. La ville était située dans le sud-ouest de l'Inde.

— Ça veut dire qu'on doit aller à Kishkindha, parlementer avec un dieu singe et trouver une sorte de branche ?

— Je crois plutôt que vous allez chercher le fruit défendu, a répondu M. Kadam.

— Comme dans l'histoire d'Adam et Ève ?

— Pas tout à fait. Les fruits sont une récompense assez fréquente dans les textes mythologiques, ils symbolisent la vie. Les humains dépendent des fruits de la terre pour leur subsistance. Toutes les civilisations célèbrent les fruits ou les récoltes à leur manière.

— Oui ! Aux États-Unis, on expose une corne d'abondance à Thanksgiving. Et en Inde ? Il y a des histoires avec des fruits célèbres ?

— Eh bien, la grenade occupe une grande place dans de nombreuses cultures de notre pays, ainsi que chez les Perses et les Romains. Je vais me pencher un peu plus longuement sur cette question, mais, pour l'instant, je ne pense à rien de spécial.

Il a souri avant de replonger le nez dans ses traductions.

J'ai sélectionné quelques ouvrages sur la culture et l'histoire indiennes et je me suis installée dans un fauteuil confortable. Ren est venu s'asseoir à mes pieds – en fait, *sur* mes pieds, qu'il a tenus bien au chaud.

J'avais l'impression d'être de retour dans la bibliothèque

de mes parents. Je me sentais bien. J'ai gratté Ren derrière l'oreille. Il a ronronné, les yeux fermés. J'ai souri à M. Kadam, même s'il ne me regardait pas. Il me semblait que j'étais faite pour cette vie-là. J'ai abandonné mes rêveries et j'ai cherché le chapitre consacré à Hanumân.

Hanumân est un dieu hindou, personnification du dévouement et de la force physique. Il servit son seigneur Râma en allant chercher sa femme, Sîtâ, sur Lankâ.

« Pfiou, ça fait beaucoup de noms à retenir. »

Celle-ci avait été capturée par le roi de Lankâ, Râvana. Une grande bataille opposa Râma et Râvana, mais, au même moment, le frère de Râma tomba malade. Hanumân partit dans l'Himalaya en quête d'une herbe pour le guérir. Comme il ne put l'identifier, il ramena la montagne entière.

« Eh bien, j'espère qu'on n'aura pas à faire la même chose. »

Hanumân est immortel et invincible. Il est mi-humain, mi-singe, et il est plus rapide, plus agile et plus puissant que tous les autres singes. Fils d'un dieu du vent, Hanumân est encore vénéré aujourd'hui par de nombreux hindous qui chantent des hymnes à sa gloire et célèbrent tous les ans sa naissance.

— Un singe-homme puissant qui déplace les montagnes. J'ai pigé, ai-je marmonné, somnolente.

J'avais chaud et j'étais fatiguée malgré ma longue sieste. J'ai reposé mon livre et je me suis assoupie.

À mon réveil, j'ai encouragé M. Kadam à dormir un peu. Il était resté debout toute la nuit.

Plus tard dans l'après-midi, il m'a rendu visite sur la terrasse.

— Miss Kelsey, comment te portes-tu ? Ce fardeau que nous t'avons mis sur les épaules ne te pèse pas trop ? Tu n'es pas déprimée de savoir qu'il reste d'autres missions à accomplir ?

— Non, ça va, sérieusement. Un petit jus d'insectes entre amis, c'est sympa.

Il a souri, avant de se rembrunir.

— Si tu sens que ça va trop loin… Je ne voudrais pas… te mettre en danger.

— Ne vous inquiétez pas, monsieur Kadam. C'était mon destin, non ? Et puis Ren a besoin de mon aide. Sinon, il va rester emprisonné dans son corps de tigre pour l'éternité.

Il m'a tapoté la main.

— Tu es une jeune demoiselle très courageuse. Je n'avais pas rencontré de dame comme toi depuis très, très longtemps. J'espère que Ren se rend compte de la chance qu'il a.

J'ai rougi en regardant la piscine.

— D'après les éléments que j'ai pu réunir jusqu'à maintenant, nous devons nous rendre à Hampi. C'est beaucoup trop loin pour que je vous laisse y aller tout seuls. Nous partirons demain à l'aube. Je veux que tu te reposes autant que possible aujourd'hui. La journée n'est pas finie, profites-en pour te détendre. Va nager, peut-être. Fais-toi plaisir.

Après son départ, j'ai médité ses conseils. Oui, piquer une tête pourrait me relaxer.

J'ai enfilé un maillot, je me suis tartinée d'ambre solaire et j'ai plongé dans l'eau fraîche.

Après quelques longueurs, j'ai admiré les grands palmiers qui se dressaient au bord du bassin. Je flottais paresseusement en faisant la planche, tantôt dans leur ombre, tantôt au soleil. Les rayons caressaient leurs cimes à présent, mais l'air était encore chaud et agréable. Un bruit m'a tirée de ma contemplation : Ren, étendu au bord de la piscine, m'observait.

Je l'ai rejoint en nageant sous l'eau puis j'ai émergé brusquement.

— Salut, Ren.

Je l'ai éclaboussé en riant. Le tigre blanc s'est contenté de grogner faiblement.

— Tu n'as pas envie de jouer ? OK, comme tu voudras.

J'ai encore fait quelques longueurs, puis je suis sortie. Mes doigts étaient tout ridés. Drapée dans une serviette, je me suis dirigée vers l'escalier pour aller me doucher.

En revenant dans ma chambre après avoir dîné, j'ai trouvé Ren couché sur ma descente de lit. Il y avait une rose d'un bleu argenté sur mon oreiller.

— C'est pour moi ?

— Groumpf.

J'ai supposé que cela voulait dire oui.

J'ai porté la rose à mon nez et j'ai respiré son doux parfum. Je me suis allongée sur le ventre en travers du matelas.

— Merci, Ren. Elle est magnifique !

Je l'ai embrassé sur le sommet du crâne et je l'ai gratté derrière les oreilles.

— Tu voudrais que je te lise un autre passage de *Roméo et Juliette* ?

Il a posé une patte sur mon bras.

— D'accord, voyons voir. Où on en était ? Ah, acte II, scène 3. *Entrent frère Laurence, puis Roméo.*

Je venais de terminer le passage où Roméo tue Tybalt quand Ren a réapparu sous sa forme de prince.

— Roméo est un idiot, a-t-il déclaré. Il a commis une grossière erreur en n'annonçant pas le mariage aux deux familles. Cela causera sa perte. Des secrets de cette nature tuent souvent plus sûrement qu'un coup d'épée.

Il s'est assis, perdu dans ses pensées.

— Je continue ? ai-je demandé doucement.

Il a secoué sa mélancolie passagère et m'a souri.

— S'il te plaît.

Je me suis calée contre mes oreillers et j'ai mis un coussin sur mes genoux. Il s'est de nouveau changé en tigre et a bondi à mes pieds.

J'ai repris ma lecture. Chaque fois que le texte lui déplaisait, il bougeait la queue d'un air contrarié.

— Arrête de t'agiter, Ren ! Tu me chatouilles les orteils !

Je n'aurais pas dû dire ça, il a continué de plus belle. Arrivée à la fin de la pièce, j'ai refermé le livre et je l'ai regardé pour voir s'il dormait. Il était éveillé – et humain !

— Alors ? lui ai-je demandé. Le dénouement t'a surpris ?

Il a réfléchi.

— Oui et non. Roméo a fait de mauvais choix de bout en bout. Il était plus préoccupé par lui-même que par sa femme. Il ne la méritait pas.

— Ah oui ? En général, on compatit plutôt devant le destin tragique de ces deux personnages qui ne pourront jamais être réunis. Je suis désolée que tu n'aies pas aimé.

Le visage soucieux de Ren s'est illuminé.

— Au contraire, je suis ravi. Je n'ai eu personne avec qui parler de poésie ou de théâtre depuis… eh bien, la mort de mes parents. En fait, j'écrivais des poèmes.

— Moi aussi, ai-je admis à voix basse.

Il a sauté du lit, m'a pris la main et s'est incliné dans une profonde révérence.

— Peut-être que je t'en lirai certains.

Il a retourné ma main et a déposé un long baiser délicat sur ma paume. Ses yeux pétillaient de malice.

— Je te laisse, comme Roméo, sur un « pieux baiser » de pèlerin. Bonne nuit, Kelsey.

Il a refermé la porte sans bruit et j'ai tiré les couvertures jusque sous mon menton. Ma paume me picotait toujours à l'endroit où il avait posé ses lèvres.

J'ai poussé un soupir rêveur en me tortillant sous mes couvertures et je me suis endormie.

13

La cascade

Le lendemain matin, j'ai trouvé un sac à dos à moitié plein à côté de ma porte avec un mot de M. Kadam me disant d'y ajouter des vêtements pour trois ou quatre jours, ainsi que mon maillot de bain.

M. Kadam et Ren m'attendaient déjà dans la Jeep. À peine avais-je bouclé ma ceinture que M. Kadam m'a tendu une barre de céréales, une bouteille de jus de fruits, et a appuyé sur l'accélérateur.

— Pourquoi êtes-vous si pressé ?

— Ren a prévu un petit détour dans notre itinéraire. Je vais vous déposer tous les deux et je reviendrai vous chercher dans quelques jours pour aller à Hampi.

— Un détour ?

— Ren préfère t'expliquer lui-même de quoi il s'agit.

J'ai compris que cela ne me servirait à rien de cajoler M. Kadam, il ne me donnerait aucun détail. Alors j'ai changé de sujet.

— Et si vous profitiez du trajet pour me parler un peu de votre enfance ?

— D'accord. Voyons... Je suis né vingt-deux ans avant Ren, en juin 1635. J'étais le fils unique d'une famille de militaires de la caste Kshatriya. Il était donc naturel que je choisisse l'armée.

— C'est quoi, la caste Kshatriya ?

— Il existe quatre castes, ou *varna*, en Inde, comparables à des classes sociales : les Brahmanes sont des professeurs, des prêtres et des érudits ; les Kshatriyas, des gouverneurs et des protecteurs ; les Vaishyas, des fermiers, des artisans et des marchands ; et les Shudras, des serviteurs. Les membres des diverses castes ne se mélangeaient jamais, en aucune circonstance. Même s'il a été officiellement interdit il y a une cinquantaine d'années, ce système est encore en vigueur dans plusieurs régions du pays.

— Votre femme appartenait à la même caste que vous ?

— Oui.

— C'était un mariage arrangé ? Mais vous l'aimiez, n'est-ce pas ?

— Ses parents avaient en effet arrangé le mariage, mais nous avons été heureux ensemble du premier au dernier jour.

J'ai fixé la route pendant un moment et j'ai jeté un coup d'œil à Ren, qui dormait à l'arrière.

— Monsieur Kadam, ça vous ennuie que je pose toutes ces questions ? Ne vous sentez pas obligé de répondre, surtout si elles sont personnelles ou douloureuses pour vous.

— Ça ne m'ennuie pas, Kelsey. J'apprécie de bavarder avec toi.

Il m'a souri en changeant de file.

— D'accord. Alors parlez-moi un peu de votre carrière militaire. Vous avez dû participer à des batailles intéressantes.

Il a hoché la tête.

— J'ai commencé l'entraînement très jeune – à l'âge de quatre ans, je crois. Nous n'allions pas à l'école. En tant que futurs soldats, nos études étaient entièrement tournées vers l'art de la guerre. Il y avait des dizaines de royaumes en Inde à l'époque. J'ai eu la chance de naître dans l'un des plus puissants, sous le règne d'un bon roi.

— Quel genre d'armes utilisiez-vous ?

— J'ai appris à manier toutes sortes d'armes, mais la première discipline qu'on nous enseignait était le combat à mains nues. As-tu déjà regardé des films d'arts martiaux ?

— Des films avec Jet Li ou Jackie Chan ? Oui.

— Les lutteurs doués pour le combat à mains nues étaient très prisés. Jeune homme, je suis rapidement monté en grade grâce à mon talent dans ce domaine. Personne ne me surpassait à l'entraînement. Enfin, presque personne. Ren m'a battu une fois ou deux.

Je l'ai regardé avec surprise.

— Monsieur Kadam ! Alors vous êtes un champion de karaté ?

— Quelque chose comme ça, a-t-il dit en souriant. Je n'ai jamais atteint le niveau des maîtres qui venaient nous entraîner, mais j'étais bon élève. J'aimais ça. Cependant, mon point fort restait l'épée.

— J'ai toujours voulu faire du karaté.

— À l'époque, on n'appelait pas ça ainsi. Les arts martiaux que nous employions à la guerre étaient moins spectaculaires à voir. L'accent était mis sur l'efficacité, la rapidité à vaincre son adversaire, soit en le tuant, soit en lui portant un coup assez puissant pour l'assommer.

— Pigé, pas de *Karaté Kid I*, vous passiez directement à *Karaté Kid II* : se battre jusqu'à la mort.

Il a souri.

— Ren en connaissait un rayon, lui aussi. En tant que futur roi, il a étudié les sciences, les techniques, les arts et la philosophie, ainsi que bien d'autres branches de la connaissance connues sous le nom des « soixante-quatre arts ». Il était aussi formé à différentes approches de l'art de la guerre, y compris les arts martiaux. Sa mère était très versée dans les arts martiaux elle-même. Elle s'y était initiée en Asie et voulait que ses enfants sachent se défendre. On a fait appel à des maîtres renommés et notre royaume est rapidement devenu réputé pour ce genre de combat.

Pendant une minute, j'ai imaginé Ren en train de pratiquer les arts martiaux. Torse nu... Sa peau de bronze... Ses muscles saillants... J'ai secoué la tête. « Allons, Kelsey, reprends-toi ! »

Je me suis éclairci la voix.

— Euh... vous disiez ?

— Des chars..., continuait M. Kadam, qui n'avait pas remarqué ma distraction. J'ai commencé dans l'infanterie. J'y ai appris à manier l'épée, la lance, la massue et de nombreuses autres armes avant de passer aux chars. À vingt-cinq ans, j'étais responsable de l'armée du roi. À trente-cinq, j'entraînais les jeunes soldats, dont Ren, et j'ai été nommé grand stratège et conseiller spécial du roi, en particulier pour l'utilisation des éléphants de combat.

— C'est difficile d'imaginer des éléphants à la guerre. Ils paraissent si doux.

— Ils étaient très impressionnants sur les champs de bataille. Revêtus de lourdes armures, ils avaient sur le dos une structure fermée pour protéger les archers. Parfois on attachait à leurs défenses de longues dagues aux pointes enduites de poison, ce qui causait des ravages en cas d'assaut. Imagine-toi en face de vingt mille éléphants. Je crois que le pays n'en compte plus autant aujourd'hui.

J'ai cru sentir le sol trembler en visualisant les milliers de pachydermes en train de charger les lignes ennemies.

— La guerre est une abomination. C'est horrible que vous ayez dû prendre part à tant de massacres.

M. Kadam a haussé les épaules.

— C'était différent à l'époque. Nous observions un code du guerrier, similaire au code des chevaliers en Europe.

Il comportait quatre règles. Règle numéro un : ne combattre que des adversaires aux armes équivalentes. On ne se battait pas contre un homme moins bien équipé, et encore moins contre un homme désarmé. Règle numéro deux : cesser le combat dès que l'ennemi est hors d'état de se battre. Pas question de l'achever. Règle numéro trois : ne tuer ni les femmes, ni les enfants, ni les vieillards, ni les infirmes ; ne pas blesser non plus les hommes qui se rendent. Enfin, règle numéro quatre : ne jamais détruire les jardins, les temples et autres lieux de culte.

— Je trouve ces règles plutôt pas mal.

— Notre roi suivait le *Kshatriadharma*, ou Loi des Rois, ce qui signifiait qu'on ne pouvait livrer que des combats considérés comme justes.

Nous sommes restés silencieux un moment. M. Kadam semblait plongé dans ses souvenirs. Comme il changeait de nouveau de file, j'ai été épatée par sa facilité à conduire au milieu de cette circulation impossible tout en rêvassant. Les rues étaient bondées et les autres conducteurs nous dépassaient à vive allure, mais ça n'avait pas l'air de le perturber. Un peu plus tard, il s'est tourné vers moi.

— Je t'ai sapé le moral, Kelsey. Je le regrette. Ce n'était pas mon intention.

— Je suis seulement triste que la guerre ait occupé l'essentiel de votre vie et que vous soyez passé à côté de tant d'autres expériences.

Il m'a regardée en souriant.

— Oh, non. Souviens-toi qu'elle ne représente qu'une petite portion de mon existence. J'ai pu voir et vivre plus de choses que n'importe qui. J'ai suivi l'évolution du monde, de siècle en siècle. J'ai assisté à bien des drames, mais aussi à de nombreux miracles. Et puis, nous n'étions pas constamment en guerre.

— C'est vrai que j'ai tendance à oublier depuis combien de temps vous êtes en vie, Ren et vous… Vous faites jeune pour votre âge, vous savez !

Il a éclaté de rire.

J'ai pris un livre pour continuer mes recherches sur Hanumân. Les histoires consacrées au dieu singe étaient fascinantes. J'étais si absorbée dans ma lecture que j'ai sursauté quand M. Kadam s'est arrêté.

Nous avons pris un déjeuner rapide, au cours duquel M. Kadam m'a incitée à goûter toutes sortes de currys. Il a ri devant mes grimaces. Trop épicé. En revanche, j'adorais le *nan*.

En remontant dans la voiture, j'ai sorti une copie de la prophétie de Durgâ et je l'ai relue. « Des serpents. Beurk ! Je me demande quel genre de protection Durgâ va nous donner. »

— Monsieur Kadam, il y a un temple de Durgâ près des ruines de Hampi ?

— Excellente question, Miss Kelsey. Je me suis posé la même. Oui, il y a des temples consacrés à Durgâ dans presque toutes les villes indiennes. C'est une déesse très populaire. J'en ai trouvé un à proximité de Hampi. Nous allons le visiter. Avec un peu de chance, nous y découvrirons notre prochain indice.

Je me suis repenchée sur la prophétie. « M. Kadam a dit qu'un *gadâ* était une massue, ou un gourdin. Le royaume de Hanumân, ce sont les ruines de Hampi, ou Kishkindha. Ensuite, la branche sacrée. Peut-être qu'il s'agit de la branche qui porte le fameux fruit ? Un ciel d'épines et des périls éblouissants ? Les épines désignent peut-être des buissons de ronces ou des plantes grimpantes… »

— Monsieur Kadam, ça vous évoque quelque chose, les « périls éblouissants » ?

— Non, désolé. Je sèche. Je m'interroge également au

sujet des « fantômes blafards ». Je n'ai rien trouvé là-dessus. J'ai peur qu'il ne faille prendre ces mots au pied de la lettre. Il y aura peut-être des esprits qui essaieront de vous arrêter.

J'ai avalé ma salive.

— Et… euh… pour les serpents ?

— Il existe beaucoup de serpents dangereux en Inde : les cobras, les boas, les pythons, les serpents d'eau, les vipères, les cobras royaux. Il y en a même qui volent.

Tout ça ne me disait rien qui vaille.

— Qui volent ? Comment ça ?

— Eh bien, en réalité, ils sautent et ils glissent sur l'air, un peu comme les écureuils volants.

Je me suis ratatinée dans mon siège en fronçant les sourcils.

— Félicitations. Quelle exceptionnelle variété de reptiles venimeux vous avez là !

M. Kadam a pouffé.

— Oui, en effet. Nous avons appris à vivre avec. Mais, dans le cas qui nous occupe, je crois comprendre que ces reptiles nous rendront service.

J'ai relu la phrase : « Si des serpents trouvent le fruit interdit et assouvissent la faim de l'Inde… Sinon c'est tout son peuple qui mourra. »

— Vous croyez que nos actions auront des conséquences à l'échelle du pays ?

— Je l'ignore. J'espère que non. Malgré des siècles d'étude, j'en sais très peu sur ce sortilège et sur l'Amulette de Damon.

Sentant pointer une légère migraine, j'ai appuyé ma nuque contre le siège et j'ai fermé les paupières.

M. Kadam m'a gentiment secouée pour me réveiller.

— Nous sommes arrivés, Miss Kelsey.

J'ai frotté mes yeux ensommeillés.

— Où ?

— À l'endroit où Ren voulait s'arrêter.

— Monsieur Kadam, on est au milieu de nulle part !

— Ne crains rien. Ren te protégera.

— Tiens, c'est curieux, j'ai déjà entendu ça quelque part…

Il a attrapé mon sac en riant et il est descendu pour m'ouvrir la portière.

— Je vais encore dormir dans la jungle, hein ? Je ne pourrais pas rester avec vous pendant qu'il va chercher ce dont il a besoin ?

— Navré, Kelsey, ta présence est nécessaire pour… ce qu'il veut faire. Et encore, ce n'est pas certain qu'il y parvienne, même avec ton aide.

— D'accord. Et, bien entendu, vous ne pouvez pas m'expliquer de quoi il s'agit.

— Il s'en chargera. C'est son affaire.

— OK, ai-je marmonné. Et vous reviendrez nous chercher quand ?

— Dans trois, quatre jours. C'est peut-être moi qui serai forcé de vous attendre.

J'ai soupiré en jetant un regard noir à Ren.

— Super. C'est parti pour au moins trois nuits à la dure ! Bon, allons-y.

M. Kadam m'a tendu un spray anti-moustiques avec de l'écran solaire, il a fourré quelques objets dans mon sac à dos et m'a aidée à l'ajuster sur mes épaules. J'ai regardé la Jeep s'éloigner, le cœur serré.

— Eh, Ren, la prochaine fois, c'est moi qui choisis la destination. Pourquoi pas la plage, hein ? Ou un spa, tiens.

Il a soufflé en continuant d'avancer.

— D'accord pour cette fois, mais tu me revaudras ça.

Nous avons marché tout l'après-midi. En fin de journée, j'ai entendu un grondement sourd. Plus on avançait, plus il s'intensifiait. Après avoir traversé un bosquet, nous avons débouché dans une petite clairière, et là, j'ai compris : c'était une superbe cascade.

Des blocs de pierre gris formaient un escalier naturel sur le flanc d'une haute colline. L'eau écumeuse coulait dessus et plongeait à pic en se déployant tel un éventail avant de tomber dans un grand bassin turquoise entouré d'arbres et de buissons couverts de minuscules fleurs rouges. C'était ravissant.

Il m'a semblé qu'un des buissons bougeait. À mon approche, des centaines de papillons s'en sont envolés. Il y en avait de deux sortes : des marron striés de rayures crème, et d'autres d'un brun plus foncé avec des traits et des points bleus. J'étais environnée de papillons. Un nuage de papillons ! J'ai tourné sur moi-même en riant. Plusieurs se sont posés sur moi.

J'ai escaladé un rocher qui surplombait le bassin.

— C'est beau, n'est-ce pas ? m'a dit Ren le prince. Je crois qu'il n'existe pas de plus bel endroit sur toute la planète.

— Oui. Je n'ai jamais rien vu de pareil.

Ren a fait monter un papillon sur son doigt.

— Ceux-ci sont des *Euploea core*. On les surnomme « corbeaux communs ». Les autres sont des *Tirumala limniace*, des « tigres bleus ». Les tigres bleus sont plus faciles à repérer, alors ils vivent avec les premiers pour se camoufler.

— Se camoufler ?

— Les corbeaux sont toxiques, alors les autres papillons se cachent parmi eux afin de tromper les prédateurs.

Il m'a prise par la main et m'a entraînée en direction d'un sentier qui longeait la cascade.

— Nous allons camper ici. Assieds-toi. Il faut que je te parle.

J'ai posé le sac à dos sur une pierre plate. J'ai sorti une bouteille d'eau et je me suis adossée à un rocher.

— Je t'écoute.

Ren s'est mis à faire les cent pas.

— Si je t'ai amenée ici, c'est parce que… je dois retrouver mon frère.

J'ai failli m'étouffer avec ma gorgée d'eau.

— Ton frère ? Je le croyais mort. Alors il habiterait ici ?

— À vrai dire, j'ignore s'il est encore vivant. Je suppose que oui, puisque je le suis moi-même. M. Kadam pense qu'il n'a jamais quitté cette jungle.

Il s'est retourné pour admirer la cascade un moment. Ensuite il s'est assis à côté de moi en étirant ses longues jambes. Il a joué avec mes doigts pendant qu'il continuait ses explications.

— En fait, j'ai l'intuition qu'il est en vie. Je compte le trouver en traçant des cercles de plus en plus grands autour de notre campement. L'un de nous deux finira bien par flairer l'odeur de l'autre. Si ça ne donne rien, nous reprendrons notre voyage.

— Pourquoi tu as besoin de moi ?

— J'espère que, s'il refuse de m'écouter, te rencontrer le fera changer d'avis. J'espère aussi que…

— Que quoi ?

Il a secoué la tête.

— C'est sans importance. (Il m'a serré la main d'un air distrait, puis il s'est levé d'un bond.) Montons d'abord le camp.

Il est allé ramasser du petit bois pendant que je dépliais une tente pop up prévue pour deux personnes. Quelques minutes plus tard, Ren est venu m'aider. Il avait déjà allumé un feu et préparé un beau tas de bois pour l'entretenir.

— Tu as fait vite, ai-je marmonné, un peu jalouse, tandis que je passais un crochet dans un coin de la tente.

Sa tête a surgi au-dessus de la toile. Il souriait jusqu'aux oreilles.

— Je suis habitué à vivre en plein air. J'ai de l'entraînement.

— Il faut croire.

— Kells, il y a plein de choses que tu sais faire et moi non. Monter ce genre de tente, par exemple. Ce modèle n'existait pas il y a trois cents ans. À l'époque, on utilisait des piquets en bois.

Nous avons terminé en un clin d'œil. Ren s'est frotté les mains, s'est avancé vers moi et, après avoir joué avec ma tresse, il m'a embrassée sur le front.

— Entretiens le feu. Il tiendra les animaux sauvages à distance. Je serai de retour avant la tombée de la nuit.

Sur ces mots, il s'est transformé et il s'est éloigné dans la jungle en quelques bonds.

Après avoir entortillé ma natte avec un sourire niais, j'ai regardé ce que M. Kadam avait mis dans le sac à dos pour le dîner. Du poulet et du riz lyophilisés et un flan au chocolat. J'ai rempli d'eau une casserole et je l'ai mise à chauffer sur une pierre plate. Quand elle s'est mise à bouillir, je l'ai versée sur mon sachet-repas. J'ai attendu plusieurs minutes et je l'ai goûté. Pas mauvais, en fin de compte. Bien meilleur, en tout cas, que la dinde au tofu que Sarah avait préparée pour Thanksgiving.

Le ciel a commencé à s'assombrir et je me suis glissée sous la tente.

Ren n'a pas tardé à rentrer. Je l'ai entendu ajouter du bois dans le feu.

— Aucun signe de mon frère pour l'instant, m'a-t-il dit.

Il a repris sa forme de tigre et s'est couché devant la tente. J'ai remonté la fermeture Éclair pour lui demander si ça le dérangeait que je me serve de son dos comme oreiller. Il est rentré. J'ai pris ça pour un oui. Je me suis blottie contre lui, la tête sur sa fourrure douce, et je me suis enveloppée dans ma couverture. Je me suis endormie bercée par ses ronrons.

Il était parti quand je me suis réveillée. Je ne l'ai revu qu'à l'heure du déjeuner. J'étais en train de me coiffer quand il a réapparu.

— Tiens, Kells. Je t'ai rapporté des mangues.

— Merci. Où tu les as trouvées ?

— J'ai croisé des singes.

Je me suis figée.

— Des singes ? Et alors ?

— Eh bien, les singes n'aiment pas les tigres parce que les tigres mangent les singes. Si bien que lorsqu'un tigre se pointe, ils sautent dans les arbres et le bombardent avec des fruits ou avec leurs excréments. Heureusement pour moi, aujourd'hui, ils ont choisi les fruits.

J'ai avalé ma salive.

— Tu as déjà… mangé un singe ?

Ren a souri.

— Hé ! il faut bien qu'un tigre se nourrisse.

J'ai attrapé un élastique dans le sac à dos pour attacher ma tresse.

— Beurk, c'est dégoûtant.

— Mais non, Kells ! s'est-il esclaffé. Je te fais marcher. Les singes sont répugnants. Leur viande a un goût de balle de tennis et ils puent des pieds. Alors qu'un cerf… miam, c'est délicieux.

Il a fait claquer ses lèvres en se frottant le ventre.

— Je crois que je préfère ne pas connaître les détails de tes parties de chasse.

— Ah bon ? J'aime bien chasser.

Il s'est immobilisé tout à coup. Puis il s'est accroupi très lentement, en équilibre sur la plante des pieds. Il a posé une main sur l'herbe devant lui et il s'est mis à ramper dans ma direction. Son regard fixe m'a hypnotisée. Il a fait mine de se préparer à bondir, les lèvres retroussées sur ses dents blanches et brillantes. Il avait l'air… sauvage.

— Quand tu traques une proie, a-t-il dit d'une voix de velours ensorcelante, il faut demeurer discret le plus longtemps possible. Sinon, elle t'échappe…

Il a comblé la distance entre nous en un éclair.

L'effet de surprise était réussi. Ses lèvres frôlaient mon cou maintenant, comme s'il voulait y planter ses crocs. Mon cœur battait à se rompre. Il a écarté une mèche de cheveux qui me tombait sur l'oreille et a murmuré :

— … et tu restes sur ta faim.

Son souffle chaud me chatouillait l'oreille. J'en avais la chair de poule.

J'ai tourné la tête pour le regarder. Ses yeux avaient changé. Ils étaient d'un bleu plus vif que d'habitude. Lorsqu'ils se sont posés sur ma bouche, j'ai compris ce que devait ressentir un pauvre cerf attaqué.

J'ai cligné des yeux. J'avais la gorge nouée. Il a dû percevoir ma nervosité car il s'est aussitôt écarté.

— Excuse-moi si je t'ai fait peur, Kelsey. Je ne recommencerai pas.

J'ai relâché mon souffle.

— Je… je ne veux plus entendre parler de chasse, ai-je bredouillé. Ça me fiche la trouille.

Il a éclaté de rire.

— Kelsey, nous avons tous nos pulsions animales. J'adorais chasser, même quand j'étais plus jeune.

J'ai frémi.

— Garde tes pulsions animales pour toi.

Il s'est de nouveau penché tout près de moi.

— Tu ne dis pas toujours ça…

Sa poitrine a émis un bruit sourd et régulier. Il ronronnait !

— Arrête !

Mort de rire, il est allé prendre une mangue.

— Alors, tu en veux une, oui ou non ?

— Vu d'où elle vient, et sachant que tu l'as portée dans ta gueule… pas vraiment.

En voyant sa déception, je me suis dépêchée d'ajouter :

— Mais je pourrais peut-être en manger un bout… sans la peau.

Il l'a lavée, a pris un couteau dans le sac à dos pour la peler et la couper en tranches. Assis l'un à côté de l'autre, on l'a dégustée. Elle était succulente.

— Ren, ai-je demandé en léchant le jus sur mes doigts, il n'y a pas de danger à se baigner au pied de la cascade ?

— Non. Cet endroit était très spécial pour moi autrefois. J'y venais pour échapper aux pressions du palais ou pour réfléchir au calme. En fait, tu es la première personne que j'amène ici – en dehors de ma famille et de M. Kadam.

J'ai contemplé la magnifique chute d'eau.

— Il y a des douzaines de cascades dans l'Oregon. J'y allais souvent pique-niquer avec mes parents.

— Est-ce qu'elles ressemblent à celle-ci ?

J'ai souri.

— Non. Celle-ci est unique. Et puis mon moment préféré pour y aller, c'était l'hiver. L'eau gèle en tombant des montagnes. Les rochers autour des cascades luisent de glace et, peu à peu, ils se hérissent de glaçons. Ceux-ci poussent, poussent, et ils finissent par atteindre le bassin gelé au-dessous. Imagine de longues cordes de glace épaisses et torsadées. Comme l'eau continue de suinter, de fines couches brillantes se superposent. Les collines environnantes sont couvertes d'arbres verts toute l'année et, parfois, elles sont couronnées de neige. C'est splendide !

Étonnée de ne plus l'entendre, j'ai tourné la tête vers lui.

— Ren ?

Il me dévisageait avec intensité. Un lent sourire a éclairé son visage.

— Oui, ça a l'air très beau.

J'ai rougi en détournant les yeux. Il s'est raclé la gorge.

— Très beau, mais froid. L'eau ici ne gèle jamais. (Il m'a pris la main et a entremêlé ses doigts aux miens.) Kelsey, je suis vraiment désolé que tes parents soient morts.

— Ils auraient adoré venir ici. Merci de m'avoir montré ton petit coin de paradis. (Je lui ai souri et j'ai fait un mouvement de tête en direction de la jungle.) Maintenant, si ça ne t'ennuie pas, j'aimerais avoir un peu d'intimité pour enfiler mon maillot de bain.

Il s'est levé et incliné de façon théâtrale.

— Qu'il ne soit pas dit que le prince Alagan Dhiren Rajaram a rejeté la requête d'une belle dame.

Après avoir lavé ses mains collantes dans le bassin, il s'est changé en tigre et s'est éloigné en trottinant dans la jungle.

L'eau cristalline a rafraîchi ma peau moite et brûlante. C'était trop bon. J'ai nagé en explorant le bassin jusqu'aux chutes. Là, j'ai trouvé une pierre pour m'asseoir au milieu du nuage de gouttelettes. J'ai profité un moment de leurs rafales glacées, puis je me suis pelotonnée à l'autre bout de la pierre, qui était sec et ensoleillé. J'ai replié les jambes, rejeté mes cheveux mouillés derrière mes épaules et je me suis chauffée au soleil.

J'avais l'impression d'être une sirène en balade dans son paisible domaine. Avec cette eau bleue, ces arbres verts et ces papillons multicolores qui butinaient ici et là, la scène semblait sortir tout droit du *Songe d'une nuit d'été*. J'imaginais des fées voltigeant de fleur en fleur.

Alors que je m'imprégnais de la sereine beauté des lieux, Ren a déboulé de la jungle. Il a bondi et s'est élevé très haut dans les airs. Les deux cent trente kilos de son corps de tigre ont atterri au milieu du bassin dans un grand splash. Les vagues soulevées par son plongeon m'ont léché les pieds.

— Hé! me suis-je écriée quand il a refait surface. Je croyais que les tigres n'aimaient pas l'eau.

Il s'est approché de moi et s'est mis à tourner en rond, l'air de dire: « Regarde comme je sais bien nager. » Ensuite il a foncé tête la première sous la cascade et a disparu derrière avant de revenir dans ma direction. Il s'est ébroué violemment.

— Je te signale que j'étais en train de me sécher!

Je suis retournée dans l'eau et il m'a rejointe. Il pagayait autour de moi avec ses quatre pattes pendant que je l'éclaboussais en riant. Il est resté sous la surface un long moment. Quand il a émergé, il a sauté sur un rocher et, d'un bond, il a atterri à plat ventre à côté de moi. Nous avons joué jusqu'à ce que je commence à me sentir fatiguée. Alors, les bras levés, je me suis plantée sous la cascade et j'ai laissé l'eau tomber tout autour de moi.

Soudain, j'ai entendu un bruit sec, puis un choc sourd, suivi de plusieurs « plouf ». Un petit pan de la paroi rocheuse s'éboulait. Tandis que je me dépêchais de m'éloigner, une pierre m'a frappée à la nuque. Mes paupières ont papillonné et j'ai sombré dans l'inconscience.

14

Tigre, tigre

— Kelsey ! Kelsey ! Ouvre les yeux !

Quelqu'un me secouait. Très fort. Moi, tout ce que je voulais, c'était retomber dans mon paisible sommeil, m'enfoncer de nouveau dans l'obscurité, mais la voix était désespérée et insistante.

— Kelsey, écoute-moi ! Ouvre les yeux, je t'en prie !

J'ai tenté de soulever les paupières. Que c'était douloureux ! La lumière du soleil m'a vrillé le crâne. Peu à peu, mes idées se sont éclaircies. J'ai reconnu notre campement et Ren, agenouillé à côté de moi. Ses cheveux mouillés étaient plaqués en arrière et son beau visage avait une expression inquiète.

— Kells, comment te sens-tu ? Tu vas bien ?

J'avais l'intention de répondre par une réplique spirituelle de mon cru, mais je me suis mise à hoqueter et à cracher de l'eau. Mes poumons faisaient un bruit très bizarre. Une violente quinte de toux m'a secouée.

— Mets-toi sur le côté.

Il m'a tournée face à lui. Il a ôté sa tunique mouillée et l'a pliée pour la glisser délicatement sous ma tête. J'ai vu son torse nu… bronzé… et si musclé.

J'ai grimacé lorsqu'il a palpé l'arrière de mon crâne. Ça m'a aussitôt dégrisée.

— Tu as une grosse bosse.

J'ai touché l'énorme protubérance et je me suis soudain rappelé l'origine de ma migraine. « J'ai dû tomber dans les pommes quand la pierre m'a assommée. Ren m'a sauvé la vie. Une fois de plus. »

Ren tremblait comme une feuille. Il avait dû se changer en homme pour me sortir du bassin et avait gardé son apparence humaine depuis. « Qui sait pendant combien de temps je suis restée étendue là, inconsciente ? »

— Ren, tu souffres. Tu dois te transformer en tigre.

Il a secoué vigoureusement la tête, les dents serrées. J'ai posé la main sur son bras.

— Ce n'est rien. Juste une bosse. Ne t'inquiète pas pour moi. Je suis sûre que M. Kadam a glissé de l'aspirine dans le sac à dos. Je vais en prendre et rester allongée un moment. Tout ira bien.

Il m'a caressé la joue en souriant tristement. Quand il s'est redressé, son bras était pris de convulsions.

— Kells, je...

Son visage s'est fermé. Il a jeté la tête sur le côté, a grondé d'un air rageur et... le tigre est apparu. Il s'est couché contre moi. Ses yeux bleus me scrutaient. Je lui ai caressé le dos pour le rassurer, parce que ça me réconfortait moi aussi.

Des taches de lumière dansaient devant les arbres. Je me suis redressée en poussant un profond soupir. « Je me sentirai mieux si je me rhabille. »

Je me suis assise prudemment en respirant à fond et en priant pour que la nausée se dissipe et que le monde arrête de tourner. Ren a levé la tête, attentif.

— Merci de m'avoir sauvé la vie, ai-je murmuré. Qu'est-ce que je ferais sans toi ?

J'ai ouvert mon sac à dos et trouvé une petite boîte qui contenait des médicaments, dont de l'aspirine. J'ai pris deux comprimés et je les ai avalés avec une grande gorgée d'eau. J'ai sorti mes habits secs et je me suis tournée vers Ren.

— Bon, écoute : je vais remettre mes vêtements, donc si tu pouvais filer dans la jungle quelques instants, j'apprécierais.

Il a grogné.

— Je suis sérieuse.

Il a grogné plus fort.

Prise de vertiges, j'ai porté la main à mon front et je me suis agrippée au tronc le plus proche. J'avais les jambes en coton.

— Je dois m'habiller et il est hors de question que tu me regardes.

Il a soufflé fort, s'est levé et a lâché un grondement sourd. Cela signifiait clairement : non. Têtue, j'ai pointé l'index vers la jungle. Il a fini par aller dans la tente en traînant les pattes. Il s'est couché sur ma couverture, la tête à l'intérieur tandis que la queue dépassait à l'extérieur et battait nerveusement le sol.

Je me suis changée en gardant un œil sur lui.

Avec des vêtements secs sur le dos et l'aspirine qui commençait à faire effet, je me sentais déjà un peu mieux. Pressée de me coucher, j'ai décidé de sauter le repas et de boire un chocolat chaud.

J'ai fait le tour du campement, ajouté quelques branches dans le foyer et mis de l'eau à chauffer. Accroupie, j'ai ravivé le feu à l'aide d'une longue branche et j'ai sorti un paquet de cacao en poudre. Ren observait chacun de mes mouvements.

— Je vais bien. Juré. Va faire un tour.

Il est resté assis avec une expression butée.

— File explorer les environs. Cherche ton frère. Je vais ramasser du bois mort, et ensuite, au lit.

Comme il refusait toujours de bouger et qu'il gémissait

maintenant à la manière d'un chien battu, j'ai ri en lui caressant la tête.

— Tu sais, malgré les apparences, je suis plutôt douée pour m'occuper de moi-même.

Il s'est installé à côté de moi et je me suis appuyée contre son épaule en touillant mon chocolat.

Quand je me suis réveillée le lendemain matin, j'avais le nez collé à la poitrine soyeuse de Ren et, un bras passé autour de son cou, je le tenais serré contre moi.

Je me suis écartée, un peu gênée. J'ai palpé ma bosse et constaté avec plaisir qu'elle avait réduit de volume. Je me sentais nettement mieux.

Affamée, j'ai ouvert quelques barres de céréales. J'ai fait chauffer de l'eau et je me suis préparé une tasse de chocolat. Après le petit déjeuner, j'ai ordonné à Ren d'aller patrouiller pendant que je me lavais les cheveux.

Il m'a observée un moment avant de s'éloigner, rassuré. J'ai attrapé une petite bouteille de shampooing que M. Kadam avait glissée dans le sac. Il sentait bon la fraise. Il y avait même de l'après-shampooing.

J'ai enfilé mon maillot, un short et des baskets et je suis descendue sur les rochers. Au bord de la cascade, agenouillée sur ma pierre ensoleillée, je me suis lavé les cheveux. La sensation de l'eau fraîche sur mon crâne endolori était agréable.

Je me suis assise pour me peigner. Ensuite, j'ai fermé les yeux, appréciant la caresse du soleil. Cet endroit était paradisiaque. Même avec une bosse sur la tête et une aversion marquée pour le camping, je ne pouvais qu'apprécier la beauté du paysage.

D'ailleurs, j'aimais la nature. J'adorais être dehors avec mes parents quand j'étais petite.

Ren est revenu vers midi. Nous avons pris notre déjeuner

dans un silence complice. C'était la première fois que je le voyais manger sous sa forme humaine, en dehors de l'épisode de la mangue. Après cela, j'ai fouillé dans le sac en quête de mon recueil de poésies. Je lui ai demandé s'il avait envie que je lui lise quelque chose.

Il s'était de nouveau changé en tigre. N'ayant pas entendu de grognement de protestation, je me suis adossée à un gros rocher et j'ai ouvert le livre. Il s'est avancé tranquillement vers moi et, à ma vive surprise, il a repris son apparence humaine. Il s'est allongé sur le dos, la tête sur mes genoux. Puis il a soupiré profondément et il a fermé les yeux. Mi-interloquée, mi-amusée, j'ai feuilleté le recueil.

— Ah, je pense que celui-ci te plaira. C'est un de mes préférés. Il est de Shakespeare, l'auteur de *Roméo et Juliette*.

J'ai lu en tenant le livre d'une main pendant que je lui caressais machinalement les cheveux de l'autre.

Comment te comparer aux matins de l'Été

Comment te comparer aux matins de l'Été ?
Ta grâce est plus aimable et ton humeur plus douce.
Son vent rude abolit le bourgeon velouté,
Et de trop près l'Hiver le talonne et le pousse.

Souvent l'or de son teint se tache et se ternit
Et le feu de son œil souvent brûle et dessèche ;
Hier franc et rieur, à peine s'il sourit
Aujourd'hui, tant le sort changeant le rend revêche.

Mais toi, point ne verras se flétrir ton printemps
Ni se faner jamais tes beautés immortelles ;
Voyant croître en mes vers tes bourgeons éclatants
La Mort doit s'avouer sa défaite éternelle.

Tant que vivra le monde, et l'amour et l'envie,
Vivront ces vers, et ces vers-là donnent la vie[1] *!*

— C'est magnifique, a-t-il dit d'une voix douce. Ce Shakespeare me plaît.

— À moi aussi.

Je cherchais un autre poème quand il a ajouté :

— Kelsey, peut-être que je pourrais à mon tour te dire un poème de mon pays ?

J'ai reposé mon livre.

— Bien sûr, j'adorerais entendre de la poésie indienne.

Il a entremêlé ses doigts aux miens et placé nos deux mains jointes sur son torse. Une légère brise soufflait. Au-dessus de nous, les branches se balançaient mollement et les ombres des feuilles dansaient sur son visage.

— Je vais te réciter un passage extrait d'un drame écrit en sanskrit, qui était déjà vieux de plusieurs siècles à ma naissance. On l'appelle le *Sacountalâ*, et son auteur est Kâlidâsa.

Je ne connais pas ton cœur ! Peut-être est-il insensible, tandis que le cruel amour consume impitoyablement le mien jour et nuit… Hélas ! je le sens, tout mon être est à toi. – Non, non, fille charmante, tu n'éprouves de l'amour qu'une chaleur légère ; mais ce cœur, oh ! c'est contre lui qu'il a dirigé toute la violence de ses feux[2] *!*

— Ren, c'est très beau.

Il m'a souri et a levé la main pour me caresser la joue. Mon pouls s'est accéléré. Je sentais ma peau brûler à

1. William Shakespeare, *Les Sonnets*, Sonnet n° 18, traduction de Charles Marie Garnier (1906), Les Belles Lettres, 1990.
2. *La Reconnaissance de Sacountalâ*, traduction d'Antoine-Léonard Chézy, Dondey-Dupré, 1830.

l'endroit où il m'avait touchée. Je me suis aperçue brusquement que j'avais toujours une main dans ses cheveux et l'autre sur sa poitrine. Je me suis empressée de les retirer pour les croiser sur mon ventre. Il s'est redressé légèrement, en appui sur un bras, son beau visage tout près du mien.

— Kelsey?

— Oui? ai-je murmuré.

— Aurais-je la permission… de t'embrasser?

«Ouah! Alerte rouge!» Le sentiment confortable que j'éprouvais en présence de mon tigre avait disparu. Je savais qu'un cœur d'homme battait sous la fourrure du tigre, mais, d'une certaine façon, j'avais choisi de l'ignorer. Sa question m'a forcée à admettre que mon gentil tigre de compagnie était en réalité un jeune homme extrêmement viril.

Je l'ai dévisagé, stupéfaite. À vrai dire, on ne jouait pas dans la même catégorie. Je n'avais même pas imaginé qu'il puisse y avoir autre chose entre nous que de l'amitié. Mon cœur s'est mis à cogner contre mes côtes. «Oui, évidemment, j'aimerais beaucoup que Ren m'embrasse.» Mais quelque chose me disait que c'était trop tôt, qu'on se connaissait à peine… «Ne t'emballe pas, Kelsey, il se sent seul – c'est tout.» J'ai coupé le fil de mes pensées et je les ai laissées s'envoler. Faisant fi de toute prudence, j'ai décidé que oui, je voulais qu'il m'embrasse. Maintenant.

Il s'est approché encore un peu. J'ai fermé les yeux, pris une grande inspiration et j'ai attendu… attendu… Quand j'ai rouvert les paupières, il me dévisageait toujours. Il attendait réellement ma permission.

— Que… euh… comment ça, ma *permission*? ai-je bredouillé.

Il m'a regardée curieusement, ce qui m'a troublée encore davantage. Dire que je manquais d'expérience dans ce genre de situation serait un euphémisme. Non seulement je n'avais jamais embrassé de garçon, mais encore je n'avais jamais eu envie d'en embrasser un. J'ai paniqué et j'ai cherché une excuse pour me dérober.

— Les filles ont besoin d'être emportées par un tourbillon ! Demander la permission, c'est tellement... vieux jeu. Ça manque de spontanéité. Nous, on veut de la passion. Alors puisque tu me le demandes, eh ben, c'est non.

Un voile de tristesse a assombri son regard. Il s'est levé, s'est incliné de façon très formelle et a déclaré d'une voix sourde :

— Je ne te le demanderai plus, Kelsey. Je te prie de m'excuser d'avoir été aussi direct.

Là-dessus, il s'est changé en tigre et il s'est enfui dans la jungle.

— Ren, attends ! ai-je hurlé.

C'était trop tard. « Pourquoi je l'ai repoussé comme ça ? Il va me détester maintenant ! Et qu'est-ce qu'il entend par "Je ne te le demanderai plus" ? Zut alors ! »

J'ai eu amplement le temps de me traiter d'idiote, pendant tout l'après-midi.

Quelques heures plus tard, j'étais assise sur ma pierre au soleil avec mon journal ouvert, le stylo à la main, les yeux dans le vague, quand j'ai entendu un bruit près de notre campement.

J'ai retenu mon souffle en voyant un gros félin noir jaillir des arbres. Il a tourné autour de la tente et a reniflé ma couverture. Ensuite il a marché jusqu'au feu et il s'est assis là un moment, pas du tout effrayé. Au bout de quelques minutes, il a disparu dans la jungle... pour revenir dans la clairière par l'autre côté. Je suis restée immobile, en espérant qu'il ne m'avait pas repérée.

Il était beaucoup plus gros que la panthère qui m'avait attaquée près des grottes de Kenhari. Sa fourrure sombre était striée de rayures d'un noir de jais. Je n'avais jamais entendu parler de tigres noirs, et pourtant il s'agissait bien d'un tigre ! Après avoir fait le tour du campement en humant l'air à de multiples reprises, il s'est de nouveau sauvé dans la jungle.

Par mesure de précaution, j'ai attendu plusieurs minutes avant de bouger de mon rocher. À l'instant où je me suis levée, un inconnu a émergé de la forêt. Il s'est avancé vers moi avec assurance, m'a toisée lentement et s'est exclamé :

— Eh bien, pour une surprise !

Il portait une tunique et un pantalon noirs. Il était très beau, dans un style plus ténébreux que Ren. Il avait un teint olivâtre et des cheveux d'un noir bleuté, plus longs que ceux de Ren, mais également coiffés en arrière et légèrement bouclés.

Ses yeux étaient d'un brun chaud et lumineux, moucheté de points dorés. Je n'en avais jamais vu de semblables. Ils me rappelaient la couleur des doublons dans les coffres des pirates. D'ailleurs, le mot « pirate » lui allait comme un gant. Je le voyais très bien en couverture d'un roman historique à l'eau de rose, dans le rôle d'un séducteur auréolé de mystère.

Lorsqu'il m'a souri, j'ai aussitôt compris. C'était le frère de Ren. Ils avaient en commun une grande beauté et un port de tête royal. Ils mesuraient à peu près la même taille. Mais si Ren était mince et robuste, ce jeune homme-ci était plus trapu et musclé.

Bizarrement je n'avais pas peur, même si, chez lui, le côté tigre semblait avoir pris le dessus sur l'homme.

— Je crois que je sais qui tu es, ai-je déclaré à brûle-pourpoint. Et *ce* que tu es.

Il s'est approché.

— Et je suis qui, ou quoi, d'après toi, ma belle ?

Sa voix était profonde, aussi onctueuse et sucrée que du caramel liquide. Son accent était plus prononcé que celui de Ren et il butait sur les mots comme s'il n'avait parlé à personne depuis longtemps.

— Tu es le frère de Ren, celui qui lui a piqué sa fiancée.

Il a plissé les yeux et ma gorge s'est serrée. J'avais peut-être parlé trop vite.

— Ttt ttt ! Ce ne sont pas des manières ! Nous n'avons même pas été présentés et, déjà, tu profères des accusations terribles contre moi.

Il a pris une mèche de mes cheveux entre ses doigts et l'a frottée en penchant la tête.

— Je dois reconnaître une chose à Ren : il a toujours su s'entourer de jolies jeunes filles.

Un rugissement tonitruant a secoué les arbres à la lisière de la jungle et j'ai vu Ren débouler à toute vitesse. Son frère a bondi et repris sa forme de tigre noir.

Ren était furieux. Il a rugi si fort que j'en ai tremblé des pieds à la tête. Les deux tigres se sont percutés dans les airs avant de retomber lourdement sur le sol. Ils ont roulé dans l'herbe en se griffant le dos et en mordant tout ce qui passait à portée de leurs crocs.

Je me suis réfugiée près de la cascade et je me suis cachée derrière un buisson. Je leur ai hurlé d'arrêter, mais ils ne m'entendaient pas. Le ventre rasant la terre, la queue agitée de soubresauts, ils ont commencé à tourner autour du feu.

Ils échangeaient des grondements menaçants, prêts à se sauter à la gorge. Lentement, je me suis approchée de Ren.

Rassemblant mon courage, je les ai suppliés :

— S'il vous plaît, arrêtez, tous les deux. Enterrez la hache de guerre et discutez. Ren, tu as voulu venir ici pour parler à ton frère, alors vas-y. (Je me suis tournée vers le tigre noir.)

Ren est resté captif pendant de longues années. Nous cherchons un moyen de vous aider tous les deux. Écoute-le.

Ren a repris sa forme humaine.

— Tu as raison, Kelsey, j'étais venu ici pour lui parler. Or il n'a pas changé. Il n'y a pas la moindre trace de… remords en lui. Je n'aurais pas dû venir.

— Mais, Ren…

Il s'est placé devant moi et s'est adressé au tigre noir :

— Recule ! *Badamāśa !* Je te cherche depuis deux jours ! Pourquoi as-tu choisi de te manifester pendant mon absence ? Si tu tiens à ta peau, ne t'approche plus jamais de Kelsey !

Le frère de Ren s'est transformé à son tour. Il a haussé les épaules en répliquant d'un ton détaché :

— Je voulais juste voir ce que tu protégeais aussi farouchement. Oui, je te suis depuis deux jours. Je me demandais ce que tu mijotais. Mais c'est moi qui décide quand et où j'apparais. Quant à t'écouter, rien de ce que tu pourrais dire n'a d'intérêt pour moi. *Murkha.*

Il s'est frotté la mâchoire et a souri en suivant du doigt les longues estafilades causées par leur combat. Il m'a jeté un coup d'œil et a ajouté :

— À moins, bien sûr, que tu ne veuilles parler d'elle. Tes femmes, elles, m'intéressent toujours.

Ren a répondu par un grognement indigné et la bagarre a repris. À un moment donné, le tigre noir a filé vers la jungle, poursuivi par Ren. Leurs rugissements furieux se répercutaient parmi les arbres. Une nuée d'oiseaux s'est envolée en piaillant. Debout sur mon rocher, je pouvais suivre leur trajectoire rien qu'en regardant les feuilles s'agiter et les oiseaux irrités décoller de leurs perchoirs.

Ren a fini par revenir en trombe dans le campement, avec son frère à moitié accroché à son dos, les crocs plantés dans sa nuque et les griffes enfoncées dans sa peau. Il s'est cabré et secoué pour se libérer. Puis il a sauté sur un gros rocher qui surplombait le bassin et a fait volte-face.

Le tigre noir s'est ramassé sur ses pattes et a bondi sur Ren, qui a sauté pour l'intercepter. Tous deux se sont retrouvés dans l'eau.

J'ai suivi le duel depuis le bord du bassin. Tantôt ils jaillissaient dans des gerbes d'écume, tantôt ils se pourchassaient sous la surface, se lacérant sans répit le visage, le dos et le ventre. Aucun ne dominait vraiment.

Au moment où je commençais à me dire qu'ils ne s'arrêteraient jamais, ils ont donné des signes de fatigue. Le tigre noir, exténué, s'est hissé hors de l'eau et s'est laissé tomber sur l'herbe. Haletant, il s'est reposé pendant une minute avant de se lécher les pattes.

Ren est sorti à son tour. Il s'est placé entre son frère et moi et s'est affaissé à mes pieds. Son corps était couvert d'entailles. Une vilaine écorchure barrait son visage du front au menton, passant en diagonale sur son œil droit et son nez. Du sang sourdait d'une morsure à la gorge.

J'ai pris le sac à dos. Je l'ai fouillé à la recherche du kit de premiers secours. J'en ai tiré une petite bouteille d'alcool à 90 ° et un gros rouleau de gaze.

Je me suis occupée de Ren en premier. J'ai ôté les cailloux et la terre avec de l'eau, puis j'ai versé de l'alcool sur la gaze et j'ai désinfecté les plaies les plus profondes.

Il a grogné tout bas pendant que je pansais sa morsure à la gorge. J'ai ensuite soigné son visage en lui chuchotant des paroles rassurantes. Son œil m'inquiétait, mais il n'était pas mortellement blessé.

Craignant une infection, je lui ai mis une compresse sur le front.

Il m'a léché le poignet. Je l'ai caressé en murmurant :

— Ren, c'est horrible. Je suis désolée de ce qui est arrivé.

Tu dois avoir terriblement mal. Je vais m'occuper de ton frère, maintenant.

J'ai pris un autre rouleau de gaze avant de répéter l'opération sur le tigre noir. Il avait une plaie béante particulièrement impressionnante qui descendait de son cou jusque sur sa poitrine, ainsi qu'une profonde morsure sur le dos, pleine de terre et de cailloux. Elle saignait abondamment, ce qui n'était sans doute pas plus mal. Une fois tous les débris évacués, j'ai fait un point de compression pendant quelques minutes. Quand j'ai appliqué l'alcool, j'ai vu son dos frémir et je l'ai entendu grogner.

Des larmes ont roulé sur ma joue.

— Quelques points de suture ne te feraient pas de mal. Vous allez attraper une infection tous les deux et vos queues vont tomber, ai-je ajouté plus fort, à l'adresse des deux tigres. Vous l'aurez bien cherché.

Kishan a soufflé fort par le nez. Il m'a semblé qu'il riait, ce qui m'a un peu énervée.

— Vous vous rendez compte que nettoyer vos blessures me fait carrément flipper ? Je déteste le sang. Et pour votre information, sachez que c'est moi qui décide qui a le droit de me toucher ou non. Je ne suis pas une pelote de laine que deux chats se disputent. J'espère que vous arriverez à vous pardonner un jour, tous les deux.

Kishan a tourné ses yeux dorés vers moi.

— La raison pour laquelle on est ici, lui ai-je expliqué, c'est que, Ren et moi, on essaie de briser le sortilège avec l'aide de M. Kadam. On a une idée de l'endroit par où il faut commencer. On va chercher des présents à offrir à Durgâ et, en échange de ces cadeaux, vous pourrez retrouver définitivement votre forme humaine. Maintenant que tu connais la raison de notre venue, on pourrait retourner voir M. Kadam et poursuivre le voyage ensemble ? Je crois aussi que vous pourriez faire un tour à l'hôpital, ce ne serait pas superflu.

Ren a commencé à se lécher les pattes pendant que le tigre noir roulait sur le côté pour me montrer une longue estafilade qui allait de son cou à son ventre. Quand j'en ai eu fini avec lui, je suis allée ranger la bouteille d'alcool dans le sac. Je me suis essuyé les yeux sur ma manche et, lorsque je me suis redressée, le frère de Ren était debout derrière moi, sous sa forme humaine. J'ai sursauté.

Ren a épié chacun de ses gestes. Sa queue fouettait l'air et sa poitrine a émis un grondement sourd. Il a commencé à se rapprocher. Kishan lui a jeté un coup d'œil, puis il m'a regardée et m'a tendu la main. Je lui ai donné la mienne, croyant qu'il voulait la serrer. Au lieu de ça, il l'a portée à ses lèvres, puis il s'est incliné profondément.

— Puis-je te demander ton nom ?

— Je m'appelle Kelsey. Kelsey Hayes.

— Kelsey. Eh bien, j'apprécie ce que tu as fait pour nous. Je te demande de m'excuser si je t'ai effrayée tout à l'heure. J'ai perdu l'habitude de bavarder avec des dames. Ces présents que vous allez offrir à Durgâ, pourrais-tu m'en dire plus à leur sujet ?

J'ai hoché la tête.

— Tu t'appelles Kishan, n'est-ce pas ?

— Je m'appelle Sohan Kishan Rajaram, mais tu peux m'appeler Kishan si tu préfères. (Il m'a décoché un sourire éclatant. Le contraste entre ses dents blanches et sa peau sombre était saisissant. Puis il m'a offert son bras.) Veux-tu t'asseoir avec moi pour discuter, Kelsey ?

Il avait un charme fou. Je le trouvais très sympathique, en fin de compte. Il ressemblait beaucoup à son frère par certains aspects. Il avait, comme Ren, cette capacité à mettre son interlocuteur à l'aise. Peut-être qu'ils la devaient à leur éducation. Je lui ai souri.

— Avec plaisir.

J'ai coincé mon bras sous le sien et nous avons marché jusqu'au feu. Ren a poussé un grognement malheureux, auquel Kishan a répondu par un sourire satisfait. Je l'ai vu grimacer lorsqu'il s'est assis, alors je lui ai proposé de l'aspirine.

— On ne devrait pas aller voir un médecin tout de suite ? Je crois vraiment qu'il te faut des points et Ren…

— Merci, ne t'inquiète pas pour nous. Nos blessures sont superficielles.

— Superficielles ? Ce n'est pas le mot que j'aurais employé, Kishan.

— Le sortilège a renforcé nos capacités de guérison. Tu verras. Nous allons tous les deux nous rétablir très vite sans aucune aide. Néanmoins, il est toujours agréable de se faire dorloter par une jolie jeune femme.

Ren s'est dressé devant nous. Il avait l'air au bord de l'apoplexie. Je l'ai réprimandé :

— Ren, sois aimable.

Kishan, amusé, a attendu que je m'installe confortablement. Ensuite il s'est rapproché de moi. Ren s'est glissé entre nous en poussant son frère sans ménagement avec sa grosse tête. Il s'est laissé tomber par terre et a posé le menton sur mes genoux.

Kishan a froncé les sourcils. Sans lui laisser le temps de protester, je lui ai raconté tout ce que nous avions traversé, Ren et moi. Je lui ai parlé de notre rencontre au cirque et de la ruse qu'il avait employée pour me faire venir en Inde. Je lui ai aussi parlé de Phet, des grottes de Kanheri et de la prophétie, et je lui ai expliqué que nous faisions route vers Hampi.

Je caressais la tête de Ren tout en débitant ma longue histoire. Il a fermé les yeux en ronronnant, puis il s'est endormi. J'ai parlé pendant presque une heure, prêtant à peine attention aux haussements de sourcils de Kishan et à son expression songeuse tandis qu'il nous observait, Ren et moi. Je n'ai même pas remarqué à quel moment il s'était de nouveau changé en tigre.

15

La chasse

Il était tard. La jungle, si bruyante dans la journée, était maintenant silencieuse à l'exception du crépitement du feu et du ronflement discret de Ren. Je jouais avec ses oreilles veloutées tandis que je terminais le récit de nos exploits dans les grottes de Kanheri sous le regard doré et captivé de Kishan.

Reprenant sa forme humaine, ce dernier m'a regardée d'un air pensif.

— C'est très… intéressant. J'espère que tu ne seras pas blessée. Ce serait sûrement plus sage de retourner dans ton pays et de nous abandonner à notre sort. J'ai l'impression que c'est le début d'une longue mission, et qu'elle sera pleine de dangers.

— Ren m'a protégée jusqu'ici et, avec deux tigres pour veiller sur moi, je suis sûre que je ne risque rien.

Kishan a hésité.

— Même avec deux tigres, les choses peuvent mal tourner, Kelsey. Et de toute façon… je n'ai pas l'intention de partir avec vous.

— Pourquoi ? Nous savons comment briser le sort. Enfin, on connaît la première étape. Kishan, je ne comprends pas. Pourquoi tu ne veux pas nous aider ? T'aider toi-même ?

Kishan a changé de position.

— Pour deux raisons, a-t-il expliqué. La première, c'est

que je refuse d'avoir d'autres morts sur la conscience. J'ai causé trop de souffrances dans ma vie. La seconde est que… eh bien, je ne crois pas que nous puissions réussir. À mon avis, Kadam et vous êtes en train de chasser des fantômes.

— De chasser des fantômes ?

Il a haussé les épaules.

— Tu sais, Kelsey, je me suis habitué à mon existence de tigre. Ce n'est pas si mal, en fait. J'ai accepté l'idée que ce serait ma vie désormais.

Il s'est tu, plongé dans ses pensées.

— Kishan, tu es sûr que ce n'est pas toi qui cours après des fantômes ? Tu te punis en restant dans la jungle.

Il s'est raidi. Son visage est devenu froid et distant, ses yeux se sont voilés. Mon manque de tact l'avait blessé, comme si j'avais arraché un bandage soigneusement placé pour dissimuler les plaies du passé.

Posant ma main sur la sienne, je lui ai demandé d'une voix douce :

— Kishan, tu ne rêves pas d'avoir un avenir, de fonder une famille ? Je sais ce que ça fait de perdre quelqu'un qu'on aime. On se sent incomplet, comme si les disparus avaient emporté un morceau de nous ; on a l'impression qu'on ne pourra plus jamais être entier. Mais tu n'es pas seul. Il y a des personnes pour qui tu comptes, qui pourraient te donner un tas de raisons de continuer à vivre. M. Kadam, ton frère, moi… et pourquoi pas quelqu'un d'autre un jour, qui sait ? S'il te plaît, viens avec nous à Hampi.

Il a détourné les yeux.

— J'ai renoncé à croire à l'impossible il y a très, très longtemps.

J'ai serré sa main.

— Kishan, s'il te plaît, réfléchis encore.

Il m'a souri, puis il s'est levé et s'est étiré.

— Je regrette, Kelsey... Bon, si Ren et toi insistez pour faire ce long voyage, il va devoir chasser.

— Chasser ?

J'ai eu un mouvement de recul. C'est vrai que Ren n'avait pas beaucoup mangé.

— Oui, c'est un tigre mal nourri. Il faut absolument qu'il mange plus s'il veut être assez fort pour te protéger pendant votre périple. Il doit chasser du gros gibier, un sanglier ou un buffle d'eau, par exemple.

— Tu crois ?

— Oui. Il est trop maigre. Il doit se remplumer. Absorber des protéines.

J'ai caressé Ren. Je sentais ses côtes.

— D'accord.

Kishan a incliné la tête en me souriant. Il a pris ma main pour me dire adieu, apparemment réticent à la lâcher. Puis il a fini par dire :

— Merci, Kelsey, pour cette conversation passionnante.

Sur ces mots, il est redevenu le tigre noir et il s'est éloigné dans la jungle en quelques bonds.

Ren dormait toujours, la tête sur mes genoux, alors je suis restée tranquillement assise pendant un moment. Je caressais les rayures sur son dos en regardant ses écorchures. En une heure à peine, ses plaies s'étaient refermées et la peau cicatrisait déjà. La longue balafre qui lui traversait le visage avait disparu.

Comme mes jambes s'ankylosaient, je me suis dégagée et je suis allée raviver le feu. Ren a roulé sur le flanc et il a continué à dormir.

« Ce combat a dû le vider de toute son énergie. Kishan a raison. Il a besoin de chasser. Il doit reprendre des forces. »

Je me suis affairée dans le campement, j'ai reconstitué la réserve de bois et j'ai dîné. Ren ne se réveillait toujours pas.

Prête à me coucher, j'ai attrapé ma couverture, je m'en suis enveloppée et je me suis allongée près de lui. Il a grondé tout bas dans son sommeil et il s'est tourné vers moi. Utilisant son dos en guise d'oreiller, je me suis endormie en regardant les étoiles.

Je me suis réveillée en fin de matinée, entortillée dans ma couverture. J'ai cherché Ren, mais je ne l'ai vu nulle part. Le feu brûlait fort, comme s'il venait juste d'y jeter du bois. Je me suis tournée sur le ventre pour essayer de me dépêtrer de la couverture et j'ai étouffé un cri de douleur. J'ai tendu les bras pour masser les muscles de mon dos contracté en gémissant :

— Et voilà ce qui se passe quand on dort par terre !

J'ai abandonné et je suis restée couchée à plat ventre.

Un bruit de pas discret a précédé l'arrivée de Ren. Il a collé son museau sur mon visage.

— Oh, ne t'occupe pas de moi. Je vais rester couchée jusqu'à ce que ma colonne vertébrale daigne se remettre droite.

Il s'est mis à me pétrir le dos avec ses pattes. J'ai ri en grimaçant de douleur. Ça partait d'une bonne intention, mais il était beaucoup trop lourd ! Je ne pouvais plus respirer.

— Merci, Ren, ai-je couiné, mais tu m'étouffes !

En un clin d'œil, des mains vigoureuses et chaudes ont remplacé ses pattes. Alors qu'il me massait, j'ai repensé à notre stupide dispute à propos du baiser. Mes pommettes ont commencé à me cuire et mon corps s'est crispé, provoquant de nouvelles contractures dans mon dos.

— Détends-toi, Kelsey. Tu es complètement nouée. Laisse-moi faire.

J'ai essayé de me concentrer sur un autre souvenir. La seule fois de ma vie où j'étais allée me faire masser, j'étais tombée sur une dame entre deux âges un peu brutale. J'avais trouvé ça si douloureux que je n'y étais jamais retournée.

Cette fois, c'était complètement différent. Ren appliquait une légère pression avec ses paumes. En descendant progressivement par cercles jusqu'aux reins, il a pétri longuement mes muscles contractés. Ensuite, il a entrepris de me masser les épaules et les cervicales. J'en avais des fourmillements dans tout le corps.

Ses doigts agiles traçaient de petits cercles dans mon cou. Il a augmenté la pression progressivement en descendant vers mes épaules. Il a malaxé, pressé, comprimé les muscles, libérant les tensions et les douleurs sans hâte et avec méthode. Il a fini par de simples effleurements. J'ai poussé un profond soupir. Ça me faisait un bien fou.

Je me suis assise prudemment pour voir comment allait mon dos. Ren m'a prise par le coude pour m'aider à me lever.

— Tu te sens mieux, Kelsey ?

Je lui ai souri.

— Oui. Merci beaucoup.

J'ai passé mes bras autour de son cou et je l'ai serré affectueusement contre moi. Son corps était raide. Il ne m'a pas rendu mon accolade. Lorsque je me suis écartée, j'ai noté que ses lèvres étaient pincées et qu'il refusait de croiser mon regard.

— Ren ?

Il a ôté mes bras de son cou.

— Je suis content que tu n'aies plus mal.

Sur ces mots, il est allé de l'autre côté du feu et il s'est changé en tigre.

« Mauvais signe, ai-je pensé. Qu'est-ce qu'il a ? Il doit être en colère à cause de cette histoire de baiser refusé. Ou alors il est énervé à cause de Kishan. Comment je peux arranger les choses ? »

Au lieu d'évoquer le non-baiser, qui était clairement le problème, j'ai décidé de changer de sujet. Je me suis éclairci la voix.

— Euh, Ren ? Il faut que tu ailles chasser avant qu'on parte. Ton frère a dit que tu avais besoin de manger et je crois que tu devrais le prendre au sérieux.

Il a soufflé en roulant sur le côté.

— Je ne plaisante pas. Je lui ai promis que je m'en assurerais et… je ne quitterai pas cette jungle tant que tu ne l'auras pas fait. Kishan dit que tu es trop maigre pour un tigre et qu'il faut que tu manges un sanglier ou un truc comme ça. Tu aimes chasser de toute façon, tu te souviens ?

Il a marché jusqu'à un arbre et s'est frotté le dos contre le tronc.

— Je peux te gratter si tu veux, ai-je proposé. C'est le moins que je puisse faire après ton massage.

Il s'est arrêté de se tortiller pendant un moment et m'a regardée, puis il s'est laissé tomber par terre et il s'est roulé sur le dos en se tordant dans un sens puis dans l'autre tout en battant l'air avec ses pattes.

Un peu vexée, j'ai crié :

— Très bien ! Débrouille-toi tout seul alors. Mais ça ne change rien au fait que je ne partirai pas d'ici tant que tu n'auras pas chassé !

J'ai attrapé le sac à dos et je me suis réfugiée dans la tente en baissant la fermeture Éclair derrière moi.

Une demi-heure plus tard, j'ai jeté un coup d'œil dehors. Il était parti. J'ai soupiré de soulagement. J'étais en train de traîner une lourde branche jusqu'au feu quand j'ai entendu une voix :

— Petite, mais costaude !

Kishan, appuyé contre un arbre, m'observait. Il a sifflé.

Je l'ai ignoré et j'ai continué mon affaire. Ensuite je me suis frotté les mains et je me suis assise avec une bouteille d'eau.

Il s'est installé à côté de moi, un peu trop près à mon goût. Je lui ai proposé à boire.

— Je ne sais pas ce que tu lui as dit, Kelsey, mais en tout cas, ça a marché : Ren est parti chasser.

J'ai fait la moue.

— Il t'a parlé ?

— Il m'a seulement dit de veiller sur toi pendant son absence. Cela peut prendre plusieurs jours.

— Ah bon ? Aussi longtemps ? Et… ça ne le dérange pas que tu restes ici tout seul avec moi ?

— Oh que si ! a-t-il ricané. Mais ta sécurité lui importe plus que le reste. Au moins, pour ça, il me fait confiance.

— Ouais, je crois qu'il est furieux contre nous deux en ce moment.

Kishan m'a regardée bizarrement, un sourcil dressé.

— Et pourquoi ça ?

— Disons qu'il y a eu… un malentendu entre nous.

Il s'est rembruni.

— Ne t'inquiète pas, Kelsey. Je suis sûr que c'est une broutille. Ren est du genre à vouloir toujours avoir raison.

J'ai soupiré en secouant tristement la tête.

— Non, c'est entièrement ma faute. Je suis pénible, un vrai boulet, et ce n'est pas toujours marrant d'être avec moi. Il est sûrement habitué à une compagnie plus sophistiquée, à des filles plus… plus… ben, pas comme moi.

— À ma connaissance, Ren n'a jamais fréquenté personne depuis… Je dois dire que je brûle à présent de savoir à propos de quoi vous vous êtes disputés. En tout cas, que tu décides de me le raconter ou pas, je ne tolérerai plus aucun commentaire désobligeant sur ta personne. Il a de la chance de t'avoir et il aurait intérêt à s'en rendre compte. (Il a souri.) Bien entendu, si vous vous êtes brouillés, tu peux toujours rester dans la jungle avec moi.

— Merci de la proposition, mais je n'ai pas très envie de rester ici.

Il a éclaté de rire.

— Pour toi, je pourrais envisager un changement de résidence. Tu en vaux la peine, ma belle.

J'ai pouffé en lui donnant un petit coup de poing dans le bras.

— Et vous, monsieur, vous êtes un incorrigible dragueur. Je crois que vous êtes restés des tigres beaucoup trop longtemps tous les deux. Déjà je ne suis pas Miss Monde, et en plus je ne suis pas sûre d'être très intéressante. Je me demande vraiment pourquoi deux mâles se battraient pour moi.

Kishan a semblé prendre ma boutade au sérieux. Il a réfléchi pendant un moment, puis il a répondu :

— D'abord, je n'ai jamais rencontré une fille aussi altruiste : tu mets ta propre vie en danger pour une personne que tu as rencontrée il y a quelques semaines à peine. Tu es pleine de confiance, de fougue, d'intelligence et d'empathie. Je te trouve charmante et, oui, belle.

Le prince aux yeux dorés a joué avec une mèche de mes cheveux. Sa déclaration m'a fait rougir. J'ai siroté mon eau, puis j'ai dit doucement :

— Je n'aime pas quand il est en colère contre moi.

Kishan a haussé les épaules en laissant retomber sa main, un peu agacé que je ramène la conversation sur Ren.

— Oui, je connais ça et j'ai appris à ne pas sous-estimer sa rancune.

— Kishan, je peux te poser une question… ?

Il a ricané en se frottant le menton.

— Vas-y.

— C'est au sujet de la fiancée de Ren.

Son expression s'est assombrie et il a murmuré, la gorge serrée :

— Que souhaites-tu savoir ?

J'ai hésité pendant quelques secondes.

— Elle était belle ?

— Oui.

— Tu veux bien me parler d'elle ?

Il s'est détendu et son regard s'est perdu dans la jungle. Il a passé la main dans ses cheveux.

— Yesubaï était ensorcelante. C'était la plus belle fille que j'aie jamais vue. La dernière fois que nous nous sommes rencontrés, elle portait un *sharara* doré avec une ceinture incrustée de pierreries qui tintait à chacun de ses pas. Ses cheveux étaient relevés en chignon et retenus par une chaîne en or. Elle était très élégante, ce jour-là, aussi resplendissante qu'une mariée. Je ne l'oublierai jamais.

— Décris-la-moi

— Elle avait un joli visage ovale, des lèvres pleines et roses, des cils et des sourcils noirs et des yeux d'un violet étonnant. Elle était menue et ne m'arrivait qu'à l'épaule. Ses cheveux étaient lisses, soyeux et noirs comme l'aile d'un corbeau. Ils étaient si longs qu'ils lui tombaient jusqu'aux genoux.

J'ai fermé les yeux et j'ai imaginé cette femme parfaite avec Ren. Cela m'a transpercé le cœur. J'ignorais que je pouvais ressentir ce genre d'émotion.

— Dès l'instant où je l'ai vue, a continué Kishan, je l'ai désirée. J'ai compris qu'elle était la femme de ma vie.

— Comment vous êtes-vous rencontrés ?

— Ren et moi n'avions pas le droit de combattre ensemble, de crainte que nous ne soyons tous les deux tués et qu'il n'y ait plus d'héritier pour le trône. Si bien que quand Ren était à la guerre, je restais au palais. Je m'entraînais avec Kadam, j'apprenais la stratégie militaire, je participais aux manœuvres avec les soldats. Un jour que je rentrais après une séance d'entraînement, j'ai décidé de faire un détour par les jardins. Yesubaï était là, debout près d'une fontaine. Elle venait de cueillir une fleur de lotus, son foulard sur les épaules. Je lui ai demandé qui elle était et elle a fait volte-face en recouvrant son visage et ses cheveux magnifiques, les yeux baissés.

— C'est à ce moment-là que tu as compris qui elle était ?

— Non. Elle a fait une révérence, m'a dit son nom, puis elle s'est enfuie en courant. J'ai supposé que c'était la fille d'un dignitaire en visite. Dès mon arrivée au palais, j'ai posé des questions à son sujet et j'ai appris qu'elle était la future épouse de mon frère ! J'étais dévoré de jalousie ! Il passait tout le temps avant moi et il obtenait ce que je désirais. Il était le fils préféré, le meilleur politicien, le futur roi, et voilà qu'en plus il allait épouser la fille que je voulais. Il ne l'avait même pas rencontrée ! Quant à moi, j'ignorais que mes parents lui cherchaient une épouse ! Il avait vingt et un ans et moi vingt. J'ai demandé à mon père s'il pouvait modifier les arrangements en ma faveur. J'ai proposé de trouver une autre princesse pour Ren.

— Qu'a répondu ton père ?

— Père n'a pas voulu écouter ma requête. Il m'a dit que le contrat conclu avec le père de Yesubaï était irrévocable. Que celui-ci avait insisté pour qu'elle se marie avec l'héritier du trône afin qu'elle devienne la prochaine reine.

Il a posé son bras sur le tronc auquel nous étions adossés et il a continué :

— Elle est partie peu après pour rencontrer Ren, signer les documents et célébrer les fiançailles. Elle n'est restée avec lui que quelques heures, mais le voyage a duré huit jours. Ç'a été la plus longue semaine de ma vie. Ensuite elle est revenue l'attendre au palais. (Il a planté ses yeux dorés dans les miens.) Elle a patienté pendant trois mois. J'ai tenté de l'éviter de mon mieux, mais elle était seule et il fallait que quelqu'un l'accompagne quand elle se promenait dans le domaine. J'ai accepté avec réticence, pensant que j'arriverais à tenir mes sentiments en bride. Je me suis dit qu'elle serait bientôt ma sœur et que c'était une bonne chose que je l'apprécie, mais plus j'apprenais à la connaître, plus mes sentiments pour elle étaient profonds, et plus mon dépit grandissait. Un soir, alors que nous flânions dans les jardins, elle a avoué qu'elle regrettait que je ne sois pas son fiancé. J'exultais ! J'ai tenté de la prendre dans mes bras, mais elle m'a repoussé. Elle était très stricte. Elle avait même un chaperon qui nous surveillait de loin. Elle m'a supplié d'attendre et m'a promis de chercher une solution avec moi pour que nous puissions être réunis. J'étais fou de joie et déterminé à faire tout ce qui était en mon pouvoir pour qu'elle soit mienne.

Je lui ai donné ma main. Il l'a serrée et a poursuivi son récit.

— Elle m'a dit qu'elle avait essayé d'étouffer ses sentiments pour le bien de la famille et du royaume, mais qu'elle ne pouvait pas s'empêcher de m'aimer. Moi, et non Ren. Pour la première fois de ma vie, c'était moi l'élu. Nous étions très jeunes, Yesubaï et moi, et très amoureux. À mesure que la date du retour de Ren se rapprochait, elle a cédé au désespoir et m'a supplié de parler à son père. Cela allait contre toutes les convenances, bien sûr, mais j'étais fou d'amour et déterminé à la rendre heureuse.

— Comment a réagi son père ?

— Il a accepté de m'accorder sa main sous certaines conditions.

— C'est alors que tu as organisé la capture de Ren, hein ?

Il a grimacé.

— Oui. Dans mon esprit, Ren était un obstacle dressé entre Yesubaï et moi. Pour ma défense, on m'avait dit que des soldats l'escorteraient jusqu'au palais du père de Yesubaï et que nous y signerions de nouveaux arrangements concernant le mariage. Évidemment, les choses ne se sont pas déroulées comme prévu.

— Qu'est-il arrivé à Yesubaï ?

— Un accident, a-t-il répondu d'une voix étouffée. Elle a été frappée et elle s'est brisé la nuque en tombant. Elle est morte dans mes bras.

J'ai étreint ses doigts.

— Je suis désolée, Kishan.

Je n'étais pas certaine de vouloir connaître la réponse à ma question, mais j'ai décidé de la poser quand même.

— Kishan, un jour, j'ai demandé à M. Kadam si Ren aimait Yesubaï. Sa réponse n'a pas été très claire.

Kishan a lâché un rire amer.

— Ren aimait l'idée qu'il se faisait d'elle. Yesubaï était belle, désirable, elle aurait fait une formidable compagne et une grande reine, mais il ne la connaissait pas vraiment. Dans ses lettres, il insistait pour l'appeler Baï et pour qu'elle l'appelle Ren. Elle détestait cela. Elle estimait que les diminutifs, c'était bon pour les castes inférieures.

Au début, je me suis sentie soulagée. Et puis je me suis rappelé la description que Kishan avait faite de Yesubaï. Mal connaître une fille ne signifiait pas qu'on ne pouvait pas la désirer. Ren pouvait très bien éprouver encore des sentiments pour cette fiancée perdue.

Un léger frémissement a parcouru le bras de Kishan. Il allait se métamorphoser en tigre.

— Merci d'être resté avec moi, Kishan. J'ai encore tant de questions à te poser. Dommage qu'on ne puisse pas parler plus longtemps.

— Je ne bougerai pas d'ici jusqu'au retour de Ren. Peut-être pourrons-nous poursuivre la conversation demain.

— J'en serai ravie.

Il s'est changé en tigre noir et s'est cherché un coin confortable pour dormir pendant que j'écrivais dans mon journal.

La mort de Yesubaï me causait beaucoup de peine. Au lieu d'écrire, j'ai fini par griffonner un dessin des deux tigres avec une jolie fille aux cheveux longs entre eux. J'ai relié les trois personnages par une ligne et j'ai soupiré. Il était difficile d'exprimer ses émotions sur le papier sans les avoir au préalable démêlées dans sa tête.

Ren n'est pas revenu de la journée et Kishan a dormi tout l'après-midi. Je suis passée à côté de lui bruyamment à plusieurs reprises mais il ne se réveillait pas.

— Tu parles d'un protecteur! ai-je marmonné. Je pourrais m'échapper dans la jungle, il ne s'en rendrait même pas compte.

Le gros félin a soufflé légèrement, sans doute pour me faire comprendre qu'il me surveillait, même s'il continuait sa sieste.

J'ai lu jusqu'au soir. Ren me manquait. Même quand il était sous sa forme de tigre, j'avais toujours l'impression qu'il m'écoutait et qu'il me parlerait s'il le pouvait.

Après le dîner, j'ai tapoté la tête de Kishan et je me suis retirée dans la tente pour dormir. Tandis que je calais ma tête sur mes avant-bras, je n'ai pas pu m'empêcher de remarquer le grand vide que laissait l'absence de Ren à côté de moi.

Les quatre journées suivantes se sont déroulées de la même manière. Kishan allait patrouiller dans les parages, puis il revenait s'asseoir à côté de moi au moment du déjeuner. Ensuite, il se changeait en homme et il m'autorisait à l'accabler de questions au sujet de la vie au palais et de la culture de son peuple.

Au matin du cinquième jour, Kishan a brisé notre routine. Il s'est changé en homme sitôt que je suis sortie de la tente.

— Kelsey, je m'inquiète au sujet de Ren. Il est parti depuis trop longtemps et je n'ai pas repéré son odeur pendant mes rondes. J'ai peur qu'il ne lui soit arrivé malheur. Il n'a pas chassé depuis qu'il a été capturé, il y a plus de trois cents ans.

— Tu crois qu'il est blessé ?

— C'est possible. Mais rappelle-toi que nous guérissons vite. Il n'y a pas beaucoup de bêtes par ici qui oseraient s'attaquer à un tigre. En revanche, il y a des braconniers et des pièges. Je vais aller à sa recherche.

— Tu penses pouvoir le retrouver facilement ?

— S'il est malin, il sera resté près de la rivière. La plupart des troupeaux se rassemblent au bord de l'eau. En parlant de nourriture, j'ai remarqué que tes réserves baissaient. Cette nuit, pendant que tu dormais, j'ai vu M. Kadam à son campement près de la route et j'ai rapporté d'autres sachets-repas.

Il m'a montré un sac près de la tente.

— Tu as dû le porter dans ta gueule pendant tout ce trajet ? Merci.

Il a souri.

— Ç'a été un plaisir, ma belle.

J'ai ri.

— Mieux vaut porter un sac à dos entre tes dents pendant plusieurs kilomètres que d'avoir celles de Ren plantées dans le dos, hein ? Il ne serait sûrement pas très content si je mourais de faim.

Il a froncé les sourcils.

— Je l'ai fait pour toi, Kelsey, pas pour lui.

J'ai posé la main sur son bras.

— Eh bien, je te remercie.

— *Aap ke liye*. Je ferais n'importe quoi pour toi !

— Tu as expliqué à M. Kadam qu'on serait un peu en retard ?

— Oui, je lui ai exposé la situation. Ne t'inquiète pas pour lui. Il est confortablement installé et il attendra aussi longtemps que nécessaire. À présent, mets un peu de nourriture et de l'eau dans un sac. Je t'emmène avec moi. Ça ne me dérangerait pas de te laisser là, mais Ren prétend que tu t'attires des ennuis chaque fois qu'on te laisse seule. (Il m'a touché le nez.) Est-ce vrai, *bilauta* ? J'ai du mal à imaginer qu'une jeune fille aussi charmante s'attire des ennuis.

— Je ne les attire pas, ce sont eux qui me trouvent.

Il a éclaté de rire.

— Je sais ce que vous pensez, vous, les tigres, mais figurez-vous que je sais très bien m'occuper de moi, ai-je répliqué d'un ton un peu boudeur.

— Peut-être que nous, les tigres, on est ravis de veiller sur toi.

Nous avons pris un chemin qui montait vers le haut de la cascade. La pente était raide mais régulière. Mes jambes ont commencé à protester quand nous avons atteint le sommet. Kishan m'a laissée me reposer cinq minutes. J'ai admiré le panorama et distingué notre petit campement en bas, dans la clairière.

Nous avons suivi la rivière jusqu'à un gros tronc jeté en travers. Le courant avait arraché l'écorce, si bien qu'il était lisse et glissant. L'eau éclaboussait ce pont de fortune.

Kishan a bondi dessus et l'a traversé sans hésiter. L'arbre bougeait sous son poids mais il semblait assez stable. Il a atterri avec légèreté de l'autre côté et il s'est retourné pour me regarder. J'ai pris mon courage à deux mains et j'ai mis un pied devant l'autre.

J'ai hurlé :

— Kishan ! Tu as pensé que marcher sur un tronc d'arbre était plus facile pour un tigre avec des griffes que pour une fille avec un gros sac à dos et des baskets ? Si je tombe, j'espère que tu es prêt à nager !

Arrivée saine et sauve de l'autre côté, j'ai poussé un soupir de soulagement. Au bout d'environ cinq kilomètres, Kishan a enfin repéré l'odeur de son frère. Nous avons suivi sa piste pendant deux heures. Ensuite, j'ai fait une pause tandis qu'il partait en éclaireur.

Il est revenu une demi-heure plus tard.

— Il y a un troupeau d'antilopes dans une clairière, à moins d'un kilomètre. Ren les traque sans succès depuis trois jours. Ces animaux sont extrêmement rapides. En général, les tigres choisissent les jeunes ou les blessés, mais il n'y a que des adultes dans ce groupe. Ils sont nerveux parce qu'ils savent que Ren est après eux. Ils restent blottis les uns contre les autres, ce qui lui complique la tâche. Et puis, il commence à être très fatigué. Je vais te conduire en lieu sûr, à l'abri du vent, et tu pourras te reposer pendant que je l'aiderai.

J'ai remis mon sac sur mon épaule. Nous nous sommes enfoncés sous les arbres, puis nous avons grimpé au sommet d'une colline. Kishan s'est arrêté plusieurs fois en cours de route pour renifler l'air. Plusieurs centaines de mètres plus haut, il m'a déniché un coin protégé et il est allé rejoindre son frère.

Je n'ai pas tardé à m'ennuyer ferme. Je ne voyais pas grand-chose de là où j'étais assise.

Je commençais à avoir des fourmis dans les jambes, alors j'ai décidé de marcher un peu pour essayer de me repérer et explorer le secteur. J'ai mémorisé les formations rocheuses et j'ai utilisé ma boussole pour ne pas me perdre.

En grimpant encore plus haut, j'ai aperçu un rocher en surplomb à l'ombre d'un gros arbre. Je suis montée dessus et la vue m'a époustouflée. Je me suis assise, les jambes croisées. La rivière serpentait en contrebas. Je me suis adossée à un tronc et j'ai profité de la brise.

Une vingtaine de minutes plus tard, un mouvement a attiré mon attention. Un animal a émergé des bosquets tout en bas, suivi de plusieurs autres. Au début, j'ai cru que c'était des cerfs, puis j'ai pensé qu'il s'agissait sans doute des antilopes dont Kishan avait parlé. Je me suis demandé si elles appartenaient au troupeau que Ren et Kishan pistaient. Elles avaient le dos et la tête noirs et le reste du corps blanc. Elles avaient aussi le menton blanc et des cercles blancs autour de leurs grands yeux bruns.

Les mâles arboraient deux longues cornes torsadées plantées sur leur front comme des antennes de télé.

Elles ont bu dans la rivière en agitant la queue tandis que les plus gros mâles montaient la garde. Les femelles devaient mesurer un peu plus d'un mètre cinquante et les mâles, cornes incluses, une cinquantaine de centimètres de plus. En les observant, j'ai commencé à me sentir nerveuse.

« Pas étonnant que Ren ait du mal à en attraper une. »

Le troupeau semblait se détendre et quelques antilopes se sont mises à brouter. J'ai espéré voir Ren dans les arbres, mais il n'était nulle part. J'ai contemplé la scène un long moment. Ces animaux étaient superbes.

L'attaque a été fulgurante. Ç'a été la débandade dans le troupeau. Kishan a traversé le paysage comme un éclair noir. Il avait choisi un mâle qui courait à toute vitesse dans une direction opposée à ses congénères. Soit c'était une grossière erreur, soit c'était un acte d'une immense bravoure pour éloigner le prédateur du groupe.

Kishan l'a pourchassé en direction d'un bosquet. Il lui a planté ses griffes dans les flancs et ses crocs dans le dos. À cet instant, Ren a jailli des arbres. Il a attaqué l'animal par le côté et lui a mordu une patte avant. À force de se tortiller furieusement, l'antilope a réussi à se débarrasser de Kishan. Le tigre noir s'est aussitôt relevé pour contourner l'animal et guetter l'occasion de bondir de nouveau sur lui.

L'antilope a pointé ses longues cornes vers Ren. Le tigre blanc allait et venait devant sa proie. L'animal est resté concentré en position défensive. Ses oreilles tressautaient : il écoutait Kishan qui s'était glissé furtivement derrière lui.

Kishan a sauté et donné un grand coup de patte sur la croupe de l'animal, un coup si puissant qu'il l'a jeté par terre. Aussitôt, Ren a sauté pour mordre la proie au cou. L'antilope s'est débattue, s'efforçant de se relever, mais les deux tigres avaient l'avantage.

J'ai cru plusieurs fois qu'elle allait s'échapper. À un moment, elle a réussi à s'éloigner de quelques pas. Essoufflée, elle a regardé les tigres s'approcher lentement. Elle a frémi et s'est mise à boitiller en attendant la prochaine attaque. Les tigres l'ont clouée au sol.

Je pensais que ça irait vite, mais Ren et Kishan semblaient vouloir épuiser la bête. Eux aussi bougeaient avec lassitude. On aurait dit qu'ils avaient dépensé toute leur énergie dans la poursuite. Achever la proie était un détail.

L'antilope s'est battue vaillamment. Les deux tigres n'ont pas été épargnés par ses coups de sabot. Mais ils ont fini par refermer leurs mâchoires sur elle jusqu'à ce qu'elle cesse de bouger.

Quand ç'a été terminé, Ren et Kishan se sont reposés. L'effort qu'ils avaient fourni les avait laissés pantelants. Kishan a mangé le premier. J'ai essayé de détourner les yeux. Je ne voulais pas regarder, mais ç'a été plus fort que moi. C'était fascinant.

Les griffes plantées dans l'antilope, Kishan a enfoncé profondément ses crocs dans la chair. En utilisant la puissance de sa mâchoire, il a arraché un morceau de viande fumante et dégoulinante de sang. Ren l'a imité. C'était horrible, écœurant… J'en avais des frissons dans le dos, mais je n'arrivais pas à détourner les yeux.

À la fin du repas, les frères ont bougé lentement, comme s'ils étaient drogués ou somnolents. Ils se sont allongés près de leur proie, en y retournant à l'occasion pour lécher les parties les plus juteuses. Un nuage noir de grosses mouches est descendu du ciel. Elles devaient être des centaines à bourdonner autour du cadavre.

J'imaginais les insectes se posant sur l'animal et sur les visages ensanglantés de Ren et Kishan. C'est là que j'ai craqué et que j'ai enfin cessé de regarder.

J'ai ramassé mon sac à dos et je me suis laissée glisser le long de la pente rugueuse. Il ne m'a fallu que quelques minutes pour atteindre le pied de la butte. Je me suis dirigée vers notre campement, plus anxieuse à l'idée de croiser les deux tigres que de me perdre. Je n'étais pas sûre de pouvoir soutenir leur regard après avoir assisté à leur festin.

Dans deux heures, il ferait nuit. Alors je n'ai pas traîné. J'ai réussi à traverser la rivière sur le tronc d'arbre avant le coucher du soleil. J'ai ralenti sur les derniers kilomètres. Des nuages de pluie étaient apparus dans le crépuscule. Des gouttelettes m'ont cinglé le visage. Le sentier est vite devenu mouillé et glissant mais la véritable averse ne s'est abattue qu'à mon retour au campement.

Je me suis demandé si la pluie était en train de tomber sur les tigres et j'ai pensé que c'était sans doute une bonne chose car elle laverait leurs museaux ensanglantés et éloignerait les mouches. J'ai réprimé un frisson.

À cet instant, la perspective de manger me dégoûtait. Je suis rentrée sous ma tente et j'ai fredonné les chansons entraînantes du *Magicien d'Oz* pour m'ôter de la tête les images atroces de la chasse. J'espérais que cela m'aiderait à m'endormir. Ça s'est retourné contre moi. Après avoir enfin trouvé le sommeil, j'ai rêvé que le lion peureux arrachait des lambeaux de chair sur le cadavre de Dorothée.

16

Le rêve de Kelsey

Dorothée et Toto m'ont inspiré d'autres rêves angoissants. Seule, perdue, je courais dans l'obscurité. Je n'arrivais pas à trouver Ren et une créature méchante me poursuivait. Il fallait que je me sauve. De drôles de doigts tiraient sur mes vêtements et mes cheveux. Ils me griffaient la peau en essayant de me faire dévier de mon chemin. Je savais que si je me laissais faire, ils me piégeraient et me tueraient.

Après un virage, j'ai débouché dans une vaste salle. Là j'ai vu un homme au visage sinistre, vêtu d'un long manteau couleur améthyste, penché au-dessus d'un autre homme attaché à une grande table. Depuis l'ombre du seuil, je l'ai regardé lever un couteau à lame recourbée. Il psalmodiait tout bas dans une langue que je ne comprenais pas.

Il fallait que je libère ce captif. Je me suis jetée sur l'homme au couteau et j'ai tiré sur son bras en essayant de lui arracher son arme. Ma main s'est mise à brûler, à rougeoyer, et des étincelles ont crépité.

— Non, Kelsey ! Arrête !

En baissant les yeux sur l'autel, j'ai retenu mon souffle. C'était Ren ! Le corps lacéré et ensanglanté, il avait les poings liés au-dessus de la tête.

— Kells… va-t'en ! Sauve-toi ! Je fais ça pour qu'il ne te retrouve pas.

— Non ! Je ne te laisserai pas te sacrifier ! Ren, change-toi en tigre. Fuis !

Il a secoué violemment la tête en criant :

— Durgâ ! J'accepte ! Allez-y, maintenant !

— Quoi ? Qu'est-ce que tu attends de Durgâ ?

L'homme menaçant s'est remis à chantonner, plus fort. Mes ridicules efforts pour l'arrêter étaient vains. Il a brandi la lame et l'a plongée dans le cœur de Ren. J'ai hurlé. Nos deux cœurs à l'unisson étaient animés de battements saccadés. Puis le sien a ralenti. À chaque pulsation, sa force diminuait. Il s'est essoufflé, puis il s'est arrêté complètement.

Les larmes ruisselaient sur mon visage. Je ressentais une souffrance intolérable. J'ai regardé le sang de Ren couler sur la table et former une flaque sur le sol carrelé. Submergée par l'émotion, je suis tombée à quatre pattes.

Sans Ren, vivre m'était impossible. Je me noyais dans le chagrin, je ne pouvais plus respirer. Il ne me restait plus assez de volonté pour lutter. Plus rien ne me poussait à remonter à la surface, à m'élever au-dessus de la douleur. Rien ne pouvait me rendre à la vie.

La pièce a disparu et je me suis retrouvée de nouveau dans le noir. Le rêve a changé. Cette fois, je portais une robe dorée et des bijoux somptueux. Assise dans un fauteuil au centre d'une estrade, je baissais les yeux sur Ren qui était debout face à moi. Je lui ai souri et tendu la main, mais c'est Kishan qui l'a prise et qui s'est assis à côté de moi.

J'ai jeté un regard confus à Kishan. Il souriait à son frère d'un air suffisant. Ce dernier bouillait de rage et me considérait avec une haine et un mépris cinglants.

J'ai voulu dégager ma main de celle de Kishan, mais il refusait de la libérer. Ren s'est changé en tigre et il a fui dans la jungle. Je lui ai hurlé de revenir. Il ne m'entendait pas. La colère le rendait sourd à mes appels.

Le vent fouettait les tentures blanc cassé et des nuages d'orage s'amoncelaient, poussés par les rafales. Ils ont enveloppé les arbres et assombri le ciel. La foudre a frappé à plusieurs endroits. J'ai perçu l'écho d'un rugissement puissant. C'était le choc dont j'avais besoin pour me secouer. J'ai arraché ma main à la poigne de Kishan et j'ai couru dans la tempête.

La pluie martelait le sol, ralentissant ma progression. Mes belles sandales dorées s'enfonçaient dans la boue épaisse et j'ai fini par les perdre. Je ne trouvais Ren nulle part. J'ai écarté mes cheveux dégoulinants de mon front en criant :

— Ren ! Ren ! Où es-tu ?

La foudre a frappé un arbre près de moi. Des fragments d'écorce ont volé dans toutes les directions tandis que le tronc se fendait. Il s'est effondré sur moi. Ses branches me clouaient au sol et me tenaient prisonnière.

— Ren !

Des rigoles de pluie boueuse convergeaient vers moi. À force de me tortiller, j'ai réussi à dégager mon corps meurtri. La robe dorée était déchirée et ma peau couverte d'égratignures.

— Ren ! S'il te plaît, reviens ! J'ai besoin de toi !

Glacée, tremblante, j'ai continué à courir dans la jungle, trébuchant sur des racines et m'empêtrant dans des buissons pleins d'épines. Je zigzaguais entre les arbres en criant. Je le suppliais désespérément :

— Ren, s'il te plaît, ne me laisse pas !

J'ai repéré une forme blanche qui bondissait dans les fourrés et j'ai puisé dans ce qu'il me restait d'énergie pour la rattraper. Ma robe s'est prise dans un buisson, mais, déterminée à rejoindre le tigre, j'ai continué d'avancer.

Je me suis frayé un passage dans les broussailles en suivant le sentier illuminé par les éclairs. Malgré l'odeur âcre de bois brûlé qui me piquait les narines, je n'avais pas peur. Je sentais qu'ils me guidaient vers Ren. Je l'ai trouvé étendu sur le sol, sa fourrure blanche pleine de brûlures. La foudre s'était abattue sur lui à de multiples reprises. C'était ma faute.

J'ai caressé les poils soyeux de sa tête et de son cou en pleurant.

— Ren, je ne voulais pas. Je ne comprends pas comment c'est arrivé…

Il s'est changé en homme et a murmuré :

— Tu as perdu foi en moi, Kelsey.

J'ai secoué la tête. Les larmes coulaient sur mes joues.

— Non, c'est faux ! Jamais je n'ai cessé de croire en toi !

Il n'arrivait pas à me regarder dans les yeux.

— *Iadala*, tu m'as quitté.

J'ai jeté mes bras autour de son cou, désespérée.

— Non, Ren ! Je ne te quitterai jamais !

— Mais si. Tu t'es éloignée. Était-ce trop te demander de m'attendre ?

Je sanglotais.

— Mais… je ne savais pas… Je ne savais pas…

— C'est trop tard maintenant, *priyatama*. Cette fois, c'est moi qui te quitte.

Il a fermé les paupières et il s'est arrêté de respirer.

J'ai secoué son corps inerte.

— Non. Non ! Ren, reviens ! Je t'en prie, reviens !

Les gouttes de pluie se mêlaient à mes larmes et brouillaient ma vision. Je me suis frotté les yeux d'un geste rageur et, quand j'ai rouvert les paupières, Ren était entouré de corps sans vie. Il y avait mes parents, ma grand-mère et M. Kadam. Tous gisaient par terre. J'étais seule et cernée par la mort.

— Non ! C'est impossible ! C'est impossible !

Une angoisse proche de la panique m'a paralysée. Épaisse et visqueuse, elle suintait de mon cœur et se répandait dans mes membres. Je me sentais lourde, accablée, et si seule. Je tenais Ren serré contre moi et je le berçais, cherchant en vain du réconfort dans le mouvement de nos deux corps enlacés.

Soudain, je me suis rendu compte que je n'étais plus seule. En réalité, ce n'était pas moi qui berçais Ren, mais quelqu'un d'autre qui me berçait, moi. J'ai compris peu à peu que j'avais fait un horrible cauchemar dont les images atroces continuaient de me hanter.

Mon visage était baigné de vraies larmes et un orage grondait bel et bien dehors. Le vent s'engouffrait entre les arbres et une pluie battante pilonnait ma toile de tente. Un éclair a brièvement illuminé la clairière. J'ai distingué des cheveux humides et sombres, une peau dorée et une tunique blanche.

— Ren ?

Il a essuyé les larmes sur mes joues avec ses pouces.

— Chhh, Kelsey. Je suis là. Je ne te laisserai pas, *priya. Mein yaha hoon.*

Le soulagement m'a envahie. Étouffant un sanglot, j'ai passé mes bras autour de son cou. Il s'est glissé au fond de la tente pour se mettre à l'abri de la pluie et il m'a attirée sur ses genoux. Puis il m'a caressé les cheveux en me serrant fort contre lui.

— Chut, calme-toi, a-t-il murmuré. *Mein aapka raksha karunga*. Je suis là. Je ne laisserai rien t'arriver, *priyatama*.

Peu à peu, le cauchemar s'est estompé. Après quelques minutes, je me sentais beaucoup mieux, mais j'ai choisi de ne pas bouger et de continuer de profiter de la sensation délicieuse de ses bras autour de moi.

Ce rêve m'a permis de comprendre à quel point la solitude me pesait. Depuis la mort de mes parents, plus personne ne m'avait tenue ainsi. Bien sûr, je donnais l'accolade à mes tuteurs et à leurs enfants, toutefois ce n'était pas pareil. Avant

Ren, personne n'avait réussi à percer mes défenses et à éveiller en moi des émotions aussi puissantes.

C'est alors que j'ai su qu'il m'aimait. Mon cœur s'est ouvert à lui. J'avais de l'affection pour le tigre, et je lui faisais confiance depuis longtemps. Mais le jeune homme avait encore plus besoin de mon amour. Ren attendait d'être aimé depuis des siècles. Je me suis blottie contre lui jusqu'à ce que les vingt-quatre minutes pendant lesquelles il disposait de sa forme humaine se soient écoulées.

— Merci, lui ai-je soufflé à l'oreille. Je suis heureuse que tu sois entré dans ma vie. S'il te plaît, reste dans la tente avec moi. Il n'y a aucune raison pour que tu dormes dehors.

Je l'ai embrassé sur la joue et je me suis rallongée en étendant ma couverture sur moi. Ren s'est changé en tigre et s'est couché. Je me suis pelotonnée contre son dos et j'ai sombré dans un sommeil paisible et sans rêves malgré l'orage qui se déchaînait au-dehors.

Le lendemain à mon réveil, je me suis étirée et j'ai rampé hors de la tente. La pluie s'était évaporée au soleil et la jungle s'était transformée en hammam. Des branches et des feuilles arrachées par le vent jonchaient le sol. Il ne restait de notre feu qu'un fossé plein d'eau boueuse mélangée à des cendres et des bouts de bois calcinés.

La cascade était encore plus impétueuse que d'habitude. Des débris flottaient dans l'eau trouble du bassin.

— Bon, il n'y aura pas de bain aujourd'hui, ai-je dit à Ren en guise de bonjour.

— Aucune importance. Nous allons rejoindre M. Kadam. Il est temps que nous reprenions la route, a-t-il annoncé.

— Et Kishan ? On ne peut pas le convaincre de nous accompagner ?

— Kishan a été très clair. Il souhaite rester ici et je ne vais pas le supplier. Il revient rarement sur ses décisions.

— Mais, Ren…

— Il n'y a pas de mais qui tienne.

Il s'est approché de moi et a tiré doucement sur ma tresse en souriant. Puis il m'a embrassée sur le front. Ce qui s'était passé entre nous pendant l'orage avait effacé le souvenir de notre brouille. J'étais heureuse qu'il soit de nouveau mon ami.

— Allez, Kells. On plie bagage.

Il ne nous a fallu que quelques minutes pour rouler la tente et tout ranger dans le sac à dos. J'étais soulagée à l'idée de revoir M. Kadam et de retrouver la civilisation, mais quitter Kishan de cette façon ne me plaisait pas. Je n'avais même pas eu l'occasion de lui dire au revoir.

En partant, je suis passée à côté des buissons en fleurs pour le plaisir de voir les papillons s'envoler. Il y en avait moins qu'à notre arrivée. Ils s'accrochaient aux branches détrempées en agitant doucement leurs ailes au soleil pour les sécher. Quelques-uns ont décollé et Ren a attendu patiemment pendant que je les admirais. J'ai soupiré lorsque nous avons entamé la marche en direction de la route. Même si je détestais la randonnée et le camping, cet endroit était spécial.

Comme d'habitude, le tigre ouvrait la voie et je traînais les pieds derrière lui. J'essayais d'éviter ses empreintes de pattes boueuses et de marcher sur du sol plus sec. Pour tuer le temps, je lui ai raconté une partie de ma conversation avec Kishan, en particulier notre discussion sur la vie au palais. Je lui ai dit aussi que son frère avait porté un sac de nourriture dans sa gueule de la route à notre camp pour que je ne meure pas de faim.

En revanche, je ne lui ai pas rapporté ce que Kishan m'avait dit à propos de Yesubaï. D'abord je ne voulais pas que Ren pense à elle. Ensuite, il me semblait que c'était à Kishan de mettre lui-même les choses à plat avec son frère. À la place, j'ai babillé au sujet de la jungle, des collines, du spectacle de la chasse auquel j'avais assisté pour tromper mon ennui…

Soudain, Ren s'est changé en homme et il m'a prise par les épaules.

— Tu as vu quoi ?

Confuse, j'ai répété :

— Ben… la chasse. Je croyais que tu le savais. Kishan ne t'a rien dit ?

Il a serré les dents.

— Non.

Je me suis écartée pour marcher sur des pierres.

— Oh. Bon, ce n'est pas grave. Je vais bien. J'ai réussi à rentrer au campement, c'est le principal.

Ren m'a agrippé le bras et m'a tournée face à lui.

— Kelsey, es-tu en train de me dire que non seulement tu as regardé la chasse, mais qu'en plus tu es retournée au campement seule ?

Il était dans une colère noire.

— Oui, ai-je répondu d'une petite voix.

— La prochaine fois que je vois Kishan, je le tue. (Il a pointé l'index sous mon nez.) Tu aurais pu te perdre ou… te faire dévorer ! Tu n'as aucune idée de toutes les créatures dangereuses qui vivent dans la jungle. À partir de maintenant, je ne te quitte plus des yeux !

Il m'a prise par la main et m'a tirée derrière lui. Il fulminait et marchait d'un pas raide.

— Ren, je ne comprends pas. Vous n'avez pas discuté, Kishan et toi, après votre… repas ?

— Non, a-t-il grommelé. Nous sommes partis chacun de notre côté. Je suis rentré droit au campement. Kishan s'est attardé autour de la… de la nourriture. Je suppose que je n'ai pas repéré ton odeur à cause de la pluie.

— Alors, si ça se trouve, Kishan est en train de me chercher. Peut-être qu'on devrait faire demi-tour.

— Non. Ça lui fera les pieds. Sans piste à flairer, il va sûrement lui falloir un bout de temps pour s'apercevoir qu'on est partis ! a-t-il ajouté avec un petit rire venimeux.

— Ren, tu devrais y retourner. Il t'a aidé à chasser. C'est le moins que tu puisses faire.

— Kelsey, il n'en est pas question. C'est un gros tigre, il peut très bien se débrouiller tout seul. Et puis je m'en sortais parfaitement sans lui.

— Non. J'ai tout vu, tu te rappelles ? Il t'a aidé à tuer l'antilope. Kishan m'a dit que tu n'avais pas chassé depuis plus de trois siècles. C'est pour ça qu'on est allés dans la jungle. Il savait que tu avais besoin de lui.

Ren s'est renfrogné mais il n'a pas répondu. Je me suis arrêtée.

— Accepter de l'aide n'est pas un signe de faiblesse, Ren.

Il s'est contenté de grogner.

— Ren, qu'est-ce qui t'est arrivé exactement, il y a trois cents ans ?

Les sourcils froncés, il continuait de bouder. Je lui ai donné un petit coup de coude en lui souriant. Son expression revêche a fini par fondre et la tension s'est relâchée dans ses épaules. Il a soupiré en passant la main dans ses cheveux.

— C'est beaucoup plus facile de chasser pour un tigre noir que pour un tigre blanc, m'a-t-il expliqué. Question de camouflage. Autrefois, quand j'étais affamé, il m'arrivait de m'aventurer dans les villages pour emporter une chèvre ou un mouton. Je faisais attention mais les rumeurs circulent vite. Les fermiers ont commencé à traquer un tigre blanc. Ils sont venus en force. Il y avait aussi des chasseurs de gros gibier excités à l'idée de capturer un animal exotique. Ils ont abattu nombre de créatures innocentes et ils ont truffé la jungle de pièges. Dès que j'en trouvais un, je le désamorçais. Jusqu'au jour où j'ai commis une erreur stupide. Il y en avait deux côte à côte et je n'ai prêté attention qu'au moins discret des deux, le traquenard classique : de la viande accrochée au-dessus d'un trou.

« J'étais en train de chercher un moyen d'atteindre la viande quand j'ai marché sur un dispositif ingénieusement dissimulé. Une pluie de pieux et de flèches m'est tombée dessus. J'ai bondi sur le côté pour éviter un pieu, la terre sous ma patte a cédé et je me suis retrouvé au fond du trou.

— Tu as été blessé ? ai-je demandé d'un ton anxieux.

— Oui, plusieurs flèches m'ont touché, mais j'ai vite guéri. Heureusement que le fond du fossé n'était pas hérissé de tiges de bambou ! Cela dit, il était assez profond pour que je ne puisse pas m'échapper.

— Et ensuite ?

— On m'a trouvé au bout de quelques jours et vendu à un collectionneur privé. Il avait une ménagerie originale. Comme je n'étais pas assez docile à son goût, il m'a revendu à quelqu'un d'autre, qui m'a lui-même revendu… J'ai fini par atterrir dans un cirque russe et, après ça, je suis passé de cirque en cirque. Dès que mes propriétaires commençaient à avoir des doutes sur mon âge ou que je me révoltais contre les mauvais traitements qu'ils m'infligeaient, ils se débarrassaient de moi.

L'histoire de Ren m'a fendu le cœur. Je me suis écartée pour contourner un tronc couché et, quand je suis revenue à ses côtés, ses doigts ont enlacé les miens.

— Pourquoi M. Kadam ne t'a-t-il pas racheté lui-même ?

— Il n'y arrivait pas. Il y avait toujours un obstacle. C'était incompréhensible. Chaque fois qu'il proposait de m'acquérir, mes propriétaires refusaient de vendre. Une fois, il a envoyé des gens à sa place : ça n'a pas marché non plus. Il a même engagé des voleurs, mais ils se sont fait arrêter ! Nous étions les jouets de la malédiction. Plus il intervenait, plus ma situation empirait. Il a fini par se contenter d'influencer des acheteurs potentiels qui nourrissaient un intérêt sincère pour moi. C'était la seule chose qu'il pouvait faire pour améliorer mes conditions de vie.

« Il a fait en sorte que je change de mains assez souvent pour que les gens ne remarquent pas mon âge. Il me rendait visite de temps en temps pour me dire comment le contacter, au cas où. Il n'a jamais cessé de chercher une solution pour briser la malédiction. Il y a consacré sa vie. Ses visites étaient tout pour moi. Je crois que j'aurais perdu mon humanité sans lui.

Perdu dans ses réflexions, Ren a chassé un moustique sur sa nuque d'un geste distrait.

— Moi, au début, j'ai cru que ce serait facile de m'échapper. Il me suffirait d'attendre que la nuit tombe pour tirer les verrous de ma cage. Mais sitôt que j'ai été capturé, je suis resté prisonnier de ma forme de tigre. Je ne pouvais plus me changer en homme – jusqu'à ce que ta route croise la mienne.

Il a soulevé une branche à hauteur de mon visage pour me frayer un chemin.

— C'était comment, la vie dans les cirques ?

J'ai trébuché sur une pierre et il m'a rattrapée en glissant un bras autour de ma taille. Il l'a ensuite ôté avec réticence pour me reprendre par la main.

— Ennuyeux, en général. Parfois mes maîtres étaient cruels et je recevais des coups de fouet ou de bâton. Cela dit, j'avais la chance de guérir vite et j'étais assez intelligent pour exécuter les tours que certains de mes congénères refusaient d'apprendre. Aucun félin n'a envie de sauter à travers un cerceau en feu ou d'avoir la tête d'un homme entre les mâchoires. Les tigres détestent le feu, si bien qu'il faut les mater jusqu'à ce qu'ils aient plus peur de l'homme que des flammes.

— C'est horrible !

— Les dresseurs n'étaient pas tendres, à l'époque. Les animaux étaient enfermés dans des cages trop petites. Les familles étaient séparées et les bébés vendus. La nourriture était infecte, les cages dégoûtantes. On traînait les animaux de ville en ville et on les laissait dormir dehors dans des climats auxquels ils n'étaient pas adaptés. Ils ne survivaient pas longtemps. Aujourd'hui, c'est un peu différent. On se soucie plus de leur santé et de leur qualité de vie. Cependant, la captivité reste la captivité, que ta cage soit jolie ou pas. Cette expérience m'a permis de penser autrement mes relations avec les animaux, surtout les éléphants et les chevaux. Mon père possédait des milliers d'éléphants entraînés au combat ou utilisés comme bêtes de somme. J'avais aussi un étalon que j'adorais monter. Je songeais à lui tandis que je restais assis dans ma cage, jour après jour. Je me demandais s'il ressentait la même chose que moi. Je l'imaginais dans son box, en proie à l'ennui, attendant pendant des heures que je vienne le sortir.

Ren a serré ma main et, subitement, il s'est changé en tigre.

J'ai frémi en repensant à ses confidences. Il avait subi des traitements terribles – et cela durant plusieurs siècles !

Après avoir marché en silence pendant environ une heure, j'ai repris la parole.

— Ren ? Il y a un truc que je ne pige pas. Où était Kishan ? Pourquoi il ne t'a pas aidé à t'enfuir ?

Ren a bondi par-dessus une souche et s'est transformé en plein vol. Il est souplement retombé sur ses deux jambes. J'ai tendu la main pour qu'il m'aide à grimper sur la souche. Il a sauté dessus et, se penchant, il m'a prise par la taille.

Je n'ai pas eu le temps de protester. Il me soulevait comme

si je ne pesais pas plus lourd qu'une plume. Il m'a serrée contre lui avant de me reposer. J'en avais le souffle coupé. Il m'a regardée dans les yeux et un lent sourire a illuminé son visage. J'ai glissé ma main tremblante dans sa paume chaude et nous sommes repartis.

— En ce temps-là, Kishan et moi, nous nous évitions autant que possible. Il n'a appris ce qui m'était arrivé que lorsque M. Kadam l'a retrouvé. Il était alors trop tard pour agir et M. Kadam l'a persuadé de rester caché. Mais tout a changé le jour où tu m'as dit que tu souhaitais me voir libre ! s'est-il exclamé en riant. J'ai repris ma forme humaine pour la première fois depuis des siècles et j'ai demandé à Matthew de passer un appel pour moi. J'ai prétendu que j'avais été attaqué et qu'il fallait que je joigne mon patron. Il m'a montré comment me servir du téléphone et M. Kadam est immédiatement monté à bord d'un avion.

Il s'est de nouveau transformé et nous avons poursuivi notre randonnée. Je le suivais de près, les doigts enfoncés dans son collier de poils.

Tout à coup, il s'est arrêté et a reniflé l'air. Il s'est assis en fixant la jungle. J'ai tendu l'oreille. Quelque chose remuait dans les buissons. Un museau noir a émergé. J'ai souri.

— Kishan ! Tu as changé d'avis. Tu viens avec nous finalement ? Je suis si contente !

Il s'est approché de moi et m'a tendu une patte qui s'est métamorphosée en main.

— Bonjour, Kelsey. Non, je n'ai pas changé d'avis. Mais je suis heureux de constater que tu es saine et sauve.

Il a jeté un regard mauvais à Ren, qui s'est changé en homme aussitôt.

— Pourquoi tu ne m'as pas dit qu'elle était là ? a-t-il hurlé en bousculant son frère. Elle a vu toute la chasse et tu l'as laissée sans protection !

Kishan a contre-attaqué en lui donnant une bourrade sur le torse.

— Tu as fichu le camp avant que j'aie pu te dire quoi que ce soit ! Si ça peut te faire plaisir, sache que j'ai passé toute la nuit à la chercher. Vous avez remballé vos affaires et vous êtes partis sans me prévenir !

Je me suis dressée entre eux.

— S'il vous plaît, calmez-vous. Ren, Kishan et moi, nous avons estimé qu'il était plus sûr que je l'accompagne plutôt que de rester seule au campement. Je t'assure qu'il a veillé sur moi avec beaucoup d'attention. Pour le reste, je suis entièrement responsable. C'est moi qui ai choisi de regarder la chasse et de rentrer au campement par mes propres moyens. Kishan n'y est pour rien. (Je me suis tournée vers son frère.) Quant à toi, Kishan, je suis désolée que tu aies passé la nuit à me chercher sous l'orage. J'avais pas prévu que la pluie effacerait mes traces. Je te présente mes excuses.

Kishan a souri et m'a fait un baisemain, tandis que les yeux de Ren lançaient des éclairs.

— Je les accepte. Alors, ça t'a plu ?

— Tu parles de l'orage ou de la chasse ?

— La chasse, bien sûr.

— Euh, c'était…

— Elle a fait des cauchemars ! a tonné Ren.

J'ai grimacé en hochant la tête.

— Ah… Au moins, mon frère a le ventre plein. Si on avait attendu qu'il abatte une proie tout seul, on y serait encore.

— Je me débrouillais très bien sans toi !

Kishan a arboré un sourire narquois.

— Non, tu n'attraperais même pas une tortue boiteuse sans mon aide.

Je n'ai pas vu venir le coup de poing. En revanche, je l'ai

entendu. Ren a flanqué une sacrée châtaigne à son frère – on aurait dit un bruitage de film d'action.

Kishan a reculé d'un pas en se frottant la mâchoire, mais il a défié Ren avec un sourire.

— Essaie encore une fois, grand frère.

Ren, sans dire un mot, m'a pris la main et il est reparti à travers la jungle d'un pas rapide. Je devais presque courir pour le suivre.

Le tigre noir est passé à côté de nous dans un courant d'air. Il a bondi devant moi en reprenant son apparence humaine.

— Attends ! J'ai un truc à dire à Kelsey.

Ren a froncé les sourcils.

— Ren, s'il te plaît, ai-je murmuré en posant la main sur sa poitrine.

Il m'a regardée et son expression s'est adoucie. Il a accepté de s'écarter de quelques pas tandis que Kishan s'approchait de moi. Il a ôté la chaîne qu'il avait au cou et l'a passée autour du mien.

— Kelsey, garde toujours cette amulette sur toi. Elle te protégera de la même manière que celle de Ren protège Kadam.

J'ai touché la chaîne du bout du doigt et j'ai soulevé le talisman pour l'étudier de plus près.

— Kishan, tu ne vas pas regretter de me l'avoir donnée ?

— Ma belle, ton enthousiasme est contagieux ! On ne peut pas rester insensible à ta cause. Ce sera ma petite contribution à ta quête. (Son expression est soudain devenue sérieuse.) Je tiens à te savoir en sécurité, Kelsey. Tout ce que nous savons, c'est que cette amulette est puissante et qu'elle peut accorder une longue vie à celui ou à celle qui la porte – ce qui ne signifie pas que tu ne risques pas d'être blessée, ou tuée. Alors, reste vigilante.

Il a pris mon menton entre ses doigts et a plongé ses yeux dorés dans les miens.

— Je ne voudrais pas qu'il t'arrive quoi que ce soit, *bilauta*.

— Je ferai attention. Merci, Kishan.

Il a jeté un bref coup d'œil à Ren, qui a incliné la tête en signe d'approbation.

— Tu vas me manquer, Kelsey, a-t-il ajouté en souriant. Reviens me rendre visite bientôt.

Je l'ai serré contre moi et je lui ai tendu la joue. À la dernière seconde, il a déposé « par mégarde » un petit baiser sur mes lèvres.

Stupéfaite, j'ai bafouillé :

— Oh ! Espèce de crapule !

J'ai éclaté de rire en lui mettant une tape sur le bras. Il m'a fait un clin d'œil. Ren a serré les poings et son visage s'est assombri. Mais Kishan l'a ignoré et il s'est sauvé dans la jungle.

L'écho de son rire nous est parvenu à travers les arbres, un rire qui s'est prolongé en aboiement bourru quand l'homme s'est transformé en animal.

Ren a frotté le pendentif entre ses doigts d'un air pensif. J'avais peur qu'il ne soit fâché à cause des provocations de Kishan. Il m'a souri et a posé ses lèvres chaudes sur mon front.

J'ai suivi le tigre blanc dans la jungle pendant encore une demi-heure jusqu'à ce que, enfin, nous atteignions la route.

Nous avons attendu qu'il n'y ait plus de circulation pour traverser avant de disparaître dans les sous-bois verdoyants. Le flair de Ren nous a conduits jusqu'à une tente de style militaire. Un homme en est sorti aussitôt et je me suis précipitée dans ses bras.

— Monsieur Kadam ! Vous ne pouvez pas savoir à quel point je suis heureuse de vous voir !

17

Un commencement

— Miss Kelsey ! s'est écrié chaleureusement M. Kadam. Je suis heureux de te retrouver, moi aussi. J'espère que les garçons ont bien pris soin de toi.

— Oh oui. Je vais très bien.

Il m'a conduite jusqu'à une souche près de son feu pendant que Ren cherchait un coin ombragé.

— Repose-toi pendant que je lève le camp.

J'ai grignoté un cookie tout en le regardant s'affairer. Il a démonté sa tente, rangé ses livres. Son campement était aussi organisé que je me l'étais imaginé. Il avait utilisé le coffre de la Jeep pour mettre les documents qu'il voulait étudier. Un feu de camp crépitait joyeusement et il avait une énorme réserve de bois empilée à côté. Je me figurais très bien un colonel de l'armée américaine occuper sa tente. Elle semblait chère, lourde et beaucoup plus compliquée à installer que la mienne. Il avait même un secrétaire pliant jonché de papiers. Des galets lui tenaient lieu de presse-papiers.

Je me suis levée et je suis allée jeter un œil aux documents par curiosité.

— Monsieur Kadam, ce sont les traductions de la prophétie de Durgâ ?

J'ai entendu un grognement d'effort, suivi d'un léger cling : il venait d'arracher un piquet du sol. La tente s'est soudain repliée sur elle-même, si bien qu'il ne restait plus qu'un carré de toile verte par terre. Il s'est redressé pour répondre à ma question.

— Oui. J'ai commencé à travailler sur la traduction du monolithe. Je suis à peu près certain que nous devons aller à Hampi. J'ai également une idée plus précise de ce que nous cherchons.

J'ai laissé ses notes, la plupart d'entre elles n'étant pas en anglais. Tandis que je sirotais de l'eau, mes doigts ont frôlé l'amulette que Kishan m'avait donnée.

— Monsieur Kadam, Kishan m'a offert son fragment de l'amulette en espérant qu'il me protégerait. Est-ce que le vôtre vous protège ? Ou pouvez-vous quand même vous blesser ?

Après avoir fourré la tente dans la Jeep, il s'est appuyé au pare-chocs et m'a dit :

— L'amulette me préserve des blessures les plus graves, mais je peux me couper, me casser la figure et me fouler la cheville. (Il a frotté sa courte barbe d'un air pensif.) J'ai été souffrant plusieurs fois, sans être réellement malade. Mes bleus et mes coupures guérissent rapidement, moins vite toutefois que ceux de Ren ou de Kishan.

Il a soulevé l'amulette qui pendait autour de mon cou et l'a examinée attentivement.

— Ses divers fragments ont peut-être des propriétés différentes. Son pouvoir est un mystère que j'espère résoudre un jour. En attendant, règle numéro un : ne pas prendre de risques. Ne cours pas au-devant du danger. Si une créature menaçante te poursuit, sauve-toi. Tu comprends ?

— Pigé.

Il a lâché l'amulette.

— Je suis content que Kishan ait accepté de s'en séparer.

— Accepté ? Je croyais que c'était son idée.

— Non. En réalité, c'est pour ça que Ren désirait venir ici. Il voulait convaincre son frère de te la donner.

— Vraiment ? Je croyais qu'on essayait de persuader Kishan de nous accompagner.

M. Kadam a secoué tristement la tête.

— Nous ne nous faisions pas beaucoup d'illusions à ce sujet. Jusque-là, Kishan s'est montré indifférent à tous mes efforts pour le rallier à notre cause. Il préfère rester dans la jungle.

J'ai hoché la tête.

— Il se punit pour la mort de Yesubaï.

M. Kadam m'a regardée, surpris.

— Il t'en a parlé ?

— Oui. Il m'a raconté comment Yesubaï était morte. Il ne se l'est jamais pardonné, à mon avis. Tout comme il s'en veut de ce qui leur est arrivé, à Ren et à lui. Je me sens très triste pour Kishan.

— Je te trouve très sensible et compatissante pour ton âge, Kelsey. Je suis heureux que Kishan ait pu se confier à toi. Tout espoir n'est donc pas perdu.

Je l'ai aidé à rassembler ses papiers, ainsi que la chaise et la table pliantes. Ensuite j'ai tapoté Ren sur l'épaule pour lui annoncer que nous étions prêts à partir. Il s'est levé lentement, puis il a fait le dos rond et sa langue s'est enroulée dans un bâillement géant. Après avoir frotté sa tête contre ma main, il m'a suivie jusqu'à la Jeep. J'ai sauté sur le siège du passager pendant qu'il se couchait à l'arrière.

M. Kadam semblait prendre plaisir à zigzaguer dans le parcours d'obstacles de la jungle, entre les souches d'arbres, les buissons, les rochers et les nids-de-poule. La Jeep avait des amortisseurs haut de gamme mais je devais quand même m'accrocher à la poignée de la porte et me tenir au tableau de bord pour éviter de me cogner la tête contre le toit. Nous sommes enfin arrivés sur la route et nous avons pris la direction du sud-ouest.

— Raconte-moi ta semaine avec les deux tigres, m'a dit M. Kadam.

J'ai jeté un coup d'œil à Ren. Il faisait la sieste, alors j'ai décidé de commencer par la chasse. Après, je suis remontée dans le temps et je lui ai parlé de tout le reste. Enfin, presque. J'ai omis l'épisode du baiser. Non pas que je craignais que M. Kadam ne comprenne pas – au contraire. Seulement je n'étais pas totalement sûre que Ren soit endormi et je n'étais pas prête à lui dévoiler mes sentiments.

M. Kadam a accueilli avec beaucoup d'intérêt les nouvelles de Kishan. Il était tombé des nues quand le jeune prince était sorti de la jungle afin de lui demander de la nourriture pour moi. Il croyait que Kishan ne se souciait plus de personne depuis la mort de ses parents.

Je lui ai expliqué qu'il avait passé cinq jours avec moi pendant que Ren chassait et que nous avions évoqué sa rencontre avec Yesubaï. Je chuchotais et j'employais des sous-entendus chaque fois qu'il était question de la princesse afin de ne pas faire de peine à Ren. M. Kadam, apparemment surpris par mon besoin de crypter la discussion, n'a pourtant pas fait de commentaires. Il hochait la tête en écoutant avec attention mes allusions à vous-savez-quoi et devinez-qui.

Je voyais bien qu'il en savait plus que moi et qu'il aurait pu combler quelques trous dans mon récit, mais il n'était pas du genre à divulguer des informations à la légère. Il savait garder des secrets. Cette qualité jouait à la fois pour moi et contre moi. J'ai décidé de changer de sujet et on en est venus à bavarder de l'enfance des princes.

— Ah. Les garçons faisaient la fierté et la joie de leurs parents – deux princes royaux qui avaient le chic pour s'attirer des ennuis et s'en tiraient grâce à leur charme. Ils obtenaient tout ce qu'ils désiraient, à condition de le mériter. Deschen, leur mère, n'était pas une mère indienne conventionnelle. Elle les déguisait pour les emmener jouer avec des enfants pauvres. Elle voulait qu'ils soient ouverts à toutes les cultures et à toutes les pratiques religieuses. Son mari, le roi Rajaram, l'aimait, l'approuvait et se fichait de l'opinion des autres. Les garçons ont été élevés avec le meilleur des deux cultures, celle de leur père et celle de leur mère. Ils étudiaient tout, de la politique à la stratégie, en passant par l'agriculture. Ils étaient formés au maniement des armes indiennes mais ils avaient aussi accès aux meilleurs professeurs d'Asie.

— Ils faisaient d'autres trucs ? Des trucs d'adolescents normaux ?

— Quoi, par exemple ?

— Ben… est-ce qu'ils… avaient des petites copines ?

M. Kadam a haussé un sourcil.

— Non. Pas du tout. Cette histoire que tu m'as rapportée à propos de… tu-sais-quoi, a-t-il ajouté avec un clin d'œil, est la seule frasque romantique dont j'aie jamais entendu parler. Franchement, ils n'avaient pas le temps de conter fleurette aux demoiselles et, de toute façon, ils étaient destinés à faire des mariages de convenance.

J'ai incliné un peu le dossier. J'essayais d'imaginer ce qu'avait pu être leur existence : les privilèges d'un côté, l'absence de choix de l'autre. Je ne les enviais pas. La liberté était pour moi un bien trop précieux.

Mes pensées n'ont pas tardé à devenir brumeuses et j'ai cédé à la fatigue. Quand je me suis réveillée, M. Kadam m'a tendu un sandwich et un grand jus de fruits.

— Nous allons coucher à l'hôtel. Tu pourras profiter d'une bonne nuit de sommeil dans un lit confortable, pour changer.

— Et Ren ?

— J'ai choisi un établissement situé près de la jungle. Nous pourrons l'y déposer et le récupérer en repartant.

— Et les pièges à tigre ?

M. Kadam a ri tout bas.

— Ah, il t'a raconté ça, hein ? Ne t'inquiète pas, Kelsey. Il ne commettra pas deux fois la même erreur. Du reste, il n'y a pas de gros prédateurs dans cette zone et les villageois ne chassent pas. S'il reste discret, il ne devrait pas y avoir de problème.

Une heure plus tard, M. Kadam s'est arrêté aux abords d'une petite ville, à un endroit où la jungle était dense, et Ren est descendu. Nous avons poursuivi notre route jusqu'à un village aux maisons colorées, où s'affairaient des gens habillés dans des tissus éclatants.

— Voici notre hôtel. Ce n'est pas un cinq étoiles, mais il a son charme.

Je me suis approchée d'une boutique. La vitrine était impeccable. Il y avait un immense panneau peint en rose et rouge au-dessus. On pouvait y lire le nom du magasin (enfin… à condition de connaître la langue !) à côté d'une vieille bouteille de Coca.

M. Kadam s'est présenté à la réception de l'hôtel tandis que je me promenais en examinant les articles à vendre. J'ai trouvé des sodas et des barres chocolatées de marques américaines, au milieu de friandises inhabituelles et de glaces à l'eau aux saveurs exotiques.

M. Kadam a pris nos clés avant de nous acheter deux Coca et deux glaces. Il m'a tendu la blanche et a gardé l'orange pour lui. J'ai ôté l'emballage en la reniflant avec méfiance.

— Ce n'est pas un truc au soja et au curry, hein ?

Il a souri.

Je l'ai goûtée du bout de la langue : elle était à la noix de coco ! Ça ne valait pas une glace chocolat-caramel, mais ce n'était pas mauvais du tout.

M. Kadam a brandi la sienne en claironnant :

— Mangue.

L'hôtel avait une façade vert menthe et rose fuchsia. Une grille en fer forgé ouvrait sur un patio bétonné. Ma chambre avait un lit à deux places. Un rideau coloré dissimulait une petite penderie avec quelques cintres en bois. Une cuvette et un pichet d'eau fraîche, ainsi que deux tasses en terre cuite, reposaient sur une table. Un ventilateur tournait paresseusement au plafond, peinant à créer le moindre courant d'air. Il n'y avait pas de salle de bains. Tous les clients partageaient les sanitaires du rez-de-chaussée. Ce n'était pas le grand luxe, en effet, mais c'était toujours mieux que la jungle – il n'y avait pas photo.

Après s'être assuré que j'étais bien installée, M. Kadam m'a annoncé qu'il reviendrait me chercher pour le dîner.

Après son départ, une petite femme vêtue d'un haut ample orange vif par-dessus une jupe blanche est venue chercher mes vêtements sales. En un temps record, elle était de retour et les a suspendus propres à un fil devant ma porte. Ils claquaient légèrement dans la brise et je me suis assoupie en écoutant cette petite musique rassurante.

Après une courte sieste, j'ai réalisé quelques esquisses de Ren en tigre, je me suis tressé les cheveux et je les ai attachés avec un ruban rouge assorti à ma chemise. Je venais juste d'enfiler mes baskets quand M. Kadam a toqué à la porte.

Il m'a emmenée dîner à l'extérieur, dans ce qu'il a qualifié de meilleur restaurant de la ville : le Mango Flower. On a pris un petit bateau à moteur pour traverser le fleuve et on a marché jusqu'à un bâtiment qui ressemblait à une maison de planteur entourée de bananiers, de palmiers et de manguiers.

Il m'a invitée à faire le tour et on a emprunté un sentier pavé qui conduisait à un point de vue magnifique sur le fleuve. De lourdes tables en bois poli et des bancs en pierre étaient disposés au centre d'une cour intérieure. De jolies lanternes constituaient la seule source de lumière. Une odeur de jasmin embaumait l'air du soir.

— Monsieur Kadam, c'est ravissant !

— Oui, l'employé de la réception me l'a recommandé. Je me suis dit que tu apprécierais un bon repas, toi qui n'as mangé que des rations de l'armée depuis une semaine.

Étant incapable de déchiffrer le menu, je l'ai laissé choisir pour moi. Nous nous sommes régalés de riz basmati, de légumes grillés, de poulet, cuisiné avec des épinards à la crème, de poisson blanc avec du chutney de mangue, de beignets de légumes, de crevettes à la noix de coco, de *nan*, et nous avons bu une sorte de limonade avec un trait de cumin et de menthe. Je l'ai trouvée un peu trop acidulée à mon goût et j'ai fini par lui préférer de l'eau.

J'ai demandé à M. Kadam ce qu'il avait appris de nouveau au sujet de la prophétie.

Il s'est essuyé la bouche avec sa serviette et a bu une gorgée d'eau avant de me répondre.

— Je crois que ce que vous cherchez s'appelle le Fruit d'Or de l'Inde. (Il s'est penché et a baissé la voix.) Le conte du Fruit d'Or est une très vieille légende oubliée de la plupart des chercheurs d'aujourd'hui. Le Fruit est un objet d'origine divine confié aux soins d'Hanumân. Veux-tu connaître son histoire ?

J'ai acquiescé d'un hochement de tête.

— L'Inde était autrefois un immense désert, inhabitable, peuplé de serpents dangereux et de bêtes féroces. Puis les dieux et les déesses l'ont transformé. Ils ont créé l'homme et lui ont offert plusieurs présents. Le premier d'entre eux était le Fruit d'Or. L'homme l'a planté et un arbre majestueux s'est élevé, chargé de fruits. On a rassemblé les graines de ces fruits et on les a disséminées aux quatre coins du pays, faisant ainsi de l'Inde une terre fertile pouvant nourrir des millions de personnes.

— Mais si le Fruit d'Or a été planté, il aura disparu ? Ou il se sera changé en racine ?

— Du premier arbre a jailli un fruit qui a mûri très vite en prenant une couleur dorée. C'est ce Fruit d'Or qu'a emporté et caché Hanumân, le roi mi-homme, mi-singe de Kishkindha. Tant que ce fruit sera protégé, le peuple d'Inde sera nourri.

— Alors c'est celui-là qu'il faut qu'on trouve ? Et si Hanumân le protège toujours, comment le prendrons-nous ?

— Hanumân l'a placé dans sa forteresse sous la garde de serviteurs immortels. Je ne sais pas grand-chose des obstacles destinés à vous arrêter. Je suppose qu'il y aura plus d'un piège sur votre parcours. D'un autre côté, tu es l'élue de Durgâ et tu bénéficies de sa protection.

Je me suis frotté la main machinalement. Elle me picotait. Les dessins au henné s'étaient estompés mais je savais qu'ils étaient encore là.

— Vous pensez réellement qu'on va trouver quelque chose ? Je veux dire, vous croyez vraiment à ces trucs ?

— J'aimerais y croire. Je conserve l'espoir que les tigres seront un jour libérés. J'essaie de garder l'esprit ouvert. Je sais qu'il existe des puissances invisibles qui nous plient à leur volonté et nous façonnent. Je ne devrais pas être vivant, or je le suis. Ren et Kishan sont prisonniers d'une sorte de magie qui me dépasse et il est de mon devoir de les aider.

Je devais avoir la mine inquiète car il m'a tapoté la main en ajoutant :

— Ne t'en fais pas. J'ai la conviction que tout va s'arranger. C'est la foi qui me permet de rester concentré sur notre objectif. J'ai une grande confiance en toi et en Ren et, pour la première fois depuis des siècles, j'entrevois une lueur d'espoir.

Il a frappé dans ses mains et les a frottées l'une contre l'autre.

— Et maintenant, si nous nous occupions de notre dessert ?

Il a commandé du *kulfi* pour deux, en m'expliquant qu'il s'agissait d'une glace indienne à base de crème fraîche et de noix. C'était rafraîchissant par une chaude soirée d'été.

Ensuite, nous sommes retournés en flânant en direction du bateau tout en discutant de Hampi. M. Kadam recommandait de visiter un temple local de Durgâ avant de nous aventurer dans les ruines pour y chercher la porte d'entrée vers Kishkindha.

Tandis que nous déambulions tranquillement dans la ville, notre hôtel est apparu au détour de la rue. M. Kadam s'est tourné vers moi avec une expression penaude.

— J'espère que tu ne m'en veux pas d'avoir choisi cet établissement modeste. Je voulais dormir dans le village le plus proche de la jungle au cas où Ren aurait besoin de moi. Il peut nous rejoindre rapidement s'il le faut et je me sens plus en sûreté quand je suis près de lui.

— Ça ne me pose aucun problème, monsieur Kadam. Après avoir passé une semaine dans la jungle, je le trouve très luxueux, au contraire.

Il a ri en hochant la tête. Il a acheté des fruits au marché pour notre petit déjeuner du lendemain et des gâteaux de riz enveloppés dans des feuilles de bananier. Cela ressemblait au déjeuner que Phet m'avait préparé, mais M. Kadam m'a assuré que ceux-ci étaient sucrés.

Après m'être déshabillée, j'ai tassé mon oreiller, je l'ai collé dans mon dos et j'ai tiré ma couverture fraîchement lavée sur mes jambes. J'ai pensé à Ren, tout seul dans la jungle. Je me sentais coupable d'être à l'hôtel alors qu'il était dehors. Et il me manquait. J'aimais l'avoir près de moi. J'ai soupiré, défait ma tresse ; je me suis enfouie sous le drap et j'ai sombré dans un sommeil léger.

Vers minuit, je me suis réveillée en entendant quelqu'un toquer discrètement. J'ai hésité à ouvrir. Il était tard, et ce ne pouvait pas être M. Kadam. J'ai marché jusqu'à la porte sur la pointe des pieds et collé mon oreille contre le battant.

Il y a eu un nouveau coup étouffé et une voix familière a chuchoté :

— Kelsey, c'est moi.

J'ai jeté un œil dans l'entrebâillement. Ren était là, dans ses vêtements blancs, pieds nus, un sourire triomphant sur le visage. Je l'ai attiré à l'intérieur en murmurant :

— Qu'est-ce que tu fais ici ? C'est dangereux pour toi de venir en ville ! Quelqu'un pourrait te voir et envoyer des chasseurs à tes trousses !

Il a haussé les épaules.

— Tu me manquais.

J'ai esquissé un sourire.

— Toi aussi, tu me manquais.

Il a appuyé nonchalamment une épaule contre le cadre de la porte.

— Alors tu vas me laisser dormir ici ? Je me coucherai par terre et je partirai avant le jour. Personne ne me verra, je te le promets.

J'ai poussé un gros soupir.

— D'accord, mais jure-moi que tu partiras très tôt. Je n'aime pas que tu prennes des risques.

— Juré.

Il s'est assis sur le lit, m'a prise par la main et m'a attirée près de lui.

— Je déteste dormir seul au milieu de la jungle, dans le noir.

— Ça ne me plairait pas non plus.

Il a baissé les yeux sur nos mains jointes.

— Quand je suis avec toi, je revis en tant qu'homme. Là-bas, dans la solitude, j'ai le sentiment d'être une bête.

— Je comprends.

— Tu es difficile à pister, tu sais, a-t-il ajouté en souriant. J'ai eu de la chance que vous décidiez d'aller manger dehors, ça m'a permis de suivre ton odeur jusqu'à ta porte.

Quelque chose sur la table de nuit a attiré son attention. Il s'est penché pour passer un bras derrière moi et attraper mon journal. J'avais dessiné un nouveau portrait de mon tigre. Mes dessins du cirque étaient corrects, mais ce dernier était très personnel et plein de vie. Ren l'a fixé pendant un long moment. Mes joues sont devenues écarlates. Il a suivi les traits du tigre avec son doigt, puis il a murmuré :

— Un jour, je te donnerai un portrait de moi.

Reposant le journal avec précaution, il a pris mes mains dans les siennes et il m'a regardée avec une expression intense.

— Je ne veux pas que tu voies seulement le tigre à travers moi. Je veux que tu me voies, moi. Le jeune homme que je suis.

Il a tendu un bras comme pour me toucher le visage, puis il s'est ravisé.

— J'ai porté le masque du tigre pendant trop longtemps. Il m'a volé mon humanité. Kells, j'en ai assez. Je veux être moi-même. Je veux avoir une vie.

— Je sais, ai-je répondu en lui caressant la joue. Ren, je…

Je me suis figée quand il a porté doucement ma paume à ses lèvres. Ma peau fourmillait. Ses yeux bleus sondaient les miens. Il semblait attendre désespérément quelque chose.

J'aurais voulu le rassurer, lui offrir du réconfort. Mais je ne trouvais pas les mots. J'étais très émue. Un lien profond nous unissait. Je voulais l'aider, être son amie, et… plus encore peut-être. Les sentiments que j'éprouvais pour lui étaient nouveaux et multiples, mais il est bientôt devenu évident pour moi que ce qui agitait mon cœur était… de l'amour.

Après la mort de mes parents, j'avais élevé une muraille autour de moi. J'avais tellement peur qu'on ne m'arrache à nouveau un être aimé que j'avais évité de nouer des relations. J'avais des amis, bien sûr, mais… c'était différent.

Ren semblait si vulnérable que j'ai baissé ma garde. Lentement, méthodiquement, il a détruit ma carapace. Mon barrage s'écroulait sous l'assaut de vagues d'émotions tendres. Elles se sont insinuées dans les fissures, ont débordé mes défenses et se sont déversées en moi. C'était effrayant. Mon cœur battait fort, je l'entendais cogner contre mes côtes. J'étais certaine que Ren l'entendait.

Son expression a changé. Il paraissait presque inquiet pour moi.

« Quelle est la prochaine étape ? Qu'est-ce que je dois faire ? Comment partager ce que je ressens ? »

Je me suis souvenue des films qu'on regardait avec maman. Notre phrase préférée était : « Tais-toi et embrasse-la ! » On s'agaçait toutes les deux quand le héros, ou l'héroïne, tardait à faire ce qui tombait sous le sens. Alors, dès qu'arrivait une scène chargée de tension romantique, on répétait notre refrain en chœur. Je croyais percevoir la voix irritée de ma mère à présent : « Kells, tais-toi et embrasse-le ! »

Je me suis armée de courage et, avant de changer d'avis, je me suis penchée et je l'ai embrassé.

Il s'est figé. Il ne m'a pas rendu mon baiser. Il ne m'a pas repoussée non plus. Il a juste cessé de respirer. Je me suis écartée. En voyant la stupéfaction sur son visage, j'ai aussitôt regretté mon audace. Je me suis éloignée, gênée, afin de ramasser les débris de ma muraille et de la reconstruire au plus vite.

Il a passé la main sous mon coude et m'a tournée face à lui. Je n'arrivais plus à le regarder dans les yeux. Comme je fixais ses pieds nus, il a levé mon menton.

— Kelsey, regarde-moi.

J'ai fixé un bouton blanc au milieu de sa tunique.

— Regarde-moi !

Mes yeux ont continué leur trajet ascendant. Ils ont glissé sur la peau dorée de son torse, de son cou, puis ils se sont posés sur son visage. Ses yeux bleu cobalt étaient rivés aux miens. Il s'est rapproché et ma gorge s'est serrée. Il a enlacé ma taille d'une main, de l'autre il a caressé ma joue. Son pouce a effleuré ma pommette d'un geste hésitant. J'ai frémi. Il m'a souri, il a baissé la tête lentement et il m'a embrassée.

Il m'a donné un baiser doux et délicat, un baiser papillon. Je sentais ses deux mains sur ma taille maintenant. J'ai touché timidement ses bras du bout des doigts. Sa peau était chaude et lisse. Il m'a serrée contre lui. Alors je me suis accrochée à ses épaules puissantes. Il a soupiré de plaisir et approfondi son baiser.

Je fondais. Son parfum de santal et de fleurs d'été m'enveloppait. Partout où il m'effleurait, ma peau picotait et s'embrasait.

Ren a passé mes bras autour de son cou. Une main enfouie dans mes cheveux, il s'est levé, il m'a soulevée et écrasée contre son torse. Je n'ai aucune idée du temps qu'a duré notre baiser. Il m'a paru à la fois très long, et beaucoup trop court. Mes pieds pendaient à quelques centimètres du sol. Il supportait tout mon poids d'un seul bras. J'ai passé mes doigts dans ses mèches souples et j'ai senti un grondement vibrer dans sa poitrine. Cela ressemblait au bruit qu'il faisait en ronronnant.

Après cela, toute pensée cohérente a déserté mon cerveau et le temps s'est suspendu. Mes neurones ont grillé, mon organisme s'est détraqué. Je n'aurais jamais soupçonné qu'un baiser pouvait provoquer de tels ravages. Une déflagration sensorielle.

Ren a fini par me reposer à contrecœur. J'ai failli tomber à la renverse. Il a caressé ma lèvre inférieure avec son pouce tout en jouant avec mes cheveux. Je voyais flou et j'ai dû cligner des yeux plusieurs fois, ce qui l'a fait rire.

— Respire, Kelsey.

Il affichait un sourire très satisfait. C'était un peu agaçant.

— Tu as l'air content de toi.

Il a haussé un sourcil.

— Je le suis.

J'ai souri à mon tour.

— En attendant, tu n'as pas demandé la permission.

— Hmm, je vais arranger ça. (Il a tracé des petits cercles sur mon bras du bout des doigts.) Kelsey ?

— Oui ? ai-je marmonné, distraite.

— Ai-je…

— Hmm ?

— … la permission…

Ses lèvres me chatouillaient l'oreille. J'ai frissonné.

— … de t'embrasser ?

J'ai hoché la tête faiblement. Debout sur la pointe des pieds, je me suis pendue à son cou pour bien lui montrer qu'il avait mon consentement plein et entier. Il a déposé des baisers sur ma tempe, sur mon oreille, sur ma joue, très lentement – un vrai supplice. Il s'est arrêté à quelques millimètres de mes lèvres.

Je savais ce qu'il attendait. J'ai murmuré faiblement :

— Oui.

Avec un sourire victorieux, il m'a écrasée contre sa poitrine et il a recommencé à m'embrasser. Avec plus de fougue, cette fois.

Le visage rayonnant de joie, il m'a fait tournoyer dans la pièce jusqu'à ce que j'aie le tournis. Puis il a collé son front contre le mien. Timidement, j'ai suivi le contour de ses lèvres du bout des doigts. Dans un geste très félin, il a tendu le cou pour réclamer plus de caresses. J'ai ri tout bas en glissant ma main dans ses cheveux soyeux.

Je me sentais... bouleversée, plus fragile qu'un nouveau-né. En l'espace de quelques instants, mon univers avait basculé. Soudain j'étais une toute nouvelle personne. Heureuse et inquiète : si notre relation devenait sérieuse et qu'un jour Ren parte, qu'est-ce que je deviendrais ? J'ai compris à quel point le cœur était un objet sensible et délicat. Il n'était pas étonnant que j'aie gardé le mien sous clé aussi longtemps.

J'ai tenté de rejeter mes pensées négatives au fond de mon esprit et d'apprécier l'instant présent. Il me serrait entre ses bras chauds en me susurrant des mots tendres. Enfin il a soupiré, il m'a embrassée sur la joue et m'a poussée vers mon lit.

— Tu dois dormir, Kelsey. Nous avons tous les deux besoin de sommeil.

Il m'a caressé la joue une dernière fois avec le dos de ses doigts, il s'est changé en tigre et il s'est couché sur le tapis au pied du lit. Je me suis installée sous ma couverture et je me suis penchée pour lui caresser la tête.

— Bonne nuit, Ren.

Il a frotté sa tête contre ma paume en ronronnant doucement. Puis il l'a reposée sur ses pattes et il a fermé les yeux.

Le lendemain matin, à mon réveil, il était parti. Je me suis habillée et je suis allée toquer à la porte de M. Kadam.

— Miss Kelsey ! Tu as bien dormi ?

Je n'ai détecté aucune trace d'ironie dans sa voix et j'ai supposé que Ren ne lui avait pas révélé son escapade nocturne.

— Comme une souche. Un peu trop longtemps peut-être. Désolée !

Il m'a tendu un gâteau de riz enveloppé dans une feuille de bananier, des fruits et une bouteille d'eau.

— Mais non, tu as bien fait ! Il n'y a aucune urgence. Nous allons chercher Ren et nous rendre au temple de Durgâ.

Je me suis surprise à beaucoup rêvasser dans ma chambre pendant que je rassemblais mes affaires. Je me regardais dans le miroir en me touchant les bras, les cheveux et les lèvres, tandis que je me remémorais les événements de la nuit. Je devais constamment me secouer et me reconcentrer. Ce qui aurait dû ne demander que dix minutes m'a pris une heure et demie.

J'ai placé mon journal et ma couverture au sommet de mon sac, je l'ai refermé et je suis sortie. M. Kadam m'attendait dans la Jeep en étudiant des cartes. Je n'ai pas eu l'impression qu'il m'en voulait de l'avoir fait patienter aussi longtemps.

À notre arrivée, Ren a bondi des arbres comme un chaton joueur. Je me suis penchée pour le caresser par la fenêtre de la Jeep et il s'est dressé sur ses pattes arrière pour fourrer son museau dans ma paume et me lécher le bras. Ensuite il a sauté sur la banquette arrière et nous nous sommes remis en route.

Suivant scrupuleusement l'itinéraire indiqué sur la carte, M. Kadam s'est engagé sur un chemin de terre qui conduisait au cœur de la jungle, jusqu'au temple de pierre de Durgâ.

18

Le temple de Durgâ

M. Kadam nous a demandé d'attendre dans la voiture pendant qu'il vérifiait s'il y avait des visiteurs dans le temple. Ren a fourré sa tête entre les sièges et m'a poussé l'épaule.

— Tu ferais mieux de te cacher. Quelqu'un pourrait te voir, lui ai-je dit en riant.

— Rrrrr.

— Oui. Toi aussi, tu m'as manqué.

Cinq minutes plus tard, un couple de jeunes Américains est passé devant la Jeep. M. Kadam est revenu et nous a fait signe de descendre.

J'ai ouvert la portière pour Ren. Il s'est frotté contre mes jambes comme un gros chat domestique qui réclame sa pâtée. J'ai éclaté de rire.

— Ren ! Tu vas me faire tomber !

M. Kadam, l'air amusé, a dit :

— Filez, tous les deux. Je monte la garde au cas où des touristes arriveraient.

Le chemin qui menait au temple était bordé de pierres lisses couleur ocre. Le temple était de la même teinte, striée de rayures sépia, rose vif et nacre. Le terrain autour était planté d'arbres et de fleurs, et plusieurs sentiers partaient de l'entrée principale.

Nous avons grimpé les petites marches en pierre jusqu'à l'ouverture. De hautes colonnes sculptées soutenaient la galerie d'accès. La porte était juste assez haute pour permettre à une personne de taille moyenne de passer. De chaque côté se dressaient des sculptures incroyablement détaillées de dieux indiens.

Une pancarte rédigée en plusieurs langues demandait aux visiteurs d'ôter leurs chaussures. Le sol était poussiéreux, alors j'ai enlevé mes chaussettes aussi et je les ai mises en boule au fond de mes tennis.

Une fois à l'intérieur, nous avons pu admirer un dôme décoré de reliefs admirables – il y avait des fleurs, des éléphants, des singes, le soleil, ainsi que des dieux et des déesses. Le sol de pierre était rectangulaire et quatre grandes colonnes ornementales reliées par des arches décoratives se dressaient dans chaque angle. Des personnes à différentes étapes de leur vie y étaient représentées. On reconnaissait plusieurs occupations liées au culte de Durgâ. Un portrait de la déesse figurait au sommet de chaque pilier.

Le temple était taillé dans une colline rocheuse. Une série d'escaliers montait du rez-de-chaussée et bifurquait dans trois directions. J'ai choisi l'arche de droite en premier. La zone qui s'étendait au-delà avait subi de graves dommages. Des pierres brisées jonchaient le sol. J'étais incapable de deviner à quoi cet espace servait autrefois.

La salle suivante abritait une sorte d'autel en pierre sur lequel était posée une petite statue cassée, impossible à identifier. Tout était recouvert d'une épaisse poudre brune. Des grains de poussière scintillaient, suspendus dans l'air, comme de la poussière de fée. De maigres rayons de lumière traversaient les fissures du dôme. Je n'entendais pas Ren, mais chacun de mes pas résonnait dans le temple vide.

Si l'air dehors était étouffant, à l'intérieur la température restait relativement fraîche. On aurait dit que chaque salle avait son microclimat. En jetant un coup d'œil en direction de l'entrée, j'ai vu mes empreintes à côté de celles de Ren. Je me suis dit qu'il faudrait balayer avant de partir, sinon les gens risqueraient de penser qu'un tigre rôdait dans les parages.

Après avoir exploré avec minutie tout le périmètre, nous sommes passés sous l'arche de gauche et, là, j'ai retenu mon souffle. Une niche creusée dans la roche abritait une magnifique statue de Durgâ. Elle portait un casque impressionnant et ses huit bras étaient déployés autour de son buste à la manière d'une queue de paon. Ils tenaient diverses armes, dont une qu'elle brandissait pour se défendre. En regardant de plus près, j'ai vu qu'il s'agissait du *gadâ*, la massue. Damon, son tigre, était enroulé autour de ses jambes. Il visait la gorge d'un sanglier avec ses longues griffes.

— Tiens ! elle aussi avait un tigre pour la protéger, hein, Ren ?

Je me suis placée face à la statue et Ren s'est assis à côté de moi.

— À ton avis, M. Kadam espère quoi ? Des indices pour la mission ? Un moyen d'obtenir la bénédiction de la déesse ?

Je me suis mise à faire les cent pas devant la statue en scrutant les murs. J'enfonçais avec précaution mes doigts dans les crevasses. Je cherchais quelque chose qui sorte de l'ordinaire, mais, étant une étrangère, tout me paraissait plus ou moins bizarre. Au bout d'une demi-heure, j'avais les mains tachées, pleines de toiles d'araignée et de terre, et je n'étais pas plus avancée. J'ai essuyé mes paumes sur mon jean et je me suis laissée tomber sur les marches.

— J'abandonne. Je ne sais même pas ce qu'on cherche.

Ren s'est approché. Il a posé sa tête sur mes genoux. J'ai caressé son pelage doux.

— Qu'est-ce qu'on fait maintenant? On continue ou on retourne à la Jeep?

La colonne près de moi montrait des personnages en train d'adorer Durgâ. Deux femmes et un homme offraient de la nourriture. J'ai pensé qu'il s'agissait de paysans car des champs et des vergers occupaient le reste de l'image. Des troupeaux d'animaux domestiques et des outils étaient également gravés dans la scène. L'homme portait une gerbe de céréales sur son épaule. Une femme avait un panier de fruits tandis que l'autre tenait un petit objet dans sa main. Je me suis levée pour l'étudier de plus près.

— Eh, Ren, à ton avis, c'est quoi dans sa main?

J'ai sursauté en sentant les doigts chauds du prince sur les miens.

— Tu pourrais me prévenir avant de changer de forme, ai-je rouspété.

Ma réaction l'a fait rire. Il a touché le relief de la sculpture.

— Une sorte de cloche, je dirais.

J'ai imité son geste en marmonnant:

— Et si on faisait une offrande à Durgâ, nous aussi?

— Comment ça?

— Si on lui donnait un truc? Comme un fruit? Et qu'ensuite on faisait sonner une cloche?

Il a haussé les épaules.

— Pourquoi pas? On peut toujours essayer.

On est retournés à la Jeep et on a exposé notre idée à M. Kadam. Il a réagi avec enthousiasme.

— Excellente idée, Kelsey! Je me demande pourquoi je ne l'ai pas eue avant.

En fouillant dans notre déjeuner, il a déniché une pomme et une banane.

— Pour la cloche, je n'ai pas pensé à en emporter une. Mais je crois qu'il y en a dans la plupart de ces vieux temples.

Les disciples les faisaient sonner quand des invités arrivaient, quand ils faisaient leurs dévotions, ou pour annoncer l'heure d'un repas. Peut-être que vous trouverez en cherchant bien. Ça nous épargnerait de retourner en ville en acheter une.

J'ai pris les deux fruits.

— J'espère que ça va marcher et qu'elle va nous accorder sa bénédiction. J'avoue que je ne sais pas trop quoi penser. À votre place, je ne m'attendrais pas à un résultat extraordinaire, monsieur Kadam. Ne vous faites pas trop d'illusions, vous risqueriez d'être déçu.

Il m'a rassurée en affirmant que je ne le décevrais jamais et il nous a renvoyés vers le temple.

Ren a exploré le coin de l'autel pendant que je fouillais les décombres dans l'autre salle.

Au bout d'un quart d'heure, j'ai entendu :

— Kelsey, viens là ! Je l'ai !

Ren m'a montré un pan de mur étroit au fond de la pièce, qu'on ne voyait pas depuis le seuil. Des étagères peu profondes y étaient creusées. Sur celle du dessus, largement hors de ma portée, Ren avait repéré une clochette en bronze oxydé, couverte de toiles d'araignée et de poussière. Un petit anneau permettait de la pendre à un crochet.

Ren l'a attrapée, l'a essuyée avec sa tunique, puis l'a agitée. Elle a émis un tintement cristallin. Il a souri et m'a offert sa main pour me raccompagner jusqu'à la statue de Durgâ.

— Je crois que c'est toi qui devrais faire l'offrande, Kells, a-t-il dit en écartant une mèche de cheveux sur mon front. C'est toi l'élue de Durgâ, après tout.

J'ai fait la moue.

— Peut-être, mais tu oublies que je suis une étrangère, et que tu es un prince indien. Tu sais sûrement mieux ce que tu fais.

Il a haussé les épaules.

— Je n'ai jamais adoré Durgâ. Je ne connais pas vraiment le rituel.

— Au fait, tu vouais, ou tu voues, un culte à qui ?

— Je participais aux rituels et aux fêtes religieuses de mon peuple, mais mes parents souhaitaient que Kishan et moi choisissions librement nos croyances. Ils avaient une grande tolérance pour les différents dogmes religieux parce qu'ils venaient de deux cultures différentes. Et toi ?

— Je ne suis pas allée à l'église depuis que mes parents sont morts.

— Peut-être avons-nous tous les deux besoin de trouver un chemin vers la foi, a-t-il suggéré. Je crois qu'il y a quelque chose de plus grand que nous, une puissance bienveillante qui guide la marche de l'univers.

— Comment arrives-tu à rester optimiste alors que tu es emprisonné dans la peau d'un tigre depuis des siècles ?

Il a essuyé un grain de poussière sur mon nez avec le bout de son doigt.

— Mon bel optimisme est une acquisition assez récente. Allez, viens.

Il a souri et m'a embrassée sur le front.

Nous nous sommes approchés de Durgâ. Ren a commencé à dépoussiérer le tigre. Nettoyer la statue semblait être un bon début. J'ai déplié la serviette dans laquelle M. Kadam avait enveloppé les fruits et je m'en suis servie pour ôter des années de poussière et de toiles d'araignée sur la déesse, en frottant même ses huit bras, le socle et le fond de la niche. À la base de la statue, Ren a trouvé une pierre creuse qui ressemblait à un bol. Nous avons supposé que c'était là que les adorateurs de Durgâ déposaient leurs offrandes.

J'ai posé la pomme et la banane dedans et je me suis plantée devant la statue. Ren s'est placé à côté de moi et m'a pris la main.

— Je suis nerveuse. Je ne sais pas quoi dire.

— D'accord. Je me lance en premier et tu compléteras par les paroles qui te viendront spontanément.

Il a fait sonner la petite cloche trois fois. Son tintement a rebondi sur les parois du temple. D'une voix forte et claire, il a déclaré :

— Durgâ, nous sommes venus te demander ta bénédiction. Accompagne-nous dans notre quête. Notre foi est faible et simple. Et nous ne savons pas encore très bien en quoi consiste notre mission. S'il te plaît, aide-nous à comprendre et à trouver la force.

Il m'a regardée. J'ai passé ma langue sur mes lèvres sèches et j'ai ajouté :

— S'il te plaît, viens au secours de ces deux princes d'Inde. Rends-leur ce qui leur a été volé. Accorde-moi assez de courage et de sagesse pour accomplir ma tâche. Ils méritent tous les deux d'avoir une vie.

J'ai serré fort la main de Ren et nous avons attendu.

Une minute s'est écoulée, puis une autre. Il ne se passait rien. Ren m'a enlacée brièvement et m'a murmuré qu'il devait se changer en tigre. À l'instant où il a repris sa forme animale, la pièce s'est mise à vibrer et les murs ont tremblé. Un bruit de tonnerre a résonné dans le temple, suivi par plusieurs explosions de lumière blanche.

« Un tremblement de terre ! Nous allons être ensevelis vivants ! »

Alors que des pierres s'éboulaient autour de nous et qu'une des grandes colonnes se fissurait, j'ai perdu l'équilibre. Ren s'est jeté sur moi pour me protéger des débris qui pleuvaient.

Le tremblement a cessé peu à peu et le calme est revenu. Je me suis relevée lentement. J'ai découvert avec stupéfaction qu'une partie du mur s'était effritée et laissait maintenant apparaître une empreinte de main. Je me suis approchée tandis que Ren grondait doucement. J'ai suivi de l'index les contours de la marque et j'ai consulté le tigre des yeux. Rassemblant mon courage, j'ai collé ma paume contre l'empreinte. La pierre a chauffé. Cela m'a rappelé les grottes de Kanheri. Ma peau a rougeoyé comme si une lampe était allumée derrière mes doigts, puis elle est devenue transparente. Fascinée, j'ai fixé mes veines bleues qui ressortaient.

Le dessin au henné de Phet s'est détaché avec netteté, rouge et brillant. Des étincelles ont jailli de mes doigts qui fourmillaient. J'ai entendu un grondement de tigre, mais ce n'était pas Ren. C'était Damon, le tigre de Durgâ !

Ses yeux jaunes luisaient. La pierre dure s'est muée en fourrure orange rayée de noir. Il a grogné après Ren en montrant les crocs. Mon tigre a fait un pas en arrière, puis il a rugi, son collier de poils tout hérissé. Alors Damon s'est assis et a tourné la tête vers sa maîtresse.

J'ai ôté ma main de l'empreinte et j'ai reculé lentement pour me placer derrière Ren. Je me suis mise à trembler de peur. J'avais la sensation qu'un doigt glacé descendait le long de ma colonne vertébrale. La statue respirait et la pierre couleur coquille d'huître s'est faite chair.

La déesse Durgâ était une magnifique Indienne à la peau dorée. Sa robe de soie bleue bruissait à chacun de ses gestes. Toutes sortes de bijoux ornaient ses membres délicats. Ils brillaient de mille feux et jetaient dans le temple des reflets irisés. J'ai retenu mon souffle en la voyant ouvrir les yeux et baisser ses huit bras. Elle en a croisé deux paires sur sa poitrine et elle a incliné la tête pour nous contempler, Ren et moi.

Mon tigre s'est frotté contre moi. Sa présence me rassurait. J'ai posé la main sur son dos et j'ai senti ses muscles se contracter sous ma paume. Il était prêt à bondir, à attaquer, si nécessaire.

Nous nous sommes observés en silence pendant un moment, tous les quatre. Durgâ semblait particulièrement intéressée par ma main, celle qui caressait le dos de Ren. Un de ses membres dorés s'est tendu dans notre direction et elle a fini par prendre la parole.

— Bienvenue dans mon temple, ma fille.

Je brûlais de lui demander pourquoi elle m'avait choisie et pourquoi elle m'appelait sa fille. Je n'étais même pas indienne ! Depuis ma rencontre avec Phet, cette idée me turlupinait, mais j'avais le sentiment qu'il valait mieux que je reste muette.

Elle a désigné le bol à ses pieds.

— Ton offrande a été acceptée.

J'ai baissé les yeux. Les fruits ont scintillé avant de disparaître. Durgâ a tapoté la tête de son tigre pendant quelques instants, l'air absent, comme si elle avait oublié notre présence.

J'ai décidé de la laisser prendre son temps.

Elle m'a regardée et m'a souri. Je suis tombée en extase devant tant de splendeur. Sa voix cristalline et mélodieuse résonnait dans le temple.

— Je vois que tu as ton propre tigre pour t'assister au combat.

Ma voix semblait frêle comparée à la sienne.

— Euh, oui. C'est Ren, mais il est plus qu'un simple tigre.

— Oui, je sais qui il est et je sais que tu l'aimes presque autant que j'aime mon Damon. N'est-ce pas ?

Elle a tiré affectueusement sur l'oreille de son tigre tandis que j'acquiesçais d'un hochement de tête.

— Tu es venue chercher ma bénédiction et je te l'accorde. Approche-toi.

Effrayée, je me suis avancée sur la pointe des pieds. Ren s'est placé entre la déesse et moi en gardant son attention rivée sur Damon.

De ses huit mains, Durgâ m'a fait signe de venir encore plus près. J'ai obéi. Ren et Damon se sont retrouvés nez à nez. Ils ont soufflé fort en plissant le museau pour exprimer leur contrariété. La déesse les a ignorés et m'a souri chaleureusement.

— La récompense que tu cherches est cachée dans le royaume d'Hanumân. Mon signe t'indiquera l'entrée. Ce royaume recèle de nombreux périls. Ton tigre et toi devez rester ensemble afin de le traverser sans encombre. Si vous vous séparez, vous serez en grand danger.

En voyant ses bras bouger, je me suis écartée. Elle a attaché une conque marine à sa ceinture puis elle a commencé à faire tourner ses armes dans ses mains. Elle les a inspectées soigneusement tour à tour. Soudain elle s'est arrêtée. Elle semblait avoir trouvé celle qu'elle voulait. Elle l'a fixée en la caressant avec amour.

C'était le *gadâ*. Elle l'a tendu devant elle et m'a fait comprendre que je devais le prendre. J'ai fermé les doigts sur la poignée torsadée et je l'ai soulevé. Il semblait être en or massif, mais, curieusement, il n'était pas lourd. En fait, je pouvais facilement le tenir d'une main. Il était à peu près long comme mon bras et se terminait par une boule de la taille d'une balle de base-ball sur laquelle étaient incrustés de petits cristaux… « À moins que ce soit des diamants ? » ai-je pensé, ébahie.

J'ai remercié Durgâ qui me considérait avec une expression bienveillante. Elle m'a montré une colonne.

— Vous voulez que j'aille jusqu'à la colonne ? ai-je demandé.

Elle a désigné le *gadâ*, puis de nouveau la colonne, et a hoché la tête d'un air encourageant. J'ai pris une grande inspiration.

— Oh. Vous voulez que je l'essaie ?

Je me suis tournée en brandissant la massue à la manière d'une batte de base-ball.

— Bon… D'accord… mais je n'ai pas beaucoup de force dans les bras, vous savez.

J'ai respiré à fond, fermé les yeux et j'ai frappé. Je m'attendais à ce que le *gadâ* rebondisse sur la pierre en m'envoyant de grandes vibrations dans les épaules. Mais j'ai raté mon coup. Enfin, c'est ce que j'ai cru sur le moment.

Tout s'est déroulé au ralenti. Un bruit fracassant a ébranlé le temple et un bloc de pierre a traversé la salle comme un missile. Il s'est écrasé contre le mur et s'est brisé en mille morceaux. La colonne avait un énorme trou sur le côté.

J'en suis restée bouche bée. La déesse me contemplait fièrement.

— J'ai l'impression que je vais devoir faire très attention avec ce truc.

— Utilise le *gadâ* pour te protéger au besoin, mais je suppose que c'est surtout le guerrier à tes côtés qui s'en servira.

Je me suis penchée pour poser le *gadâ* par terre avec précaution, tout en me demandant comment un tigre pourrait bien le manipuler. Quand j'ai levé les yeux, Durgâ tendait un autre de ses bras. Celui-ci était orné d'un serpent doré – vivant, lui aussi. Il dardait sa langue fourchue et sifflait doucement autour de son biceps.

— Ceci, en revanche, est pour toi.

J'ai regardé avec horreur le serpent dérouler ses anneaux et descendre l'estrade. Il s'est arrêté en dressant la moitié de son corps au-dessus du sol. Sa langue frétillait, goûtant l'air autour de lui. Ses yeux ressemblaient à deux petites émeraudes.

Quand il a gonflé son cou pour lui donner la forme d'un capuchon, j'ai tremblé. Un cobra! À part la couleur, il en avait toutes les marques distinctives. Les dessins sur son capuchon étaient beiges, ambre et crème sur fond doré. La peau de son ventre était blanc cassé et sa langue ivoire.

Il s'est approché en rampant. Ren a reculé de quelques pas alors que le cobra glissait entre ses pattes. J'étais terrifiée. J'avais la bouche sèche, la gorge serrée et l'impression qu'un coup de vent me renverserait comme un rien. Un sourire serein était plaqué sur le visage de la déesse tandis qu'elle observait son animal familier.

Celui-ci a atteint ma chaussure en sortant sa langue une nouvelle fois. Il s'est entortillé autour de ma cheville, puis de mon mollet. Je sentais ses muscles se contracter tandis qu'il remontait lentement… lentement… Je tremblais comme une feuille dans la tempête. Je n'ai pas pu retenir un gémissement et Ren a lâché un cri plaintif. Il ne savait pas quoi faire pour m'aider. Le serpent a atteint le haut de ma cuisse. Mes coudes étaient bloqués, raides, et mes bras écartés sur les côtés. Le serpent a tendu la tête vers ma main.

À la fois ensorcelée et épouvantée, je l'ai regardé se poser sur mon poignet et entreprendre l'ascension de mon bras. Ses écailles étaient fraîches et lisses sur ma peau nue, telles des lamelles d'onyx. Je me sentais comprimée dans un étau puissant. Mon sang a cessé de circuler un instant, comme si j'avais un garrot autour du bras.

Enfin il s'est aventuré jusqu'à mon épaule. Quand sa langue a goûté la sueur salée sur ma gorge, ma lèvre inférieure s'est mise à trembloter. Des gouttes de transpiration dégoulinaient sur mon visage et je respirais difficilement. J'ai senti sa tête passer dans mon cou, frôler mon menton et il est apparu sous mon nez, capuchon déployé. Il m'a fixée droit dans les yeux de ses prunelles dures et luisantes.

Au moment où j'ai cru que j'allais tomber dans les pommes, il est redescendu, s'est enroulé deux fois autour de mon bras, puis il s'est figé, le visage tourné vers Durgâ.

J'ai baissé les yeux prudemment et, à ma grande surprise, j'ai constaté qu'il avait rétréci et qu'il était redevenu bijou. Il ressemblait à un de ces bracelets que les anciens Égyptiens portaient au biceps. Ses yeux d'émeraude regardaient devant lui. Je l'ai touché d'un geste hésitant. Ses écailles avaient désormais un aspect métallique, très différent de celui de sa peau. J'ai frémi. Comme le *gadâ*, il était relativement léger. « C'est déjà une bonne nouvelle », me suis-je dit.

— Son nom est Fanindra, c'est la Reine des Serpents, m'a expliqué la déesse. Elle te guidera et t'aidera à trouver ce que tu cherches. Elle te conduira sur des chemins sûrs et éclairera tes pas dans l'obscurité. N'aie pas peur d'elle, car elle ne te veut aucun mal.

Durgâ a caressé la tête immobile du serpent.

— Elle est sensible aux émotions de ceux qui l'entourent et désire être aimée telle qu'elle est. Elle et tous ses enfants ont un rôle à jouer parmi nous. Nous devons accepter le fait que toutes les créatures, même les plus redoutables, sont d'origine divine.

J'ai incliné la tête.

— J'essaierai de dominer ma peur et de lui témoigner le respect qu'elle mérite.

La déesse m'a souri.

— C'est tout ce que je te demande.

Peu à peu, elle reprenait sa position initiale.

— Puis-je vous donner quelques conseils avant que vous partiez ?

— Nous t'écoutons, Déesse.

— N'oubliez pas de toujours rester ensemble. Si vous veniez à être séparés, ne vous fiez pas à vos yeux. Fiez-vous à vos cœurs. Ils vous diront ce qui est réel et ce qui ne l'est pas. Lorsque vous aurez cueilli le fruit, cachez-le bien, car d'autres voudront s'en emparer et s'en servir à des fins funestes.

— Mais… nous ne sommes pas censés vous le rapporter en guise d'offrande ?

La main qui caressait le tigre s'est immobilisée et sa chair s'est ternie, retrouvant l'aspect rugueux de la pierre.

— Vous avez déjà fait votre offrande. Le fruit a un autre usage, que vous comprendrez le moment venu.

— Et les autres cadeaux ? Les autres offrandes ?

J'étais avide d'en savoir plus et il était évident que les secondes étaient comptées.

— Vous pourrez me présenter d'autres offrandes dans mes autres temples, mais vous devez garder les cadeaux jusqu'à…

Ses lèvres rouges se sont figées au milieu de sa phrase. Ses yeux se sont éteints pour redevenir des globes aveugles. Ses bijoux en or, ses vêtements colorés… toute sa personne a perdu son éclat. Il n'y avait plus devant nous qu'une statue.

Pensive, j'ai tâté l'oreille poussiéreuse de Damon, puis j'ai essuyé mes mains sur mon jean. Ren s'est frotté contre moi et j'ai enfoncé mes doigts dans sa fourrure. Je l'ai caressé distraitement jusqu'à ce qu'une chute de cailloux me tire de ma rêverie.

Alors j'ai ramassé le *gadâ* et nous sommes retournés à l'entrée du temple. Ren m'a attendu pendant que je balayais les empreintes de ses pattes avec une branche.

Tandis que nous suivions le sentier en direction de la Jeep, j'ai été surprise de voir tout le chemin que le soleil avait parcouru depuis notre arrivée. Nous étions restés un long moment à l'intérieur du temple. M. Kadam s'était garé à l'ombre, les vitres baissées, et il faisait la sieste.

— Vous avez senti le tremblement de terre? lui ai-je demandé.

Il s'est redressé en se frottant les yeux.

— Un tremblement de terre ? Non. C'est tellement calme ici qu'on se croirait dans un temple, a-t-il ajouté en souriant. Que s'est-il passé ?

Il a découvert mes cadeaux et, abasourdi, s'est écrié :

— Oh, Miss Kelsey ! Puis-je ?

Il a pris le *gadâ* d'un geste hésitant et l'a soupesé à deux mains. J'ai eu l'impression que cet effort lui coûtait un peu. Il était peut-être moins costaud qu'il n'en avait l'air pour son grand âge. Il a affiché une mine réjouie de chercheur enfin récompensé.

— Il est magnifique ! s'est-il exclamé.

J'ai hoché la tête.

— Et vous devriez le voir à l'œuvre. Vous aviez raison, monsieur Kadam : Durgâ nous a donné sa bénédiction ! (Je lui ai montré le serpent enroulé autour de mon bras.) Dites bonjour à Fanindra.

Il a pointé l'index vers la tête du serpent. J'ai grimacé en espérant qu'elle ne se réveillerait pas, mais elle n'a pas bougé. Il semblait fasciné. J'ai passé mon coude sous le sien.

— Bon, monsieur Kadam, allons-y. Je vous raconterai tout dans la voiture. Je meurs de faim.

Il a éclaté de rire. Il jubilait ! Il a enveloppé soigneusement le *gadâ* dans une couverture et l'a rangé à l'arrière. Puis nous sommes repartis en direction de Hampi.

Il y avait un Fruit d'Or à aller chercher, ainsi avait parlé Durgâ. Nous étions fin prêts.

19

Hampi

Sur la route, M. Kadam a écouté, captivé, le récit de notre aventure dans le temple. Il m'a bombardée de questions. Il m'a interrogée sur des milliers de détails qui m'avaient paru sans importance sur le moment. Par exemple, il voulait savoir ce que représentaient les trois autres colonnes dans la salle – je ne les avais même pas regardées.

Il était si absorbé par notre histoire qu'il a roulé droit jusqu'à l'hôtel en oubliant de déposer Ren dans la jungle. Nous avons dû faire demi-tour.

M. Kadam est resté dans la Jeep à admirer le *gadâ* de plus près pendant que j'accompagnais Ren. Nous avons marché dans les hautes herbes jusqu'à la lisière des arbres. Là, je me suis penchée, je l'ai serré dans mes bras et j'ai murmuré :

— Tu peux dormir dans ma chambre ce soir si tu veux. Je te garderai un peu du dîner.

J'ai embrassé le sommet de son crâne avant de le laisser. Il m'a regardée partir sans bouger.

M. Kadam a emprunté les cuisines de l'hôtel pour nous préparer des omelettes aux légumes avec des toasts et du jus de papaye. En voyant passer les plats des autres clients, je me suis dit que j'avais vraiment de la chance que M. Kadam aime cuisiner. Une dame était en train de faire bouillir un truc dans une grosse casserole et l'odeur n'était pas très appétissante. Si ça se trouve, c'était son linge.

Après m'être goinfrée, j'ai demandé à M. Kadam si je pouvais emporter un peu de rab dans ma chambre, au cas où j'aurais un petit creux dans la nuit. Il a accédé à ma requête avec plaisir, sans me poser de questions.

J'ai laissé le *gadâ* à ses bons soins. En revanche, le bracelet en forme de serpent refusait de quitter mon bras. J'avais beau tirer, forcer, essayer de le faire glisser, impossible de l'ôter. M. Kadam redoutait qu'on n'essaie de me le voler.

— Croyez-moi, lui ai-je dit, ça ne risque pas d'arriver. Et puis si vous l'aviez vue vivante, vous préféreriez qu'elle reste inanimée, vous aussi.

J'ai chassé cette image et je me suis grondée intérieurement : Fanindra était un cadeau et une bénédiction divine. J'ai chuchoté une parole d'excuse à son intention.

De retour dans ma chambre, j'ai enfilé mon pyjama comme j'ai pu. Heureusement, j'avais un haut à manches courtes. J'ai coincé le tissu sous la queue de Fanindra afin que sa tête reste nue. J'ai regardé le serpent dans le miroir tout en me brossant les dents. Je lui ai tapoté légèrement la tête et j'ai marmonné avec la brosse dans la bouche :

— Fanindra, j'espère que tu aimes l'eau parce que, demain matin, j'ai l'intention de prendre une douche.

J'ai cru voir ses yeux durs briller dans le miroir de la petite pièce mal éclairée.

J'ai éteint le ventilateur de plafond, laissé le dîner pour Ren sur la commode et je me suis glissée dans le lit. Les anneaux du serpent s'enfonçaient dans mes côtes et j'avais du mal à trouver une position confortable. Mais, finalement, j'ai réussi à m'assoupir.

Je me suis réveillée au milieu de la nuit en entendant le grattement discret de Ren contre la porte. Pressé d'être près de moi, il s'est dépêché de manger, puis il m'a enlacée et m'a assise sur ses genoux. La joue appuyée sur mon front, il s'est mis à parler de Durgâ et du *gadâ*. Il semblait très excité par les pouvoirs de la massue. J'ai hoché la tête, somnolente, en glissant entre ses bras.

J'aimais sentir les battements de son cœur contre ma joue. Blottie contre lui, paisible, j'ai écouté le timbre chaud de sa voix. Il a commencé à fredonner tout bas.

Au bout d'un moment, il s'est tu et il a bougé pendant que je protestais faiblement dans un demi-sommeil. Lorsqu'il m'a soulevée dans ses bras, j'ai marmonné que je pouvais marcher mais il m'a ignorée. Il m'a posée sur mon lit avec délicatesse et a remonté les draps sur moi. J'ai senti ses lèves sur mon front et ensuite… plus rien.

Un peu plus tard, j'ai ouvert les yeux en sursaut. Le serpent doré était parti ! Je me suis dépêchée d'allumer la lumière et ouf ! j'ai vu Fanindra sur la table de chevet. Elle était figée, mais dans une position légèrement différente, la tête posée au sommet de ses anneaux. Je l'ai regardée d'un air soupçonneux.

J'ai frémi en imaginant un serpent vivant glisser sur mon corps pendant mon sommeil. Ren m'a dévisagée d'un air inquiet avec ses yeux de tigre. Je l'ai tapoté pour le rassurer. J'ai failli lui demander de dormir entre le serpent et moi, mais je me suis dit qu'il fallait que je sois courageuse. Je me suis tournée sur le côté et je me suis emmitouflée dans ma couverture, non sans avoir murmuré à Fanindra que j'apprécierais qu'elle ne rampe pas sur moi sans prévenir. Voire, qu'elle ne rampe pas sur moi *du tout*.

Elle n'a pas cillé.

« Tiens ! Est-ce que ça cligne des yeux, un serpent ? » C'est en réfléchissant à cette question essentielle que je me suis rendormie.

Le lendemain matin, Ren était parti et, Fanindra étant toujours sur la table de chevet, j'ai décidé que c'était le bon moment pour me doucher. De retour dans la chambre, je séchais mes cheveux quand j'ai remarqué qu'elle avait repris sa forme de la veille, le corps enroulé en cercles réguliers.

Je l'ai prise doucement et j'ai glissé son corps rigide le long de mon bras. Cette fois, quand j'ai voulu la déplacer, elle a coulissé sans difficulté.

— Ah, merci, Fanindra. Ce sera beaucoup plus simple si je peux t'enlever au besoin.

Était-ce un effet de mon imagination ? J'ai vu ses yeux émeraude luire l'espace d'un instant.

Je finissais d'attacher ma tresse avec un ruban vert assorti aux yeux de Fanindra quand j'ai entendu toquer à la porte. C'était M. Kadam, les cheveux encore mouillés et la barbe taillée de frais.

— Prête, Kelsey ? a-t-il demandé en prenant mon sac.

Nous avons rendu nos clés à la réception et nous sommes retournés chercher Ren. Après plusieurs minutes d'attente, nous l'avons vu jaillir des arbres et courir jusqu'à la voiture. J'ai ri nerveusement.

— Tu as fait la grasse matinée ?

Il arrivait sans doute seulement de l'hôtel. Je lui ai jeté un regard plein de sous-entendus, l'air de dire : « Tu aurais dû partir plus tôt ! »

Sur la route de Hampi, nous nous sommes arrêtés à un étal de fruits pour acheter deux *lassi* et deux barres de céréales. J'ai bu la moitié de ma boisson et proposé le reste à Ren. Il a coincé sa tête entre les sièges avant et il a lapé le fond du verre avec sa grande langue, en me léchant la main « par inadvertance » de temps en temps.

— Merci beaucoup, Ren ! me suis-je esclaffée. Maintenant j'ai les mains toutes collantes.

Il a recommencé de plus belle en enroulant sa langue rose autour de mes doigts.

— D'accord ! D'accord ! Ça chatouille ! Merci, mais ça suffit.

M. Kadam, qui riait de bon cœur, a ouvert la boîte à gants et m'a donné un paquet de lingettes antibactériennes.

— Terminé, je ne partagerai plus jamais de milk-shake avec toi ! ai-je râlé en me nettoyant les mains.

J'ai entendu un groumpf sur la banquette arrière. Quand j'ai tourné la tête, il était l'innocence personnifiée, mais je savais à quoi m'en tenir.

M. Kadam a indiqué un grand bâtiment au loin.

— Cette structure conique s'appelle le temple de Virupaksha. C'est l'édifice le plus important de Hampi, ville qui a été fondée il y a deux mille ans. Nous allons bientôt passer devant la grotte de Sugriva, où, paraît-il, seraient cachés les bijoux de Sîtâ.

— Ils y sont toujours ?

— On ne les a jamais découverts, et c'est une des raisons pour lesquelles la ville a été mise à sac tant de fois par des chercheurs de trésor. (M. Kadam s'est arrêté sur le bas-côté et a laissé sortir Ren.) Ren va attendre ici que tous les touristes aient disparu. Pendant ce temps, nous allons nous promener sur le site et traquer des indices.

Le temple de Virupaksha devait mesurer l'équivalent d'un immeuble de dix étages. Il ressemblait à un cône en gaufre renversé. Après s'être garé devant la grille, M. Kadam a disserté sur son architecture :

— Il y a des cours, des tombeaux et des portes dans tous les bâtiments adjacents au temple. On trouve aussi un sanctuaire à l'intérieur, avec des galeries à colonnades et des cloîtres. Viens, je vais te montrer.

Au cours de la balade, M. Kadam m'a rappelé que nous

cherchions un passage vers Kishkindha, un monde gouverné par des singes.

— Je ne sais pas exactement à quoi cela va ressembler, mais peut-être y aura-t-il une autre empreinte de main. La prophétie de Durgâ mentionne aussi des serpents.

« Encore des serpents, ai-je pensé en me raidissant. Un passage vers un monde mythique ? Cette aventure devient de plus en plus bizarre… »

Au fil de la journée, éblouie par les ruines, j'ai fini par oublier complètement le but de notre visite. Tout était magnifique. Nous nous sommes arrêtés devant un monument appelé le Chariot de pierre. Il représentait un temple miniature posé sur des roues, lesquelles étaient sculptées en forme de fleur de lotus. Elles tournaient même comme des roues normales.

Un autre édifice, le temple de Vittala, se distinguait par ses superbes statues de femmes en train de danser. Nous avons écouté un guide qui expliquait la signification des cinquante-six colonnes du temple.

— Quand on les frappe, les colonnes vibrent et produisent des notes de musique. Un musicien habile pourrait même jouer un air dessus.

Nous avons écouté les colonnes vibrer tandis qu'il tapait doucement sur la pierre. La mélodie enchanteresse est restée longtemps suspendue dans l'air. Le son s'est éteint bien avant que les vibrations ne cessent.

Nous nous sommes ensuite arrêtés devant les Bains de la reine.

— C'était un endroit où le roi et ses femmes pouvaient se détendre, m'a expliqué M. Kadam. Autrefois il y avait des appartements autour du centre. Des balcons s'avançaient en saillie sur les façades et les femmes pouvaient s'y asseoir en regardant le bassin. Une canalisation pompait de l'eau dans la citerne en brique et il y avait un petit jardin d'ornement sur le côté, où les femmes se prélassaient et pique-niquaient à l'occasion. Le bassin mesurait environ quinze mètres de long et un mètre quatre-vingts de profondeur. On versait du parfum dans l'eau et l'on y jetait des pétales de fleurs. Il était entouré de fontaines en forme de fleur de lotus. On en voit encore quelques-unes. Un canal faisait tout le tour de l'installation et le bâtiment était bien gardé, de sorte que seul le roi pouvait entrer et batifoler avec les dames, les autres galants étant maintenus à l'écart.

J'ai froncé les sourcils.

— Et comment savez-vous tout ça, hein, si les Bains étaient si bien surveillés ?

Il a souri en se caressant la barbe.

— Monsieur Kadam ! Vous n'êtes quand même pas entré par effraction dans le harem du roi ?

Il a haussé les épaules.

— C'était un rite de passage pour les jeunes hommes de ma génération. Plusieurs sont morts en tentant l'expérience. Il se trouve que je fais partie des rares à avoir survécu.

J'ai éclaté de rire.

— Eh bien, là, je dois dire que vous me surprenez ! Je ne vous verrai plus du même œil désormais. S'introduire en douce dans un harem ! Qui l'eût cru ? (J'ai avancé de quelques pas et j'ai fait volte-face.) Eh, attendez une minute. Un rite de passage… Est-ce que Ren et Kishan… ?

Il a levé les mains.

— Tu leur poseras la question directement. Je ne voudrais pas répondre une bêtise.

— Hmm, ai-je grogné. Cette question s'est classée en tête de ma liste…

Nous avons fait le tour de la Maison de la victoire et du Lotus Mahal sans rien remarquer de particulier. Idem pour le

Quartier des nobles, où avaient lieu les rencontres diplomatiques et où on emmenait les invités de marque prendre un dîner bien arrosé. Nous avons contourné la Balance du roi, où le souverain venait peser l'or, l'argent et les céréales à vendre, et où il distribuait également des biens aux plus démunis.

J'ai adoré les Étables des éléphants, un long bâtiment comportant une dizaine de dômes de tailles variées, qui avait abrité jusqu'à onze éléphants dans ses beaux jours. M. Kadam m'a expliqué que ces animaux-là n'étaient envoyés ni au combat, ni sur les chantiers. Ils servaient uniquement pour des rituels. Ils composaient la réserve privée du roi. Bien dressés, ils étaient parés de tissus dorés, de bijoux, et on leur peignait même la peau.

Enfin, nous sommes arrivés devant une grande statue d'Ugra Narasimha. Quand j'ai demandé des précisions à M. Kadam, il n'a pas réagi tout de suite. Il était occupé à l'examiner sous tous les angles en réfléchissant à voix haute. J'ai regardé le sommet en me protégeant les yeux avec les mains.

— C'est qui, lui ? ai-je répété. Il est moche.

Cette fois, j'ai obtenu des éclaircissements.

— Narasimha est un dieu mi-homme, mi-lion, mais il peut prendre d'autres formes. Il est en effet impressionnant, et même effrayant. Il est célèbre pour avoir assassiné un puissant démon. Ce qui est intéressant dans cette histoire, c'est que le démon ne pouvait être tué ni sur terre ni dans l'espace, ni le jour ni la nuit, ni à l'intérieur ni à l'extérieur, ni par un humain ni par un animal, ni par un quelconque objet, animé ou inanimé.

— J'ai l'impression que vous avez un paquet de démons invincibles… Alors comment il s'y est pris, votre Narasimha ?

— Ah, il était très intelligent. Il a soulevé le démon et l'a pris sur ses genoux, et il l'a tué au crépuscule, sur le seuil d'une porte, avec ses griffes.

J'ai pouffé.

— Ça fait un peu colonel Moutarde dans le salon avec le chandelier.

M. Kadam a ri.

— En effet. Si tu regardes de plus près, Kelsey, tu verras qu'il est assis sur la queue d'un serpent à sept têtes. Elles forment une arche au-dessus de lui, avec leurs capuchons déployés de façon à lui faire de l'ombre.

J'ai grimacé.

— Ah oui, ce sont bien des serpents.

J'ai jeté un coup d'œil inquiet à Fanindra : elle n'avait pas bougé.

M. Kadam s'est remis à parler tout seul en tournicotant autour de la statue.

— Vous cherchez quelque chose, monsieur Kadam ?

— La prophétie dit : « Laissez les serpents vous guider. » Je pensais que c'était une référence à ton serpent doré, mais peut-être que le pluriel a son importance.

J'ai étudié à mon tour la base de la sculpture. Peut-être y avait-il une porte dérobée ou une empreinte de main ? Nous essayions d'avoir l'air aussi détaché que possible, comme les autres touristes.

M. Kadam a fini par abandonner.

— Je pense que ce serait une bonne idée que Ren et toi reveniez ici ce soir. Je soupçonne l'entrée de Kishkindha de se trouver ici, près de cette statue.

Nous avons rapporté un pique-nique à Ren. Je lui ai découpé des morceaux de poulet tandoori, qu'il a mangés délicatement dans ma paume pendant que je lui racontais notre visite en détail.

M. Kadam nous a expliqué que les ruines étaient fermées aux visiteurs au coucher du soleil, sauf événement extraordinaire.

— En général, le soir, des gardes surveillent le bâtiment au cas où des chercheurs de trésor viendraient. Ces derniers sont responsables de l'essentiel des destructions subies par ces monuments. Pourtant l'or et les bijoux ont disparu de Hampi depuis longtemps. Les seuls trésors qu'il reste sont précisément ce qu'ils saccagent… Je vous déposerai de l'autre côté des collines. Il n'y a pas de route d'accès au site de ce côté-là, donc pas de gardiens non plus.

— Mais comment on va accéder aux ruines, alors ? ai-je demandé, redoutant la réponse à l'avance.

Il a affiché un grand sourire.

— Pourquoi crois-tu que j'aie acheté un véhicule tout-terrain ? (Il s'est frotté les mains, tout émoustillé.) Ça va être excitant !

— Fantastique, ai-je gémi. J'ai déjà la nausée.

— Il va falloir que tu prennes le *gadâ* dans ton sac à dos, Kelsey. Tu penses que tu y arriveras ?

— Bien sûr. Il n'est pas très lourd.

Il m'a regardée, déconcerté.

— Comment ça, pas lourd ?

Il l'a déballé et soulevé à deux mains avec peine. Étonnée, j'ai marmonné :

— C'est bizarre. Je me souviens de m'être dit qu'il était léger comparé à sa taille…

Je l'ai pris à mon tour et M. Kadam est tombé des nues en constatant que je pouvais aisément le brandir d'une seule main.

— J'ai l'impression qu'il pèse dans les vingt-cinq kilos…

— Moi, j'aurais dit dans les trois, quatre kilos.

— Incroyable…

M. Kadam l'a enveloppé dans une fine couverture et l'a glissé dans mon sac. Nous sommes remontés dans la Jeep et il a emprunté une petite route de campagne, qui se transformait plus loin en chemin de terre, puis en piste de gravier, avant de se réduire à deux sillons dans la poussière pour enfin disparaître.

Il a installé un mini-campement en m'assurant que Ren serait capable de retrouver son chemin. Il m'a donné une lampe de poche, une copie de la prophétie et quelques avertissements :

— N'utilise la lampe que si tu n'as pas le choix. Sers-t'en le moins souvent possible à cause des rondes de nuit. Reste vigilante. Ren sentira les sentinelles arriver, vous ne devriez donc pas avoir d'ennuis. Je suggère également que Ren demeure au maximum sous sa forme de tigre au cas où tu aurais besoin de lui sous sa forme humaine plus tard. (Il a posé ses mains sur mes épaules en souriant.) Bonne chance, Kelsey. Rappelle-toi que vous ne trouverez peut-être rien et que, dans ce cas, il faudra repartir de zéro demain soir. Mais nous avons du temps devant nous. Ne t'affole pas.

— D'accord. Pas la peine de m'affoler…

Les étoiles brillaient fort dans le ciel sans lune, noir et velouté. C'était magnifique, mais ça manquait tout de même de clarté. Heureusement, la fourrure de Ren était facile à repérer. J'avançais prudemment sur le terrain parsemé de trous (je préférais ne pas savoir quel genre de bestiole les avait creusés) et d'ornières. Ce n'était pas le moment de trébucher et de me casser la cheville.

Après quelques minutes d'une progression laborieuse, une lumière verdâtre est apparue devant moi. En regardant partout, j'ai fini par comprendre qu'elle émanait des yeux de Fanindra. Le serpent éclairait la campagne plongée dans l'obscurité et me procurait une sorte de vision nocturne. Grâce à elle, je distinguais nettement formes et contours, mais l'expérience était quand même flippante. J'avais l'impression d'avoir atterri sur une planète verte bizarre.

Au bout d'une heure de marche, nous sommes parvenus aux abords des ruines. Ren a ralenti et a humé l'air. Une brise fraîche descendait des collines. Il a dû estimer que la voie était libre car il a repris son chemin à vive allure.

Nous avons traversé le site en direction de la statue d'Ugra Narasimha. Les ruines monumentales jetaient des ombres inquiétantes. Les colonnes et les arches que j'avais tant admirées dans la journée étaient maintenant des gueules noires et béantes qui menaçaient de me dévorer. La brise sifflait et gémissait en s'engouffrant dans les galeries comme si des fantômes annonçaient notre présence.

Les poils de ma nuque se sont hérissés. J'imaginais des yeux en train de nous observer et des démons tapis sous les colonnades, dans la brume.

Lorsque nous avons enfin atteint Ugra Narasimha, Ren s'est mis à renifler et à traquer des fissures cachées pendant que j'inspectais la statue à tâtons. Après une heure de recherches infructueuses, j'ai jeté l'éponge.

— Je suis épuisée, Ren. Je voudrais retourner voir M. Kadam et dormir. Dommage qu'on n'ait pas d'offrande et de cloche cette fois. Peut-être que Narasimha prendrait vie, lui aussi, hein ?

Il s'est assis à côté de moi et je lui ai caressé la tête. Puis une idée m'a traversé l'esprit.

— Une cloche, ai-je marmonné. Je me demande si…

Je me suis levée et j'ai couru jusqu'au temple de Vittala. Sans réfléchir, j'ai donné trois petits coups sur une colonne musicale, en espérant que les gardiens ne m'entendraient pas. Ensuite je suis retournée au pied de la statue ventre à terre. Les yeux du serpent à sept têtes rougeoyaient et une petite sculpture de Durgâ était apparue sur le côté.

— Je l'ai trouvé! Le signe de Durgâ! Bon, c'est une

première étape. Et maintenant ? On fait une offrande ? Mais on n'a rien à offrir ! me suis-je écriée, frustrée.

La bouche de la statue mi-homme, mi-lion s'est ouverte et de maigres filets de fumée grise s'en sont échappés. Les volutes ont enveloppé le corps de la statue, ont formé un nuage au ras du sol et se sont répandues dans toutes les directions. On ne voyait plus que les yeux rouges du serpent. J'ai gardé la main sur la tête de Ren pour me rassurer.

J'ai décidé d'escalader la sculpture afin d'examiner sa tête. Ren a grogné une objection, mais je l'ai ignoré et je me suis mise à grimper. Je n'ai rien trouvé là-haut non plus pour nous guider. Au moment de redescendre, j'ai mal évalué la distance qui me séparait du sol et j'ai raté mon saut. Ren s'est matérialisé à mes côtés en un éclair. Je n'étais pas blessée – je n'avais qu'un ongle cassé –, mais ce brouillard tourbillonnant me glaçait.

C'est en fixant mon ongle fendu que je me suis rappelé l'histoire d'Ugra Narasimha. J'ai réfléchi pendant une minute.

— Ren, peut-être que si on répète les actions d'Ugra Narasimha, la statue nous conduira jusqu'à la prochaine étape. On peut toujours essayer.

Il a frôlé ma main dans l'obscurité.

— Bon, on doit réunir cinq conditions. Il nous faut un être mi-animal, mi-humain. Ça, c'est toi. Voilà, mets-toi là. Tu seras Narasimha et moi le démon. Ensuite, il faut trouver un endroit qui ne soit ni dedans ni dehors. Cherchons des marches ou un seuil. (J'ai tâtonné autour de la statue.) Je crois qu'il y a une sorte de porte ici…

J'ai senti un cadre en pierre. Nous nous sommes tous les deux glissés dessous.

— Troisièmement, il faut agir entre le jour et la nuit. J'imagine que je peux me servir de ma lampe de poche.

(J'ai allumé ma lampe une fois et je l'ai éteinte aussitôt en espérant que ça suffirait.) Et puis il y a l'histoire des griffes. Hmm… je crois que tu vas être obligé de me griffer. (J'ai tressailli.) J'espère qu'une goutte de sang fera l'affaire.

J'ai entendu un grondement de protestation.

— C'est bon. Une petite égratignure ne va pas me tuer.

Il a soulevé la patte en grognant doucement et l'a posée sur mon bras. Je l'avais vu sortir ses énormes griffes plusieurs fois, pendant la chasse et la bagarre contre Kishan, notamment. Je ne pouvais pas m'empêcher d'avoir un peu peur. J'ai fermé les yeux et j'ai attendu. Je n'ai rien senti.

J'ai regardé mes jambes à la lumière de la lampe de poche et je n'ai pas vu la moindre goutte de sang. J'ai aussitôt eu un doute et j'ai braqué le rayon sur sa fourrure blanche.

— Ren ! Laisse-moi voir. J'espère que tu ne t'es pas fait trop mal.

Sa patte saignait. Il avait de vilaines entailles. J'étais furieuse.

— Je sais que tu guéris vite, mais franchement, Ren ! Tu avais besoin de te blesser comme ça ? En plus, ça ne marchera sûrement pas si ce n'est pas moi qui saigne. C'est moi, le démon ! J'apprécie ton sens du sacrifice mais je veux quand même que tu me griffes… euh… moins profond, cela dit.

Il refusait de bouger. Il a fallu que je me penche et que je soulève sa lourde patte moi-même. Quand je l'ai positionnée sur mon bras, il a rétracté ses griffes.

— Ren, s'il te plaît, coopère. C'est déjà assez compliqué comme ça.

Il a sorti la pointe d'une griffe et a effleuré mon bras sans laisser la moindre marque.

— Ren, allez !

Il a recommencé un peu plus fort. Des zébrures rouge vif sont apparues sur mon avant-bras. Deux saignaient légèrement.

— Ah, merci.

J'ai examiné ses coupures qui étaient déjà presque refermées. Satisfaite, je suis passée au dernier point.

— Bon, le démon ne pouvait mourir ni dans les cieux ni sur terre. Narasimha l'a pris sur ses genoux. Alors je suppose que je vais devoir… m'asseoir sur ton dos.

Ren n'était pas plus haut qu'un petit poney et je n'aurais aucun mal à le chevaucher. Mais derrière le tigre, il y avait un homme, et je trouvais très gênant de le traiter comme une bête de somme. J'ai ôté mon sac à dos en me demandant ce que je pouvais faire pour rendre ce moment un peu moins embarrassant. J'ai rassemblé mon courage et je m'apprêtais à m'asseoir sur son dos en amazone quand mes pieds ont quitté le sol.

Ren s'était changé en homme et il m'avait prise dans ses bras. Je me suis tortillée en protestant, mais il m'a jeté un regard impérieux. Il s'est penché pour attraper le sac et il a dit :

— Et après ?

— Je n'en sais rien. C'est tout ce que m'a dit M. Kadam.

Il m'a fait changer de position, a avancé puis reculé sous la porte…

— Je ne vois aucun changement, a-t-il murmuré en observant la statue.

Je dois avouer qu'à ce moment-là j'avais un peu perdu de vue la mission. Mes égratignures avaient cessé de me picoter. Blottie contre son torse musclé, je me sentais bien. J'ai contemplé son visage. Il était beau à tomber ! L'idée m'a traversé l'esprit que si je devais sculpter un dieu dans la pierre, je choisirais Ren pour modèle. Ce Narasimha mi-lion, mi-homme ne valait rien comparé à lui.

Il a fini par s'apercevoir que je le regardais et m'a dit :

— Hou hou, Kells ? On a un sortilège à briser, tu te rappelles ?

Je lui ai souri bêtement. Il a haussé un sourcil.

— Tu pensais à quoi, là ?

— Oh, rien d'important…

— Je te signale que, si tu ne réponds pas, je vais te chatouiller. Je te tiens… pas moyen de t'échapper. Dis-moi.

— Si tu me chatouilles, je vais me débattre violemment, tu vas me lâcher et ça va ruiner tous nos efforts.

Il s'est penché à mon oreille et a chuchoté :

— Tu me provoques, *rajkumari*. Je suis tenté de relever le défi, mais plus tard. Et pour ton info, non, je ne te lâcherai pas, Kelsey.

La façon dont il a prononcé mon nom m'a donné la chair de poule. Alors que je me frottais les bras, j'ai remarqué que la lampe était éteinte. Je l'ai rallumée mais la statue est restée immobile.

— Il ne se passe strictement rien. Il faut peut-être qu'on attende jusqu'à l'aube ? ai-je suggéré.

Il a ri en fourrant son nez derrière mon oreille.

— Si, il se passe des trucs… mais pas le genre de trucs qui ouvrent des passages secrets.

Il a commencé à m'embrasser dans le cou, lentement. J'ai soupiré et j'ai levé le menton pour l'encourager. Il s'est arrêté un peu trop tôt à mon goût. Quand il s'est redressé, j'ai demandé :

— Ça veut dire quoi, *rajkumari* ?

Il m'a reposée par terre.

— Ça signifie « princesse ». Essayons de trouver un endroit pour dormir, tu veux ? Je vais courir dire à M. Kadam qu'on a l'intention de rester jusqu'à l'aube pour réessayer.

Je me suis trouvé un recoin, loin du regard des gardiens, et je me suis allongée sur l'herbe. Ma couverture roulée sous ma tête, j'ai tenté de dormir. Sans succès, jusqu'au retour de

Ren. Alors je me suis pelotonnée avec plaisir contre son dos de tigre et j'ai sombré dans le sommeil.

Je me suis réveillée blottie dans ses bras. Il était en train de me porter jusqu'à la statue. J'ai marmonné dans un demi-sommeil :

— Pas besoin de me porter. Je peux marcher.

Il a souri.

— Tu étais fatiguée et je n'ai pas eu le cœur de te réveiller. Voilà, nous y sommes.

Il faisait encore sombre, mais l'horizon s'éclaircissait à l'est. La statue était exactement telle que nous l'avions laissée – avec des yeux de serpent qui luisaient et des volutes de fumée qui s'échappaient de sa bouche. Nous sommes restés debout un moment dans le cadre de la porte. J'ai senti quelque chose bouger. C'était Fanindra. Elle a repris vie, doublé de volume et elle est descendue de mon bras.

Ren m'a rapprochée du sol de façon qu'elle puisse se poser délicatement par terre. Elle a rampé sur la statue et a trouvé un chemin pour grimper jusqu'au sommet.

Ensuite elle s'est glissée autour des sept têtes du serpent. À mesure qu'elle les touchait, celles-ci prenaient vie. Elles se sont mises à se balancer tandis que la queue de pierre sur laquelle la statue était assise se changeait en peau couverte d'écailles.

Fanindra est revenue vers nous. Elle s'est lovée dans la poussière, s'est raidie et a repris sa forme de bracelet. Ren m'a reposée à terre et l'a ramassée. Il l'a glissée avec précaution à mon bras, puis il a effleuré mes égratignures en fronçant les sourcils. Il a déposé un petit baiser sur ma peau abîmée et il s'est changé en tigre.

La queue du serpent à sept têtes s'est dressée en entraînant la statue dans son mouvement. Un trou noir est apparu dessous. L'ouverture était assez large pour nous laisser passer, Ren et moi.

J'ai jeté un coup d'œil à l'intérieur avec ma lampe et j'ai distingué une volée de marches en pierre qui disparaissait dans l'obscurité. La bouche de Narasimha a soudain cessé de cracher de la fumée pour, au contraire, l'aspirer. La vapeur nous a enveloppés en remontant jusqu'au sommet de la statue, puis elle s'est engouffrée dans l'escalier. Nous avons fait un pas derrière la queue épaisse du serpent et nous avons plongé dans les ténèbres.

Nous venions de trouver l'entrée de Kishkindha.

20

Épreuves

Nous avons descendu prudemment l'escalier de pierre avec pour seul éclairage le mince rayon de ma lampe de poche. Quand nous avons atteint la dernière marche, les yeux de Fanindra se sont mis à briller, jetant dans le tunnel devant nous une lumière vert émeraude inquiétante.

J'ai arrêté Ren et j'ai relu la prophétie de Durgâ à voix haute.

Voyage à l'ouest en quête de Kishkindha
Où règnent les singes.
Dans le royaume de Hanumân frappe le gadâ ;
Et trouve la branche sacrée.
Un ciel d'épines te menace ;
Une rivière de périls éblouissants
Dans un courant profond et saumâtre
Ensorcelle et piège les êtres aimés –
Des fantômes blafards te guettent
Et des gardiens t'attendent sur ton chemin.
Prends bien garde s'ils te poursuivent
Sans quoi tu partageras leur sort et tomberas en poussière.
Mais tu peux vaincre ces périls
Si des serpents trouvent le fruit interdit
Et assouvissent la faim de l'Inde...
Sinon c'est tout son peuple qui mourra.

Au bas de la page figurait une note de M. Kadam rédigée dans son écriture nette et fluide.

Kelsey,

Tu devras affronter plusieurs épreuves en entrant dans Kishkindha, alors sois prudente. Durgâ a dit que tu devais rester près de Ren. Si vous vous séparez pour une raison ou pour une autre, le danger sera grand. Elle a également dit de ne pas vous fier à vos yeux. Vos cœurs et vos âmes vous diront la différence entre l'illusion et la réalité. Sa dernière recommandation était de bien cacher le fruit une fois que vous l'aurez trouvé.

Bhagyashalin!

Que la chance soit avec vous!

Anik Kadam.

— Je n'ai aucune idée de ce que ces dangers pourraient être, ai-je marmonné. J'espère que les machins pleins d'épines ne sont qu'une espèce de plante.

Nous avons repris notre marche et j'ai passé tout le trajet à énumérer des animaux à épines.

— Voyons voir. Il y a les stégosaures. Il y a aussi les dragons, les porcs-épics, sans oublier les iguanes à cornes. Si je devais choisir un animal à piquants, mon choix se porterait sur ceux-là. Après, on peut aussi imaginer des monstres géants avec d'énormes gueules et… On a peut-être intérêt à sortir le *gadâ* du sac maintenant, non ?

Je me suis arrêtée pour le prendre. Traîner la massue rendrait la marche plus pénible mais ça me rassurait de l'avoir à la main.

Le sol de pierre a bientôt laissé la place à un chemin pierreux. Plus nous avancions, plus il devenait lumineux.

Les yeux de Fanindra se sont voilés, puis éteints. Il se passait quelque chose d'étrange. Je commençais à m'habituer à un certain degré de bizarrerie, mais là, j'étais vraiment perplexe.

Nous étions littéralement en train de suivre une lumière blanche au bout du tunnel. J'avais l'impression d'être prisonnière d'un de mes cauchemars où il ne faisait ni jour ni nuit, et dans lesquels un démon tapi dans mon subconscient me menaçait, m'empêchait d'avancer et blessait les personnes à qui je tenais.

Le brouillard tourbillonnant nous accompagnait. Il déferlait légèrement devant nous, nous empêchant de voir ce qui nous attendait plus loin sur le chemin. Dès qu'on s'arrêtait, il nous enveloppait et tournait autour de nous telle une petite tornade. La brume froide et grise palpait ma peau de ses doigts glacés comme si elle cherchait un talon d'Achille.

Le couloir a changé. Mes pieds s'enfonçaient maintenant dans un sol détrempé et j'entendais le crissement de mes chaussures sur une herbe rase. Les murs se sont couverts de mousse, puis d'herbe, et bientôt de petites plantes qui ressemblaient à des fougères. Je me suis demandé comment elles pouvaient survivre dans cet environnement humide et mal éclairé.

Les parois se sont écartées progressivement, jusqu'à disparaître. Le plafond s'est ouvert sur un ciel gris, sans horizon et sans profondeur. Cela m'a rappelé les systèmes écologiques artificiels construits sous des dômes, mais celui-ci n'était pas l'œuvre des humains.

Le chemin plat s'est incliné en pente et j'ai dû me concentrer sur mes pieds. Nous sommes entrés dans une forêt pleine de plantes et d'arbres étranges. Ces derniers se balançaient sur leur base comme si le vent les malmenait, or je ne sentais pas le moindre souffle d'air. Ils étaient si proches les uns des autres et les broussailles si épaisses que le sentier a rapidement disparu.

Ren nous a frayé un passage avec son corps. Les arbres avaient de longues branches qui tombaient jusqu'au sol, comme des saules pleureurs. Leurs vrilles duveteuses me chatouillaient. Je me suis gratté le cou et j'ai été étonnée de sentir quelque chose de mouillé sur ma peau.

« Je dois transpirer. Curieux, je ne m'en étais pas rendu compte. Peut-être que de l'eau goutte des branches. » Un liquide poisseux était étalé sur ma main. La lumière verdâtre lui donnait une teinte marron. « C'est quoi ? De la sève ? Non ! Du sang ! »

J'ai arraché une feuille pour l'étudier de plus près. Elle possédait de minuscules épines alignées sur le dessous. Elles se tendaient vers mon doigt quand je l'approchais et suivaient ses mouvements, comme attirées par un aimant.

— Ren, arrête-toi ! Les branches nous égratignent. Elles sont couvertes de piquants. C'est ça, le ciel plein d'épines !

Quand il s'est immobilisé, les branches sont lentement descendues vers lui et se sont enroulées autour de son cou et de sa queue. Il a sauté et les a violemment arrachées.

— Si on ne court pas, elles vont nous prendre au piège ! ai-je hurlé.

Il a redoublé d'efforts pour nous ouvrir un chemin dans les taillis. Je courais derrière lui. La forêt semblait s'étendre à l'infini et il n'y avait pas la moindre trouée. Après un quart d'heure de course, j'ai ralenti, épuisée.

Essoufflée, j'ai dit d'une voix rauque :

— Ren, je te ralentis. Continue sans moi. Tu peux y arriver.

Il est revenu vers moi en trottinant. Les branches ont aussitôt recommencé à enrouler leurs vrilles souples autour de son corps.

Il a rugi et s'est roulé sur le dos en lançant de grands coups de griffes vers les branches. Elles se sont rétractées un instant. J'en ai senti une enlacer mon bras et j'ai su que c'était la fin. Les yeux emplis de larmes, je me suis agenouillée pour caresser la joue de mon tigre.

— Ren, va-t'en. Je t'en prie, sauve-toi.

Il a changé de forme et sa main s'est posée sur la mienne.

— Nous devons rester ensemble, tu te souviens ? Je ne te laisserai pas, Kelsey. Jamais.

J'ai hoché la tête tandis qu'il ôtait avec précaution la branche accrochée à mon bras, puis qu'il en écartait une autre qui s'attaquait à mon cou.

— Viens.

Il m'a pris le *gadâ* des mains et s'est mis à en distribuer des coups aux branches. Mais celles-ci cherchaient à refermer leurs doigts crochus autour de l'arme, insensibles à son pouvoir. Alors Ren s'est tourné vers un tronc et il l'a frappé de toutes ses forces.

Aussitôt, l'arbre s'est ramassé sur lui-même. Les lianes se sont repliées vers l'intérieur et ont enveloppé le tronc, comme pour le protéger. Ren m'a fait signe d'attendre à côté de l'arbre blessé. Il s'est avancé de quelques pas en brandissant le *gadâ*.

Il a frappé les troncs à la volée, l'un après l'autre, laissant derrière lui des entailles béantes dans l'écorce broyée. Je l'ai suivi tandis qu'il progressait lentement dans la forêt. Les branches vengeresses le lacéraient méchamment à la moindre occasion mais l'énergie de Ren semblait inépuisable.

J'ai grimacé en regardant les coupures et les griffures qui quadrillaient son dos. Il n'avait plus un centimètre de peau intacte. Sa tunique en lambeaux était rouge de sang, comme s'il venait d'être fouetté avec un martinet.

Nous avons enfin atteint la lisière de la forêt et débouché dans une clairière. Ren m'a attirée hors de portée des branches et il s'est écroulé par terre, plié en deux, trempé de sueur et le souffle court. J'ai pris de l'eau dans mon sac à dos. Il a bu toute la bouteille d'une traite.

J'ai examiné son bras ensanglanté. Son corps était visqueux de sang et de sueur. J'ai sorti une autre bouteille ainsi qu'un vieux tee-shirt et j'ai nettoyé ses plaies. J'ai pressé le tissu humide et frais sur son visage et dans son dos. Il a commencé à se décontracter et à respirer plus lentement. Ses coupures se refermaient déjà. Tout à coup, j'ai eu une illumination.

— Ren ! Tu es resté sous ta forme humaine beaucoup plus de vingt-quatre minutes. Tu te sens bien… enfin, à part les écorchures, je veux dire ?

Il a tâté son torse.

— Oui. Je ne ressens pas le besoin de me changer en tigre.

— Alors peut-être qu'on a déjà fait ce qu'il fallait. Peut-être qu'on a brisé le sortilège !

Il a réfléchi.

— Non, je ne crois pas. J'ai le sentiment qu'il faut continuer à avancer.

— Pourquoi tu n'essaies pas de te transformer ? Juste pour voir ?

Il a fait l'expérience et, dès qu'il est redevenu humain, ses vêtements sales et déchirés ont été remplacés par du tissu blanc immaculé.

— Peut-être que c'est juste la magie de cet endroit qui me permet de rester humain.

Devant ma mine déconfite, Ren a éclaté de rire et m'a embrassé le bout des doigts.

— Ne t'inquiète pas, Kells. Je serai bientôt cent pour cent humain, mais, en attendant, j'ai l'intention de profiter de cette bénédiction aussi longtemps que possible.

Il m'a fait un clin d'œil, puis il m'a attirée à lui pour inspecter mes blessures. Il a passé le linge mouillé le long de mes bras avec tendresse.

— Bon, tout va bien, a-t-il déclaré. Tu as une vilaine égratignure dans le cou mais je crois qu'elle cicatrisera bien.

Il a tiré sur le col de mon tee-shirt.

— Y a-t-il... euh... d'autres endroits que tu souhaites me voir examiner ?

J'ai repoussé sa main.

— Non, merci. Je peux regarder ces *autres endroits* moi-même.

Il a ri, beau joueur, puis il s'est levé et m'a aidée à faire de même. Il a enfilé mon sac à dos et hissé le *gadâ* sur une de ses épaules. Ensuite il m'a offert sa main et nous avons repris notre marche.

Nous sommes passés à côté d'autres arbres tueurs mais ils étaient plus espacés, et mélangés à des essences moins dangereuses, si bien que nous avons réussi à rester hors de leur portée. Ren a enlacé ses doigts aux miens.

— C'est sympa de marcher avec toi sans avoir à me préoccuper du nombre de minutes qu'il me reste.

Ren semblait heureux malgré notre situation dans cette forêt terrifiante. J'ai songé à quel point ce devait être dur pour lui de devoir toujours compter les minutes et tirer parti au mieux de chaque seconde. Son humeur joyeuse a fini par déteindre sur la mienne. Des épreuves sans doute pires que celle que nous venions de traverser nous guettaient. Mais on s'en soucierait plus tard. En attendant, on se promenait côte à côte, bien décidés à savourer l'instant présent.

Un nouveau chemin de terre est apparu. Il menait vers un grand tunnel qui traversait des collines. Il n'y avait aucune autre issue possible, alors on s'y est engagés prudemment en regardant autour de nous, aux aguets. Des flambeaux étaient allumés sur les murs de pierre. De nombreuses galeries partaient du couloir principal. J'ai sursauté en apercevant quelque chose passer dans l'une d'elles.

— Ren ! J'ai vu un truc, là !

— Moi aussi.

J'avais l'impression de me trouver dans une vaste ruche. Des silhouettes surgissaient sans crier gare à la périphérie de notre champ de vision. Je me suis blottie contre Ren et il a passé un bras autour de mes épaules.

L'écho d'une voix résonnait à travers les tunnels. Une femme pleurait doucement.

— Ren ? Ren ? Ren ? Ren ?

— Je suis ici, Kells ! Kells ! Kells !

Ren m'a jeté un regard plein d'appréhension. Ces voix étaient les nôtres ! Il m'a lâchée et a brandi le *gadâ*, prêt à attaquer. Marchant devant, il inspectait tous les tunnels avec attention. Je l'ai perdu de vue.

Soudain, j'ai entendu des cris et des bruits de pas précipités, des tigres gronder et des hurlements perçants. Je me suis arrêtée devant une bifurcation.

— Kelsey ! Aide-moi !

J'ai aperçu Ren qui se battait contre un groupe de singes. Ils le griffaient et le mordaient. Il s'est changé en tigre, a planté ses crocs dans leur chair et les a déchiquetés. C'était horrible !

J'ai reculé d'un pas, effrayée. Et puis je me suis figée en me rappelant l'avertissement de Durgâ : il fallait qu'on reste ensemble. En me retournant, j'ai remarqué deux nouveaux couloirs. Deux Ren y marchaient en brandissant le *gadâ*, un dans chaque tunnel. « Quel est le bon ? Lequel est le vrai Ren ? »

J'ai entendu courir derrière moi et, paniquée, j'ai choisi la galerie de droite. Je me suis dépêchée de le rejoindre, mais plus j'avançais, plus il semblait s'éloigner. J'avais pris la mauvaise direction.

— Ren ! ai-je crié.

Il ne s'est pas retourné. Je me suis arrêtée. À ma gauche s'affrontaient un tigre blanc et un tigre noir. À ma droite, M. Kadam se battait en duel contre un homme qui ressemblait au type de mon cauchemar.

J'ai couru de tunnel en tunnel. Dans certains se rejouaient des épisodes de ma vie. Ma grand-mère me faisait signe de venir l'aider à planter des fleurs. Un prof du lycée m'interrogeait. Il y avait aussi mes parents qui m'appelaient. J'ai retenu mon souffle et mes yeux se sont emplis de larmes.

— Non, non, non ! ai-je hurlé. Ça ne peut pas arriver ! Où est Ren ?

— Kelsey ? Kelsey ! Où es-tu ?

— Ren ! Je suis ici !

J'ai reconnu ma voix, mais ce n'était pas moi qui avais répondu.

J'ai vu Ren courir vers… une autre moi-même. Il s'est approché de la créature qui me ressemblait et a caressé son visage.

— Kelsey, tu vas bien ?

— Oui, ça va.

Mon double a tourné la tête et m'a regardée droit dans les yeux tandis que Ren l'embrassait sur la joue. Soudain son visage s'est transformé : c'était le masque de la mort. Il souriait sournoisement et j'ai frémi de dégoût en contemplant ce cadavre grouillant de vers.

J'ai hurlé à Ren d'arrêter mais il ne m'entendait pas. Une sorte de barrière invisible m'empêchait d'avancer. Le cadavre me narguait et agitait la main. L'image est devenue sombre et floue.

Furieuse, j'ai frappé la barrière avec mes poings, mais ça n'a eu aucun effet. Au bout d'un moment, la scène a disparu et je me suis retrouvée face à un long tunnel noir éclairé par des flambeaux, identique aux dizaines d'autres que j'avais déjà empruntés.

J'ai continué mon chemin. Je suis passé à côté d'un Ren recroquevillé par terre, malheureux, qui battait sa coulpe. Il sanglotait, évoquant toutes les bêtises et les erreurs qu'il avait commises. Il pleurait les disparus. Il suppliait qu'on le pardonne et disait qu'il était inconsolable. Les choses qu'il prétendait avoir faites étaient abominables. Je savais qu'il ne pouvait s'être rendu coupable d'atrocités pareilles, je ne pouvais même pas l'imaginer. Son corps était osseux et brisé. Il faisait vraiment pitié à voir.

J'étais en colère. C'en était trop! Qui était assez sadique pour me montrer l'homme que j'aimais brisé et anéanti? Quelqu'un ou quelque chose jouait à un jeu cruel avec nous. Le pire était de savoir que Ren subissait le même sort, ailleurs dans ces tunnels. Qui savait comment j'étais représentée dans ces illusions?

J'ai changé de tunnel et j'ai vu un Ren droit et fier qui me tournait le dos. Je l'ai appelé prudemment:

— Ren? C'est bien toi?

Il s'est retourné et m'a gratifiée de son sourire éclatant, puis il m'a tendu les bras et m'a invitée à le rejoindre.

— Kelsey! Enfin! Où étais-tu?

Je l'ai enlacé avec soulagement tandis qu'il me serrait contre lui en me frottant le dos.

— Ren? Où sont le sac à dos et le *gadâ*? ai-je demandé, étonnée.

Je me suis écartée et j'ai scruté son beau visage.

— Nous n'en avons plus besoin. Chut… Reste avec moi.

J'ai reculé.

— Vous n'êtes pas Ren.

— Bien sûr que si, Kelsey, s'est-il esclaffé. C'est moi. Que faut-il que je fasse pour te le prouver?

— Non. Quelque chose cloche.

J'ai couru hors du tunnel, couru jusqu'à ce que mes poumons soient sur le point d'exploser. Mais je n'aboutissais nulle part. J'ai fini par m'arrêter. Je respirais bruyamment. J'ai essayé de réfléchir. Ren avait le *gadâ* et le sac à dos. Il ne les abandonnerait sous aucun prétexte. Et moi, je n'avais rien. Si ! J'ai sorti le papier de M. Kadam de la poche de mon jean et j'ai relu ses conseils.

« Si vous vous séparez pour une raison ou pour une autre, le danger sera grand. Elle a également dit de ne pas vous fier à vos yeux. Vos cœurs et vos âmes vous diront la différence entre l'illusion et la réalité. »

« Ne pas me fier à mes yeux ? Je comprends mieux… Alors mon cœur m'aidera à faire la différence. D'accord, j'obéis à mon cœur. Mais comment ? »

J'ai repris mon chemin. À chaque intersection, je m'arrêtais pour observer une minute, puis je fermais les yeux en essayant d'écouter ce que me disait mon cœur. En général, les spectres qui se trouvaient là redoublaient d'efforts pour m'amadouer et m'inciter à les suivre.

J'ai continué ainsi jusqu'à ce que je tombe sur une scène épouvantable. Je me suis vue morte, gisant par terre avec Ren agenouillé à côté de moi. Il était penché sur mon corps inerte et murmurait :

— Kelsey ? C'est toi ? Kelsey, s'il te plaît. Parle-moi. J'ai besoin de savoir si c'est vraiment toi.

Il a soulevé mon corps et l'a tenu dans ses bras en le berçant avec amour. Le sac à dos et le *gadâ* étaient là. Mais était-ce une preuve suffisante ? Je devenais méfiante.

— Ne me laisse pas, Kells, disait-il.

J'ai fermé les yeux et j'ai écouté sa voix qui me suppliait de rester en vie. Mon cœur s'est mis à battre à toute vitesse.

Je me suis approchée d'un pas et je me suis heurtée à un mur invisible. J'ai pris la parole d'une voix douce :

— Ren ? Je suis ici.

Il a levé la tête comme s'il m'avait entendue.

— Kelsey ? Je t'entends, mais je ne te vois pas. Où es-tu ?

Il a reposé le corps par terre. Celui-ci a disparu aussitôt.

— Ferme les yeux et suis ton cœur pour venir jusqu'à moi.

Il s'est levé lentement et a fermé les paupières.

Je me suis concentrée. J'ai imaginé ma paume sur son torse, son pouls sous mes doigts. Son rire, son sourire, ce que je ressentais près de lui. Mon corps semblait bouger de son propre chef. J'ai fait quelques pas et, soudain, ma main a rencontré sa poitrine et j'ai senti son cœur battre. Il était là. J'ai rouvert lentement les yeux et je l'ai regardé.

Il m'a touché les cheveux d'un geste hésitant.

— Est-ce bien toi, cette fois-ci, Kells ?

— Eh bien, je ne suis pas un cadavre dévoré par des vers. Ça répond à ta question ?

Il a souri.

— Ouf. Aucun cadavre dévoré par les vers n'a ton sens de l'humour.

— Et moi, comment je peux être sûre que tu es bien toi ? ai-je riposté.

Il a réfléchi, puis il a baissé la tête pour m'embrasser. Il m'a serrée très fort. Son baiser, chaud et tendre au début, est devenu fougueux et ardent. Il a glissé ses mains le long de mes bras, sur mes épaules, puis derrière ma nuque. Je lui ai enlacé la taille et je me suis abandonnée à son baiser avec délices. Quand il s'est écarté, mon cœur battait la chamade.

Il m'a fallu quelques secondes pour me ressaisir, après quoi j'ai lancé :

— Bon, même si ce n'est pas toi, je prends cette version.

Il a ri et le soulagement nous a envahis tous les deux.

— Kells, je crois qu'il vaudrait mieux que tu me tiennes la main jusqu'à ce qu'on soit sortis d'ici.

— Pas de souci.

Tout heureuse d'avoir récupéré mon Ren, j'ai ignoré superbement les appels et les supplications des spectres.

Une lumière est apparue au bout du tunnel. Nous nous sommes dirigés vers elle en nous tenant fermement par la main. Une fois dehors, après avoir marché encore un peu pour plus de sécurité, Ren s'est arrêté à côté d'un ruisseau dont la ligne sinueuse disparaissait derrière des arbres.

J'avais l'impression qu'il était midi dans cet étrange pays, alors nous avons décidé de marquer une pause et de déjeuner.

Tout en grignotant une barre énergétique, Ren a déclaré :

— Je préférerais éviter les arbres et rester près du ruisseau. J'espère qu'il nous conduira à Kishkindha.

J'ai acquiescé d'un hochement de tête en me demandant ce qui nous attendait.

Revigorés par notre halte, nous avons repris la route. Nous descendions le courant. Les rives étaient pleines de galets lisses.

J'en ai ramassé un et j'ai joué à le lancer en l'air et à le rattraper en marchant. Je me suis perdue dans mes pensées. En sortant de ma rêverie, je me suis aperçue que le poids et le contact du galet avaient changé. J'ai ouvert le poing. Le vulgaire caillou s'était transformé en émeraude scintillante. Je me suis arrêtée pour examiner les galets à nos pieds. Ils étaient gris et ternes, mais, quand ils disparaissaient sous l'eau, je voyais des gemmes luisantes à la place.

— Ren ! Regarde sous l'eau !

Plus je regardais loin dans le ruisseau, plus les galets me paraissaient gros.

— Tu as vu ça ? Il y a un rubis de la taille d'un œuf d'autruche !

J'allais me pencher pour ramasser un diamant quand Ren m'a attrapée par la taille et m'a tirée en arrière.

Les lèvres contre ma joue, il a murmuré :

— Regarde par là, dans le ruisseau. Que vois-tu ?

— Rien.

— Utilise ta vision périphérique.

Juste à côté du diamant, une image floue scintillait légèrement sur la surface de l'eau. Cela ressemblait à un singe blanc et sans poils. Ses longs bras étaient tendus vers moi.

— Il essayait de t'attraper.

Je me suis vite débarrassée de l'émeraude. À l'endroit de l'impact, un tourbillon est apparu et l'eau a sifflé, avant de redevenir lisse comme de la soie. Quand je fixais les pierres, je ne voyais rien d'autre, mais si je regardais du coin de l'œil, j'apercevais des singes d'eau partout. Ils nageaient juste sous la surface. J'avais l'impression qu'ils s'accrochaient à des racines et à des plantes aquatiques avec leur queue, comme des hippocampes.

— Je me demande si ce sont des Kappa, a marmonné Ren.

— C'est quoi, des Kappa ?

— Des démons d'Asie dont ma mère m'a parlé. Ils restent tapis dans l'eau et ils guettent les enfants pour leur sucer le sang.

— Des espèces de singes hippocampes vampires ? Tu plaisantes ?

Il a haussé les épaules.

— Apparemment, ils existent vraiment. Quand j'étais petit, Mère me racontait qu'on apprenait aux enfants chinois à honorer leurs aînés en s'inclinant devant eux. On leur disait que, s'ils ne le faisaient pas, les Kappa viendraient les chercher. Les Kappa ont des trous pleins d'eau au sommet de leur crâne. Ils ont besoin d'eau au-dessus de leur tête pour survivre. La seule façon de te sauver si l'un d'eux t'attaque est de t'incliner.

— Je ne pige pas.

— Si tu fais la révérence devant un Kappa, il te rendra la pareille. À ce moment-là, l'eau s'écoulera du sommet de sa tête, ce qui le laissera sans défense.

— Mais s'ils peuvent sortir de l'eau, pourquoi ils ne nous attaquent pas ?

Il a réfléchi.

— En général, ils n'attaquent que les enfants. Ma mère m'a dit que sa grand-mère avait pour habitude de graver les prénoms des enfants sur des fruits ou des concombres et de les jeter dans l'eau avant la baignade. Alors les Kappa mangeaient les fruits et ils s'en contentaient. Du coup, les enfants pouvaient se baigner tranquilles.

— Ta mère honorait cette tradition ?

— Non. D'abord, nous faisions partie de la famille royale et on nous faisait couler des bains. Ensuite, ma mère ne croyait pas à cette histoire. Elle nous la racontait seulement pour qu'on en retienne la morale, à savoir que toutes les personnes et toutes les choses doivent être traitées avec respect.

— J'aimerais bien en savoir plus sur ta mère. J'ai l'impression que c'était une femme très intéressante.

— Oh oui. J'aurais aimé qu'elle te rencontre. (Il a scruté l'eau méticuleusement et m'a montré les démons qui patientaient.) Ils sont peut-être là pour protéger les pierres précieuses. Si tu en avais pris une, ils t'auraient sans doute attirée sous l'eau.

— Pourquoi ? Pourquoi ne pas me sauter dessus carrément ?

— En général, les Kappa noient leurs victimes avant de boire leur sang. Ils restent dans l'eau autant que possible afin de se protéger.

— On ne ferait pas mieux de retourner près des arbres ? ai-je soufflé.

Il a passé la main dans ses cheveux et a remis le *gadâ* sur son épaule, prêt à l'utiliser en cas de besoin.

— Et si on optait pour un juste milieu ? Comme les Kappa ont l'air de vouloir rester dans l'eau pour l'instant, essayons d'éviter les branches aussi.

Nous avons marché pendant deux heures, en tâchant de rester à l'écart des Kappa comme des arbres. Ces derniers faisaient de leur mieux pour nous agripper au passage. À un moment, un méandre du ruisseau nous a forcés à nous en rapprocher, mais Ren a brandi le *gadâ* et quelques coups sur les troncs les plus proches ont eu raison des branches rebelles.

Nous avons fini par tomber sur un arbre énorme qui se dressait pile au milieu de notre chemin. Ses branches sinueuses s'étiraient jusqu'à nous en atteignant des longueurs impossibles. Ren s'est accroupi. En un éclair, il s'est élancé vers le tronc. L'étreinte de l'arbre l'a immédiatement englouti.

J'ai entendu un bruit sourd. L'arbre a frémi et l'a libéré. Il est réapparu couvert d'égratignures, un grand sourire aux lèvres. Son expression a vite changé lorsqu'il m'a vue regarder au-dessus de sa tête, bouche bée. L'arbre qui nous bloquait la vue, en se repliant sur lui-même, révélait à présent le royaume gris et fantomatique de Kishkindha.

21

Kishkindha

Nous avons dépassé l'arbre géant en prenant soin de rester hors de sa portée et nous avons contemplé la cité. Elle évoquait un château médiéval plus qu'une ville. La rivière se séparait en deux au pied des murailles pour l'encercler comme des douves. Les remparts étaient construits dans une pierre gris clair mouchetée d'éclats de mica bleu, ce qui lui donnait une couleur pervenche cendrée.

— La lumière baisse, Kelsey. Et la journée a été rude. Pourquoi ne pas bivouaquer ici, dormir un peu et entrer dans la ville demain ?

— Bonne idée, je suis vannée.

Ren est allé ramasser du bois et il est revenu en marmonnant :

— Même les vieilles branches mortes griffent.

Il en a lancé plusieurs au centre du cercle que j'avais préparé et il a allumé un feu. Je lui ai donné une bouteille d'eau qu'il a versée dans une casserole et mise à bouillir.

Il est ensuite parti chercher plus de bois pendant que je montais le camp, ce qui est allé assez vite puisque je n'avais pas de tente. J'ai dû me contenter de dégager un espace en ôtant tout ce qui pourrait nous gêner dans notre sommeil.

Une fois que l'eau a été chaude, je l'ai versée sur deux sachets de nourriture lyophilisée. Ren n'a pas tardé à revenir en rouspétant encore et il s'est assis à côté du moi. Je lui ai tendu son dîner et il l'a touillé en silence.

Entre deux bouchées de pâtes, je lui ai demandé :

— Ren, tu crois que ces Kappa risquent de nous attaquer pendant la nuit ?

— Je ne pense pas. Ils ne sont pas sortis de l'eau depuis tout à l'heure et, si ma mémoire est bonne, ils ont aussi peur du feu. Il faut juste s'assurer que le feu ne s'éteigne pas.

— On devrait peut-être monter la garde pour plus de sécurité.

— D'accord. Qui s'y colle le premier ?

— Moi.

Il a terminé son repas, puis il s'est accroupi près de la pile de bois pour alimenter le feu. Les flammes qui léchaient les drôles de branches émettaient une lueur verdâtre avant de crachoter et de grésiller comme des feux d'artifice. Ensuite elles changeaient de couleur pour prendre une teinte rouge orangé.

Ren est revenu s'asseoir à côté de moi et il m'a pris la main.

— Kells, j'apprécie que tu sois volontaire pour monter la garde mais je veux que tu te reposes. Ce voyage est plus dur pour toi que pour moi.

— C'est toi qui t'es fait griffer partout. Moi, en général, je me contente de te suivre.

— Oui, mais je guéris vite. De toute façon, je crois vraiment qu'il n'y a rien à craindre. Écoute, je prends le premier tour de guet et, s'il ne se passe rien, nous dormirons tous les deux, d'accord ?

J'ai froncé les sourcils. Il s'est mis à jouer avec mes doigts et à suivre le tracé des lignes sur ma paume. Les flammes vacillantes jetaient des ombres sur ses traits et mes yeux ont glissé vers ses lèvres.

— Kelsey ?

J'ai vite détourné le regard. Je n'étais pas habituée à ce que nos séances de camping se passent de cette manière. En général, je prenais mes décisions seule. Plus ou moins. En tout cas, le tigre ne discutait pas. « Et il ne me donne pas envie de me blottir dans ses bras et de l'embrasser. » Ren m'a décoché un sourire ravageur en caressant l'intérieur de mon poignet.

— Tu as la peau si douce.

Il s'est penché pour frotter son nez contre mon oreille. Mon pouls s'est emballé et l'afflux de sang à mon cerveau a embrouillé mes idées.

— Kells, tu es d'accord avec mon plan ?

Je me suis arrachée à ses sortilèges et j'ai affiché une moue têtue.

— Bon, tu as gagné. Je suis d'accord, ai-je marmonné. Mais tu m'as extorqué mon consentement par des moyens déloyaux.

Il a éclaté de rire.

— Des moyens déloyaux ?

— Je ne peux pas avoir des pensées cohérentes quand tu me touches comme ça. Tu sais t'y prendre pour m'embobiner. Il te suffit de battre des cils, de sourire, de demander gentiment et de me distraire par une caresse, et hop, le tour est joué ! Avant que j'aie pu dire ouf, tu as obtenu ce que tu voulais.

— Vraiment ? Je ne me doutais pas que j'avais ce genre d'effet sur toi.

Ses doigts délicats ont suivi la courbe de ma mâchoire, puis ils se sont aventurés jusqu'au creux de ma gorge et le long de mon décolleté. J'ai arrêté de respirer quand il a touché l'amulette. Il m'observait avec attention.

— Maintenant que je suis au courant, je vais en abuser.

J'avais la peau qui fourmillait et j'ai frissonné légèrement, ce qui l'a réjoui au plus haut point. Il est allé patrouiller autour de notre campement une dernière fois pendant que je laissais vagabonder mes pensées, les genoux ramenés sous le menton.

J'ai trituré mon amulette en songeant brièvement à Kishan. Il était impressionnant à première vue. Mais au fond, il était aussi inoffensif qu'un chaton. C'était Ren, le plus dangereux des deux. Si le tigre aux yeux bleus avait une apparence innocente, c'était un prédateur irrésistible. Un piège fatal, telle une plante carnivore – si séduisant, si tentant… et si risqué pour mon cœur.

Je le trouvais beaucoup plus intimidant que Kishan et son baratin de dragueur. Les deux frères étaient sublimes et charmants. Ils avaient des manières chevaleresques passées de mode qui en feraient craquer plus d'une. Mais ce n'était pas un jeu pour eux. Pas un simple moyen de mettre les filles dans leur poche. Ils étaient francs et honnêtes.

Kishan ressemblait à Ren de bien des manières. Je pouvais comprendre le choix de Yesubaï, mais j'éprouvais des sentiments puissants pour Ren. J'aimais déjà sa moitié tigre avant de savoir qu'il était humain. Cependant, la relation avec l'homme était nettement plus compliquée. Un lien très fort nous unissait, c'était évident. J'étais indéniablement attirée par lui. Nous avions beaucoup de points communs. J'appréciais les moments qu'on passait ensemble. J'aimais lui parler et écouter le son de sa voix. Et j'avais l'impression que je pouvais tout lui dire.

D'un autre côté, tout était arrivé si vite. Je me sentais submergée. Nous venions de cultures différentes. De pays différents. De siècles différents. Nous appartenions même à des espèces différentes pendant l'essentiel de la journée !

« Tomber amoureuse de lui serait comme… plonger d'une falaise. Ce pourrait être la chose la plus excitante qui me soit jamais arrivée, ou la pire bêtise que j'aie jamais commise. Cela rendrait ma vie digne d'être vécue… à moins que je m'écrase sur des rochers et que je me retrouve brisée et anéantie. Le plus sage serait sûrement de mettre le holà. Rester amis serait tellement plus simple. »

Ren est revenu, il a ramassé mon sachet-repas vide et l'a rangé dans le sac à dos.

— À quoi tu penses ? m'a-t-il demandé en s'asseyant face à moi.

J'ai continué à fixer le feu d'un regard vitreux.

— À rien.

Il a penché la tête et m'a étudiée un moment. Mais il n'a pas insisté – encore un bon point à mettre à son actif.

Il s'est frotté lentement les mains, machinalement, comme pour ôter de la poussière.

— Je vais faire le guet. J'ai toujours mes sens de tigre, tu sais. Je serai capable d'entendre ou de sentir les Kappa s'ils se décident à sortir de l'eau.

— D'accord.

— Tu vas bien ?

Je me suis secouée mentalement. « Pffff ! J'ai besoin d'une douche froide ! Ce garçon est une vraie drogue, et le mieux, avec les drogues, c'est de s'en tenir aussi loin que possible. »

— Oui, je vais bien, ai-je répondu d'un ton brusque. Tu me fais signe si ton sixième sens d'araignée s'affole.

— Quoi ?

Je me suis levée et j'ai posé un poing sur ma hanche.

— Au fait, tu sais aussi sauter de gratte-ciel en gratte-ciel d'un bond ?

— Euh… tu fais allusion à ma détente de tigre ? Oui, je l'ai toujours.

— Fabuleux, ai-je grogné. Allez, bonne nuit, le super-héros…

Il a froncé les sourcils.

— Je ne suis pas un super-héros, Kells. Je veux juste que tu te reposes. Je garde l'œil ouvert pendant quelques heures, et puis, s'il ne se passe rien…, a-t-il ajouté avec un sourire, je te rejoins.

Je me suis figée, de plus en plus nerveuse. Était-ce une invitation implicite à… ? Enfin, un sous-entendu… ? Non, il n'oserait pas. J'ai scruté son visage à la recherche d'un indice, mais il ne semblait pas avoir d'arrière-pensée.

J'ai pêché ma couverture au fond du sac, j'ai fait un grand détour pour éviter de passer près de Ren et j'ai essayé de trouver une position confortable sur l'herbe. Je me suis entortillée dans ma couverture afin de me protéger des bestioles. Un bras calé sous ma tête, j'ai fixé la voûte céleste noire et sans étoiles.

Ren n'a pas paru offusqué. Il s'est installé de son côté, noyé dans l'obscurité.

— Ren ? ai-je murmuré. À ton avis, on est où ? Je ne crois pas que ce soit le ciel au-dessus de nous.

— À mon avis, nous nous trouvons très profond sous la terre.

— J'ai l'impression d'avoir débarqué dans un nouveau monde.

J'ai remué, à la recherche d'un carré de sol tendre. Après avoir passé une demi-heure à gigoter, j'ai soupiré de frustration.

— Qu'est-ce qui ne va pas ?

Sans réfléchir, j'ai marmonné :

— J'ai pris l'habitude de dormir avec un oreiller en fourrure de tigre tout chaud, voilà ce qui ne va pas.

— Voyons ce que je peux faire, a-t-il répondu.

Paniquée, j'ai couiné :

— Non, ce n'est pas grave. Je vais bien. Ne t'embête pas.

Ignorant mes protestations, il a soulevé mon corps momifié dans ses bras et il m'a ramenée de son côté du feu. Il m'a tournée sur le côté, face aux flammes, il s'est allongé contre moi et il a passé un bras sous mon cou.

— C'est plus confortable comme ça ?

— Euh, oui et non. Pour ma tête, oui. Pour le reste, je peux difficilement être moins détendue.

— Comment ça ? Pourquoi tu ne peux pas te détendre ?

— Parce que tu es trop près de moi.

Perplexe, il a répliqué :

— Ça ne te dérange pas, d'habitude.

— D'habitude je dors avec un tigre. C'est complètement différent.

Il a glissé son bras autour de ma taille et m'a attirée contre lui. Il semblait irrité et déçu.

— Pour moi, c'est pareil. Ferme les yeux et imagine que je suis toujours un tigre.

— Ça ne marche pas comme ça.

Je suis restée allongée entre ses bras, raide, énervée, et ça ne s'est pas arrangé quand il a frotté son nez sur ma nuque.

— J'aime l'odeur de tes cheveux, a-t-il murmuré.

J'ai senti son torse vibrer contre mon dos.

— Ren, tu peux arrêter ça, s'il te plaît ?

Il a levé la tête.

— Mais tu adores quand je ronronne. Ça t'aide à t'endormir.

— Pas quand tu es un homme ! D'ailleurs, comment tu peux ronronner ?

Il a marqué une pause avant de répondre :

— Je ne sais pas. J'y arrive, c'est tout.

Il a de nouveau enfoui son visage dans mes cheveux en me caressant le bras.

— Euh, Ren? Tu comptes vraiment monter la garde comme ça?

Ses lèvres se sont posées dans mon cou.

— Je peux sentir les Kappa, tu te rappelles?

J'ai eu un spasme – de nervosité, d'appréhension ou de je ne sais quoi –, et il s'en est aperçu. Il a cessé de m'embrasser et il s'est redressé pour me scruter à la lueur vacillante des flammes. D'une voix calme et solennelle, il a dit:

— Kelsey, j'espère que tu sais que je ne te ferais jamais de mal. Tu n'as pas à avoir peur de moi.

J'ai roulé sur le dos et, mes yeux rivés à ses yeux bleus, je lui ai caressé la joue en soupirant.

— Je n'ai pas peur de toi, Ren. Je te confierais ma vie. C'est juste que je n'ai encore jamais été aussi proche de quelqu'un.

Il m'a embrassée tendrement et m'a souri.

— Moi non plus. Maintenant tourne-toi et endors-toi, a-t-il ajouté en se rallongeant. Je te préviens que j'ai l'intention de dormir en te tenant dans mes bras toute la nuit. Qui sait si j'aurai une autre occasion de le faire? Alors détends-toi et, par pitié, cesse de te trémousser!

Pelotonnée contre son torse chaud, j'ai fermé les paupières. J'ai dormi comme un bébé cette nuit-là.

Quand je me suis réveillée, nous étions l'un contre l'autre, les jambes emmêlées. J'étais surprise de ne pas m'être étouffée dans mon sommeil car mon nez était écrasé contre ses pectoraux musclés. Il faisait froid maintenant. Heureusement ma couverture nous protégeait tous les deux et son corps, qui se maintenait à une température plus élevée que la moyenne, m'avait tenue au chaud toute la nuit.

Comme il dormait encore, j'en ai profité pour l'observer à loisir. Sa carrure puissante était relâchée et ses traits adoucis par le sommeil. Ses lèvres pleines et lisses appelaient les baisers. Pour la première fois, j'ai remarqué à quel point ses cils noirs étaient longs. Ses cheveux bruns et brillants tombaient doucement sur son front. Ils étaient ébouriffés d'une façon qui le rendait encore plus irrésistible.

« Alors voici le véritable Ren. Il n'a pas l'air réel. » Il ressemblait à un ange tombé des cieux. J'avais vécu déjà quatre semaines à ses côtés, mais le nombre de minutes qu'il passait chaque jour sous sa forme humaine était si réduit que dans mon esprit il était presque un personnage de rêve, une sorte de Prince Charmant.

J'ai suivi de l'index l'arc de son sourcil et j'ai écarté délicatement les mèches soyeuses qui pendaient sur son front. Puis j'ai essayé de me dégager doucement en espérant ne pas le déranger. Ses bras se sont crispés.

Il a marmonné d'une voix endormie :

— Ne songe même pas à bouger.

Et il m'a serrée encore plus fort contre lui. J'ai posé ma joue sur son torse, senti son cœur battre et j'ai écouté ses pulsations rythmées – je ne demandais pas mieux.

Après quelques minutes, il s'est étiré et il a roulé sur le côté en m'entraînant avec lui. Il m'a embrassée sur le front, a cligné des yeux et m'a souri. C'était comme contempler un lever de soleil. Le bel endormi était stupéfiant, mais quand il ouvrait ses yeux cobalt et qu'il vous décochait un de ses sourires resplendissants, c'était des coups à ne pas s'en relever.

Je me suis mordu la lèvre. Une sirène hurlait dans ma tête. Ren a battu des cils et il a glissé mes cheveux derrière mon oreille.

— Bonjour, *rajkumari*. Bien dormi ?

— Je... tu... euh, oui, j'ai bien dormi, merci, ai-je bafouillé.

J'ai fermé les paupières et je me suis levée. Le mieux, c'était encore que j'évite de penser à lui, de le regarder et de lui parler.

Il m'a enlacée et j'ai senti son sourire quand il a appuyé ses lèvres sur mon oreille.

— Ç'a été ma meilleure nuit de sommeil depuis trois cent cinquante ans.

Il a appuyé son front contre ma nuque et je me suis vue au pied d'une falaise, le corps disloqué sur les rochers.

— Tant mieux pour toi.

Je suis allée me préparer pour la journée en ignorant son expression déconcertée.

Nous avons levé le camp et nous nous sommes dirigés en silence vers la cité. Il semblait ruminer ; quant à moi, j'étais très occupée à empêcher mon cœur de s'emballer chaque fois que je jetais un coup d'œil dans sa direction.

« C'est quoi, mon problème ? On a une mission à remplir. On doit trouver le Fruit d'Or et je suis folle amoureuse... ! » J'étais furieuse contre moi-même. « Kelsey, tu dois maîtriser tes émotions ! Il se serait épris de n'importe quelle fille venue pour le sauver. En plus, c'est impossible qu'un garçon comme lui soit attiré par une fille comme moi. Ren, c'est un peu Superman, et moi... ben, moi, je ne suis pas Lois Lane. Quand le sortilège sera brisé, il sortira sûrement avec des top models. Et puis je suis la première fille qu'il côtoie depuis plus de trois siècles. Si je commence à rêver de l'éternité avec lui, quand tout sera terminé, je vais être cruellement déçue. »

J'étais du genre réaliste. Les bons moments qu'on passait ensemble maintenant, même s'ils étaient grisants, ne garantissaient pas un happy end. Je savais de par mon expérience douloureuse que les happy ends n'existaient pas. À présent que la fin du sortilège se dessinait dans un avenir proche, il fallait que j'affronte les faits et les faits étaient les suivants :

« Un : une fois que Ren sera libéré, il aura envie d'explorer le monde, pas de se poser. Deux : s'il décide qu'il n'est plus amoureux, cela me détruira. Il serait plus sage pour moi de rentrer dans l'Oregon, de reprendre le cours normal de ma vie solitaire et de l'oublier. Trois : je ne suis peut-être pas prête pour tout ça. »

Mon esprit tournait un peu en rond mais j'en revenais toujours au même point : éviter une idylle avec Ren. J'ai ravalé ma tristesse et j'ai serré les poings. Pour protéger mon cœur, il valait mieux tuer cette relation dans l'œuf et m'épargner la douleur et l'humiliation d'une future rupture.

Il me suffisait de me concentrer sur la tâche à venir : aller à Kishkindha. Une fois que tout serait fini, il irait de son côté, et moi, du mien.

Tandis que nous parcourions ce monde étrange, kilomètre après kilomètre, j'ai commencé à lui envoyer quelques signaux subtils. Dès qu'il faisait mine de vouloir me tenir la main, je trouvais un prétexte pour l'esquiver. Quand il me frôlait le bras ou l'épaule, je m'écartais. Quand il voulait m'enlacer, je pressais le pas. Mais je ne lui ai offert aucune explication. Je ne savais pas comment aborder le sujet.

Bien sûr, il m'a demandé ce qui n'allait pas.

— Rien, ai-je répondu.

De perplexe, il est devenu maussade, puis il s'est fâché. Au fil du trajet, j'ai senti un mur aussi épais que la Grande Muraille de Chine se dresser entre nous.

Nous avons atteint les douves et trouvé un pont-levis. Malheureusement, il était levé. Ren a longé la rivière en scrutant l'eau.

— Il y a trop de Kappa par ici. Ce n'est pas une bonne idée de traverser à la nage.

— Et si on jetait un tronc d'arbre en travers ?

— Pourquoi pas ? a-t-il grommelé.

Il s'est approché de moi et m'a fait pivoter d'un geste vif.

— Qu'est-ce que tu fabriques ?

— Je sors le *gadâ*, a-t-il répondu d'un ton acerbe. Je ne te toucherai pas, ne t'inquiète pas.

Il a tiré la massue du sac, a refermé rapidement la fermeture Éclair puis il a marché d'un pas raide vers les arbres.

J'ai grimacé. Je ne l'avais jamais vu en colère, sauf contre Kishan. Je n'aimais pas ça, mais comment l'empêcher ? Je devais accepter les conséquences de ma décision.

J'ai lancé un coup d'œil à Fanindra pour voir si elle approuvait mon attitude, mais ses yeux luisants étaient parfaitement inexpressifs.

Une minute plus tard, un fracas a retenti et un arbre a rétracté ses branches. Un autre bruit assourdissant a suivi et, cette fois, le tronc s'est écrasé au sol. Ren a commencé à casser les branches à coups de massue. Je me suis avancée pour l'aider.

— Je peux faire quelque chose ?

— Non, a-t-il répliqué, le dos tourné. On n'a qu'un *gadâ*.

Son visage était impénétrable. Une fois le tronc débarrassé de tous ses rameaux, il m'a tendu le *gadâ*, il a soulevé une extrémité du tronc et l'a traîné vers la rivière. J'ai voulu prendre l'autre bout.

— Ne fais pas ça, m'a-t-il ordonné sans même me regarder.

Arrivé au bord de l'eau, il l'a lâché et a cherché le meilleur endroit pour le positionner. J'allais m'asseoir dessus quand j'ai remarqué les aiguilles. Même le tronc avait de grosses épines noires et luisantes qui cherchaient à piquer des chairs innocentes à la première occasion. Des gouttes de sang perlaient au bout de certaines.

— Ren, laisse-moi examiner tes mains et ton torse.

— Ne t'en occupe pas, Kelsey. Je vais guérir.

— Mais, Ren…

— Non. Recule.

Il a contourné le tronc et l'a soulevé en le calant contre sa poitrine. « Ouah, c'est vrai qu'il a encore sa force de tigre. » J'ai frémi en imaginant des centaines d'aiguilles s'enfoncer dans sa peau. Ses biceps saillaient tandis qu'il poussait notre pont improvisé. « J'ai quand même le droit de l'admirer, non ? Ce n'est pas parce qu'on n'a pas les moyens qu'on ne peut pas faire du lèche-vitrine ? »

On aurait dit Hercule en pleine action. J'ai respiré à fond en me répétant : « Il n'est pas pour moi, il n'est pas pour moi, il n'est pas pour moi », histoire d'affermir ma résolution.

L'autre extrémité du tronc est venue buter contre le mur de pierre. Ren a fait quelques pas le long de la rive, puis il a tout lâché et le tronc s'est mis en place dans un bruit sourd.

Les épines avaient laissé de profondes entailles sur son torse et déchiré le devant de sa tunique. Quand je me suis avancée pour toucher son bras, il s'est retourné et m'a dit :

— Reste où tu es.

Il s'est changé en tigre. En deux bonds, il a traversé la passerelle, puis il a sauté vers le pont-levis qui bâillait légèrement. Il a grimpé à la force des griffes et il a disparu.

J'ai entendu un son métallique, puis un appel d'air. Le pont est tombé en travers de la rivière dans un grand splash. Je me suis dépêchée de traverser, effrayée par les Kappa que je devinais dessous.

Je suis entrée dans la cité de Kishkindha. La plupart des édifices avaient un ou deux étages. La pierre incrustée de mica utilisée pour la construction des remparts avait aussi servi à bâtir les maisons. Elle était dure, polie comme du granite et réfléchissait la lumière. C'était magnifique.

Une statue géante de Hanumân se dressait au centre de la ville et on trouvait dans les moindres recoins des singes de pierre grandeur nature. Tous les bâtiments, tous les toits et tous les balcons possédaient leur statue. Des sculptures très travaillées recouvraient même les murs des maisons. Elles figuraient des spécimens de différentes espèces, souvent représentés par groupes de deux ou trois. Ne manquaient que les singes volants du *Magicien d'Oz* et King Kong.

En passant devant la fontaine centrale, j'ai senti une pression sur mon bras. Fanindra s'était réveillée. Je me suis penchée pour la laisser descendre. Elle a dressé la tête et goûté l'air avec sa langue. Puis elle s'est mise à ramper dans la vieille ville. Ren et moi l'avons suivie tandis qu'elle traçait lentement son chemin.

— Si c'est à cause de moi que tu restes en tigre, Ren, ce n'est pas la peine.

Il n'a pas réagi.

— Ren, c'est un miracle que tu puisses passer la journée sous ta forme humaine. Ne gâche pas cette occasion, s'il te plaît. Ce n'est pas parce que tu es fâch…

Il s'est changé en homme en un éclair.

— Oui, je suis en colère ! Et pourquoi je ne pourrais pas rester en tigre ? Tu as l'air beaucoup plus à l'aise avec lui qu'avec moi !

Ses yeux bleus étaient voilés par l'incompréhension et le chagrin.

— C'est vrai, je suis plus à l'aise avec lui, mais ce n'est pas parce que je l'aime davantage. C'est trop compliqué à t'expliquer, je ne peux pas discuter de ça maintenant.

Je me suis détournée pour cacher mon visage cramoisi.

Il a passé la main dans ses cheveux et m'a demandé d'un ton anxieux :

— Kelsey, pourquoi est-ce que tu m'évites ? Est-ce parce que je suis allé trop vite ? Tu n'es pas encore prête à avoir ce genre de relation avec moi, c'est ça ?

Je me suis mise à bafouiller en me tordant les mains.

— Non. Si. Enfin, c'est juste que... que j'ai peur de faire une bêtise ou de m'impliquer dans une situation qui risque de nous faire du mal, à toi, à moi, à tous les deux... Je crois vraiment que ce n'est ni le bon endroit, ni le bon moment pour en discuter, ai-je conclu en fixant ses pieds.

Il est resté muet plusieurs minutes. Je l'ai regardé par-dessous mes cils. Il me dévisageait. Il a continué de m'observer ainsi pendant que je me tortillais, mal à l'aise. Mes yeux glissaient sur les pavés, Fanindra, mes mains – bref partout, sauf sur lui. Il a fini par renoncer.

— OK.

— OK ?

— Oui. Allez, donne-moi le sac à dos. C'est à mon tour de le porter.

Il m'a aidée à ôter la bretelle puis il a réglé les sangles pour les adapter à ses larges épaules. Fanindra semblait prête à reprendre son voyage furtif dans la cité des singes.

Son corps doré luisait dans l'obscurité. Elle se glissait dans de minuscules fissures sous de lourdes portes que Ren ne pouvait ouvrir qu'en se jetant de tout son poids contre le battant. Elle nous a entraînés dans un intéressant parcours d'obstacles, passant par des endroits infranchissables pour Ren et moi. Elle disparaissait sous des fentes dans le sol, et Ren devait la retrouver au flair. Souvent nous devions revenir sur nos pas afin de la retrouver de l'autre côté des murs ou des pièces qu'elle traversait. Nous la retrouvions toujours enroulée sur elle-même, attendant patiemment qu'on la rattrape.

Elle a fini par nous conduire à un bassin rectangulaire rempli d'eau verte et d'algues. Il nous arrivait à la taille ; à chaque coin se dressait un grand piédestal en pierre, un pour chaque point cardinal, avec au sommet un singe sculpté qui regardait au loin.

Les statues étaient en position accroupie, les mains posées par terre. Elles montraient les dents et je les imaginais en train de siffler, prêtes à bondir. Leur queue, arme efficace destinée à améliorer la portée de leur attaque, était enroulée au-dessus de leur corps. Sous les piédestaux, d'autres singes à l'air méchant et aux yeux noirs et enfoncés surgissaient de l'ombre en faisant des grimaces, leurs longs bras tendus comme pour saisir ou griffer les passants.

Une petite volée de marches montait vers le bassin. Nous avons sondé l'eau. À mon grand soulagement, je n'ai repéré aucun Kappa tapi dans ses profondeurs troubles. Une inscription était gravée sur le rebord de pierre.

— Tu peux la lire ? ai-je demandé.

— « *Niyuj Kapi* », c'est-à-dire « Choisis le singe ».

— Hmm.

Nous avons fait le tour en examinant chaque statue. L'une avait les oreilles tendues en avant, alors qu'une autre les avait couchées en arrière. Les quatre appartenaient à des espèces différentes.

— Ren, Hanumân était moitié homme, moitié singe, hein ? Mais quel genre de singe ?

— Aucune idée. M. Kadam le saurait. Je peux te dire que ces deux-là ne sont pas natifs d'Inde. Celui-ci est un singe-araignée, une espèce d'Amérique du Sud. Celui-là est un chimpanzé.

— Tu t'y connais drôlement, en singes, ai-je dit, admirative.

Il a croisé les bras sur son torse.

— Ah, les singes sont donc un sujet de conversation convenable ? Peut-être que si j'étais un singe, tu m'expliquerais pourquoi tu m'évites ?

— Je ne t'évite pas. J'ai seulement besoin d'un peu d'air. Ça n'a rien à voir avec ton espèce.

— Avec quoi, alors ?

— Rien.

— Si, il y a forcément quelque chose.

— Bon, on peut revenir aux singes ? ai-je hurlé.

— Très bien ! a-t-il riposté.

Nous sommes restés là à nous fusiller du regard, furieux et désespérés. Puis il a recommencé à étudier les statues en énumérant leurs caractéristiques.

J'ai lâché d'un ton sarcastique :

— J'avais failli oublier que tu mangeais les singes. C'est pour ça que tu es un expert. Pour toi, comparer un chimpanzé et un orang-outang, c'est un peu comme comparer du porc et du poulet.

Ren s'est renfrogné.

— J'ai vécu dans des zoos et des cirques pendant des siècles, tu te rappelles ? Et je… ne… mange… PAS de singes !

— Hmm.

J'ai croisé les bras en lui retournant son regard mauvais.

— Celui-ci est un macaque, a-t-il continué, énervé, un natif d'Inde, de même que le poilu là-bas qui est un babouin.

— Alors je choisis lequel ? Un des deux derniers sûrement.

Il m'a ignorée. Il observait un petit groupe sous un piédestal quand j'ai déclaré :

— Le babouin.

Il s'est redressé.

— Pourquoi lui ?

— Son visage me rappelle celui de la statue de Hanumân.

— D'accord, alors essaie.

— Essayer quoi ?

Il a perdu patience.

— Je n'en sais rien ! Fais ton truc, avec la main.

— Je ne sais pas si ça va marcher.

— Alors frotte sa tête comme une statue de Bouddha.

Sourcils froncés, je me suis approchée de la statue et je lui ai touché la tête d'un geste hésitant. Il ne s'est rien passé. Je lui ai tapoté la joue, frotté le ventre, secoué les bras, la queue… Rien. J'appuyais sur ses épaules quand je l'ai senti bouger un peu. J'ai poussé et le sommet du piédestal a coulissé, révélant un compartiment avec un levier. J'ai plongé la main à l'intérieur et j'ai tiré sur le manche. Après quelques secondes, ma main s'est mise à chauffer. Les symboles tracés dessus ont refait surface et le levier s'est ébranlé tout seul jusqu'à sortir de sa petite boîte.

Un grondement a fait trembler le sol et l'eau du bassin s'est évacuée. Ren m'a aussitôt pris les bras et m'a tirée violemment en arrière. Il m'a gardée contre son torse pendant que nous regardions la pierre se mouvoir.

Le bassin rectangulaire s'est divisé en deux. À mesure que les deux moitiés s'écartaient, l'eau dégringolait et disparaissait dessous en éclaboussant la pierre.

Quelque chose a émergé peu à peu. Au début, j'ai cru que c'était une illusion d'optique, un simple reflet sur la pierre humide et brillante. Mais la lueur est devenue de plus en plus vive et j'ai aperçu une branche jaillir du trou. Elle était couverte de feuilles dorées et scintillantes. D'autres sont apparues, puis un tronc a suivi. Il a continué de s'élever jusqu'à ce que l'arbre entier se dresse devant nous. Les feuilles frémissantes, longues et fines, répandaient une douce clarté, comme si des milliers d'ampoules de Noël étaient accrochées aux branches.

Il mesurait environ trois mètres et demi de haut et il était couvert de petites fleurs blanches qui exhalaient un parfum suave. Le tronc, compact et robuste, était enraciné dans un grand bac en pierre monté sur un socle solide. C'était le plus bel arbre que j'avais jamais vu.

Ren a tendu la main pour toucher une feuille.

— C'est magnifique ! s'est-il exclamé.

Il a cueilli une fleur et l'a sentie.

— C'est un manguier.

La mine ébahie, nous sommes tous les deux tombés en admiration devant ce prodige.

Ren a fait mine de piquer la fleur dans mes cheveux. Je me suis éloignée, l'air de rien, et j'ai caressé une feuille dorée à mon tour.

Quand je l'ai regardé à la dérobée quelques instants plus tard, son expression était glaciale et la fleur blanche gisait à ses pieds, écrasée. En voyant les beaux pétales éparpillés et déchirés dans la poussière, mon cœur s'est serré.

Nous avons contourné la base de l'arbre en l'examinant sous tous les angles.

— Là ! s'est écrié Ren. Regarde au sommet ! C'est le Fruit d'Or !

— Où ?

Il m'a montré du doigt un globe doré qui se balançait doucement à une branche.

— Une mangue, a-t-il marmonné. Bien sûr, c'est logique…

— Pourquoi ?

— Les mangues sont un des principaux produits d'exportation de l'Inde. C'est un aliment de base chez nous, et peut-être la ressource naturelle la plus importante que nous ayons. Ainsi le Fruit d'Or de l'Inde est une mangue. J'aurais dû deviner.

J'ai levé les yeux vers la cime.

— Comment l'atteindre ?

— Eh bien, monte sur mes épaules.

J'ai éclaté de rire.

— Euh, Ren, trouve une autre idée. Tu ne peux pas bondir avec tes pouvoirs de super-tigre et l'attraper dans ta gueule ?

— Non. Toi, a-t-il dit en posant l'index sur le bout de mon nez, tu vas t'asseoir sur mes épaules.

— Oh, par pitié, ai-je gémi.

— Viens. Je vais t'aider. Ce sera un jeu d'enfant.

Il m'a soulevée et m'a posée sur le rebord du bassin. Puis il m'a tourné le dos.

— Allez, grimpe.

Pas très sûre de moi, j'ai attrapé les mains qu'il me tendait et j'ai passé une jambe par-dessus son épaule – le tout sans cesser de me plaindre. J'ai failli me raviser mais il avait anticipé : il savait que j'allais me comporter comme une poule mouillée et il m'a hissée en saisissant mon autre jambe avant que j'aie pu redescendre.

Je l'ai invectivé, sans aucun effet. Il a marché en direction de l'arbre en me tenant fermement. Il a pris son temps pour se placer au bon endroit et il m'a donné ses instructions.

— Tu vois cette grosse branche, là, juste au-dessus de ta tête ?

— Oui.

— Attrape-la avec une main.

— Ne me lâche pas ! ai-je hurlé.

— Aucun risque, s'est-il vanté.

Je me suis cramponnée à la branche.

— Bien. Maintenant, la deuxième main. Je te tiens les jambes, ne t'inquiète pas.

Mes paumes étaient moites de transpiration. S'il ne m'avait pas encouragée, je suis sûre que je serais tombée.

— Bon, Ren, je suis encore à cinquante bons centimètres du fruit. Qu'est-ce que je fais ?

— Attends une seconde.

Il a ôté mes baskets.

— Accroche-toi à la branche et lève-toi.

Effrayée, j'ai poussé un glapissement aigu et je me suis agrippée à la branche comme si ma vie en dépendait. Ren m'a poussée plus haut, mes pieds dans le creux de ses mains, en soutenant tout mon poids avec ses bras.

— Ren, tu es dingue ? Je suis trop lourde.

— La preuve que non. Maintenant, attention : mets tes pieds sur mes épaules.

Il a poussé sur ma jambe droite et j'ai senti mon talon buter contre le haut de son bras. Avec précaution, j'ai fait glisser mon pied sur son épaule, puis j'ai répété l'opération avec l'autre. Le fruit pendait à présent sous mon nez, se balançant légèrement.

— OK, j'y suis.

Ses mains me tenaient fermement les mollets. Je me suis appuyée sur la branche, qui était maintenant au niveau de ma taille, et j'ai levé le bras.

Mes doigts ont effleuré le fruit et il m'a échappé. Quand il est revenu dans ma direction, je l'ai saisi et j'ai tiré doucement.

Il refusait de céder. J'ai tiré plus fort en faisant attention à ne pas l'abîmer. Détail étonnant, il avait la peau lisse d'une mangue, malgré sa couleur dorée éblouissante. Je me suis arc-boutée et, cette fois, la queue a cédé.

Je l'avais à peine cueilli que mon corps s'est glacé. Il est devenu rigide et une sombre vision s'est imposée à mon esprit. Un feu me dévorait la poitrine. J'étais dans le noir complet. Une silhouette fantomatique s'avançait vers moi. Ses traits flous tremblaient au début, puis ils se sont fixés. C'était M. Kadam ! Il se tenait la poitrine. Quand il a retiré sa main, j'ai vu que son amulette brillait d'un rouge vif. En baissant les yeux, j'ai constaté que la mienne brûlait de la même manière. J'ai voulu lui tendre les bras et je lui ai parlé mais il ne m'entendait pas, pas plus que je ne pouvais l'entendre.

Une autre silhouette s'est peu à peu matérialisée face à nous. Un homme. Il serrait une grande amulette, lui aussi. Il a tourné la tête vers M. Kadam et a contemplé son pendentif.

Il portait des vêtements modernes de qualité. Son regard vif reflétait son intelligence, sa confiance, sa détermination et… une profonde cruauté. Il a tenté de s'approcher, mais un mur invisible nous empêchait tous de nous déplacer.

Sa figure s'est fermée et il a eu un rictus furieux. Il a tenté de dissimuler sa rage mais elle était tapie derrière ses yeux, tel un prédateur traquant sa proie. Une peur panique m'a tordu le ventre quand il s'est tourné vers moi. Il voulait mon talisman.

Il m'a examinée avec attention de la tête aux pieds, avant de s'arrêter sur l'amulette qui rougeoyait à mon cou. Un sourire sadique a illuminé son visage. J'ai cherché des yeux le soutien de M. Kadam mais il observait l'homme.

J'étais morte de peur. J'ai appelé Ren au secours mais je ne distinguais même pas ma propre voix.

L'inconnu a sorti quelque chose de sa poche et a commencé à marmonner tout bas. J'ai tenté de lire sur ses lèvres. Inutile : il parlait dans une autre langue. Les traits de

M. Kadam s'effaçaient. Il redevenait spectre. J'ai regardé mon bras et j'ai retenu mon souffle en constatant qu'il m'arrivait la même chose. La tête me tournait, j'étais au bord du vertige, de l'évanouissement. Mes jambes ne me soutenaient plus et je suis tombée… plus bas… encore plus bas…

22

La fuite

Quand j'ai rouvert les yeux, j'ai découvert le visage de Ren penché au-dessus du mien.

— Kelsey ! Tu vas bien ? Tu es tombée. Tu as perdu connaissance ? Que s'est-il passé ?

— Non, je ne me suis pas évanouie, ai-je marmonné. Enfin, je ne crois pas…

Il me serrait dans ses bras, ce qui n'était pas pour me déplaire.

— Tu m'as rattrapée au vol ?

— Je t'avais bien dit que je ne te lâcherais pas, a-t-il grommelé.

— Merci, ô mon sauveur, ai-je rétorqué. Maintenant repose-moi, s'il te plaît. Je peux tenir debout.

En fait, j'avais toujours les jambes en coton. Comme Ren tendait le bras pour m'aider à garder l'équilibre, j'ai beuglé :

— Je t'ai dit que je pouvais tenir debout. Recule, tu veux ?

Je ne savais même pas pourquoi je m'énervais contre lui. Il se montrait seulement serviable. Mais j'avais peur. Il m'arrivait de drôles de choses sur lesquelles je n'avais aucun contrôle.

Je me suis assise sur le bord du bassin et j'ai remis mes baskets en espérant que mes vertiges allaient passer.

Ren a croisé les bras et plissé les yeux.

— Kelsey, raconte-moi ce qui s'est passé, s'il te plaît.

— Je ne sais pas trop. J'ai eu… une vision.

— Et qu'as-tu vu ?

— Nous étions trois : M. Kadam, un type effrayant et moi. On portait tous les trois une amulette et elles rougeoyaient.

Il a baissé les bras et son expression est devenue grave.

— Cet homme effrayant, il ressemblait à quoi ?

— À… je ne sais pas, un gros bonnet de la pègre, ce style-là. Le genre de gars qui aime dominer la situation et avoir le dernier mot. Il avait des cheveux bruns et des yeux noirs et brillants.

— Était-il indien ?

— Peut-être.

Fanindra, lovée à mes pieds, avait repris son aspect de bijou. Alors que je la remettais à mon bras, j'ai regardé autour de moi d'un air désespéré.

— Ren, où est le Fruit d'Or ?

— Ici.

Il était tombé au pied de l'arbre. Ren l'a ramassé.

— On devrait le cacher.

J'ai cherché ma couverture dans le sac à dos et je l'ai enveloppé dedans. Comme j'évitais ostensiblement tout contact physique avec lui, Ren m'a foudroyée du regard.

— Quoi ? Tu ne supportes même plus de me toucher maintenant ? Content de savoir que je te dégoûte à ce point ! Dommage que tu n'aies pas réussi à convaincre Kishan de venir, sinon tu aurais pu m'ignorer complètement !

J'ai fait des doubles nœuds à mes lacets de baskets, sans réagir. Il a montré la cité en souriant d'un air hypocrite.

— Quand tu te sentiras rétablie, *rajkumari.*

J'ai enfoncé l'index dans son torse.

— Peut-être que Kishan aurait été moins pénible. Et

pour info, je ne te trouve pas très séduisant à cet instant précis.

— Bienvenue au club, Kells. Bon, on continue ?

— Oui.

J'ai ajusté les bretelles du sac à dos et je suis partie sans l'attendre. Il a levé les mains dans un geste d'exaspération puis il m'a suivie en silence, furax.

Au moment où nous avons dépassé le premier bâtiment, le sol s'est mis à trembler. L'arbre doré était en train de disparaître de nouveau et les deux moitiés du bassin se ressoudaient. Une étrange lueur émanait des quatre statues de singe.

— Euh, Kells, je crois qu'il serait sage de sortir de la ville au plus vite.

Nous avons doublé le pas. J'ai entendu un sifflement et une série de cris stridents. Les statues de singe s'animaient. Quelque chose bougeait au loin, devant nous.

De petites silhouettes noires et marron bondissaient de toit en toit dans notre direction. La cacophonie est devenue insupportable. On a pris nos jambes à notre cou.

— Génial ! ai-je hurlé. Maintenant on est pourchassés par des hordes de singes ! Et si tu m'expliquais à quelles espèces on a affaire pendant qu'ils nous massacrent, hein ?

— Au moins, quand ils te harcèleront, tu n'auras plus le temps de me harceler, moi !

Les singes se rapprochaient. J'ai failli trébucher sur l'un d'eux tandis qu'il filait devant mes jambes. Ren a sauté par-dessus une fontaine grâce à sa détente de tigre. « Frimeur ! »

— Ren, je te retarde. Va-t'en ! Prends le sac à dos et sauve-toi !

— Ha ! Tu crois pouvoir te débarrasser de moi aussi facilement !

Il s'est transformé en tigre puis il a bondi par-dessus ma tête à pleine vitesse, et il a foncé dans le tas.

— Eh ! Fais gaffe ! Tu as failli me décapiter !

Je courais comme une dératée. Un vacarme horrible s'élevait derrière moi. La plupart des assaillants étaient franchement agressifs. Ren mordait, griffait et poussait des rugissements tonitruants. J'ai jeté un coup d'œil. Il avait le corps recouvert de boules de poils grises, marron et noires. Une bonne dizaine de singes continuait de me coller aux basques, dont l'énorme babouin du bassin.

J'ai tourné à l'angle d'une rue et j'ai enfin aperçu le pont-levis. Un singe s'est agrippé à ma jambe. Il me ralentissait. J'ai essayé de le décrocher en lui collant des gifles sans m'arrêter. En vain.

— Maudite bestiole ! Tu vas me lâcher !

Il m'a mordu le genou en guise de réponse.

— Aïeee !

Je secouais la jambe de toutes mes forces et je martelais le sol en courant pour provoquer un maximum de secousses et rendre le voyage le plus désagréable possible pour le petit importun. Fanindra est venue à mon secours. Elle a dressé la partie haute de son corps et elle a sifflé et craché sur le singe, qui s'est enfui en poussant un cri aigu.

— Merci, Fanindra.

Je lui ai tapoté la tête tandis qu'elle se remettait dans sa position habituelle.

J'ai atteint les portes de la cité, traversé le pont et je me suis arrêtée sur l'autre rive. Ren galopait en donnant de grands coups de reins pour se débarrasser des intrus cramponnés à sa fourrure. J'en ai compté pas moins de quinze. J'ai distribué de méchants coups de pied à ceux qui se ruaient sur moi, puis j'ai laissé tomber le sac à dos et j'ai sorti le *gadâ*.

J'ai commencé à le balancer comme une batte de base-ball. Il s'est écrasé sur un singe dans un bruit dégoûtant. Ma victime est repartie à toute berzingue en gémissant. Le problème, c'est que je ne faisais mouche qu'une fois sur trois. Un petit singe m'a sauté sur le dos pour me tirer les cheveux. Un autre s'est agrippé à ma cuisse.

Pendant ce temps, Ren traversait le pont. Il a foncé vers les arbres et s'est mis à cogner ses flancs contre les troncs. Il s'est dressé sur ses pattes arrière pour racler son dos sur une branche et faire tomber ses derniers ennemis.

Les arbres à épines se sont réveillés, ils ont projeté leurs vrilles et, attrapant les singes par les pattes ou par la queue, les ont soulevés dans les airs. Trop légères pour lutter, les bestioles ont bientôt toutes disparu dans le feuillage.

Le babouin gris jacassait violemment en me regardant. Vif, il esquivait sans peine les coups de *gadâ*. En revanche, il ne manquait jamais une occasion de me frapper avec ses longs bras. Il martelait mes muscles déjà endoloris et rompus par l'effort. J'avais l'impression d'être un bout de viande qu'on attendrit. Un minuscule singe était assis sur mon épaule et me tirait les cheveux si fort que j'en avais les larmes aux yeux.

Libéré, Ren a accouru. Il a décroché le singe de mes cheveux et l'a jeté de toutes ses forces contre les portes de la cité. Le petit animal a rebondi avant de rouler par terre, puis il s'est sauvé en sifflant. Ren m'a pris le *gadâ* des mains et il a menacé le babouin. Ce dernier a dû deviner qu'il visait mieux que moi parce qu'il a poussé un cri strident et a filé sans demander son reste.

Essoufflée, je me suis laissée tomber par terre. Après le vacarme assourdissant, la cité est devenue étrangement silencieuse.

— Tu vas bien ? m'a demandé Ren.

Incapable d'articuler un mot, j'ai agité la main pour lui signifier que je n'étais pas blessée. Il s'est accroupi et m'a examinée.

— C'était un ouistiti pygmée, au fait, a-t-il dit en souriant. Au cas où tu te poserais la question.

— Merci, monsieur l'Encyclopédie Ambulante.

Il a sorti une bouteille d'eau en riant et m'a tendu une barre énergétique.

— Tu ne la veux pas ? ai-je demandé.

— Moi ? s'est-il moqué. Manger une barre énergétique alors que la jungle regorge de singes délicieux ? Non, merci.

J'ai grignoté la friandise en vérifiant que le Fruit d'Or n'était pas abîmé.

— En fin de compte, on s'en est plutôt bien tirés.

— Bien tirés ? Kelsey, tu plaisantes ! J'ai des morsures partout, y compris à des endroits auxquels je préfère ne pas penser !

— J'ai dit « *plutôt* bien tirés ».

Après un repas rapide, on s'est engagés sur le chemin caillouteux qui serpentait entre les arbres et le ruisseau. Ren marchait devant, les épaules raides, le pas lourd. J'ai commencé à me sentir coupable de la façon dont je le traitais. « C'est dur. Son amitié me manque. Sans parler du reste… »

J'étais à deux doigts de lui demander pardon quand je me suis aperçue que des Kappa avaient sorti la tête de l'eau pour nous observer.

— Euh, Ren ? On a de la compagnie.

Se savoir repérés les a enhardis au lieu de les intimider. Ils ont émergé lentement en suivant notre progression avec leurs yeux d'un noir d'encre. Je ne pouvais pas m'empêcher de les fixer. Ils étaient affreux ! Ils dégageaient une odeur pestilentielle de marécage et, quand ils clignaient des yeux, leurs paupières glissaient sur les côtés comme celles d'un crocodile. Ils avaient une peau pâle, presque diaphane, qui laissait entrevoir leurs veines noires et gonflées. J'ai pressé le pas. Ren a brandi le *gadâ* en guise d'avertissement.

— Fais la révérence, ai-je suggéré.

Nous avons tous les deux incliné la tête en passant, en pure perte. Ils étaient debout à présent. Ils se mouvaient lentement, de façon mécanique, comme s'ils s'extirpaient d'un profond sommeil. L'eau leur arrivait à la poitrine. Je me suis retournée pour faire une grande révérence plongeante, mais ça n'a pas fonctionné non plus.

— Continue, Kelsey ! Avance, plus vite !

Nous avons détalé. D'autres Kappa surgissaient à leur tour, à quelques mètres devant nous. Ils avaient de longs bras et des mains palmées. Quand l'un d'eux m'a souri, ses dents pointues et irrégulières m'ont donné le frisson.

Je distinguais leurs jambes maintenant, des jambes musclées couvertes de saumure et d'algues. Ils avaient une sorte de crête dans le dos qui ressemblait à l'arête centrale d'un poisson et une longue queue qui s'enroulait à la manière de celle des singes mais qui se terminait par une nageoire caudale transparente. Ils se balançaient d'un air menaçant en remontant la rive boueuse. Splotch, splotch…

Ils prenaient soin de garder la tête bien droite et immobile alors que leur buste oscillait, ce qui leur donnait une allure désarticulée de zombie. Ils mesuraient trente centimètres de moins que nous et, mine de rien, ils avançaient rapidement.

— Plus vite, Kelsey ! Plus vite !

— Je ne peux pas accélérer, Ren !

— Continue de courir. Je vais essayer de les ralentir.

J'ai pris un peu d'avance, puis je suis revenue sur mes pas pour voir comment Ren se débrouillait. Il a de nouveau tenté le truc de la révérence mais les vampires Kappa ne lui ont pas retourné la politesse. Des branchies s'ouvraient et se refermaient dans leur cou et des gouttes d'une bave noire répugnante dégoulinaient de leurs dents. Leur cri commençait par un gargouillis informe et s'achevait sur une note perçante. Ren était encerclé.

Il a abattu le *gadâ* sur la créature la plus proche. La massue s'est enfoncée profondément dans sa poitrine et le monstre a craché un fluide noir infect par la bouche. Les autres n'ont même pas paru remarquer que leur camarade s'était effondré sur la rive.

Ren a continué de frapper sur tout ce qui bougeait pendant un moment, puis il a décampé dans ma direction.

— Ne t'arrête pas, Kelsey ! Fonce !

On avait un peu d'avance, mais je commençais à être fatiguée. On s'est arrêtés une seconde pour reprendre notre souffle. J'étais au bord de l'asphyxie.

— Ils vont nous rattraper. Je ne peux pas continuer à courir. Je ne sens plus mes jambes.

Ren aussi était essoufflé.

— On n'a pas le choix.

Il a bu une grande gorgée d'eau et m'a donné le reste de la bouteille. Ensuite il m'a prise par la main et m'a entraînée au milieu des arbres.

— Viens, j'ai une idée.

— Ren, ces arbres à épines sont horribles. Tu veux nous faire tuer ?

— Fais-moi confiance, Kells.

Les branches se sont aussitôt penchées vers nous. Les épines me cinglaient le dos et déchiraient mon tee-shirt. Après quelques minutes, Ren s'est arrêté. Il m'a demandé de rester immobile et il a tapé tous les arbres autour de moi avec le *gadâ*.

— Assieds-toi et repose-toi un moment, m'a-t-il dit, hors d'haleine. Je vais attirer les Kappa sous les arbres, en espérant que le piège fonctionnera aussi bien qu'avec les singes.

Il s'est changé en tigre et il a disparu entre les branches ondoyantes. J'ai tendu l'oreille. Les arbres craquaient et bruissaient en tentant de l'agripper sur son passage. Puis un silence de mort a suivi. Je n'entendais plus que ma respiration laborieuse. Assise sur le sol moussu, j'ai attendu.

J'ai fini par m'allonger, la tête sur mon sac à dos. Je sentais mon cœur battre dans mes muscles endoloris et les égratignures dans mon dos me piquaient. J'ai fermé les yeux…

Soudain un bruit m'a réveillée en sursaut. Une silhouette d'un blanc grisâtre s'est jetée sur moi avant que j'aie eu le temps de dire ouf. Elle a tiré sur mes bras et m'a assise de force. Sa bave noire dégoulinait sur mon visage.

Je me suis débattue, je l'ai frappée à la poitrine, mais la créature était plus forte que moi. Son buste était couvert de coupures qui suintaient ; les arbres l'avaient taillée en pièces. Ses yeux d'alien ont cligné plusieurs fois tandis qu'elle m'attirait à elle, les dents découvertes.

Elle m'a mordue dans le cou. Elle a commencé à sucer mon sang en poussant un petit grognement. J'ai hurlé, décoché des coups de pied, mais mon énergie diminuait rapidement. Bientôt, je ne sentais plus rien. J'avais l'impression d'assister à la scène de l'extérieur. J'entendais le monstre, mais une étrange léthargie s'emparait de mon corps. Ma vision s'est brouillée et mon esprit a commencé à dériver.

Un craquement sec a retenti, accompagné d'un rugissement furieux. Et puis un ange guerrier s'est élevé au-dessus de moi. Il était magnifique ! J'ai senti un léger tiraillement dans le cou, puis mon corps a été libéré d'un poids. L'ange s'est agenouillé à côté de moi. Il me parlait d'une manière pressante, mais je ne comprenais pas. J'aurais voulu lui répondre, malheureusement ma langue refusait d'obéir.

Délicatement, il a écarté les cheveux épars sur mon visage et a glissé ses doigts frais dans mon cou. Ses yeux rêveurs se sont emplis de larmes. Un diamant étincelant a roulé sur sa joue et est tombé sur mes lèvres. J'ai perçu un goût de sel sur ma langue et j'ai fermé les paupières. Quand je les ai rouvertes, il me souriait. La chaleur de son sourire m'a enveloppée de tendresse. Le guerrier m'a soulevée dans ses bras avec précaution et je me suis endormie.

Quand j'ai repris conscience, il faisait noir. J'étais allongée devant un feu teinté de vert et d'orange. Ren, assis près de moi, fixait les flammes. Il semblait brisé, épuisé et malheureux. Il a dû m'entendre bouger car il s'est précipité vers moi et il m'a soutenu la tête pour me faire boire de l'eau. La gorge me brûlait comme si j'avais avalé des braises. La brûlure s'est propagée dans mon corps jusqu'à exploser dans mes entrailles. J'étais en feu. La douleur fulgurante m'a arraché un gémissement. Jamais de ma vie je n'avais eu aussi mal.

Ren a reposé doucement ma tête et m'a pris la main.

— Je suis désolé, je n'aurais jamais dû te laisser seule. C'est à moi que ça aurait dû arriver. Tu ne mérites pas ça, a-t-il murmuré en me caressant la joue. Je ne sais pas quoi faire. Je ne sais même pas combien de sang tu as perdu, ni si la morsure est mortelle. (Il m'a embrassé les doigts.) Je ne peux pas te perdre, Kelsey. Je ne veux pas.

La souffrance a voilé ma vision. J'ai commencé à me tordre. Ren a appliqué une serviette fraîche et humide sur mon visage, mais rien ne pouvait soulager ma fièvre. C'était une torture ! Au bout d'un moment, j'ai perçu un mouvement à la lisière de ma conscience.

Fanindra venait de se détacher de mon bras. Elle s'est enroulée à côté de Ren. Est-ce que le contact de mon corps brûlant était devenu insupportable pour elle ? Elle a dressé la tête et déployé son capuchon. Puis elle a écarté ses mâchoires… et elle a planté ses crochets dans la chair à vif de mon cou !

Elle m'a inoculé son venin en plusieurs fois, mordant encore et encore. J'ai gémi et porté la main à mon cou. Mes doigts se sont couverts d'un mélange de pus, de sang noir et de sucs dorés sécrétés par Fanindra. Le venin circulait dans mon corps. Après le feu, j'avais maintenant la sensation que de la glace coulait dans mes veines et pénétrait dans mon cœur.

J'étais en train de mourir. J'en étais certaine. Je n'en voulais pas à Fanindra. Elle souhaitait sûrement abréger mes souffrances.

Ren a porté la bouteille d'eau à mes lèvres et j'ai bu avec soulagement. Fanindra s'était figée à côté de Ren. Il a nettoyé mon cou avec délicatesse.

Au moins la douleur avait disparu. La morsure de Fanindra m'avait engourdie. Je m'affaiblissais et j'ai su que le moment était venu de faire mes adieux. Je voulais dire la vérité à Ren. Lui dire qu'il était le meilleur ami que j'avais jamais eu. Que je regrettais de l'avoir aussi mal traité. Lui dire que… je l'aimais. Mais je ne pouvais pas prononcer un traître mot. Ma gorge était trop serrée. Le venin de serpent avait dû la faire gonfler.

« Ce n'est pas grave. Regarder son beau visage une dernière fois me suffit. Je meurs heureuse. »

J'étais si fatiguée. Mes paupières s'alourdissaient. Je les ai fermées et j'ai attendu la mort. Ren s'est assis près de moi. Il a calé son bras sous ma tête et m'a attirée contre lui. J'ai souri.

« Encore mieux. Mon ange guerrier va me porter dans ses bras jusqu'au paradis. »

Il m'a serrée en chuchotant à mon oreille des mots que je ne comprenais pas. Puis l'obscurité m'a enveloppée.

Je percevais une lumière vive à travers mes paupières. J'ai ouvert les yeux péniblement. La gorge me brûlait toujours et ma langue était épaisse et râpeuse.

— J'ai trop mal pour être au paradis ; j'ai dû atterrir en enfer.

Une voix joyeuse, tellement joyeuse que c'en était énervant, m'a réprimandée :

— Non. Tu n'es pas en enfer, Kelsey.

J'ai essayé de bouger, mais mes muscles endoloris et bourrés de crampes ont protesté.

— J'ai l'impression d'avoir perdu un combat de boxe.

— Si ce n'était que ça ! Attends.

Il s'est accroupi et m'a aidée à m'asseoir. Il a examiné mon visage, mon cou, mes bras puis il s'est assis derrière moi pour me faire un dossier et il a porté une bouteille d'eau à mes lèvres.

— Bois, a-t-il ordonné.

Il a incliné lentement la bouteille et un peu d'eau a dégouliné sur mon menton, puis sur ma poitrine.

— Merci, maintenant mon tee-shirt est mouillé.

J'ai senti son sourire sur ma nuque.

— Je l'ai peut-être fait exprès.

— Ha ha.

J'ai tâté mon visage et mes bras. Ma peau me picotait.

— C'est comme si tout mon corps était shooté à la novocaïne et que je recommençais seulement à récupérer ma sensibilité. Allez, file-moi la bouteille. Je crois que je peux la tenir toute seule.

Ren a passé ses deux bras autour de ma taille. Sa joue effleurait la mienne. Il a murmuré gentiment :

— Comment tu te sens ?

— Vivante, mais je ne cracherais pas sur une aspirine.

Il a ri en sortant les médicaments du sac à dos.

— Tiens, a-t-il dit en me tendant deux comprimés. On est à l'entrée des tunnels. On a encore de la route. Il faut traverser les tunnels, la forêt et remonter jusqu'à Hampi.

— Combien de temps je suis restée hors service ?

— Deux jours.

— Deux jours ! Qu'est-ce qui s'est passé ? Le dernier truc dont je me souviens, c'est que Fanindra m'a mordue. J'ai cru que j'allais mourir.

— Tu as été attaquée par un Kappa. Quelles sales bestioles ! Je suis content que la plupart d'entre eux aient été liquidés par les arbres.

— Celui qui m'a attaquée était plein de coupures, mais il avait l'air de s'en fiche. Aucun ne nous a suivis jusqu'ici ?

— Ils ont abandonné aux abords de la grotte. Ils doivent en avoir peur.

— Je les comprends. Tu m'as… portée durant tout le trajet ? En frappant les arbres en même temps ?

Il a soupiré.

— J'ai traversé plus que mon lot d'épreuves dans ma vie. J'ai participé à des batailles sanglantes. J'ai vu des amis mourir. J'ai vu des atrocités infligées à des hommes et à des bêtes, mais je n'avais jamais eu peur. J'ai pu être inquiet, mal à l'aise ou tendu. J'ai couru des dangers mortels, mais je n'avais jamais connu cette sorte d'effroi qui te donne des sueurs froides, te prend aux tripes, te dévore vivant, te met à genoux et t'oblige à supplier. En fait, je m'étais toujours flatté d'être au-dessus de ça. Je pensais que j'avais assez souffert et que plus rien ne pouvait m'effrayer. (Il a déposé un petit baiser dans mon cou.) Je me trompais. Quand je t'ai trouvée et que j'ai vu… cette chose qui essayait de te tuer, j'étais fou de rage. Je l'ai détruite sans aucune hésitation.

— Les Kappa étaient terrifiants.

— Je n'avais pas peur du Kappa. J'avais peur… de te perdre. C'était insupportable. J'ai pris conscience que je ne voulais pas continuer à vivre sans toi mais que ça ne dépendait pas de moi. Je me sentais impuissant et je me voyais coincé pour l'éternité dans cette existence malheureuse sans toi.

Ses paroles m'ont fendu le cœur. Je savais que j'aurais ressenti la même chose si nos places avaient été inversées. Mais cette déclaration n'était-elle pas seulement le contrecoup de ce que nous venions de subir ? Bien que j'aie terriblement envie d'y croire, je devais garder la tête froide.

— Tout va bien. Tu n'as aucune raison d'avoir peur. Je suis toujours là pour t'aider à briser le sortilège, ai-je répondu d'une voix que j'espérais neutre.

Il a serré ma taille en chuchotant :

— Briser le sortilège m'était devenu complètement égal. J'ai cru que tu allais mourir.

— Eh bien, je ne suis pas morte. Tu vois ? J'ai survécu pour pouvoir me disputer avec toi encore une journée. Je te parie que tu vas bientôt le regretter.

Ses bras se sont raidis.

— Ne redis plus jamais ça, Kelsey.

Après une seconde d'hésitation, j'ai ajouté :

— Merci. Merci de m'avoir sauvée.

J'ai profité de son étreinte pendant une petite minute – après tout, j'avais failli mourir, j'avais bien le droit de me faire consoler – et puis je me suis tortillée pour me dégager de ses bras. Il m'a laissée partir à regret.

J'avais l'impression d'être assez solide sur mes jambes pour marcher. Alors j'ai carré les épaules et j'ai ramassé le sac à dos.

— Allez, viens, Tiger. On y va. Je me sens forte comme un bœuf, ai-je menti.

— Je crois que tu devrais y aller mollo et te reposer encore un peu, Kelsey.

— Non. Je viens de passer deux jours à dormir. Je suis prête à faire une randonnée de cent kilomètres.

— Attends au moins d'avoir mangé quelque chose.

— Jette-moi une barre énergétique et je mangerai sur le pouce.

— Mais, Kells…

Je me suis retournée et, les yeux rivés à son magnifique regard cobalt, j'ai dit d'une voix douce :

— Il faut que je parte d'ici.

J'ai rassemblé les affaires à toute vitesse. Il était urgent que je quitte ce monde étrange. Plus j'y demeurais, plus ma détermination flanchait. Si je ne retrouvais pas rapidement sa moitié tigre, je risquais de me perdre avec l'homme pour toujours.

— D'accord. Comme tu voudras, Kelsey, a-t-il murmuré tristement.

Il s'est levé, s'est étiré et a éteint le feu. Je me suis approchée de Fanindra.

— Elle t'a sauvé la vie, tu sais. Ses morsures t'ont guérie, m'a affirmé Ren.

J'ai touché mon cou à l'endroit où le Kappa m'avait mordue. La peau était lisse, sans cicatrice ni aspérité. Je me suis accroupie.

— Tu es encore venue à mon secours, hein, Fanindra ? Merci.

Je l'ai soulevée et je l'ai placée sur mon bras.

— Alors, tu viens, Superman ?

— Je te suis.

Nous sommes entrés dans la gueule noire du tunnel. Ren m'a tendu la main. Je l'ai ignoré au début mais il ne m'a pas laissé le choix. Il a tiré d'un coup sec sur mon coude pour m'obliger à me rapprocher et a posé un bras ferme autour de mes épaules.

Nous avons enfilé les couloirs d'un pas rapide. Nos doubles se lamentaient et cherchaient à nous attirer de façon encore plus agressive qu'à l'aller. J'ai fermé les yeux et j'ai laissé Ren me guider. Je retenais mon souffle quand des spectres s'approchaient et essayaient de nous toucher.

— Ils resteront inoffensifs tant qu'on ne fera pas attention à eux, a murmuré Ren.

Des formes démoniaques, d'autres plus familières, nous sollicitaient à cor et à cri. M. Kidam, Kishan, mes parents, mes tuteurs et même M. Maurizio nous suppliaient et nous appelaient.

Nous avons traversé le tunnel beaucoup plus vite qu'à l'aller. Ren tenait ma main dans sa poigne chaude quand nous avons émergé de l'autre côté. J'ai tenté de la libérer, mais il a haussé un sourcil et, avec un sourire malicieux, il a serré les doigts. J'ai fini par l'arracher en le fusillant du regard.

Ren s'est avancé courageusement parmi les arbres à épines, le *gadâ* à la main. Il s'est frayé lentement un passage et je l'ai suivi en toute sécurité. Les branches le maltraitaient et réduisaient sa tunique en lambeaux. Je n'ai pas pu m'empêcher de fixer, fascinée, les muscles saillants de ses bras et ses blessures qui se refermaient sous mes yeux.

Il progressait à une allure régulière et nous sommes venus à bout du « ciel d'épines » sans incident. Quelques instants plus tard, nous atteignions le long tunnel qui conduisait à la statue de Narasimha. Ren a voulu me dire quelque chose. Après avoir failli parler plusieurs fois, il a fini par se raviser. Ma curiosité était piquée, pas assez toutefois pour entamer une conversation.

J'ai sorti ma lampe de poche et j'ai entrepris de remonter le tunnel en mettant un maximum de distance entre moi et Ren. Il m'observait de biais, mais il n'a pas fait de commentaires. Quand nous sommes parvenus au pied de l'escalier en pierre qui menait à la surface, il a pris la parole.

— Kelsey, j'ai une dernière chose à te demander avant de sortir.

— Ah oui ? Quoi ?

— Embrasse-moi.

— Qu… quoi ? ai-je bafouillé. T'embrasser ? Et puis quoi, encore ? Tu ne trouves pas que tu m'as déjà assez embrassée pendant ce voyage ?

— Fais-moi plaisir, Kells. C'est la fin de la parenthèse enchantée pour moi. Nous allons quitter l'endroit où je pouvais conserver ma forme humaine ; là-haut, je vais devoir reprendre ma vie de tigre à temps plein. Alors, oui, je veux que tu m'embrasses.

J'ai hésité.

— Ren, si on réussit notre mission, tu pourras aller embrasser toutes les filles que tu veux. Alors pourquoi t'embêter avec moi maintenant ?

Il a passé la main dans ses cheveux.

— Parce que ! Figure-toi que je n'ai pas envie d'aller embrasser toutes les autres filles ! C'est *toi* que je veux !

— D'accord ! Si ça peut te faire taire !

Je me suis penchée et je lui ai fait un bisou sur la joue.

— Voilà.

— Non. Ça ne suffit pas. Sur les lèvres, ma *prema*.

J'ai à peine effleuré sa bouche.

— Bon. On peut y aller, maintenant ?

Alors que j'avais déjà le pied sur la troisième marche, il m'a attrapée par le coude et m'a fait pivoter. Il s'est arrangé pour que je tombe dans ses bras.

— Un baiser. Un vrai. Un dont je me souviendrai.

J'étais sur le point de lui décocher une des reparties caustiques dont j'avais le secret – quelque chose en rapport avec la notion de « permission » sans doute – quand il m'a volé le baiser que je refusais de lui donner. J'étais déterminée à rester raide et insensible, mais il s'est montré très patient. Il a dévoré de baisers mes lèvres pincées jusqu'à ce que je capitule.

J'ai livré un combat valeureux, mais parfois la chair trahit l'esprit. Sentant qu'il prenait l'avantage, il a redoublé d'ardeur. Il m'a serrée fort contre lui et a glissé sa main le long de mon dos, jusqu'à ma nuque qu'il a commencé à masser délicatement, en agaçant ma peau avec le bout de ses doigts.

La petite fleur d'amour en moi, celle que j'avais tenté tant bien que mal de déraciner, a poussé, poussé ; elle a déployé ses feuilles et s'est épanouie comme s'il versait un philtre dessus. J'ai abandonné – et puis zut ! Je pourrais toujours la raser plus tard avec un motoculteur. Et puis le jour où il me briserait le cœur, je pourrais me dire qu'au moins une fois dans ma vie j'aurais été embrassée correctement.

« À défaut d'autre chose, ça me fera un excellent souvenir à ressasser quand je serai une vieille fille entourée de chats. Ou de chiens, plutôt. Je crois que j'aurai eu ma dose de félins. »

J'ai cessé toute résistance et je lui ai rendu son baiser avec passion. J'ai lâché la bride à mes émotions secrètes et je me suis jetée à corps perdu dans notre étreinte. Pendue à son cou, mes mains dans ses cheveux, mon corps plaqué contre le sien, je l'ai embrassé avec toute la chaleur et l'affection que je me refusais à exprimer verbalement.

Il s'est interrompu un bref instant, bouleversé, puis sa passion s'est déchaînée. Je me suis surprise à répondre avec la même fougue. J'ai caressé ses bras et ses épaules puissantes, puis son torse. Mes sens étaient en ébullition. Je me sentais bestiale. Avide. Je me suis cramponnée à sa tunique et j'ai respiré son odeur à pleins poumons. Même après plusieurs jours de course-poursuite et de bagarres avec d'étranges créatures dans un royaume mystérieux, il sentait délicieusement bon. Son parfum m'évoquait les chaudes journées d'été, les cascades impétueuses, le santal... D'ailleurs, j'ai trouvé cela parfaitement injuste. Comme si une fille pouvait rester fraîche comme une rose après avoir été attaquée par des singes et des vampires...

Je lui cherchais un défaut. Une faiblesse. Une... imperfection. Sans succès. Mon sang brûlait dans mes veines, mon cœur battait la chamade et j'ai perdu la notion du temps. Je le voulais tout entier. Ses lèvres. Son corps. Son âme...

Il a posé ses mains sur mes épaules et m'a doucement écartée. J'ai été surprise qu'il ait la force d'arrêter parce que, moi, j'étais très loin d'en être capable. J'ai cillé, hagarde. Nous étions tous les deux hors d'haleine.

— C'était... instructif, a-t-il soufflé. Merci, Kelsey.

J'ai cligné des yeux. Mon désir s'est dissipé en un instant, remplacé illico par une émotion bien différente. L'agacement.

— Merci ? Merci ! Quel... (J'ai commencé à grimper les marches en tapant des pieds puis j'ai fait volte-face pour le toiser.) Tu es content ? Tu as obtenu ce que tu voulais ? Alors laisse-moi tranquille !

J'ai monté l'escalier à toute vitesse, indignée. « Instructif ? De quoi il parle ? C'était un test ? Quel culot ! »

Il a gravi les marches quatre à quatre derrière moi.

— J'ai obtenu ce que je voulais *provisoirement*, Kelsey.

Il m'a jeté un regard lourd de sous-entendus. Puis il a passé le pied de l'autre côté de l'ouverture. Il ne l'avait pas sitôt posé par terre qu'il se changeait en tigre.

J'ai lâché un rire moqueur.

— Ha ! (J'ai trébuché sur une pierre mais je me suis vite ressaisie.) Bien fait pour toi ! ai-je crié d'un ton rageur.

Je me suis engagée sur le chemin mal éclairé en affichant une moue boudeuse.

— Allez, viens, Fanindra, allons trouver M. Kadam.

23

Six heures

C'était l'aube. Le soleil pointait à l'horizon. J'ai longé les bâtiments de Hampi comme un ouragan, portée par l'énergie de la colère, et j'ai parcouru ainsi la moitié du trajet qui me séparait du camp de M. Kadam.

Ren me suivait à distance sans faire de bruit. Je ne l'entendais pas mais je savais qu'il était là. J'avais une conscience aiguë de sa présence.

J'ai dû prendre un mauvais chemin à un moment car il m'a dépassée et s'est mis à trottiner devant en m'entraînant dans une direction différente.

— Frimeur, ai-je marmonné.

Quelques minutes plus tard, j'ai aperçu la Jeep garée sur la colline et j'ai vu M. Kadam nous faire coucou.

Il m'a donné une brève accolade.

— Miss Kelsey ! Te voilà de retour. Raconte-moi ce qui s'est passé.

J'ai soupiré, posé mon sac à dos et je me suis assise sur le pare-chocs arrière de la Jeep.

— Eh bien, à mon avis, ces derniers jours resteront parmi les pires de ma vie. Entre les singes, les Kappa, les corps pourris qui s'embrassaient, les morsures de serpent, les arbres couverts d'épines et…

Il a levé la main.

— Comment ça, « ces derniers jours » ? Vous êtes partis hier soir.

Interloquée, j'ai répondu :

— Non. On est partis il y a au moins… (J'ai compté sur mes doigts.) Au moins quatre ou cinq jours.

— Je suis désolé, Kelsey, Ren et toi m'avez quitté hier soir. Vous êtes vraiment partis presque une semaine ?

— Ben, déjà, j'ai dormi pendant deux jours. Enfin, c'est ce que l'homme-tigre là-bas m'a dit.

J'ai décoché un regard noir à Ren qui écoutait notre conversation avec une expression de tigre inoffensif. Il paraissait mignon et attentif, aussi innocent qu'un chaton. De mon côté, j'étais un vrai porc-épic. Toute hérissée.

— Deux jours ? Eh bien… Pourquoi ne retournerions-nous pas à l'hôtel pour nous reposer ? Nous reviendrons chercher le fruit ce soir.

— Monsieur Kadam, ai-je dit en ouvrant la fermeture Éclair du sac, inutile de revenir. Nous avons le premier cadeau de Durgâ.

J'ai sorti ma couverture et je l'ai dépliée, révélant le Fruit d'Or. Il l'a soulevé délicatement dans son cocon.

— Incroyable ! s'est-il exclamé.

— C'est une mangue. Ce qui est logique, ai-je ajouté avec un sourire satisfait, car, après tout, les mangues tiennent une place très importante dans la culture et le commerce indiens.

Ren a soufflé fort par le nez et s'est laissé tomber sur le flanc dans l'herbe.

— En effet, Kelsey.

Il a admiré le fruit pendant un moment, puis il l'a soigneusement remballé. Il a frappé ses mains l'une contre l'autre.

— C'est formidable ! Levons le camp et en voiture, direction la maison !

— Super ! On y va ! J'ai hâte de prendre une douche…

Je me suis assise sur le siège du passager et je me suis retournée pour chuchoter à Ren :

— … dans ma super chambre d'hôtel au dernier étage d'un gratte-ciel inaccessible aux tigres.

Je lui ai souri d'un air mauvais et j'ai claqué ma portière. Il s'est installé sur la banquette arrière et, avant que j'aie le temps de réagir, il s'est penché et m'a donné une grande léchouille baveuse sur le visage.

— Ren ! me suis-je révoltée. C'est dégoûtant !

J'ai utilisé mon tee-shirt pour m'essuyer le nez et la joue, tout en continuant à l'enguirlander. Il était couché, la gueule ouverte comme s'il riait. Je m'apprêtais à lui passer un savon magistral quand M. Kadam, plus rayonnant que jamais, s'est mis au volant. Et voilà, nous étions repartis sur des chemins cahotants en direction de la civilisation.

M. Kadam brûlait d'écouter le récit de nos aventures. Mais j'étais si énervée contre Ren que j'ai prétexté une grosse fatigue pour qu'on me laisse tranquille. J'ai bâillé à m'en décrocher la mâchoire, je me suis tournée sur le côté et j'ai fermé les paupières.

J'ai dormi un moment et, à mon réveil, M. Kadam m'a tendu un soda, un sandwich et une banane. En voyant la banane, j'ai aussitôt pensé aux singes et à quelques bonnes plaisanteries susceptibles d'agacer Ren, mais, par respect pour M. Kadam, je me suis retenue. Je me suis empressée de mordre dans mon sandwich et j'ai sifflé mon soda d'un trait.

M. Kadam a ri et m'en a offert un autre.

— Es-tu prête à me raconter votre aventure, Kelsey ?

Il m'a fallu presque deux heures pour lui décrire le premier passage souterrain, la forêt à épines, les tunnels, les Kappa et la cité de Kishkindha. Ensuite j'ai rapporté en détail l'épisode de l'apparition de l'arbre doré et des statues de singe qui s'animaient. J'ai fini par l'attaque des Kappa et la morsure de Fanindra.

Je n'ai pas précisé que Ren était resté sous sa forme humaine pendant tout ce temps. D'ailleurs, j'ai minimisé son rôle à Kishkindha. Chaque fois que M. Kadam me demandait comment nous avions surmonté telle ou telle épreuve, soit je bottais en touche, soit je répondais : « Heureusement que nous avions Fanindra », ou « Heureusement que nous avions le *gadâ* ». Cela semblait satisfaire sa curiosité.

Je n'avais pas envie de parler des superpouvoirs de Ren. Il raconterait sans doute sa propre version de l'histoire plus tard, mais ça m'était égal. J'ai opté pour une version factuelle et, surtout, expurgée en ce qui concernait le rôle de Ren.

M. Kadam a annoncé que nous allions bientôt nous arrêter pour déposer Ren.

— J'espère que notre hôtel ne sera pas trop loin pour lui, s'est-il inquiété.

J'ai lancé un sourire mielleux au tigre et j'ai tapoté le bras de M. Kadam pour le rassurer.

— Oh, ne vous en faites pas pour lui. Il sait très bien se débrouiller tout seul. Je suis sûre qu'il trouvera cette longue nuit solitaire dans la jungle très *instructive*.

M. Kadam m'a jeté un regard perplexe.

Il s'est garé près d'une aire boisée. Ren est descendu de la Jeep, il a trottiné jusqu'à ma portière et m'a fixée de ses beaux yeux bleus. Je me suis détournée. Lorsque M. Kadam est remonté dans la voiture, j'ai glissé un petit coup d'œil par la fenêtre mais le tigre était parti. Je me suis dit qu'il l'avait bien cherché et je me suis enfoncée dans mon siège, les bras croisés sur la poitrine.

— Kelsey, tu vas bien ? m'a demandé M. Kadam. Tu sembles très… tendue.

— Ça, c'est rien de le dire, ai-je marmonné.

— Qu'y a-t-il ?

Je me suis forcée à lui sourire.

— Oh, rien. C'est juste la fatigue.

— Je voulais te demander autre chose. As-tu fait des rêves étranges pendant que vous étiez à Kishkindha ?

— Quel genre de rêves ?

Il m'a regardée en biais d'un air soucieux.

— Un rêve lié à ton amulette, peut-être ?

— Oh ! J'ai complètement oublié de vous en parler ! Quand j'ai cueilli le fruit, je me suis évanouie et j'ai eu une vision. Il y avait vous, moi et un type horrible.

M. Kadam paraissait de plus en plus préoccupé. Il s'est raclé la gorge.

— Alors cette vision était réelle… pour nous tous. C'est ce que je craignais. L'homme que tu as vu est Lokesh, le sorcier qui a proféré la malédiction contre Ren et Kishan.

Le choc m'a laissée bouche bée.

— Il est encore en vie ?

— Il semblerait. Et on dirait également qu'il possède au moins un fragment de l'amulette. Je le soupçonne même d'avoir *tous* les autres fragments.

— Il y en a combien au total ?

— On parle de cinq pièces, mais personne n'en sait rien en réalité. Le père de Ren en avait une ; sa mère, qui était la fille d'un puissant seigneur, en a reçu une autre en héritage. C'est pourquoi Ren et Kishan se sont retrouvés avec un pendentif chacun.

— Et qu'est-ce que je viens faire là-dedans, moi ?

— Tu aides Ren à briser le sortilège, Kelsey. L'amulette nous relie tous les trois, ses porteurs, et j'ai peur que Lokesh ne prenne connaissance de nos projets. Et de ton rôle. J'espérais qu'il était mort depuis toutes ces années. Je l'ai traqué pendant des siècles. Maintenant qu'il nous a vus, je crains qu'il ne te pourchasse afin de voler ton morceau de l'amulette.

— Vous le croyez méchant à ce point ?

— Je sais de quoi il est capable… Il est peut-être temps que tu rentres chez toi, a-t-il suggéré d'une petite voix.

— Quoi ?

J'ai paniqué. « Rentrer chez moi ? Mais pour y retrouver quoi ? Et qui ? » Je n'avais pas de vie chez moi. Je n'avais même pas voulu réfléchir à ce que je ferais une fois le sortilège brisé. Je crois que je m'étais imaginée coincée en Inde pendant deux ans, le temps de remplir la mission. Consternée, j'ai demandé :

— Vous voulez vraiment que je rentre ?

Il m'a tapoté la main.

— Pas du tout ! Je ne sous-entendais pas que je voulais te voir partir. Ne te tracasse pas. Nous allons trouver une solution. Pour l'instant, ce ne sont que des spéculations. Je n'ai aucune intention de te renvoyer dans l'immédiat. Et, bien entendu, quand tu rentreras, tu pourras revenir nous voir aussi souvent que tu le désireras. Tu seras toujours chez toi dans notre maison. Nous devons seulement agir avec la plus grande prudence maintenant que Lokesh a refait surface.

Ses paroles ont un peu apaisé mon angoisse, mais pas complètement. « Peut-être a-t-il raison. Peut-être que je devrais rentrer. Ce serait beaucoup plus facile d'oublier M. Super-Héros si j'étais à l'autre bout de la planète. Ce serait plus sain pour moi de côtoyer d'autres garçons de toute façon. Si ça se trouve, je me rendrais compte que le lien qui nous unit n'est pas si fort que ça. Je suis sûre que mon imagination me joue des tours. J'ai été trop isolée. Quand on n'a que Tarzan et des singes autour de soi pendant des jours, Tarzan paraît forcément attirant… Bah ! Un de perdu, dix de retrouvés. Je vais rentrer et sortir avec un type normal, un gentil geek qui ne me laissera jamais tomber. Et Ren ne sera plus qu'un lointain souvenir. »

Mais j'avais beau essayer de me raisonner, mon esprit ne cessait de se remémorer les émotions merveilleuses que j'avais éprouvées dans ses bras. Les mots qu'il avait prononcés quand il me croyait mourante. La sensation persistante de picotement sur mes lèvres après nos baisers. Ces réminiscences m'ont occupée pendant le reste du voyage.

M. Kadam s'est engagé dans l'allée du parc d'un somptueux hôtel cinq étoiles. Je ne me sentais guère présentable dans les vêtements tachés de sang et à moitié déchirés que j'avais portés pendant une semaine. M. Kadam, nonchalant et gai comme un pinson, a tendu ses clés au voiturier avant de m'accompagner à l'intérieur. J'ai gardé mon sac à dos mais nos deux autres bagages ont été montés à nos chambres par un employé.

M. Kadam a rempli les formulaires d'usage. Après un bref échange en hindi avec la dame de l'accueil, il m'a fait signe de le suivre.

Je me suis penchée discrètement en passant devant le guichet et j'ai demandé :

— Simple curiosité : les animaux de compagnie ne sont pas autorisés, n'est-ce pas ?

La mine perplexe, elle a jeté un regard interrogatif à M. Kadam et elle a secoué la tête.

— Tant mieux. Je voulais juste vérifier.

J'ai emboîté le pas à M. Kadam en souriant de toutes mes dents. « Il doit penser que j'ai perdu la boule. » Dans l'ascenseur, le groom a inséré une carte magnétique dans une fente au-dessus des boutons. La porte s'est refermée et le numéro de notre étage a été sélectionné automatiquement. L'ascenseur s'est ouvert directement sur nos appartements : une suite de grand standing.

M. Kadam a pris la chambre de gauche.

La mienne était si luxueuse que j'en ai eu le vertige. En voyant le lit king-size, j'ai pouffé bêtement. Un énorme jacuzzi était installé en plein milieu de la salle de bains. Je me suis dépêchée de balancer mes baskets sales et j'ai foncé dans la douche. Sous le jet brûlant, je me suis shampooiné les cheveux quatre fois, avant de me mettre de l'après-shampooing. J'ai laissé pénétrer le gel soyeux pendant que je me lavais le corps. J'ai planté mes ongles dans une savonnette et je les ai promenés de gauche à droite pour ôter la crasse incrustée dessous, puis je me suis occupée de mes pieds. Mes pauvres petits pieds meurtris et couverts d'ampoules. « Oh, peut-être que M. Kadam me proposera une pédicure plus tard. »

Quand je me suis enfin sentie propre, j'ai enveloppé mes cheveux dans une serviette et j'ai enfilé un peignoir. J'ai rempli le jacuzzi, j'y ai versé le bain moussant offert par l'hôtel, et j'ai ouvert les jets. Un parfum de poires juteuses et de baies fraîches a empli la pièce. Ça m'a rappelé l'Oregon.

« Ah ! C'est divin. C'est presque aussi agréable que les baisers de Ren… » Et voilà, ça recommençait. Je ne pouvais pas m'empêcher de penser à lui. J'ai fait de mon mieux pour le chasser de mon esprit. Mais plus je me détendais dans la baignoire, plus je rêvais de lui. C'était comme une chanson qui trotte dans la tête : quoi qu'on fasse, elle revient toujours.

« Ah, ça suffit maintenant ! Et arrête de sourire comme une idiote, par-dessus le marché ! » Exaspérée, j'ai fini par sortir de l'eau, la mort dans l'âme. Je me suis séchée, j'ai mis un short et un tee-shirt propres et je me suis assise sur mon grand lit pour me démêler les cheveux. Il m'a fallu un long moment pour défaire tous les nœuds. Mais le brossage m'a détendue. Cela m'a rappelé ma mère. Je me suis concentrée sur les sensations agréables des picots qui glissaient dans mes cheveux humides.

Un peu plus tard, je me suis aventurée dans le salon où j'ai trouvé M. Kadam en train de lire un journal.

— Kelsey ! Tu te sens revigorée ?

— Je me sens beaucoup mieux, vous ne pouvez pas imaginer.

— À la bonne heure ! Ton repas t'attend. J'ai pris la liberté de commander pour toi.

J'ai soulevé la cloche : il y avait de la dinde farcie au pain de maïs, avec du chutney d'airelles, des petits pois et de la purée de pommes de terre.

— Ouah ! Comment vous avez fait pour avoir ça ?

Il a haussé les épaules.

— J'ai pensé que ça te ferait plaisir de manger un plat typiquement américain. Il y a même de la tarte aux pommes en dessert.

J'ai pris mon assiette, le verre rempli d'eau glacée et aromatisée au citron, comme je l'aime, et je me suis assise en tailleur à côté de lui.

— Vous avez déjà dîné ?

— Oui. Ne t'occupe pas de moi. Mange.

Je ne me suis pas fait prier. Avant même d'avoir touché à la tarte, j'éprouvais déjà l'agréable sensation d'être rassasiée. J'ai trempé un bout de pain dans la sauce.

— Monsieur Kadam, je voudrais vous dire quelque chose. Je m'en veux de ne pas vous en avoir parlé avant, mais je crois que vous devriez savoir. (J'ai respiré à fond et je me suis lancée.) Alors, voilà. Ren a gardé sa forme humaine tout le temps où on est restés à Kishkindha.

Il a posé son journal.

— C'est intéressant. Pourquoi ne me l'as-tu pas dit avant?

J'ai haussé une épaule.

— Je ne sais pas. Il y a eu des… tensions entre nous ces derniers jours.

Il m'a regardée d'un air entendu. Ses yeux pétillaient de malice.

— Je comprends mieux, maintenant. Je me demandais pourquoi tu te comportais différemment avec lui. Ren peut être un peu… difficile, par moments.

— Têtu, vous voulez dire. Et exigeant. Et… et plein d'autres choses.

J'ai contemplé les lumières de la ville par la fenêtre. Il s'est penché et m'a pris la main.

— Je vois. Ne t'inquiète pas, Kelsey. Je suis surpris que vous ayez accompli autant de choses en si peu de temps. C'est déjà assez dur d'entreprendre un voyage plein de périls, ça l'est encore plus avec une personne qu'on commence seulement à connaître et à laquelle on n'est pas sûr de pouvoir se fier. Même les meilleurs compagnons se brouillent parfois quand ils sont soumis à des épreuves aussi pénibles que celles que vous venez de traverser. Je suis certain que ce n'est qu'une mauvaise passe dans votre amitié.

Le problème, ce n'était pas tellement notre amitié. Cependant, les paroles de M. Kadam m'ont réconfortée. Peut-être que nous arriverions à en parler et à régler la question avec un peu de bon sens. C'était à moi de me montrer plus adulte dans cette situation. Après tout, Ren recommençait seulement à communiquer avec d'autres humains. Si je lui expliquais patiemment comment fonctionnaient les relations de nos jours, il m'écouterait peut-être et nous pourrions rester bons amis.

— C'est incroyable qu'il ait pu conserver son apparence humaine de bout en bout à Kishkindha. Peut-être que ça a quelque chose à voir avec le fait que le temps s'est arrêté. Ou, du moins, que nous n'étions pas sur la même échelle temporelle, vous et moi, quand vous étiez là-bas.

J'ai hoché la tête. Je me sentais soulagée de lui avoir parlé. Je lui ai dit que j'allais bouquiner un moment, et profiter d'une longue nuit de sommeil avec un oreiller moelleux.

Avant de me coucher, j'ai fourré mes vêtements et mes baskets dans un sac de linge. Ensuite j'ai déplié ma couverture avec précaution, j'ai ôté le Fruit d'Or et je l'ai enveloppé dans une serviette, puis j'ai jeté ma pauvre couverture crasseuse avec le reste de mes affaires sales.

J'ai déposé le sac devant ma porte, j'ai sauté dans l'énorme lit et je me suis vautrée avec délices dans les magnifiques draps satinés. La tête enfoncée dans les oreillers en duvet, j'ai sombré dans un sommeil profond et réparateur.

Le lendemain matin, je me suis étirée à fond, un sourire aux lèvres. Même en tendant les bras et les jambes au maximum, je ne touchais pas les bords du lit. Je me suis brossé les cheveux et je me suis fait une queue-de-cheval.

Quand je l'ai rejoint, M. Kadam était attablé devant des pommes de terre sautées, des toasts et une tortilla. J'ai siroté un jus d'orange en lui disant combien j'étais excitée de rentrer.

On nous a rapporté notre linge propre, repassé et plié, comme neuf. J'ai choisi ma tenue du jour dans la pile et j'ai fourré le reste dans mon sac. J'ai pris le temps d'examiner ma couverture pour être sûre qu'elle n'était pas abîmée. Elle avait un petit parfum citronné. Elle avait beau être vieille et décolorée, elle tenait bien le coup. J'ai adressé des remerciements silencieux à ma grand-mère. « On n'en fabrique plus des comme ça de nos jours, mamie. »

Je l'ai rangée au fond de mon sac à dos. J'ai glissé le *gadâ* verticalement à côté. Je l'avais sorti la veille pour le laver et j'avais été surprise de constater qu'il était luisant et immaculé, comme s'il n'avait jamais servi. Ensuite, j'ai mis Fanindra par-dessus ma couverture, avec le Fruit d'Or posé au milieu de ses anneaux. Enfin j'ai tiré la fermeture Éclair en veillant à ne pas fermer complètement le sac pour que Fanindra puisse respirer. En réalité, j'ignorais si elle respirait, mais ça me rassurait.

Bientôt, l'heure de repartir a sonné. Je me sentais heureuse, requinquée et détendue… jusqu'à ce qu'on s'arrête au bord de la route et que je le voie, *lui* – il n'était pas en tigre. Ren nous attendait, vêtu de son éternelle tenue blanche, un sourire radieux sur le visage. M. Kadam s'est avancé et lui a donné l'accolade. J'entendais leurs voix mais je ne comprenais pas ce qu'ils disaient. M. Kadam a ri en tapant Ren dans le dos. À l'évidence, ils célébraient une bonne nouvelle.

Puis Ren a repris sa forme de tigre et il a sauté dans la voiture. Il s'est mis en boule pour dormir sur la banquette pendant que je l'ignorais ostensiblement. J'ai choisi un livre pour m'occuper pendant le trajet. M. Kadam m'a expliqué qu'on allait rouler toute la journée avant de faire halte dans un autre hôtel pour la nuit. Je lui ai répondu que ça ne me dérangeait pas. J'avais plein de choses à lire grâce à lui. Il m'avait acheté deux romans dans la librairie de l'hôtel, ainsi qu'un guide de voyage.

Je piquais un petit somme de temps en temps, entre deux chapitres. Au début de l'après-midi, j'avais terminé le premier roman, et j'approchais du dénouement du second quand nous avons atteint la ville. Un silence inhabituel régnait dans la Jeep. M. Kadam semblait tout joyeux, mais il ne partageait pas les raisons de sa gaieté. Quant à Ren, il a passé l'essentiel de la journée à roupiller.

Après le coucher du soleil, M. Kadam a annoncé que nous arrivions à destination. Il a précisé qu'il me déposerait la première et que nous dînerions au restaurant de l'hôtel pour « fêter ça ».

À l'intérieur de ma nouvelle chambre, j'ai passé mes tenues en revue. Je n'avais que des jeans et des tee-shirts, à mon grand désespoir. Alors que je les regardais en me lamentant pour la troisième fois, j'ai entendu toquer à la porte. Je suis allée ouvrir en peignoir et chaussons. Une femme de chambre m'a tendu une housse à vêtements et une boîte. J'ai voulu l'interroger mais elle ne comprenait pas l'anglais. Elle se contentait de répéter :

— Kadam.

Je l'ai remerciée et j'ai ouvert la housse. Elle contenait une superbe robe en velours noir avec un décolleté en cœur. Les manches courtes et la jupe étaient taillées dans une soie de couleur prune avec des reflets irisés. La coupe près du corps mettait mes courbes en valeur. Elle était ajustée au niveau des hanches et la jupe s'évasait légèrement pour s'arrêter à hauteur des genoux. Une ceinture faite de la même étoffe se nouait sur le côté. Une broche étincelante était piquée dedans pour souligner ma taille.

Quand j'ai bougé à la lumière, le tissu a scintillé en prenant toutes sortes de nuances de violet. Je n'avais jamais rien porté d'aussi joli, en dehors de la belle robe indienne bleue que j'avais à la maison. En ouvrant la boîte, j'ai trouvé une paire d'escarpins noirs à lanières avec des boucles en diamants et une barrette assortie pour mes cheveux. Avec une tenue pareille, il me fallait du maquillage, alors je me suis dirigée vers la salle de bains et j'ai fini de me préparer. J'ai attaché la barrette juste au-dessus de mon oreille gauche et j'ai coiffé mes mèches souples avec les doigts. Ensuite j'ai enfilé les chaussures et j'ai attendu M. Kadam.

Il n'a pas tardé à frapper à la porte et il m'a contemplée avec une admiration toute paternelle.

— Kelsey, tu es splendide !

J'ai fait tournoyer ma jupe.

— Cette robe est sublime. Si j'ai fière allure, c'est uniquement grâce à vous. Vous avez très bien choisi. Merci. Comment avez-vous deviné que, pour une fois, j'avais envie d'être chic plutôt que de ressembler à une campeuse ?

Il m'a souri, m'a offert son bras et m'a escortée jusqu'à l'ascenseur. Pendant que nous descendions, je lui ai raconté comment Ren avait couru avec une vingtaine de singes accrochés à sa fourrure. Nous avons bien ri.

Nous sommes entrés dans un restaurant éclairé aux chandelles, avec des nappes et des serviettes en lin blanc. L'hôtesse nous a conduits dans une pièce avec une grande baie vitrée qui donnait sur les lumières de la ville. Il n'y avait qu'une table occupée dans cette partie de la salle. Un homme dînait seul. Il nous tournait le dos et profitait de la vue.

M. Kadam s'est incliné en disant :

— Kelsey, je te laisse à ton rendez-vous. Je te souhaite un bon appétit.

Sur ces mots, il s'est éloigné.

— Monsieur Kadam, attendez ! Je ne comprends pas.

« Mon rendez-vous ? De quoi parle-t-il ? Il a perdu la tête. » Je l'ai suivi des yeux, éberluée.

C'est alors qu'une voix profonde, bien trop familière, s'est élevée derrière moi.

— Salut, Kells.

Je me suis figée. Mon cœur a cessé de battre et mon estomac s'est serré. Quelques secondes se sont écoulées. Ou quelques minutes peut-être ? J'ai entendu un soupir de dépit.

— Tu refuses toujours de me parler ? Tourne-toi, s'il te plaît.

Une main chaude s'est glissée sous mon coude et m'a fait pivoter doucement. J'ai levé les yeux et j'ai retenu mon souffle. Il était époustouflant ! Si beau que j'avais envie de pleurer.

— Ren.

Il a souri.

— Évidemment ! Qui d'autre ?

Il portait un élégant costume noir et il semblait sortir de chez le coiffeur. Ses cheveux noirs et brillants étaient coiffés en arrière en mèches savamment désordonnées. Il n'avait pas boutonné le col de sa chemise blanche, laquelle mettait en valeur sa peau de bronze et son sourire éclatant. Bref, il représentait un péril mortel pour toutes les femmes susceptibles de croiser son chemin. J'ai gémi intérieurement. « Il me fait penser à… à James Bond, Antonio Banderas et Brad Pitt réunis en un seul homme. » J'ai baissé les yeux.

Il a pris mon menton dans sa main et m'a obligée à le regarder, le fourbe. Il m'a étudiée de la tête aux pieds en prenant bien son temps. Il ne s'est pas privé de se rincer l'œil. Il m'a jeté ce genre de regard qui ne manque jamais d'enflammer les joues d'une fille. J'ai senti que je rougissais et ça m'a mise en colère. Nerveuse et impatiente, j'ai demandé :

— Tu as fini ?

— Presque.

Il était maintenant en train de fixer mes escarpins.

— Bon, ben, dépêche-toi !

Son regard est remonté tranquillement jusqu'à mon visage et il m'a souri d'un air admiratif.

— Kelsey, quand un homme passe du temps avec une jolie femme, il n'a pas le droit d'être pressé.

J'ai haussé un sourcil en éclatant de rire.

— Oh, on va y passer la nuit alors.

Il m'a baisé les doigts.

— Ça se pourrait.

— C'était ironique, Ren.

Il a tiré la chaise pour moi et m'a invitée à m'asseoir. Je suis restée plantée là, hésitant à piquer un sprint vers la sortie la plus proche. « Foutues godasses à talons, je n'y arriverai jamais. »

Il s'est penché pour me chuchoter à l'oreille :

— Je sais à quoi tu penses, et je ne te laisserai pas t'enfuir une nouvelle fois. Soit tu t'assieds et tu dînes gentiment avec moi, soit je te fais asseoir sur mes genoux et je te nourris de force.

— Tu n'oserais pas ! Un gentleman comme toi. C'est du bluff, monsieur Je-Demande-La-Permission.

— Même un gentleman a ses limites. D'une façon ou d'une autre, nous finirons par avoir une conversation civile. Je ne détesterais pas t'avoir sur les genoux, mais c'est à toi de voir.

Il s'est raidi et a attendu ma décision. Je me suis laissée tomber sur ma chaise d'une façon fort peu gracieuse et je me suis rapprochée de la table en faisant crisser les pieds par terre. Ça l'a beaucoup amusé. Et puis j'ai eu un remords à cause de la belle robe et j'ai lissé la jupe pour qu'elle ne prenne pas de mauvais plis.

La serveuse a posé sans cérémonie une carte devant moi, pour ensuite prendre tout son temps avec lui. Debout contre son épaule, elle lui a susurré une série de recommandations. Sous mon nez ! Quand elle est partie, j'ai levé les yeux au ciel, écœurée.

Ren a longuement consulté la carte. Il était rayonnant. Je n'ai même pas pris la peine d'ouvrir la mienne. Il m'a jeté des regards pleins de sous-entendus pendant que je faisais ma tête de cochon. Lorsque la serveuse est revenue, j'ai souri et j'ai dit d'un ton mielleux :

— Je prendrai n'importe quoi, pourvu que ça me permette de sortir d'ici au plus vite. Une salade, par exemple.

Ren m'a souri benoîtement avant d'énumérer ce qui ressemblait à une commande pour un banquet. La serveuse était ravie de noter tout ce qu'il disait. Elle n'arrêtait pas de le toucher et de plaisanter avec lui. J'ai trouvé son attitude on ne peut plus déplacée.

Il s'est calé tranquillement sur sa chaise en sirotant un verre d'eau. Je lui ai sifflé :

— Je ne sais pas à quoi tu joues, mais il ne te reste que deux minutes, alors j'espère que tu as commandé un steak tartare, Tiger.

Il m'a adressé un sourire malicieux.

— C'est ce qu'on va voir, Kells.

— Très bien. De toute façon, ce n'est pas mon problème. J'attends avec impatience de voir la réaction des gens quand un tigre blanc se promènera dans cet établissement très BCBG. L'hôtel risque de perdre une de ses étoiles pour avoir mis sa clientèle en danger. Peut-être que ta nouvelle copine la serveuse s'enfuira en hurlant.

Cette pensée m'a arraché un sourire. Ren a feint d'être choqué.

— Comment, Kelsey ! Tu es jalouse ?

— Ha ! me suis-je esclaffée. Non ! Bien sûr que non.

Je jouais nerveusement avec ma serviette.

— Je n'en reviens pas que tu aies réussi à convaincre M. Kadam d'entrer dans ton jeu. Franchement, c'est scandaleux.

Il a adressé un petit clin d'œil à la serveuse quand elle nous a apporté du pain.

— Tu lui fais de l'œil ? C'est inouï !

Hilare, il a pris un petit pain chaud, l'a beurré et l'a posé dans mon assiette.

— Mange, Kelsey, a-t-il ordonné. À moins que tu aies changé d'avis et que tu veuilles venir sur mes genoux. La vue est très intéressante d'ici.

J'ai coupé mon pain en deux d'un geste rageur et j'en ai croqué plusieurs bouts avant de me rendre compte à quel point il était délicieux – mie légère, zestes d'orange mélangés à la pâte… J'en aurais bien mangé plus, mais j'étais déterminée à bouder et à me gâcher le repas.

La serveuse est revenue peu après avec deux aides de cuisine qui ont déposé toute une série de plats sur la table. Évidemment, Ren avait vu grand. Il ne restait plus un seul centimètre carré de libre sur la nappe. Il a pris mon assiette et l'a remplie de mets parfumés et appétissants. Puis il s'est servi. Comme il me regardait en haussant un sourcil, j'ai chuchoté d'un ton furieux :

— Il n'est pas question que je m'assoie sur tes genoux, ne te fais aucune illusion.

Il a attendu patiemment que je goûte. J'ai planté ma fourchette dans mon filet de vivaneau en croûte de noix de macadamia.

— Ouh la la… Comme le temps passe ! Tu ne trouves pas ? Ça file à une vitesse, vingt-quatre minutes. Tu dois angoisser un peu, non ? Tu pourrais te métamorphoser à n'importe quel moment.

Il a pris tranquillement une bouchée d'agneau au curry, un peu de riz safrané, et il a mâché en restant d'un calme olympien.

Je l'ai fixé pendant deux bonnes minutes, puis j'ai replié ma serviette.

— OK, j'abandonne. Qu'est-ce que c'est que cette attitude hautaine ? Tu vas m'expliquer ce qui se passe ?

Il s'est essuyé la bouche et a bu une gorgée d'eau.

— Ce qui se passe, ma *prema*, c'est que la malédiction a été levée.

J'en suis restée comme deux ronds de flan.

— Quoi ? Dans ce cas, pourquoi es-tu resté sous ta forme de tigre ces deux derniers jours ?

— Eh bien, pour être plus précis, la malédiction n'est que partiellement levée.

— Partiellement ? C'est-à-dire ?

— J'ai maintenant droit à six heures par jour.

J'ai récité la prophétie dans ma tête en me rappelant que le monolithe avait quatre faces et que quatre fois six égale…

— Vingt-quatre !

— Vingt-quatre quoi ?

— Vingt-quatre heures. C'est logique : il y a quatre cadeaux à trouver pour Durgâ et le monolithe a quatre faces. Nous n'avons achevé qu'une seule des quatre missions, donc tu as gagné six heures.

Il a souri.

— Alors j'imagine que je vais te garder auprès de moi au moins jusqu'à ce que les trois autres soient terminées.

— T'emballe pas, Tarzan. Ma présence n'est peut-être pas nécessaire pour les autres. Maintenant que tu es un homme pendant un quart de la journée, Kishan et toi pouvez régler vos problèmes tout seuls, j'en suis sûre.

Il a penché la tête et plissé les yeux.

— Ne sous-estime pas ton rôle, Kelsey. Et puis, même si nous n'avions plus besoin de toi pour briser la malédiction, tu crois que je te laisserais partir sans lever le petit doigt ?

J'ai commencé à jouer avec la nourriture, nerveuse. En vérité, oui, c'était exactement ce que j'espérais. Quelque chose avait changé. Le Ren triste et troublé qui m'avait fait regretter de l'avoir repoussé à Kishkindha avait disparu, remplacé par un garçon trop confiant, à la limite de l'arrogance.

Il a mangé sans me lâcher des yeux. Après avoir terminé son assiette, il s'est resservi.

Son regard me mettait mal à l'aise. Il avait la tête du chat qui vient d'attraper le canari, ou du premier de la classe qui a répondu à toutes les questions avant même que le prof les ait posées. Il faisait preuve d'une autosatisfaction très désagréable et je sentais bien qu'elle n'était pas due seulement au fait d'avoir gagné plusieurs heures de vie humaine par jour. Il paraissait persuadé de lire dans mes pensées et mes sentiments. J'avais l'impression d'être acculée.

— La réponse à cette question est… non, a-t-il continué. Ta place est auprès de moi. Ce qui m'amène à la conversation que je voulais avoir avec toi.

— C'est à moi de décider où est ma place ! J'accepte de t'écouter, mais ne t'attends pas à ce que je sois forcément d'accord avec toi.

— Très bien, je le note. (Il a écarté son assiette vide.) Nous avons des affaires en suspens à régler.

— Si tu parles de la malédiction, on a encore du boulot, je suis déjà au courant.

— Non. Je parle de nous.

— Quoi, nous ?

J'ai glissé mes mains sous la table et j'ai essuyé mes paumes moites sur ma serviette.

— Je crois qu'il y a des choses que nous avons passées sous silence et qu'il est temps de les dire.

— Je ne te cache rien, si c'est ce que tu sous-entends.

— Si.

— Non, c'est faux.

— Est-ce que tu refuses d'admettre qu'il s'est passé des choses entre nous ?

— Je ne refuse rien. Ne me fais pas dire ce que je n'ai pas dit.

— J'essaie juste de faire admettre à une tête de mule qu'elle a des sentiments pour moi.

— Si c'était le cas, tu serais le premier informé.

— Alors tu n'éprouves rien pour moi ?

— Je n'ai pas dit ça.

— Alors tu dis quoi ?

— Rien !

Il a souri en plissant les yeux. S'il poursuivait son interrogatoire, il allait finir par me prendre à mentir. Je n'étais pas une très bonne menteuse.

— Très bien. Je n'insisterai pas aujourd'hui, mais nous aurons cette conversation tôt ou tard. Les tigres sont très persévérants, tu sais. Tu ne pourras pas toujours te dérober.

— Mais tous les héros ont leur kryptonite, ai-je rétorqué d'un ton détaché. Tu ne me fais pas peur.

J'entortillais ma serviette sur mes cuisses tandis qu'il épiait le moindre de mes gestes de ses yeux inquisiteurs. Je me sentais à nu, comme si son regard me transperçait jusqu'au cœur.

Quand la serveuse est revenue avec la carte des desserts, Ren lui a fait un grand sourire. C'est tout juste si elle ne s'est pas assise sur ses genoux. Je tapais du pied de dépit. Il l'a écoutée avec attention et puis ils ont éclaté de rire tous les deux.

Il parlait à voix basse en me désignant et elle regardait dans ma direction en gloussant. Elle s'est dépêchée de débarrasser. Il a sorti un portefeuille et lui a tendu une carte de crédit. Quand j'ai vu cette fille poser la main sur son bras, ç'a été plus fort que moi, je lui ai balancé un coup de pied sous la table. Il n'a même pas cillé. Il m'a pris la main et l'a caressée distraitement avec son pouce. Il confondait coup de pied et appel du pied, apparemment.

Quand elle s'est éclipsée, je l'ai regardé d'un air accusateur.

— Qu'est-ce que tu lui disais à propos de moi ?

— Je lui expliquais que nous prendrions notre dessert... plus tard.

— Tu veux dire que *tu* prendras ton dessert plus tard, parce que, en ce qui me concerne, le repas avec toi est terminé.

Il s'est penché entre les chandelles et m'a dit :

— Qui parle de manger, Kelsey ?

« Il plaisante ! » Non, il était parfaitement sérieux. « Génial ! Mon estomac recommence à faire des loopings. »

— Arrête de me regarder comme ça.

— Comme quoi ?

— Comme si tu me traquais. Je ne suis pas une antilope.

— Tu ferais une proie délicieuse, s'est-il esclaffé.

— Ça suffit.

— Je te rends nerveuse ?

— On peut dire ça comme ça.

J'ai à peine attendu qu'il ait signé le reçu pour me lever. Je me suis dirigée en trombe vers la porte. Il m'a rattrapée en une seconde.

— J'ai dit que je ne te laisserais pas t'échapper, tu te rappelles ? Maintenant sois un peu courtoise et laisse-moi te raccompagner. C'est le moins que tu puisses faire puisque tu ne veux pas me parler.

Il a passé son coude sous le mien et m'a entraînée hors du restaurant. J'ai frissonné à son contact. L'idée qu'il allait sûrement essayer de m'embrasser une fois arrivé sur le seuil de ma chambre n'a rien arrangé. Il fallait que je me sauve, c'était une question de survie. Si me montrer revêche ne suffisait pas, j'allais devenir odieuse. On me disait souvent que j'étais du genre « tout ou rien ».

J'ai essayé de dégager mon coude, mais il me tenait fermement.

— Tu ne devrais pas abuser de ta force de tigre contre moi, Superman.

— Je te fais mal ?

— Non, mais je ne suis pas une marionnette.

Il a desserré ses doigts et m'a pris la main.

— Sois aimable avec moi, et je serai aimable avec toi.

Il a appelé l'ascenseur.

— Ma chambre se trouve au même étage que la tienne, a-t-il expliqué.

Je me suis renfrognée.

— Et… au fait… comment tu comptes faire demain matin ? Tu vas attirer des ennuis à M. Kadam. Je te rappelle que les animaux de compagnie sont interdits.

Il m'a raccompagnée à ma porte en me répondant sur le même ton sarcastique.

— Oh, tu t'inquiètes pour moi, Kells ? C'est trop gentil, il ne faut pas.

— J'imagine qu'il est inutile de te demander comment tu connais le numéro de ma chambre ? Encore ton flair de tigre, je suppose.

Il m'a regardée d'une façon qui m'a complètement retournée. Je me suis concentrée sur la serrure, mais je le sentais juste derrière moi. Il s'est rapproché pendant que j'enfonçais la clé. Ma main s'est mise à trembler et je n'ai pas réussi à l'enclencher comme il fallait. Il a pris mon poignet délicatement et m'a fait pivoter face à lui. Ensuite il a plaqué ses paumes contre le battant de la porte, de part et d'autre de ma tête, et il s'est collé à moi. Je tremblais comme un lapin pris dans les griffes d'un loup. À la différence près que… j'avais très envie que le loup me dévore.

Un léger brouillard commençait à m'envelopper. « Il a oublié de demander la permission cette fois… et moi, j'ai oublié de dégainer mes armes », ai-je songé, sur le point de fondre.

Il a murmuré d'une voix chaude :

— Je sais toujours où tu es, Kelsey. Je connais ton parfum de pêche par cœur.

Toute frémissante, j'ai glissé mes mains sur son torse. J'avais plus ou moins l'intention de le repousser mais j'ai fini par m'agripper à sa chemise en serrant les poings. Sa bouche a frôlé mon oreille, ma joue, ma gorge. Je l'ai serré contre moi et j'ai tourné la tête pour qu'il m'embrasse. Il a souri et, ignorant mon invitation, il a promené ses lèvres dans mon cou jusqu'à mon autre oreille. Il en a mordillé le lobe, puis il a déposé de doux baisers sur mon épaule. Enfin il a redressé la tête et il s'est immobilisé, ses lèvres à deux centimètres des miennes. Je ne pensais qu'à une chose : « Encore… »

Avec un sourire ravageur, il s'est écarté en caressant mes mèches folles.

— Au fait, j'ai oublié de te dire à quel point tu es belle ce soir.

Sur ces mots, il s'est éloigné dans le couloir d'un pas nonchalant.

Mes membres étaient agités de petites secousses, comme des répliques sismiques. Je suis entrée dans la chambre sombre et j'ai fermé derrière moi. Adossée à la porte, j'ai laissé l'obscurité m'envelopper.

24

Dénouement

Le lendemain matin, j'ai vite refait mon sac et j'ai attendu M. Kadam. Assise dans un fauteuil rembourré, je tapais nerveusement du pied. Les événements de la nuit m'avaient convaincue de la nécessité de prendre une décision radicale au sujet de Ren.

Je ne voulais pas finir brisée. Oh, vivre une aventure amoureuse avec lui serait génial pendant un temps. Mais ça ne pourrait pas durer. C'était un adonis et je n'étais pas Hélène de Troie. Ça ne marcherait jamais. Il fallait que je sois réaliste et que je reprenne mon destin en main. Dès que nous serions de retour à la maison, j'aurais une petite conversation de femme à tigre avec lui.

Et s'il continuait de se voiler la face, alors je rentrerais chez moi, comme M. Kadam l'avait suggéré. Peut-être qu'avec le temps Ren finirait par s'apercevoir que j'avais raison.

J'ai attendu M. Kadam un long moment. J'étais à deux doigts d'appeler dans sa chambre quand j'ai enfin entendu toquer à la porte.

— Tu es prête, Kelsey ? Je te prie de m'excuser du retard.

— Ce n'est pas grave. J'imagine que M. Parfait a pris tout son temps pour se préparer ?

— Oh non, c'est ma faute. J'étais occupé à… remplir des papiers.

— Ah. Quel genre de papiers ?

— Rien d'important, a-t-il dit en souriant.

Nous avons remonté le couloir désert jusqu'à l'ascenseur. Je commençais à me décontracter quand j'ai entendu une porte se refermer dans mon dos. Ren est apparu. Il s'était acheté de nouveaux vêtements. Évidemment, il était magnifique. Il portait un jean de marque bleu stone, avec effet usé et plis moustaches, une chemise en oxford impeccable, d'un bleu assorti à ses yeux, striée de fines rayures blanches. Il l'avait laissée sortie du pantalon, avec les manches retroussées et le col déboutonné. La coupe extra slim collait à son torse musclé et j'ai poussé un petit soupir malgré moi – il était la perfection masculine incarnée.

« Il ressemble aux top models qu'on voit sur les podiums. Comment vais-je avoir le courage de rejeter ça ? La vie est tellement injuste. C'est comme coller un vent à Brad Pitt. Ça mériterait de remporter le prix de la plus grosse idiote du siècle… »

J'ai secoué la tête en marmonnant tout bas :

— Le gars est un tigre pendant trois cent cinquante ans et, du jour au lendemain, c'est une vraie *fashion victim*. Pas croyable !

— Que dis-tu, Kelsey ? m'a demandé M. Kadam.

— Rien.

Ren a haussé un sourcil en souriant.

« Il m'a sûrement entendue avec ses satanées oreilles de tigre. »

Les portes de l'ascenseur se sont ouvertes. Je me suis faite toute petite dans un coin en espérant que M. Kadam se glisserait entre nous. Malheureusement, il ne percevait pas mes appels silencieux et désespérés – on ne devait pas être branchés sur les mêmes ondes. Ren s'est approché beaucoup trop près à mon goût et il m'a regardée lentement de la tête aux pieds avec un sourire entendu.

Dans le hall, il a pris mon sac à dos et l'a jeté sur son épaule. Du coup, je n'avais plus rien à porter. Tandis qu'il marchait devant avec M. Kadam, je traînais les pieds en gardant un œil méfiant sur sa large carrure.

Dans la voiture, M. Kadam a parlé pour trois. Il était très excité. Voir Ren passer autant de temps sous sa forme humaine devait être un grand soulagement pour lui. En un sens, M. Kadam était aussi maudit que Ren et Kishan. Il n'avait jamais eu de vie à lui. Il avait consacré tout son temps et toute son énergie aux deux princes. Les servir était devenu son seul objectif. Il était l'esclave des tigres tout comme eux-mêmes étaient les esclaves de la malédiction.

« Et si je ne veux pas devenir l'esclave d'un tigre moi-même, j'ai intérêt à réagir vite. » Je n'ai pensé qu'à ça pendant tout le trajet. Je me prenais à rêver de Ren et puis je me faisais la leçon en répétant mon leitmotiv : « Il n'est pas pour moi, il n'est pas pour moi… » J'ai essayé de bouquiner, mais, comme je lisais le même paragraphe en boucle, j'ai fini par abandonner et j'ai fait une petite sieste.

Nous sommes arrivés tard le soir. J'ai soupiré en regardant la superbe maison de Ren. J'avais l'impression d'être chez moi ici. Ce serait dur de la quitter le moment venu et j'avais le sentiment angoissant que ce moment arriverait très vite.

Même si j'avais somnolé pendant le trajet, j'ai décidé de me reposer encore un peu. Je me suis brossé les dents et je me suis mise en pyjama. Après avoir sorti Fanindra avec précaution de mon sac à dos, j'ai posé un petit oreiller sur ma table de chevet et je l'ai placée dessus dans une position confortable, la tête tournée vers la piscine. Si j'avais été un serpent, c'est la vue que j'aurais choisie.

Ensuite, j'ai déballé le *gadâ* et le Fruit d'Or. J'ai enveloppé ce dernier dans une serviette moelleuse et j'ai rangé les deux objets dans un tiroir de ma commode. Il faudrait que je pense à dire à M. Kadam de les mettre en lieu sûr avec le Sceau de la famille de Ren. La vue de la mangue dorée m'a donné faim. Je n'aurais pas craché sur un casse-croûte de minuit, mais j'étais trop paresseuse pour descendre m'en préparer un.

En grimpant dans le lit, j'ai remarqué une petite assiette remplie de crackers, de morceaux de fromage et de tranches de pomme à côté de Fanindra.

« Tiens ! M. Kadam a dû la mettre là pendant que j'étais dans la salle de bains. »

Reconnaissante de sa bonté, j'ai mangé mon encas et j'ai éteint la lumière. Le sommeil ne venait pas. Mon esprit refusait de me laisser en paix. J'appréhendais la confrontation avec Ren le lendemain. J'avais peur de ne pas trouver les mots. J'ai fini par m'écrouler vers quatre heures du matin et j'ai dormi jusqu'à midi.

Je me suis levée en prenant mon temps, consciente d'éviter Ren et notre discussion. Je reculais pour mieux sauter. Tant pis. Je suis restée un long moment sous la douche et je me suis habillée lentement. Lorsque j'ai enfin trouvé le courage de descendre au rez-de-chaussée, mon estomac gargouillait.

J'ai entendu quelqu'un s'activer dans la cuisine. Persuadée qu'il s'agissait de M. Kadam, je suis entrée et je suis tombée sur Ren qui se préparait un sandwich. La pièce était sens dessus dessous. Il avait disposé sur le plan de travail tous les légumes et tous les condiments qu'il avait pu trouver dans le frigo. Il était très concentré, hésitant à mettre du ketchup ou de la sauce piquante sur son sandwich à la dinde et à l'aubergine. Il avait enfilé un des tabliers de M. Kadam et l'avait couvert de moutarde. Je n'ai pas pu m'empêcher de ricaner.

Il a souri.

— Je t'ai entendue te lever. Tu as pris ton temps, dis-moi, pour sortir de ta chambre. J'ai pensé que tu aurais faim et je suis venu te préparer un sandwich.

— Beurk, non merci. Je préférerais un sandwich au beurre de cacahuètes.

— D'accord. Euh, c'est lequel, le beurre de cacahuètes ?

Il m'a montré un groupe de pots et de bouteilles. Il avait séparé des autres ceux dont les étiquettes étaient écrites en anglais. Perplexe, je me suis approchée.

— Tu ne sais pas lire l'anglais, hein ?

Il a froncé les sourcils.

— Non. Je peux lire à peu près quinze autres langues et en parler une trentaine, mais je suis infichu de deviner ce qu'il y a dans ces bouteilles.

J'ai souri.

— Si tu les reniflais, tu trouverais tout de suite, Flair de Tigre.

Il a reposé les deux flacons qu'il avait dans les mains, s'est avancé vers moi et m'a embrassée sur la bouche sans préavis.

— Tu vois ? C'est pour ça qu'il faut que tu restes avec moi. J'ai besoin d'une petite amie intelligente.

Il a commencé à déboucher les bouteilles pour les sentir.

— Ren ! Je ne suis *pas* ta petite amie !

Il a fait comme s'il n'avait pas entendu. J'ai eu droit au plus gros sandwich au beurre de cacahuètes que j'avais jamais vu. Après en avoir pris seulement une bouchée, je ne pouvais plus ouvrir la bouche.

— Ren ? Veudelé ave, che cheré parfé.

Il a éclaté de rire.

— Quoi ?

— Veudelé, veudeléée ! ai-je insisté en mimant le fait de boire un truc.

— Ah, du lait ! Attends.

Il a ouvert tous les placards de la cuisine avant de trouver une tasse. Il m'a versé une grande rasade de lait mousseux et j'en ai vidé la moitié d'un trait pour décoller le beurre de cacahuètes qui me scellait les dents. J'ai séparé les deux bouts de pain et j'ai pris celui qui avait le moins de beurre dessus. Je l'ai plié en deux et je l'ai mangé.

Ren s'est assis face à moi avec un sandwich aussi monumental que bizarre. J'ai éclaté de rire.

— Tu t'es fait un Dagwood !

— C'est quoi, un Dagwood ?

— Un sandwich géant. Son nom vient d'un personnage de BD[1].

Il a mordu dedans à pleines dents. J'ai décidé que c'était le moment idéal pour aborder le sujet qui me tracassait, puisqu'il ne pouvait pas me répondre.

— Euh, Ren ? On doit avoir une conversation sérieuse tous les deux. Retrouve-moi sur la véranda au coucher du soleil, d'accord ?

Il s'est figé, le sandwich en suspens devant sa bouche.

— Un rendez-vous secret ? Sur la véranda ? Au coucher du soleil ? (Il a haussé un sourcil.) Eh bien, Kelsey, serais-tu en train d'essayer de me séduire ?

— Rêve toujours, ai-je répondu sèchement.

— En tout cas, je suis tout à toi, s'est-il esclaffé. Mais sois gentille avec moi ce soir, gente dame. Rappelle-toi que je manque encore d'expérience en tant qu'humain.

Exaspérée, j'ai lâché :

— Je ne suis pas ta gente dame.

1. Dagwood Bumstead (Dagobert dans la version française), principal personnage du comic strip *Blondie* créé par Chic Young dans les années 1930. Ce personnage est célèbre pour ses monstrueux sandwichs à étages. (*N.d.T.*)

Il a recommencé à dévorer son sandwich comme si de rien n'était. Puis il a engouffré la deuxième moitié du mien.

— Eh, c'est pas mauvais, ce truc!

Fatiguée, j'ai commencé à nettoyer le bazar qu'il avait mis sur l'îlot central. Il s'est levé pour m'aider. Nous avons été efficaces ensemble, comme si nous savions à l'avance ce que l'autre allait faire. La cuisine a été impeccable en un rien de temps. Ren a ôté son tablier et l'a jeté dans le panier de linge. Ensuite il est arrivé derrière moi pendant que je rangeais des verres et il a passé ses bras autour de ma taille en m'attirant contre lui.

Il a humé mes cheveux, m'a embrassée dans le cou et a chuchoté à mon oreille:

— Hmm, ce parfum de pêche, avec une pointe d'épice... Je vais me changer en tigre et faire une petite sieste, comme ça j'aurai toute la soirée pour toi.

J'ai grimacé. Il s'attendait sans doute à une séance de câlins et moi je prévoyais de rompre avec lui. Il voulait passer du temps avec sa petite amie alors que mon intention était de lui expliquer que nous n'étions pas faits l'un pour l'autre. Même si nous n'avions jamais officiellement formé un couple, ça me faisait l'impression d'une rupture quand même.

« Pourquoi faut-il que ce soit aussi dur? »

Ren m'a bercée en murmurant:

— « Quels sons argentins a dans la nuit la voix de la bien-aimée! Quelle suave musique pour l'oreille attentive! »

Je me suis retournée, stupéfaite.

— C'est dans *Roméo et Juliette*! Tu t'en souviens encore?

Il a haussé les épaules.

— J'étais très attentif quand tu me faisais la lecture. J'aimais ça.

Il a déposé un baiser sur ma joue.

— À ce soir, *iadala*.

Et il m'a laissée là.

J'ai été incapable de me concentrer sur quoi que ce soit pendant le reste de l'après-midi. Rien ne retenait mon attention plus de quelques minutes. J'ai répété quelques phrases devant le miroir, mais elles me paraissaient toutes maladroites.

— Ce n'est pas toi, c'est moi… Une de perdue, dix de retrouvées… J'ai besoin de me trouver… On a trop de différences… Je ne suis pas la bonne… Il y a quelqu'un d'autre…

J'ai même pensé à « Je suis allergique aux félins ». Mais aucune des excuses auxquelles je songeais ne satisferait Ren. J'ai décidé que le plus simple était encore d'être directe et franche, et de lui dire la vérité. J'étais comme ça. J'affrontais la réalité, j'en acceptais les côtés les plus difficiles et j'allais de l'avant.

J'aurais aimé que M. Kadam soit dans le coin pour me distraire un peu, ou me donner des conseils, mais il était porté disparu, avec la Jeep.

Le soleil s'est couché beaucoup trop vite et je suis montée à l'étage avec l'estomac noué. Je suis allée dans la salle de bains, j'ai défait ma tresse et j'ai brossé mes cheveux jusqu'à ce qu'ils tombent en vagues souples dans mon dos. J'ai mis du gloss et de l'eye-liner et j'ai cherché dans mon armoire quelque chose de plus sympa à porter qu'un tee-shirt. Comme par hasard, quelqu'un avait glissé des vêtements de designer neufs dans ma garde-robe. J'ai choisi un chemisier écossais en coton violet, brodé de soie noire, et un pantalon slim noir.

Ç'aurait été plus charitable de me rendre aussi peu attrayante que possible, mais je ne voulais pas qu'il garde le souvenir d'une fille mal fagotée. « On a sa fierté, quand même. »

Satisfaite de mon look, j'ai passé Fanindra à mon bras et je lui ai tapoté la tête en lui demandant de me souhaiter bonne chance. J'ai ouvert la porte vitrée et je suis sortie. L'air était chaud et chargé du parfum du jasmin mêlé à l'odeur boisée de la jungle. J'ai regardé le soleil plonger sous l'horizon rose orangé. Les lumières du bassin et de la fontaine se sont allumées tandis que je m'asseyais sur les coussins de la balancelle. Je me suis balancée doucement en profitant de la brise légère.

J'ai soupiré :

— Ah… Il ne manque plus qu'un cocktail de fruits tropicaux, avec rondelle d'ananas, cerise confite et ombrelle en papier.

J'ai aperçu soudain quelque chose qui pétillait à côté de moi sur une petite desserte. C'était un verre à cocktail rond, avec du glaçage sur le bord, rempli d'un jus de fruits frais d'une couleur rouge orangé, surmonté d'une ombrelle et d'une cerise ! Je l'ai pris pour voir s'il était réel. Oui, il l'était bel et bien. J'ai siroté le cocktail avec précaution. Il était sucré, légèrement gazeux – en un mot : parfait.

« Il se passe un truc bizarre. Il n'y a personne d'autre ici, comment ce verre a-t-il pu atterrir là ? »

C'est alors que Ren est apparu et j'en ai complètement oublié l'origine mystérieuse de ma boisson. Il était pieds nus, habillé d'un pantalon noir avec une fine ceinture et d'une chemise en soie bleu-vert. Ses cheveux étaient humides et il les avait peignés en arrière. Il s'est assis à côté de moi et a glissé un bras autour de mes épaules. Il sentait bon. J'ai humé son parfum familier de santal et de jasmin en songeant que le parfum du paradis pourrait ressembler à ça.

Il a posé un pied sur une table basse et il a commencé à nous balancer. Il avait l'air bien, assis à se détendre en profitant de la brise et du coucher de soleil, alors on est restés ainsi un moment, confortablement installés. C'était agréable. J'espérais qu'on pourrait encore partager ce genre de moments après. J'aimais sa compagnie.

Il a entrelacé ses doigts aux miens. Il a joué avec pendant un moment, puis il a porté ma main à ses lèvres et il a embrassé mes doigts lentement, un par un.

— Tu voulais me parler de quoi, Kelsey ?

— Euh…

« Je voulais parler de quoi déjà ? Mince, impossible de me rappeler, c'est dingue… Ah si. » Je me suis armée de courage.

— Ren, je crois que je préférerais que tu t'asseyes face à moi. Tu m'empêches de me concentrer, là.

Il a ri.

— OK, Kells, comme tu veux.

Il a glissé un fauteuil en face de la balancelle et s'est assis. Il s'est penché, a pris mon pied et l'a posé sur ses genoux. Ma jambe a eu un soubresaut nerveux.

— Qu'est-ce que tu fais ?

— Détends-toi. Tu m'as l'air toute contractée.

Il a commencé à me masser la voûte plantaire. J'ai voulu protester mais il m'a fait taire d'un coup d'œil impérieux. Il a tourné mon pied dans un sens, dans l'autre.

— Tu as des ampoules partout. Il faut qu'on t'achète de meilleures chaussures si tu dois continuer à sillonner la jungle.

— Tes chaussures de randonnée m'ont donné des ampoules aussi. Je crois que les chaussures n'y sont pour rien. J'ai plus marché pendant ces dernières semaines que pendant les dix-huit premières années de ma vie. Mes pieds ne sont pas habitués.

Il a froncé les sourcils en suivant doucement la courbe de mon pied avec son doigt. J'en ai eu des picotements jusqu'au genou. Ensuite il a repris son massage en prenant soin d'éviter les endroits les plus sensibles. J'allais de nouveau protester mais c'était tellement bon. Il m'étudiait curieusement.

« À quoi je pensais ? Je croyais vraiment que ce serait plus facile si je l'avais face à moi ? N'importe quoi ! Maintenant il faut que j'essaie de rester concentrée avec l'archange guerrier qui me fixe droit dans les yeux. » J'ai fermé les paupières une seconde. « Allez, Kells. Tu peux y arriver ! »

— OK, Ren, il faut vraiment qu'on discute de quelque chose.

— D'accord, vas-y.

J'ai respiré à fond.

— Tu vois, je ne peux pas… payer tes sentiments de retour. Enfin, ton… euh… ton affection.

Il a éclaté de rire.

— De quoi parles-tu ?

— Eh bien, ce que je veux dire, c'est…

Il s'est penché en avant et, d'une voix basse, pleine de sous-entendus, il m'a dit :

— Kelsey, je *sais* que tu éprouves les mêmes sentiments que moi. Arrête de faire semblant.

« Et voilà, bien joué, Kells. Si tu ne l'avais pas embrassé comme une idiote, tu n'en serais pas là. »

— OK, d'accord, j'admets que je suis attirée par toi, ai-je concédé.

« Qui ne le serait pas ? »

— Mais ça ne marchera pas, ai-je ajouté.

« Voilà, ça y est, c'est sorti. »

Ren semblait perplexe.

— Pourquoi ?

— Parce que je suis trop attirée par toi.

— Je ne comprends pas ce que tu me racontes. Comment le fait que tu sois attirée par moi peut-il être un problème ? Je pensais que c'était plutôt une bonne chose.

— Pour des gens *normaux*, oui.

— Alors je ne suis pas normal ?

— Non. Laisse-moi t'expliquer. C'est comme si… euh… Prends un homme mort de faim. Il se jetterait avec plaisir sur un radis, hein ? Un radis, ce serait un festin pour lui s'il n'avait rien d'autre à se mettre sous la dent. Mais s'il était face à un buffet, il ne choisirait jamais le radis.

Ren a marqué un temps d'arrêt.

— Je ne comprends toujours pas. Qu'essaies-tu de me dire ?

— Je dis que… je suis un radis.

— Et moi, je suis quoi ? Le buffet ?

— Non, toi, tu es l'homme mort de faim. Écoute… Je n'ai pas envie d'être un radis. Personne n'a envie d'être un radis. Mais je suis assez réaliste pour savoir ce que je suis, et je ne suis *pas* un buffet. Réfléchis, Ren… tu pourrais avoir des éclairs au chocolat !

— Mais pas de radis.

— Non.

— Et si… j'aimais les radis ?

— Mais non. C'est juste que tu n'as rien goûté d'autre. Et j'ajoute que je suis vraiment désolée d'avoir été aussi grossière avec toi. Normalement je ne suis pas comme ça. Je ne sais pas d'où me viennent tous ces sarcasmes.

Il a haussé un sourcil.

— Oui, bon, d'accord, j'ai un côté un peu méchant et cynique sur les bords. Mais en général, il est bien caché. Quand je subis un gros stress ou que je suis vraiment désespérée, il ressort.

Il a reposé mon pied, a soulevé l'autre et a commencé à le masser avec ses pouces. Comme il ne disait rien, j'ai continué.

— Être froide et désagréable était la seule solution que

j'avais trouvée pour te tenir à distance. C'était un mécanisme de défense.

— Alors tu admets que tu essayais de me tenir à distance.

— Oui.

— Et tout ça parce que tu es un radis.

— Oui ! me suis-je écriée, un peu agacée. Maintenant que tu es de nouveau un homme, tu trouveras quelqu'un de bien mieux pour toi, quelqu'un qui te correspondra davantage. Ce n'est pas ta faute. Enfin, je veux dire, tu es un tigre depuis si longtemps que tu ne sais plus comment ces choses-là marchent.

— D'accord, et ces choses-là marchent comment, Kelsey ?

Je percevais une pointe d'irritation dans sa voix.

— Eh bien, pour parler franchement, tu pourrais sortir avec un top model reconverti dans le cinéma. Tu as écouté ce que je t'ai expliqué ou pas ?

En colère, il a crié :

— Oh oui, j'ai écouté ! Ce que tu dis, c'est que je devrais être un don Juan, superficiel et snob, qui ne se soucie que d'argent, de pouvoir et de prestige. Que je devrais fréquenter des filles sans cervelle, prétentieuses, inconstantes et creuses, plus intéressées par mes relations que par moi. Et que je ne suis pas assez sage, ou assez à la page, pour savoir qui je veux et ce que je veux dans la vie ! C'est un bon résumé ?

— Oui, ai-je couiné.

— C'est vraiment ce que tu penses ?

J'ai tressailli.

— Oui.

Ren s'est penché en avant.

— Eh bien, tu as tort, Kelsey. Tu te trompes à mon propos, et à ton propos.

Il était livide. J'ai gigoté dans la balancelle, mal à l'aise.

— Je sais ce que je veux. Je ne me berce d'aucune illusion.

J'ai étudié les humains depuis une cage pendant des siècles, ce qui m'a donné amplement le temps de réfléchir à mes priorités dans la vie. Dès le moment où je t'ai vue, dès la première fois où j'ai entendu le son de ta voix, j'ai su que tu étais différente et spéciale. La première fois que tu as tendu le bras pour me toucher à l'intérieur de ma cage, tu m'as fait me sentir vivant d'une façon que je n'avais jamais ressentie avant.

— Mais peut-être que c'est lié à la malédiction. Tu y as pensé ? Peut-être que ce ne sont pas tes véritables sentiments ? Peut-être que tu as senti que j'étais celle qui était destinée à t'aider et que tu as mal interprété tes émotions ?

— J'en doute fort. Je n'ai jamais ressenti ça pour personne, même avant la malédiction.

Cette conversation ne prenait pas le tour que je souhaitais. J'avais désespérément besoin de m'échapper avant de sortir une bêtise capable de bousiller mes plans. Ren était mon côté sombre, mon fruit défendu, ma Dalila à moi – la tentation ultime. Étais-je capable de résister ?

J'ai tapoté son genou et j'ai abattu ma carte maîtresse.

— Je m'en vais.

— Tu quoi ?

— Je rentre à la maison, dans l'Oregon. M. Kadam pense que ce serait plus sage, de toute façon, maintenant que Lokesh traîne dans la nature en cherchant à nous tuer. Et puis, tu as besoin de temps pour réfléchir à… des trucs.

— Si tu t'en vas, je viens avec toi !

— Ce qui annulerait tout l'intérêt de partir !

Il a lissé ses cheveux en poussant un profond soupir, puis il m'a pris la main et il m'a regardée avec intensité.

— Kells, quand vas-tu accepter l'idée que nous sommes faits l'un pour l'autre ?

Je me sentais presque nauséeuse. J'avais l'impression de balancer des coups de pied à un chiot fidèle qui réclamait seulement d'être aimé. J'ai regardé la piscine sans un mot. Au bout d'un moment, il s'est adossé au fauteuil, la mine renfrognée, en lâchant d'un ton menaçant :

— Je ne te laisserai pas partir.

Au fond de moi, j'avais désespérément envie de lui prendre la main, de le supplier de me pardonner et de m'aimer. Mais c'était impossible.

— Ren, s'il te plaît, tu dois me laisser partir. J'ai besoin… J'ai peur… Écoute, je ne peux pas rester ici, près de toi, à attendre que tu changes d'avis.

— Ça n'arrivera pas.

— Mais si, c'est possible. Et même probable.

— Non ! a-t-il grondé, en colère.

— En tout cas, mon cœur ne peut pas prendre ce risque et je ne veux pas te mettre dans une position qui serait, disons, gênante. Je suis désolée, Ren, sincèrement. Je veux être ton amie, mais je comprendrais que tu ne veuilles pas te contenter de mon amitié. Bien sûr, je reviendrai dès que tu auras besoin de moi, si tu as besoin de moi, pour trouver les trois autres présents de Durgâ. Je ne vais pas vous abandonner, Kishan et toi. Seulement je ne veux pas rester ici avec un garçon qui pourrait se sentir obligé de sortir avec moi par pitié.

— Par *pitié* ? a-t-il répété. *Toi* ? Kelsey, tu plaisantes !

— Non, je suis très sérieuse. Je vais demander à M. Kadam de prendre les dispositions nécessaires pour que je puisse rentrer ces prochains jours.

Il n'a pas prononcé un mot de plus. Je sentais qu'il bouillait de rage. Mais je pensais qu'après une semaine ou deux, quand il recommencerait à fréquenter d'autres personnes, il me saurait gré de ma décision.

— Je suis épuisée. J'aimerais aller me coucher.

Je me suis levée sans le regarder et je me suis dirigée vers ma chambre. Avant de tirer la porte coulissante, je lui ai dit :

— Puis-je te demander une dernière chose ?

Il est resté immobile, les lèvres pincées, les bras croisés sur son torse, l'air furibond.

« Même furieux, il est beau. » J'ai soupiré.

— Si tu vois M. Kadam, tu peux lui dire que je voudrais lui parler ? Ce sera beaucoup plus facile pour moi si j'évite de te croiser… sous ta forme humaine, je veux dire. Je vais tâcher de rester dans ma chambre autant que possible.

Il n'a pas réagi.

— Bon. Au revoir, Ren. Prends soin de toi.

J'ai détourné les yeux, fermé la porte et tiré le rideau. « Prends soin de toi ? C'est nul, comme adieu. » Mes yeux se sont emplis de larmes. J'étais fière d'être allée au bout sans trahir mes émotions. Mais maintenant, j'avais l'impression de m'être fait aplatir par un rouleau compresseur.

Je ne pouvais plus respirer. Je suis allée dans la salle de bains et j'ai allumé la douche pour noyer le bruit de mes sanglots. J'ai fermé la porte et toute la vapeur est restée enfermée à l'intérieur. Des spasmes violents secouaient mon corps. Mes yeux, mon nez, ma bouche – tout coulait en même temps tandis que je libérais les émotions que je retenais depuis longtemps.

Je me suis laissée glisser contre le mur et j'ai fini par me retrouver étalée par terre, la joue sur le marbre. J'ai pleuré jusqu'à l'épuisement. Je me sentais vidée de mes forces. Mes cheveux frisottaient et collaient à mon visage baigné de larmes.

Beaucoup plus tard, je me suis levée lentement, j'ai coupé l'eau qui était maintenant froide, je me suis lavé la figure et je suis allée au lit. Des images de Ren se bousculaient toujours dans ma tête et des larmes silencieuses ruisselaient sur mes joues. J'ai failli mettre Fanindra sur mon oreiller pour avoir quelqu'un à câliner, tant j'avais besoin d'être réconfortée. Je me suis endormie en pleurs, en espérant que je me sentirais mieux le lendemain.

J'ai dormi tard une nouvelle fois et je me suis réveillée affamée et engourdie. J'étais vidée, émotionnellement parlant. Je ne voulais pas prendre le risque de croiser Ren au rez-de-chaussée. Alors je suis restée assise sur le lit, les genoux ramenés contre ma poitrine, et j'ai réfléchi à ce que je pouvais faire.

J'ai décidé d'écrire dans mon journal. Déverser mes pensées et mes émotions confuses sur ses pages m'a aidée à me sentir un peu mieux. Mon ventre gargouillait.

« Si seulement j'avais quelques crêpes aux fruits rouges préparées par M. Kadam. »

J'ai remarqué un changement à la limite de mon champ de vision. J'ai tourné la tête et j'ai découvert un petit déjeuner sur ma table. Je suis allée jeter un œil. Des crêpes aux fruits rouges ! J'en suis restée bouche bée.

Je me suis soudain souvenue du cocktail de la veille au soir. Au moment où j'avais eu envie de boire quelque chose, il était apparu.

J'ai décidé de faire une petite expérience. J'ai dit à voix haute :

— J'aimerais aussi du lait chocolaté.

Un grand verre de boisson chocolatée s'est matérialisé subitement. Ensuite, j'ai essayé par télépathie. « J'aimerais une nouvelle paire de chaussures. »

Cette fois, il ne s'est rien passé.

— J'aimerais une nouvelle paire de chaussures.

Toujours rien. « Peut-être que ça ne marche qu'avec la nourriture. Un milk-shake à la fraise me ferait très plaisir. » Un grand verre est apparu, plein à ras bord d'un lait épais et rose, coiffé de crème fouettée et surmonté d'une fraise coupée en tranches.

« D'où vient cet étrange phénomène ? C'est le *gadâ* ? Fanindra ? Durgâ ? Le Fruit ? Le Fruit ! Mais oui ! M. Kadam m'a expliqué que c'était grâce au Fruit d'Or que le peuple d'Inde serait nourri. Il procure à manger ! » Je l'ai sorti du tiroir et je l'ai tenu dans ma main pendant que je souhaitais autre chose.

— Un… radis, s'il te plaît.

Le Fruit a scintillé et jeté des reflets dorés. Un radis a surgi dans ma main libre. Je l'ai examiné d'un air pensif avant de le balancer à la poubelle en marmonnant :

— Tu vois ? Même moi, je ne veux pas d'un radis.

J'ai aussitôt voulu partager cette nouvelle excitante avec Ren et j'ai couru à la porte. J'ai tourné le bouton, et puis je me suis ravisée. Je ne voulais pas ruiner tous mes efforts de la veille. J'étais sérieuse quand je disais que je voulais rester amie avec lui, mais, pour l'instant, c'était moi qui n'étais pas en mesure de lui offrir mon amitié. J'avais besoin de temps pour l'oublier.

J'ai décidé d'attendre le retour de M. Kadam. Ensuite j'en parlerais à Ren.

J'ai attaqué mes crêpes, qui étaient succulentes. Je les ai d'autant plus appréciées qu'elles étaient magiques. Ensuite je me suis habillée et j'ai décidé de lire. Au bout d'un moment, quelqu'un a toqué à la porte.

— Puis-je entrer, Kelsey ?

C'était M. Kadam.

— Oui, c'est ouvert.

Il est entré et a fermé la porte derrière lui. Il s'est installé dans un des fauteuils rembourrés.

— Monsieur Kadam, ne bougez pas. Il faut que je vous montre un truc !

Je me suis levée, tout excitée, et j'ai foncé jusqu'à la commode. J'ai sorti le Fruit d'Or, je l'ai déballé et je l'ai posé avec précaution sur la table.

— Vous avez faim ?

Il a ri.

— Non, je sors de table.

— Ce n'est pas grave, demandez quelque chose quand même.

— Pourquoi ?

— Essayez, vous allez voir.

— Très bien, a-t-il dit, le regard pétillant de malice. J'aimerais un bol du ragoût de ma mère.

Le fruit a scintillé et un bol blanc est apparu devant nous. L'arôme piquant d'un ragoût d'agneau aux herbes a empli la pièce.

— Qu'est-ce que c'est ?

— Allez, monsieur Kadam, demandez autre chose. Enfin, tant que ça se mange.

— Je voudrais du yaourt à la mangue.

De nouveau le fruit a brillé et une coupelle de yaourt à la mangue est apparue.

— Vous voyez ? C'est le fruit ! Il *nourrit* l'Inde. Vous comprenez ?

Il l'a pris dans ses mains avec hésitation.

— Quelle incroyable découverte ! En as-tu parlé à Ren ?

J'ai rougi d'un air coupable.

— Non, pas encore. Dites-lui, vous.

Il a hoché la tête, stupéfait, en tournant le fruit dans ses mains et en le regardant sous toutes les coutures.

— Euh… monsieur Kadam ? Je voulais vous parler d'autre chose.

Il a reposé l'objet magique et m'a redonné toute son attention.

— Bien sûr, Kelsey. De quoi s'agit-il ?

J'ai inspiré à fond.

— Je crois qu'il est temps pour moi de… rentrer à la maison.

Il s'est appuyé contre son dossier, a joint les doigts et il m'a regardée d'un air songeur.

— Pourquoi cette décision ?

— Eh bien, comme vous l'avez dit, il y a Lokesh, et puis… d'autres trucs.

— D'autres trucs ?

— Oui.

— Comme… par exemple ?

— Comme par exemple… eh bien, je ne veux pas abuser de votre hospitalité.

— Absurde ! Tu fais partie de la famille maintenant. Nous te serons à jamais redevables. Cette maison est à toi autant qu'elle est à nous.

Je lui ai souri avec reconnaissance.

— Merci. Ce n'est pas tout. Il y a aussi… Ren.

— Ren ? Tu peux m'en parler ?

Je me suis assise au bord du canapé et j'ai ouvert la bouche pour dire que, non, je préférais ne pas en parler, mais tout est sorti d'un coup. Je me suis mise à pleurer malgré moi et il m'a tapoté la main pour me consoler.

Il n'a pas prononcé un mot. Il m'a seulement laissée épancher ma peine, ma confusion et d'autres sentiments plus tendres. Quand j'ai eu fini, il m'a de nouveau tapoté la main pendant que je hoquetais en essuyant mes larmes. Il m'a tendu un magnifique mouchoir en tissu, il a souri et il a souhaité une tasse de tisane à la camomille.

Il me l'a tendue avec une expression émerveillée. Je n'ai pas pu m'empêcher de rire. Ensuite je me suis mouchée et je me suis calmée un peu. Maintenant j'étais horrifiée de tout avoir déballé devant lui. « Qu'est-ce qu'il doit penser de moi ? Et s'il répétait tout à Ren ? »

Comme s'il lisait dans mes pensées, il a soufflé :

— Kelsey, ne regrette pas de t'être confiée à moi.

— S'il vous plaît, s'il vous plaît, ne dites rien à Ren ! l'ai-je supplié.

— Rassure-toi, je ne trahirai jamais ta confession. (Il a ri tout bas.) Je suis doué pour garder des secrets, ma chère. Ne te désespère pas. Souvent la vie semble compliquée et nos problèmes sans issue. Je voudrais seulement te rendre un peu de la tranquillité et de l'harmonie que tu m'as données.

Il a caressé sa courte barbe d'un air pensif.

— Peut-être qu'il est temps pour toi de rentrer dans l'Oregon, en effet. Tu as raison sur un point : Ren a besoin de temps pour réapprendre à être un homme. De plus, il me reste de nombreuses recherches à faire avant que nous puissions partir en quête du deuxième présent de Durgâ. (Il a marqué une brève pause.) Bien sûr, je ferai le nécessaire pour que tu puisses repartir. N'oublie jamais, toutefois, que cette maison est la tienne et que tu peux m'appeler à tout moment pour que je vienne te chercher. Si tu me permets cette familiarité, je te considère comme ma fille… ou plutôt ma petite-fille.

Je lui ai adressé un sourire tremblotant, je me suis jetée à son cou et j'ai recommencé à sangloter sur son épaule.

— Merci. Merci beaucoup. Vous aussi, vous êtes comme un membre de ma famille pour moi et vous allez terriblement me manquer.

Il m'a rendu mon étreinte.

— À présent, sèche tes larmes. Pourquoi ne sors-tu pas nager un moment, prendre un peu l'air pendant que je m'occupe de réserver ton avion ?

J'ai essuyé une larme scintillante au coin de mon œil.

— Bonne idée.

Il a serré ma main une dernière fois et il a quitté la pièce en refermant discrètement derrière lui.

J'ai décidé de suivre son conseil, j'ai enfilé mon maillot et j'ai pris le chemin de la piscine. J'ai fait quelques longueurs, contente de pouvoir canaliser mon énergie dans quelque chose de positif. Quand j'ai eu faim, j'ai souhaité un sandwich et j'en ai trouvé un sur le bord du bassin.

« C'est vraiment pratique, ce truc-là ! Je n'ai même pas besoin d'être dans la même pièce que le fruit. Je me demande quel est son rayon d'action… »

J'ai mangé mon sandwich et je me suis allongée sur une serviette de plage. Quand ma peau a commencé à griller, j'ai replongé dans l'eau et j'ai fait la planche paresseusement pour me rafraîchir.

Un homme a fait irruption dans le jardin. Il s'est planté sur le bord de la piscine à contre-jour. Nul besoin de distinguer ses traits pour deviner qui c'était.

— Ren ! Je n'ai pas envie de te parler pour l'instant.

L'homme est sorti du soleil et j'ai plissé les yeux.

— Tu refuses de me voir ? Après toute la route que je viens de faire ? Ttt ttt… Il faut vraiment que quelqu'un vous apprenne les bonnes manières, mademoiselle.

J'ai retenu mon souffle.

— Kishan ?

Il a affiché un grand sourire.

— Qui d'autre, *bilauta* ?

J'ai glapi de joie ! J'ai grimpé les marches de la piscine en courant et je me suis jetée à son cou. Il m'a accueillie à bras ouverts et il a éclaté de rire pendant que je lui donnais une accolade toute mouillée.

— Je n'en reviens pas que tu sois là ! Je suis si contente !

Il m'a examinée de haut en bas avec ses yeux dorés, tellement différents de ceux de Ren.

— Eh bien, si j'avais prévu ce genre d'accueil, je serais venu beaucoup plus tôt.

J'ai ri.

— Comment es-tu arrivé ici ? Toi aussi, tu as droit à six heures d'apparence humaine par jour maintenant ? Il faut que tu me racontes tout !

Il a levé la main en riant.

— Attends, attends ! Et si tu allais te changer avant qu'on ait une longue conversation tous les deux ?

— D'accord. Ne bouge pas ! Je reviens tout de suite !

J'ai monté les escaliers quatre à quatre, j'ai pris une douche en vitesse, je me suis habillée et je me suis brossé les cheveux. J'ai aussi commandé deux *root beer floats*, offerts par le Fruit d'Or, et je les ai emportés avec moi.

Kishan avait déplacé deux transats à l'ombre. Il se prélassait dans l'un d'eux, les mains derrière la tête et les yeux fermés. Il portait un tee-shirt noir et un jean et il avait les pieds nus. Je me suis laissée tomber dans l'autre siège et je lui ai tendu un verre.

— Qu'est-ce que c'est ?

— Ça s'appelle un *root beer float*. Essaie. C'est un mélange de glace et de boisson gazeuse aux plantes.

Il en a bu une gorgée et s'est mis à tousser. J'ai éclaté de rire.

— Les bulles te sont montées au nez ?

— Je crois que oui. Mais c'est bon. Doux et pétillant. Un peu comme toi. Ça vient de ton pays ?

— Oui.

— Bon, si je veux répondre à toutes tes questions avant la tombée de la nuit, j'ai intérêt à commencer maintenant.

Il a bu une autre gorgée et il s'est lancé.

— D'abord, pour les six heures, la réponse est oui. C'est bizarre, tu sais. Je me satisfaisais de mon existence de tigre depuis des siècles mais après votre visite, à Dhiren et toi, je me suis senti mal à l'aise dans ma fourrure noire. Pour la première fois depuis longtemps, j'avais envie d'être vivant de nouveau – pas comme un animal, en tant que moi-même.

— Je comprends. Comment t'es-tu rendu compte qu'il y avait du changement ?

— Je me transformais en homme tous les jours et j'allais dans des villages à proximité pour observer les gens et voir à quoi ressemblait l'Inde moderne. (Il a soupiré tristement.) Le monde a bien changé depuis que je l'ai quitté.

J'ai hoché la tête.

— Voilà environ une semaine, j'étais en train de regarder des enfants jouer sur la place du village. Je savais que mes minutes étaient presque écoulées, alors je suis retourné dans la jungle et j'ai attendu que les tremblements arrivent. Il ne s'est rien passé. J'ai patienté une heure, puis deux, et toujours rien. C'est là que j'ai compris que Ren et toi vous aviez en partie réussi votre mission. Après cela, je suis retourné au village sous ma forme humaine et j'ai demandé à des gens de m'aider à joindre M. Kadam. Je l'ai appelé et il est venu me chercher en voiture.

— Alors c'est pour ça qu'il était absent depuis deux jours…

Kishan m'a souri et il a étiré ses longues jambes devant lui en les croisant à hauteur des chevilles.

— Eh bien, Kishan, je suis contente de te voir. Tu es chez toi. Ta place est ici.

Il a regardé au loin d'un air grave.

— Pendant très longtemps, j'ai cru qu'il ne restait plus une once d'humanité en moi. Mon âme était plongée dans les ténèbres. Mais toi, ma chère, a-t-il dit en se penchant pour me faire un baisemain, tu m'as ramené à la lumière.

J'ai posé la main sur son bras.

— Yesubaï te manquait, c'est tout. Je ne crois pas que tu avais perdu ton humanité. Il faut juste du temps pour guérir après des blessures comme celle-là.

Ses yeux ont pétillé de malice.

— Maintenant, raconte-moi tes aventures ! Kadam m'a dit l'essentiel mais je veux entendre les détails.

Je lui ai parlé des armes de Durgâ et il a exprimé un vif intérêt pour le *gadâ*. Il a ri quand je lui ai raconté l'attaque des singes subie par Ren et il a écarquillé les yeux avec horreur quand j'ai relaté l'épisode avec le Kappa qui avait failli me dévorer. C'était agréable de bavarder avec lui. Il écoutait avec attention et je n'étais pas toute chamboulée, comme chaque fois que j'étais en présence de Ren.

Arrivée à la fin de mon récit, j'ai fixé la piscine pendant que Kishan étudiait mon visage.

— Je suis curieux de savoir autre chose, Kelsey.

Je lui ai souri.

— Oui. Quoi ?

— Qu'y a-t-il exactement entre Ren et toi ?

Un étau enserrait ma poitrine mais j'ai essayé de me la jouer cool.

— Comment ça ?

— Vous êtes plus que des compagnons de voyage tous les deux ? Vous êtes… ensemble ?

— Oh non ! pas du tout !

Il a souri.

— Tant mieux ! Alors tu es libre de sortir avec moi. Aucune fille saine d'esprit ne voudrait de Ren, de toute façon. Il est tellement… coincé. Et froid.

J'en suis restée bouche bée pendant une minute. Et puis la colère a pris le dessus.

— Primo, je ne sortirai avec aucun de vous deux. Deuxio, il faudrait qu'une fille soit folle pour ne *pas* vouloir de Ren. Tu te trompes à son sujet. Il n'est ni coincé, ni froid. Il est attentionné, chaleureux, beau à tomber, fiable, loyal, gentil et charmant.

Il a haussé un sourcil et m'a considérée d'un air pensif. Je me suis tortillée, consciente d'avoir parlé trop vite et d'en avoir trop dit.

— Je vois. OK. Le Dhiren que je connaissais a sûrement changé ces deux cents dernières années. En tout cas, en dépit de ce que tu viens de dire, je te propose de sortir faire la fête ce soir. Si tu n'acceptes pas de rendez-vous galant, viens au moins en tant qu'amie.

J'ai fait la grimace. Kishan a insisté.

— Tu ne vas pas me laisser tomber pour ma première sortie en trois cent cinquante ans ?

Je ne savais pas trop quoi répondre. Je me suis demandé ce que Ren en penserait et quelles pourraient être les conséquences.

— Tu veux aller où, exactement ?

— M. Kadam m'a dit qu'il y avait une boîte de nuit en ville, pas loin, avec un restaurant. Je pensais y aller dîner. Tu me montreras comment on danse.

J'ai ri nerveusement.

— C'est ma première visite en Inde et je ne connais rien aux danses d'ici.

Cette nouvelle a réjoui Kishan au plus haut point.

— Fantastique ! Comme ça, on apprendra ensemble.

Il s'est levé d'un bond et il a filé en direction de la maison.

— Attends, Kishan ! ai-je crié. Je ne sais même pas quoi porter !

— Demande à Kadam ! Il a réponse à tout.

Sitôt qu'il a disparu, mon moral est retombé à zéro. Feindre d'être joyeuse alors que j'étais au trente-sixième dessous ne me tentait guère. Mais j'étais si contente de voir Kishan de retour et en si grande forme que je n'ai pas voulu doucher son enthousiasme. Alors que je me penchais pour ramasser nos verres vides, je me suis rendu compte qu'ils avaient disparu.

« C'est vraiment génial. Non seulement le Fruit d'Or procure à boire et à manger, mais, en plus, il débarrasse ! »

Tandis que je retournais vers la maison, j'ai eu la chair de poule. Il se passait quelque chose. J'ai regardé autour de moi mais je n'ai rien vu ni entendu. Et puis une force invisible m'a poussée à lever les yeux vers le balcon. Appuyé contre une colonne, les bras croisés sur la poitrine, Ren m'observait.

Nous nous sommes dévisagés un moment en silence. L'air entre nous a changé de façon palpable, devenant lourd et étouffant comme avant un orage. Oh oui, un orage se préparait.

Je sentais que des remous dans l'atmosphère essayaient de m'entraîner dans le vide. J'avais l'impression de devoir résister physiquement pour ne pas plonger. J'ai fermé les yeux.

Je suis repartie en ignorant Ren, mais, tandis que je montais à l'étage, je croyais sentir le poids de son regard brûlant sur moi, comme un trou qui se creusait entre mes omoplates. Je suis entrée dans l'obscurité de ma chambre d'un pas raide en traînant derrière moi les fils rompus de notre relation.

Je suis restée dans ma chambre pendant le reste de l'après-midi. M. Kadam est venu me voir et il a exprimé sa joie à la pensée que je passe la soirée avec Kishan. Il a estimé que c'était une bonne idée de faire la fête et suggéré que nous y allions tous ensemble.

— Vous voulez dire, avec Ren et vous ? ai-je demandé.

— Je ne vois pas pourquoi on ne viendrait pas. Je vais lui en parler.

— Monsieur Kadam, ce serait peut-être mieux si vous passiez une soirée entre hommes.

— Voyons, Kelsey ! Nous avons tous quelque chose à fêter et je m'assurerai que Ren se tienne comme il faut.

Alors qu'il se retournait pour partir, je lui ai dit :

— Attendez ! Comment je dois m'habiller ?

— Tu peux porter ce qu'il te plaira, une tenue moderne ou plus traditionnelle. Pourquoi pas ton *sharara* ? Si tu préfères, a-t-il ajouté, tu peux aussi mettre des vêtements de tous les jours.

Il est parti et je n'ai pas pu m'empêcher de gémir. Cette soirée s'annonçait mal. Je me sentais affreusement stressée. J'avais envie de porter des vêtements normaux, mais j'étais certaine que les garçons allaient enfiler des costumes Armani ou quelque chose dans ce style et je ne voulais pas être en jean et baskets à côté, alors j'ai opté pour le *sharara*.

J'ai sorti la lourde jupe et le haut de mon armoire. J'ai caressé les perles en soupirant. Elle était si belle. J'ai passé un moment à me coiffer et à me maquiller. J'ai forcé un peu plus que d'habitude sur l'eye-liner et le mascara, j'ai appliqué une ombre gris-mauve sur mes paupières et j'ai utilisé un fer pour me lisser les cheveux.

J'ai enfilé le haut bleu puis j'ai mis la jupe. Elle tombait parfaitement. J'ai arrangé ses plis scintillants et caressé les rangées de perles en souriant.

J'étais en train de regretter que le Fruit d'Or ne crée pas de chaussures quand j'ai entendu toquer à la porte. M. Kadam m'attendait.

— Tu es prête, Kelsey ?

— Eh bien, pas tout à fait. Je n'ai pas de chaussures.

— Ah, tu peux peut-être emprunter une paire à Nilima.

Je l'ai suivi jusqu'à la chambre de Nilima. Il a ouvert sa penderie et en a sorti une paire de sandales dorées. Elles étaient un peu grandes mais je les ai bien serrées et le résultat était convaincant. M. Kadam m'a offert son bras.

— Une seconde ! J'ai oublié un truc.

J'ai couru jusqu'à ma chambre pour récupérer le *dupatta* que j'ai drapé sur mes épaules.

Je m'attendais à voir la Jeep dans l'allée. À sa place était garée une Rolls-Royce Phantom rutilante. M. Kadam m'a ouvert la portière et je me suis assise sur un superbe siège en cuir anthracite.

— À qui appartient cette voiture ? ai-je demandé en passant la main sur le tableau de bord poli.

— Oh ! À moi, a répondu M. Kadam avec un amour et une fierté évidents. La plupart des voitures en Inde sont petites et économiques. En réalité, il n'y a qu'un pour cent de la population environ qui possède un véhicule. Si on compare avec le parc automobile américain…

Il s'est lancé dans un long développement sur l'industrie automobile pendant que je souriais, bien calée dans mon siège. Quand il a mis le contact, le moteur, au lieu de rugir, a ronronné.

— Kishan ne va pas tarder et Ren… n'a pas souhaité se joindre à nous.

J'aurais dû me réjouir, mais, étonnamment, j'étais déçue. Il répondait sûrement à mon vœu de ne plus le voir, mais une partie de moi aurait voulu passer une dernière soirée avec lui.

J'ai ravalé ma peine et j'ai souri à M. Kadam.

— Ce n'est pas grave. On s'amusera sans lui.

Kishan est arrivé en trombe. Il portait un pull en V bordeaux sur un pantalon kaki. Ses cheveux venaient d'être coupés dans un dégradé légèrement asymétrique et les mèches qui lui tombaient dans les yeux lui donnaient un faux air de vedette hollywoodienne. Le tissu léger du pull mettait en valeur sa carrure athlétique. Il était très séduisant.

Il est monté à l'arrière.

— Désolé d'avoir été si long.

Il s'est penché entre les sièges avant.

— Eh, Kelsey, est-ce que tu… ? (Il a sifflé.) Ouah, tu es resplendissante ! Il va falloir que je chasse les autres garçons à coups de bâton !

J'ai rougi.

— Je t'en prie. Tu ne pourras même pas t'approcher de moi avec la cour d'admiratrices qui va t'entourer.

Il m'a souri et s'est adossé à la banquette.

— Je suis content que Ren ait décidé de ne pas venir. Comme ça, je t'ai tout à moi.

— Hmm.

On s'est arrêtés devant un joli restaurant avec un grand porche. Kishan s'est précipité pour m'ouvrir la porte. Il m'a offert son bras avec un sourire désarmant.

On s'est assis à une table vers le fond. J'ai pris la liberté de choisir des Coca-Cola Cherry pour Kishan et moi. Il semblait content d'écouter mes suggestions.

On s'est bien amusés à lire la carte ensemble. Il traduisait, je commentais. M. Kadam a demandé une infusion et il est resté assis tranquillement à la siroter en écoutant notre conversation. Après avoir passé la commande, on a regardé des couples glisser majestueusement sur la piste de danse.

La musique était douce et lente, une musique de classiques intemporels. J'ai laissé la mélancolie s'emparer de moi et je me suis tue. Quand les plats sont arrivés, Kishan a attaqué avec délectation et il a fini les miens avec plaisir quand j'ai renoncé à me forcer à manger. Il semblait fasciné par tout – les gens, la langue, la musique, et surtout la nourriture. Il a posé des milliers de questions à M. Kadam : « Comment on paie ? », « D'où vient l'argent ? », « Combien faut-il donner de pourboire ? ».

J'écoutais en souriant mais mes pensées étaient ailleurs. Une fois nos assiettes débarrassées, nous avons commandé une nouvelle tournée de boissons. M. Kadam s'est éclairci la voix.

— Kelsey, m'accorderais-tu cette danse ?

Il s'est levé et m'a tendu la main. Ses yeux pétillaient de plaisir. Comme cet homme adorable allait me manquer !

— Volontiers, monsieur Kadam.

Il a tapoté ma main posée sur son bras et m'a entraînée sur la piste. C'était un excellent danseur. Je n'avais dansé qu'avec des lycéens dans des bals de fin d'année et, en général, ils se contentaient de tourner en rond jusqu'à la fin de la chanson. Ce n'était ni intéressant, ni très palpitant. Danser avec M. Kadam était autrement plus excitant. Il m'a fait tournoyer sur toute la piste. Ma jupe s'envolait et je riais. J'ai passé un très bon moment avec lui. Il me faisait faire des pirouettes et me réceptionnait toujours adroitement. Il était si doué qu'il me donnait l'illusion d'être une bonne cavalière.

À la fin de la chanson, nous sommes revenus à table. M. Kadam a fait comme s'il était vieux et essoufflé alors qu'en réalité c'était moi qui cherchais mon souffle. Kishan tapait impatiemment du pied par terre et, sitôt que nous

nous sommes approchés, il s'est levé, m'a pris les mains et m'a ramenée sur la piste.

Cette fois, l'air était plus entraînant. Kishan semblait apprendre vite. Il observait et copiait les mouvements des autres danseurs. Il avait le sens du rythme, mais il essayait tellement d'avoir l'air naturel qu'au bout du compte le résultat était forcé. On s'est bien amusés quand même.

Ensuite, ils ont passé un slow. Je me dirigeais vers notre table quand Kishan m'a dit :

— Attends, Kelsey. Je veux essayer ça.

Il a observé un couple près de nous pendant quelques secondes, puis il a mis mes bras autour de son cou pendant qu'il glissait les siens sur ma taille. Il a encore regardé le couple, puis il m'a considérée avec un sourire canaille.

— Je vois très bien les avantages de ce genre de danse, a-t-il dit en m'attirant plus près de lui. Oui, c'est très agréable.

J'ai soupiré et laissé mes pensées vagabonder. Jusqu'à ce qu'un bruit me tire de ma rêverie. Un grondement profond. Non. Un grognement sourd. À peine audible par-dessus la musique. J'ai levé les yeux vers Kishan en me demandant s'il l'avait entendu aussi.

Derrière moi, une voix calme mais intraitable a dit :

— Je crois que cette danse est pour moi.

C'était Ren. Je sentais sa chaleur dans mon dos et je me suis mise à frémir, comme les jeunes feuilles dans les brises tièdes de printemps. Kishan a plissé les paupières.

— Le choix revient à la dame, a-t-il rétorqué.

Je ne voulais pas provoquer une scène, alors j'ai hoché la tête et j'ai ôté mes bras de son cou. Kishan a jeté un regard noir à son remplaçant et il a quitté la piste d'un pas furieux.

Ren s'est placé devant moi. Il a pris mes mains doucement dans les siennes et les a placées autour de son cou. Ensuite il a glissé lentement et délibérément ses doigts le long de mes bras et de mes flancs avant de les poser sur ma taille. Il m'a attirée tout contre lui.

Il m'a guidée de façon experte pendant le slow. Il ne disait rien, en tout cas pas avec des mots, mais il m'envoyait un tas de signaux. Il a collé son front au mien. Il a enfoui son visage dans mon cou et dans mes cheveux, qu'il a caressés sur toute la longueur. Ses doigts cherchaient ma peau nue sur mes bras, ma taille, le creux de mes reins.

Quand la chanson s'est terminée, il nous a fallu une minute à tous les deux pour retrouver nos esprits et nous rappeler où nous étions. Il a suivi la courbe de ma lèvre inférieure avec son index puis il m'a prise par la main et il m'a entraînée sous le porche.

Je croyais qu'il s'arrêterait là mais il a descendu les marches et il m'a emmenée jusqu'à une zone boisée avec des bancs en pierre. La lune jetait une lumière blafarde sur sa peau. Il portait un pantalon noir et une chemise blanche qui m'a évoqué sa fourrure de tigre.

Il m'a attirée dans l'ombre d'un arbre. Je me suis tenue droite et je suis restée muette, de peur de dire quelque chose que je risquerais de regretter. Il a pris mon menton dans sa main et m'a obligée à le regarder dans les yeux.

— Kelsey, je dois te dire quelque chose et je veux que tu m'écoutes en silence.

J'ai hoché la tête avec hésitation.

— D'abord, je veux que tu saches que j'ai entendu tout ce que tu m'as dit l'autre soir et que j'ai réfléchi très sérieusement à tes paroles. C'est important que tu le comprennes.

Il a glissé une mèche rebelle derrière mon oreille en frôlant ma joue. Puis il m'a souri tendrement et j'ai senti la petite plante d'amour frémir dans mon cœur et se tourner vers ce sourire comme vers les rayons nourrissants du soleil.

— Kelsey, le fait est… que je suis amoureux de toi, et cela depuis un moment.

J'ai retenu mon souffle. Il m'a pris la main.

— Je n'ai pas envie que tu partes.

Il s'est mis à embrasser mes doigts en me regardant droit dans les yeux. J'étais comme hypnotisée. Il a sorti quelque chose de sa poche : une chaîne dorée couverte de minuscules clochettes.

— Je veux te donner ceci. C'est un bracelet de cheville. Ils sont très populaires ici. Je l'ai choisi pour qu'on n'ait plus jamais à chercher de cloche.

Il s'est accroupi, a passé sa main derrière mon mollet et a fait glisser sa paume le long de ma jambe jusqu'à ma cheville. Il a attaché le fermoir. J'ai vacillé. Il s'est relevé et m'a attirée contre lui.

— Kells… je t'en prie.

Il m'a embrassé la tempe, le front, la joue. Entre chaque baiser, il suppliait :

— Je t'en prie… Je t'en prie… Je t'en prie. Dis-moi que tu vas rester avec moi.

Ses lèvres ont effleuré les miennes.

— J'ai besoin de toi.

Puis il m'a embrassée avec passion.

J'ai senti ma résolution s'effriter. J'avais très envie de lui. Et j'avais besoin de lui, moi aussi. J'ai failli lui dire qu'il n'y avait rien au monde que je souhaitais davantage qu'être avec lui. Que je ne me croyais pas capable de le quitter. Qu'il était ce qu'il y avait de plus précieux dans ma vie. Que je sacrifierais tout pour lui.

Et puis il m'a glissé à l'oreille :

— Je t'en prie, ne me laisse pas, *priya*. Je ne crois pas que je survivrais sans toi.

Mes yeux se sont embués et des larmes brillantes ont roulé sur mes joues. J'ai touché son visage.

— Tu ne comprends pas, Ren ? C'est exactement pour ça que je dois partir. Il faut que tu apprennes que tu peux vivre sans moi. Qu'il y a autre chose sur terre que moi. Il faut que tu découvres ce monde qui te tend les bras et que tu saches que tu es libre de faire des choix. Je refuse d'être ta cage. Je pourrais te capturer et te garder égoïstement pour satisfaire mes propres désirs. Mais ce serait mal. Je t'ai aidé pour que tu deviennes libre. Libre de voir et de faire tout ce dont tu as été privé pendant toutes ces années. (Ma main a glissé de sa joue à son cou.) Est-ce qu'il faut que je te mette un collier ? Que je t'enchaîne pour que tu sois lié à moi toute ta vie ?

J'ai secoué la tête. Je pleurais à chaudes larmes.

— Je regrette, Ren, mais je refuse de te faire ça. Je ne peux pas. Parce que… je t'aime aussi.

Je l'ai embrassé une dernière fois. Puis j'ai soulevé ma jupe et j'ai couru jusqu'au restaurant. M. Kadam et Kishan m'ont vue rentrer, ont regardé mon visage et se sont aussitôt levés pour partir. Heureusement, ils sont restés silencieux pendant que je pleurais doucement et que j'essuyais mes larmes du dos de la main. À notre arrivée, Kishan m'a sobrement serré l'épaule avant de s'éloigner. J'ai pris une grande inspiration et j'ai dit à M. Kadam que j'aimerais prendre l'avion dès le lendemain matin.

Il a hoché la tête et je suis montée dans ma chambre en courant. J'ai fermé la porte et je me suis effondrée sur le lit.

Le lendemain matin, je me suis levée tôt, je me suis lavé le visage et j'ai tressé mes cheveux en les attachant avec un ruban rouge. J'ai enfilé un jean, un tee-shirt et mes baskets, et j'ai fourré toutes mes affaires dans un gros sac. J'ai touché le *sharara* et j'ai décidé qu'il était associé à trop de souvenirs pour que je l'emporte, alors je l'ai laissé dans la penderie. J'ai écrit une note pour M. Kadam afin de lui dire où étaient le *gadâ* et le Fruit d'Or, de lui demander de les mettre dans le coffre familial et d'offrir mon *sharara* à Nilima.

En revanche, j'ai décidé d'emmener Fanindra. C'était une amie maintenant. Je l'ai placée avec précaution au-dessus de ma couverture et j'ai ramassé le bracelet de cheville en or délicat que Ren m'avait offert. Les clochettes ont tinté quand je les ai caressées. J'avais eu l'intention de le laisser sur la commode mais j'ai changé d'avis à la dernière minute. C'était sans doute égoïste mais je voulais garder quelque chose de Ren, un souvenir. Je l'ai mis dans mon sac et j'ai tiré la fermeture Éclair.

La maison était silencieuse. Sans un bruit, j'ai descendu l'escalier et je suis allée dans la bibliothèque où j'ai trouvé M. Kadam. Il m'attendait. Il a pris mon sac et m'a accompagnée à la voiture. Avant que nous quittions l'allée, je me suis retournée pour jeter un dernier coup d'œil à cette belle maison où je me sentais chez moi. Je l'ai regardée jusqu'à ce que les arbres la dérobent à ma vue.

À cet instant, un rugissement déchirant a secoué la forêt. J'ai calé mon dos dans le siège et j'ai fixé la route désolée devant moi.

Épilogue

Une ombre

Par la fenêtre du bureau de son appartement de standing, un homme tiré à quatre épingles contemplait les lumières de la ville, les poings serrés.

Il vivait dans une mégapole de vingt-neuf millions d'habitants, la ville la plus densément peuplée au monde. Ici les générations passaient ; elles affluaient et refluaient comme autant de vagues sur la plage. Mais lui restait seul, sentinelle immuable, solide comme un roc, insensible au sort de l'humanité.

« Comment trouver une seule personne dans une ville de plusieurs millions d'habitants ? Pire, dans un monde qui compte plusieurs milliards d'individus ? »

Après des siècles de recherches infructueuses, les autres morceaux de l'Amulette de Damon avaient enfin refait surface, et avec eux, une fille était apparue. Il n'avait pas ressenti un tel afflux d'énergie depuis très, très longtemps.

Un carillon discret a annoncé le retour de son assistant. Celui-ci est entré et s'est incliné. Il a prononcé les mots que son employeur attendait depuis qu'il avait entraperçu un vieil ennemi et une mystérieuse inconnue dans une vision.

— On l'a trouvée.

Remerciements

Je voudrais remercier mon premier cercle de lecteurs. Ma famille : Kathy, Bill, Wendy, Jerry, Heidi, Linda, Shara, Tonnie, Megan, Jared et Suki. Et mes amis : Rachelle, Cindy, Josh, Nancy et Linda.

Des applaudissements pour Jared et Suki qui m'ont aidée à imaginer des illustrations de couverture pour la série et qui se sont occupés de mes photos d'auteur et du site Web.

Remerciements particuliers pour mon éditrice d'Inde, Sudha Seshadri. Son enthousiasme ainsi que ses recommandations en rapport avec la langue et la culture indiennes m'ont été précieux. Elle m'a patiemment et gentiment conseillée, allant bien au-delà des devoirs d'une éditrice. Je suis sûre que j'aurais froissé beaucoup de susceptibilités sans son aide. S'il y a des erreurs sur le plan culturel ou linguistique, j'en suis entièrement responsable et je tiens à m'en excuser à l'avance. Soyez assurés que je ne le prends pas à la légère. J'espère avoir traité le peuple indien et sa culture avec le respect qui leur est dû, et rendu hommage comme il se doit à la beauté de leur pays et à la richesse de leur mythologie.

Je suis très reconnaissante à mon mari d'avoir multiplié les révisions du texte. Il est péniblement venu à bout de mes premiers gribouillages de novice et il a contribué à donner à ce roman la forme qui est la sienne aujourd'hui. Son enthousiasme m'a poussée à continuer à écrire. Alors qu'il ne s'est nourri que de sandwichs et de restes pendant un an, il ne s'est jamais plaint et il ne cesse de se rengorger d'avoir une femme auteur auprès de tous ceux qui lui prêtent une oreille attentive – et de quelques autres aussi.

Merci à mon amie Linda qui m'a donné son ressenti sur chaque chapitre et dont les retours m'ont été très utiles. Elle a inspiré l'écriture de nombreux passages de *La Malédiction du tigre* en réclamant des informations plus détaillées. Son soutien infaillible et son engouement m'ont aidée à garder ma motivation intacte. J'ai toujours hâte de parler de mes tigres avec elle.

Merci à ma sœur Linda – ma confidente, ma coiffeuse, ma chef personnelle, mon intendante et ma pâtissière. Sans elle, il n'y aurait pas de cookies au beurre de cacahuètes et aux deux chocolats. C'est elle qui s'est chargée de l'intendance pendant que je rédigeais mon premier livre. Quand elle a déménagé, j'ai été dévastée. Elle est irremplaçable. Tout le monde devrait avoir la chance d'avoir une sœur comme elle… une amie comme elle.

J'aimerais aussi exprimer ma gratitude à Tina Anderson, la directrice du champ de foire du comté de Polk, et à mes éditeurs – Rhadamanthus, Gail Cato, Mary Hern et tout particulièrement Cindy Loh. Des vivats pour mon agent Alex Glass, qui m'a gentiment consolée quand j'essuyais des lettres de refus, tout en m'expliquant patiemment l'aspect économique de l'industrie du livre, et merci à son équipe de Trident Media.

Merci à tous les gens de Booksurge qui ont mis la version autopubliée de mon livre sur le marché. J'aimerais exprimer ma gratitude éternelle à l'égard de Judi Powers et de tous les employés de Sterling qui ont rejoint la Team Tiger avec une ferveur totalement inattendue. Je me sens extrêmement honorée et reconnaissante de leur confiance. Merci d'avoir donné une chance à mes tigres et à un nouvel auteur.

Merci à Raffi Kryszek qui a été le premier dans le monde

des livres et du cinéma grand public à accueillir chaleureusement mon histoire. C'est un *trekkie*, comme moi, avec un sourire inaltérable sur les lèvres, et une énergie qui égale et surpasse peut-être même la mienne quand il est question de ma série, et des tigres en général. Et merci à sa nièce de onze ans qui lui a donné le livre.

Une moisson de baisers pour mes nièces et neveux qui m'ont prêté leurs noms – Michael, Matthew, Sarah, Rebecca, Sammy, Joshua, M. Cathleen, D. Andrew et Madison. C'est promis, je travaille à inclure tous les autres plus tard.

Ouvrage composé par
PCA - 44400 REZÉ

Cet ouvrage a été imprimé
en Allemagne par

GGP Media GmbH,
à Pößneck

Dépôt légal : avril 2014

MIXTE
Papier issu de
sources responsables
FSC® C003309

Pocket Jeunesse, une marque d'Univers Poche,
est un éditeur qui s'engage pour
la préservation de son environnement
et qui utilise du papier fabriqué à partir
de bois provenant de forêts gérées
de manière responsable.

PKJ• www.pocketjeunesse.fr
POCKET JEUNESSE

12, avenue d'Italie - 75627 PARIS Cedex 13